KB056092

기억, 시

이성모(李成模)

경남 마산 출생. 문학박사, 문학평론가.

2006년 『시와 사람』에 '이 시집을 주목한다', 2012년, 2017년 『서정시학』에 '이 계절의 시와 시집'을 연재.

『전봉건 시 연구』 『고백, 시』 『기억, 시』 등을 발간.

『고백, 시』로 제13회 서정시학상 수상, 2020년 세종학술도서 선정.

『시와 비평』 발행인, 한국시학회 이사, 한글학회 경남지회장, 마산대학교 교수 역임.

현재 『시애』 발행인. 창원시김달진문학관 관장.

ARCADE 0021 CRITICISM **기억, 시**

1판 1쇄 펴낸날 2023년 12월 28일
지은이 이성모
인쇄인 (주)두경 정지오
디자인 이다경
펴낸이 채상우
펴낸곳 (주)함께하는출판그룹파란
등록번호 제2015-000068호
등록일자 2015년 9월 15일
주소 (10387) 경기도 고양시 일산서구 중앙로 1455 대우시티프라자 B1 202-1호
전화 031-919-4288
팩스 031-919-4287
모바일팩스 0504-441-3439
이메일 bookparan2015@hanmail.net

ⓒ이성모, 2023, printed in Seoul, Korea

ISBN 979-11-91897-72-2 03810

값 35,000원

*이 책은 경남문화예술진흥원의 문화예술지원을 보조받아 발간되었습니다.

기억, 시

이성모

책머리에

　본 평론집의 표제는 '기억, 시'이다. 콤마를 유별나게 붙인 까닭은
개념적 언어로서 '기억', 혹은 기억을 시의 제재로 삼는 것과 다르다는
점을 적시하기 위함이다. 기억의 사전적 의미는 이전의 인상이나 경
험을 의식 속에 간직하거나 도로 생각해 내는 것이다. 이를 사물이나
사상(事象)으로 내면화하여 표상의 세계로 이끄는 것이 '기억시'이다.
　이에 반해 필자는 기억을 존재론적 관점으로 넓혀 보았다. 말하자
면 기억은 본질적으로 망각을 포괄한 개념이라는 것이다. 이는 망각
이 단순히 어떤 사실을 잊어버림에 그치는 것이 아니라, 존재 망각으
로까지 확장된 개념으로 인유한 것이다. "존재 망각이란 존재와 존
재자의 차이의 망각이다. 존재사(存在史)는 존재 망각과 같이 시작한
다."(하이데거, 「숲의 길(Holzweg)」) 근원적인 존재의 진리를 망각한 기억
의 절멸이란 그야말로 부정적인 무(negative nothingness)이다.
　"현대의 시인은 궁핍한 시대에 살고 있다"라는 하이데거의 부재와
존재의 변증법적 명제를 끌어와서 기억의 논점을 덧보태면 기억이란

부재하지만 존재하는 그 무엇이다. 이른바 현존을 뜻한다. "이젠 아니다(no-longer)"는 그 자체가 그 무궁한 본성의 가려진 도착(到着)이 의미하는 "아직은 아니다(not-yet)"인 것이다.(R. R. 마글리오라, 『현상학과 문학』, 최상규 역, 113쪽.)

본 평론집은 망각이 "아직은 아니어야 하는" 근원적인 정신사를 복원하는 데에 뜻을 두고 있다. 궁핍한 시대를 살아왔으나 잊힌 경남 지역 시인을 지역 정신사의 구심점으로 환류하고자 한다. 일제강점기, 광복기, 한국전쟁기, 제1공화국, 마산 3.15 의거 이래, 엄혹한 시대 현실에 정면으로 부딪쳐 응전했던 천상병, 고석규의 '신작품' 동인, 김춘수, 김태홍, 정진업, 황선하, 이선관의 시를 통하여 이들의 역사 의식과 실존 의식과 대항 담론이 경남 지역의 정신사로 현존하고 있음을 증명코자 한다. 평론집에 있어 지극히 촌스럽지만, 들머리에 이들의 약전(略傳)을 밝혀 적은 까닭이다.

지역문학을 서울 중심의 중앙 문단에 길항(拮抗)하는 단층 문학으로 읽어서는 안 된다. 지역문학은 다층 문학이 되어야 산다. 이른바 중앙 문학에서 볼 수 없는 것들이 지역문학에 깃들어 있고, 지역 정신을 바탕으로 새롭거나 독자적인 기운을 뿜어낼 때, 비로소 지역문학은 중앙문학과 다른(Différance) 문학으로 설 수 있는 것이다.

뚜렷이 존재했지만, 이를 온전하게 존재하게 하는 동력을 상실한 경우, 망각의 늪에 잠식될 수밖에 없다. 망각이 악덕인 경우는 결코 잊어서는 안 될 것을 망실(亡失)함에 있다. 인간으로서 존엄, 생명체로서 순리의 덕을 따라야 함을 문학정신으로 밝혀 세웠던 이들의 존재가 잊히고 있다. 따라서 이들 문학인의 정신사를 올곧게 되살리는 일은 경남 지역 정신사의 복원과 같다. 더 나아가 이들의 문학정신을 현 단계 지역문학에서 발전적으로 변화하는 생성의 여울목, 혹은 소용돌이로 실존하고자 함이다. 한편으로 현존하는 지역문학인을 집중 조명하는 평론을 덧붙인 까닭은 비평가로서 묵지(默識)의 태도에 따른 것이다. 말없이 남의 말의 참뜻을 깨닫거나 기억해 두고자 한다.

지역문학 실천 운동이란 지역문학의 자료 조사와 발굴 및 보존, 지역문학의 연구와 비평, 지역문학 확산 운동의 기획, 지역문학 프로그램의 창출과 소통 체계 수립, 지역문학 수용자의 정서적·감정적 열망과 기대에 대한 피드백을 근간으로 한다. 이른바 지역문학을 선도하고자 하는 그룹과 지역사회의 현상적 기대 지평과의 일치 혹은 와해에 관한 평가, 지역문학 운동 자체에 대한 부정적 모순 진단, 변화 모색을 통한 새로운 개념의 지역문학을 확대재생산하는 끊임없는 환류를 포괄하고 있다. 본 연구와 비평이 이러한 채널을 활성화하기 위한 모멘텀으로 기능할 수 있기를 바란다.

본 연구와 비평의 단초는 정신사적 탐색에 따랐다. 정신사적 접근의 근본 태도는 "내용이 형상(Gestalt)을 조건 지으며, 또한 형상의 파악은 '내적인 것의 규정을 위한 본래적 전제'가 된다는 것이다." 문학의 정신사란 "문학이 창조하고 있는 사고, 문학에 나타나고 있는 이념, 초시간적 초월성의 개념으로서 창조적인 정신의 역사"이다 (Maren-Griesebach, 『문학 연구의 방법론』, 장영태 역, 49쪽). 독일 문예학에서 말하고 있는 정신(Geist), 이를테면 가장 가치롭다고 여기는 것을 지향하여 끊임없이 변화 생성하는 시인의 태도, 그 근간을 좇아 탐색하였다. 예컨대 정진업 시인의 경우, "우리가 사는 세상의 부조리와 궁핍을 삼제(芟除)하고 인간이 인간답게 사는 길을 여는 데로 나아가야 한다는 것"이 전 생애의 정신사적 명제였던 것과 같다.

오랫동안 나에게 있어 문학은 문학정신이라는 빗장으로 잠겨진 고통이었다. 주체할 수 없는 욕망과 자가당착에 빠져 허랑(虛浪)한 나를 끝없이 목도하며 문학정신은 참으로 기나긴 가위눌림 그 자체였다. 고등학교 시절부터 뇌리에 박힌 사르트르(Jean-Paul Sartre)의 '진정성'이라는 말 앞에 지금도 까마득하게 절망이다. "상황에 대해 참되고도 명료한 의식을 가질 것. 상황이 내포하고 있는 위험과 책임을 고스란히 받아들일 것." 그러나 자유와 책임은 부끄러움을 인식하는 순간만 잠시 반짝거릴 뿐, 자기변명 혹은 자기 지시적 시선에 스스로 가두고 사는 뻔뻔함이었다. 사르트르마저도 인정한 바 있듯이 인간으로 산다는 것은 끝없는 유죄라는 것.

따라서 이 평론집은 엄혹한 시대 현실 앞에 호활(浩闊)하게 살았던 경남 작고 문인에 대한 헌사로서, 참괴의 빚을 갚고자 한다. 언제쯤 막힌 데 없이 넓고 시원시원하게 살 수 있을까.

고향, 마산에서
이성모

차례

일러두기
인용문 가운데 일부는 읽기의 편의를 위해 현행 맞춤법 규정에 따라 띄어쓰기를 수정
했습니다.

제1부 기억하다

실존 의식, 자유와 성찰
—살매 김태홍의 시

1. 들머리

　살매 김태홍(金泰洪)은 1925년 경남 창원군 창원면 소계리에서 태어났다. 1946년 3월 진주사범학교, 1950년 해인대학(현 경남대학교) 문과부를 졸업하였다. 1946년 9월 마산여고 재직을 시작으로 1951년 마산상고, 1955년 부산상고, 1958년 부산고에 근무 중, 1961년 5.16 군사쿠데타 직후, 혁명 포고령 2호 위반자로 5개월 남짓 옥고를 치렀다. 피체의 까닭은 국제신보 상임논설위원으로서 논설의 논조를 문제로 삼는 한편, 교원노조 관여 등에 의한 것이었다. 1962년부터 1972년까지 부산일보와 국제신문 논설위원을 겸직하였다. 효성여대, 부산여대, 한성여대 강사를 역임하였다. 1972년 9월 부산교육원 연구사로 재직하여, 1976년 부산교육원 부원장으로서 직을 그만둔 이후, 1978년부터 반송중, 감만중, 충렬고등학교 등에서 교장으로 재직하다가 1985년 11월 4일, 향년 61세로 별세하였다.

　이 글은 김태홍의 시를 정신사의 관점에서 가늠하였다. 따라서 본 연구는 문학관과 세계관에 관한 김태홍의 발언은 물론, 작품에 투영된 제반 현실 인식과 존재와 경험의 실증적 텍스트를 근거로 하여, 시에 나타난 이념과 사고와 감정을 연역 구성하는 데에 초점을 두었다. 이는 김태홍의 전기적 사실에 따른 인과율의 접근이 아니라, 작품을 통해 그의 삶의 총체적 의미를 환원(reduzibilität)하기 위해서이다. 역사적 때와 곳에 맞선 자기 던짐의 상황적 존재를 전제로 하여 살펴본 결과, 시적 형상화와 패턴에 있어 뚜렷한 변곡점을[1] 알 수 있었다.

이 글은 김태홍 시의 변곡점을 세 굽이로 상정(想定)하였다. 첫째, 1950년대, 시인으로서 지녀야 할 신념과 나아갈 바 지향점에 대한 이른바 자기 정체성 모색과 더불어, 한국전쟁기 극한상황 속에 죽은 자와 살아남은 자들이 겪는 실존 의식을 마음에 있는 그대로 남김없이 말하였다. 둘째, 1960년대 3.15 의거, 4.19 혁명의 격변기에 직정적 어조로 자유와 민주화의 열망을 북돋웠다. 그러나 5.16 군사쿠데타 이후 민주혁명의 좌절, 심지어 자존마저 잃어버리는 상실감에 침잠하였다. 셋째, 1970년대에서 임종까지, 존재의 "유용과 무용"에 있어, 비록 무위(無爲)하지만 자신에게 유위(有爲)한 것에 눈길을 두면서, 삶의 성찰과 순연한 시의 길을 다하였다.

본 연구의 대상은 김태홍 시인이 생전에 발간한 시집 『땀과 장미와 시』(1950), 『窓』(1954), 『潮流의 合唱』(1958), 『당신이 빛을』(1965), 『空』(1973), 『훗날에도 가을에는』(1982)을 텍스트로 하였으며, 상호텍스트성으로서 수필집 『고독은 강물처럼』(1963), 시와 산문집 『살매시의 사회성』(1984)을 참고하였다.

---

1 한 인간이 살아가면서 '잘되거나, 못되거나' 하는 굽이에 따라 바뀌어 달라지는 삶의 변곡점은 세계관과 가치관의 변화로 추동되며, 이에 따라 시적 인식의 지평과 세계를 향한 지향점 역시 달라짐을 뜻한다.

2. 한국전쟁기, 시인으로서 정체성과 실존 의식

1947년 3월, 염주용이 주재하여 발행한 『문예신문』에 시 「고향」을 발표한 것이 첫 작품으로 기록되어 있으나, 살매 김태홍이 문단에 나온 것은 1950년 4월, 첫 시집 『땀과 장미와 시』(서울, 홍민사)를 상자한 데에서 비롯된다. 김태홍이 가람 이병기에게 시고(詩稿)를 보내었으며, 이를 두고 이병기는 "간명직절(簡明直節)"이라는 평가와 더불어 "시단에서는 한 영예로운 동지를 얻게 되었다"라는 서문을 붙여 주었다.

첫 시집 『땀과 장미와 시』에 수록된 시의 주조는 서정성이다. 「고향」, 「마을」, 「한낮」과 같이 고향의 아름다움을 예찬하거나, 「전원송」, 「관해정에서」, 「봄은 오시나이다」와 같이 전원적 풍정을 그려 내었다. 이 밖에 교사로서 나아갈 바에 대한 다짐으로 가득 넘친 「등대의 노래」와 오십여 년 힘겨운 노역과 가난에 시달리면서 살아오신 아버지에 대한 애끓는 마음으로 가득한 「熟睡」가 있다.

언뜻 자기의 감정이나 정서를 그려 내는 것에 머무르는 듯하나, 역사적 주체 의식이 두드러진 작품이 눈에 띈다.

역사의 바퀴는
사뭇
앞으로!
앞으로!

거리엔
발버둥 치며 끌려가는
대열!
대열!

섣달그믐 날 밤, 시적 화자는 "역사의 바퀴"가 될 것을 스스로 가다듬는다. "사뭇"이라는 말로 응축된 결기가 만만치 않다. 거리낌 없이, 마음에 사무치도록 가념(可念)하며, 내내 끝까지 그리고 아주 딴판으로 달라지고자 하는 다짐이다. 화자가 응시하는 것은 질곡의 세계이다. 자유를 가질 수 없는 고통에 "발버둥 치며" 어쩔 수 없이 끌려가는 대열에 눈길을 둔다. 대열이란 행렬을 가리킴이지만 본질적으로 어떤 목적을 달성하기 위해 모인 무리이다. 당대 역사에 있어 자기 자신은 물론, 같은 주체 의식을 가진 이들과의 동참을 선언하는 자리에 선다. 이때 시인으로서 자신이 할 바는 무엇이며 어떠해야 하는가?

시인이란
그의 일에 대하여
쇠 같은 근육 예민한 머리
불쑥한 가슴 구리 같은 팔에
더욱 날카로운 눈동자를 가진
위대한 일꾼을 말한다.
(중략)
그는 쇠 부린다
그럼 자유를 위해선 방패가 되고
정의의 칼이 된다
명예를 위해선 승리의 화관이 되고
미를 위해선 왕관이 된다.

"조수에 카르두치(Giosue Carducci) 시인에서"라는 부제를 붙여 썼다. 이탈리아 시인으로서 1906년 노벨문학상을 수상한 조수에 카르두치를 앞세운 까닭은 무엇인가? 뒤떨어진 정치를 비판하는 「短・長 시편(Giambi ed epode)」으로 이름을 떨친 이를 빌어 시인으로서 소명의식을 북돋운다. 김태홍에게 있어 시인이란 "한가한 호사 원정, 인생의 낙오자 게으름뱅이"가 되어서는 안 될 뿐 아니라, "노동을 불러일으키는 사랑과 사상"을 지니고 "자유와 정의와 명예"를 드높이는 일꾼이다. 그가 그리는 세계는 "정의와 열정의/붉은 태양이 솟구칠/기쁨의 내일"이며 "희망과 사랑의 평등의 내일"이다.(「내일」)

김태홍 시의 출발점은 직정적 토로이다. 시대와 역사를 향한 직정적 토로의 근간은 그가 문학적 스승으로 각별하게 섬겼던 시인 권환이다. 광복기 조선문학가동맹 서기장을 마감하고 귀향하여 마산결핵요양원에서 치료를 받던 1948년 이래, 1954년 마산 완월동 누옥에서 별세하기까지 권환의 최측근에 있었던 이가 김태홍이다.[2] 1954년 1월, 유려한 자필 필사본으로 펴낸 두 번째 시집 『창』은 김태홍의 한국전쟁기 격정적인 시적 정신이 응축되어 있다.

하나의 폭탄이 되고 싶습니다. 먼지 자옥한 족보를 안고 터질 폭탄이 되고 싶습니다. 그날을 위하여는 정확한 온도계를 가진 나침반일 것입니다. (중략) 시는 이와 같은 계급들(노동자)을 위한 기름이 됩니다. 창백한 손을

---

[2] 한국전쟁기 마산상업학교에서 김태홍을 스승으로 모셨던 제자의 구술에 따르면, 김태홍은 스스로를 일컬어 '민중의 황소'라고 하며, 개별적으로 만날 때마다 권환에 대한 극찬은 물론, 몇몇 제자들에게도 좌익 계열의 시집을 돌려 읽는 데에 앞장섰다고 한다. 구술한 제자 역시 김태홍에게 받은 『3.1 기념 시집』을 필사했을 뿐 아니라, 심지어 전쟁으로 집이 불타는 상황에서도 시집을 건져 내어 테두리가 불에 그슬린 당대 좌익 계열의 시집을 죄다 갖고 있었다.

지닌 자는 이미 우리들의 시인은 아닙니다.

—『창』의 「후기」 부분

「후기」 곳곳에 억누르기 어려운 숱한 감정들이 교차하고 있다. 역사적 현실 앞에 무력한 침묵으로 있는 자신에 대한 부끄러움은 물론, 역사적 현실을 외면하고 아예 돌아보지 않는 이들에 대해서는 "[시인이라는] 예복을 차려입고 타작마당에 나선 병신들이 아니면 얼간이들"이라고 타매(唾罵)한다. 시집 『창』은 당대 김태홍의 "거짓 없는 여정록(旅程錄)"이다.

천자봉 위에 솟아오른 달이 담담히
푸른빛을 사위에 던지는데 별은
별대로 푸르고 동구 밖에 모여 앉은
마을 사람들의 도란거리는 소리가
타는 모기 횃불 상기한 풋내음과
어울리어 정다운 밤 속절없이
종적을 감추던 벗 표연히 찾아와
계급과 시와 죽음과 승리를

쌓인 가슴 후련히 논하면서 즐기니
가믈가믈 반딧불 날고 나락 논엔
귀뚜리의 경쾌한 노래 그칠 나위 없소라
해 들고 처음 보는 반딧불이라
발가숭인 양 좇는 들길엔 도시에서
해방된 서른도 훨씬 넘은

동심들이 있다

―「백중날에」 전문

음력 7월 15일, 백중날은 농가 머슴들에게 최고의 날이다. 마음 놓고 쉴 뿐 아니라, 장터에 나가 술을 마시라고 돈까지 쥐어지는 날이다. 이를테면 '상놈 명절'인 셈이다. 이들이 동구 밖에 모여 앉아 도란거리며 정겨움으로 가득한 날, 종적을 감추었던 벗이 거침없이 찾아와 "계급과 시와 죽음과 승리"을 이야기한다. 농가 머슴들의 날에 계급사관에 토대를 둔 시, 투쟁으로 인한 죽음 혹은 승리를 이야기하는 "서른도 훨씬 넘은" 천진함, 그 자체의 동심이 있다.

그런데 이 시 첫머리에 유별나게 방점을 찍으면서까지 밝히고 있는 "천자봉"이라는 지명에 대한 의구심을 지울 수 없다. 김태홍이 살던 마을인 창원 소계리(김界里)와 동정리(東井里) 사이에 우뚝 솟은 봉우리는 천주봉(天柱峰)이다. 인근에 천자봉으로 일컫는 곳은 진해 장천리(將川里)에 있다. 시의 공간적 배경을 일별해 보더라도 천주봉이 맞다. 이는 역설적으로 천주봉을 천자봉으로 애써 어긋나게 적을 만큼 계급과 투쟁을 논의하던 공간이었음을 짐작게 한다.

김태홍의 시 곳곳마다 앞세워지는 "계급"이란 이른바 무산자(無産者) 계급이다. 자기 자신이 무산자 계급 출신이라는 것을 극명하게 드러내는 다음과 같은 시가 있다.

다들 입학시험을
가던 날
짚신을 신은 소년은
뒷산에 올라 개미 싸움을 붙이고

매양
이기는 놈은 모조리
손톱으로 문질러 죽였다

땅거미 차차 짙어
소나무에 기대어 서니
깜박깜박
애기 별도 느껴 울었다.

　　　　　　　　　—「春恨」 전문

이 시를 두고 김태홍은 "내 외로운 소년 시절을 위로"하는 것이라
말한다(「불국사학인승방」, 『국제신보』, 1961.1.4). 또 다른 글에서 "나는 학교
에서 돌아오면 항상 짚신을 신어야 했다. 나뭇짐. 매번 나무를 해다
가 지게에 지고 날랐던, 돌부리에 자주 채여 발톱이 으깨지고 피가 나
는"이라고 술회하였다(「짚신」, 『상공시보』, 1954.9.25). 시집에는 이 시와
함께 저고리를 입은 소년의 그림까지 손수 그려 넣었다. 또 다른 시에
서 "농부의 아들은/하늘하늘 춤추는 유한 숙녀/흰 나비를 문질러 죽
이는 무자비를/배추밭에서 할아버지에게 배웠다"라고 하였다(「無慈
悲」). 궁핍한 처지에 마음까지 꼬이고 비틀린 분노. 개미 싸움을 붙이
고 이기는 놈마다 애꿏게 모조리 죽이는 분노는 어디에서 비롯된 것
인가?

비 개인 아침
창 너머로 동해는 세찬데

어항 얇은 유리를
핥고 핥는 나의 조국아!

혀를 깨물은 눈물겨운 사연들은
노에 떠는 주먹들은

여기에 아직
닫힌 창처럼 있다.

　　　　　　　　　　　　　　—「창 1」 전문

　제2시집 『창』의 표제시라고 할 수 있는 위 시에서 "창"이란 단절과
소통, 개방과 폐쇄, 열린 세계와 닫힌 세계의 중간 지점을 표상한다.
예컨대 '벽'이 단절과 폐쇄라고 한다면, '창'은 여닫는 것에 따라 양
가적 성격을 띤다. 위의 시에서 '창의 밖'은 "비 개인 아침"처럼 화창
하다. 그러나 "창 너머로" 보이는 조국은 "어항 얇은 유리를/핥고" 있
는 금붕어처럼 답답하고, 민족은 통절함과 분노로 가득하다. 조국은
민족을 시련에 처하게 하고, 민족은 조국이 제몫을 다하지 못함에 통
탄해 한다. 예컨대 "닫힌 창"이다. 열리지 않는 유리창에서 그가 보는
것은 "나비의 고운 시체"이다(「창 3」). 나비는 "남루한 융의(戎衣)를 입
고" 전장에 나간 소년 "貞이"이다(「창 5」). 그는 "그래도 창을 두들기는
바람이/네가 밤을 새우며 듣던 파도의/절규를 잊지 말라고 한다/갸
륵한 이름을 잊지 말아라고 한다"라고 다짐한다(「秋想曲」).
　제2시집 『창』에서는 한국전쟁기 극한상황 속에서 앞서 죽은 자와
현재 살아남은 자들이 겪는 실존에 관한 인식이 가득하다. "함박눈이
펑펑 쏟아지는 벌판에/여기 아들과 딸의 피어린 뼈와/살덩이를 찾아

치마폭에 주워 담는/매서운 엄마가 있다"(「炸裂―避難浪曲」). 시제에서 시사하는바, 폭발하여 산산이 찢어진 주검을 힘껏 안고, "빼앗긴 고운 심장을 찾아가는" 울음이 물결처럼 흐르는 피난의 현장을 부감(俯瞰)한다. "젖꼭지 쥔 채 죽어 간 철이"도 있다(「푸념―避難浪曲」). 그야말로 "갈가리 상처 안은 채/돌아앉은 피 저린 폐허"이다(「햇불송」).

아울러 그가 바라보는 조국은 모순과 부조리가 진리와 합리를 호도(糊塗)하는 상황에 처해 있다.

노동이
바보나 거지의 대명사로 쓰이는
낡은 땅에서는
그대로 생지옥이기로
우리들은 항상 지옥에 산다

손이 유난 고운
신사 숙녀 나으리님들은
그늘에서
착취를 합리화하기 위한
어제의 노동신성론을 외우고
천당을 이야기하고
기도하고 기도하고
꿈만 먹어도 산다는
천당으로 갈 텐가

갈려면 가라!

우리들은 지옥에 산다.

—「온도계」 부분

위 시에서 말하는 "나으리님들"은 "조국의 말보다 익숙한/먼 나라
의 말로/민족을 파는/모리배들과 갈보"이며(「온도계」) "허울 좋은 엄
숙"을 떠는 관리이다(「절정」). 김태홍은 온갖 수단과 방법으로 자신의
이익만을 꾀하는 자본가 무리들과 미군정 하 전권을 가진 이들에 빌
붙어 몸을 파는 관리들을 일컬어 진드기라고 비유하여 타매한다.

너는 우리들의 敵이다
물주의 완전한 실패작이다

방추쇠 우에다 놓고
산산히 내리쳐 보는 미움

미움이 아무래도 앞서는
우리들은 짓밟힌
농부의 아들들이다.

—「가분다리」 전문

"가분다리"는 진드기를 일컫는 경남 지역어이다. 이를테면 토착이
건 매판자본가이건 농민에게 기생하여 피를 빨아먹는 이들은 "우리
들의 적"이다. "우리들"은 이들을 날이 네모난 송곳 쇠 위에 올려놓
고 내리친다. 이와 같이 김태홍은 한국전쟁기 '반공'을 앞세운 이른바
'민주 독재' 전체주의 체제 아래, 비판적 언로를 트는 이들을 용공 분

자로 처단하는 엄혹한 현실에 아랑곳하지 않고 자신이 생각하는 것을 꾸밈없이, 그리고 거침없이 쏟아 내었다.

제2시집 『창』이야말로 시인으로서 김태홍이 조국과 민족을 향해 통렬하게 쏟아 낸 피맺힌 절규, 그 자체라고 하겠다. 1954년 시집을 내던 그해 7월 30일[3], 그의 생애에 가장 큰 영향을 주었던 시인 권환이 향년 52세로 작고한다.

석류가 익었습니다
유리 빛 이렇게 고운 하늘 아래
참다못해 터지는 充實 속에
투명한 알알이 항쟁의 노래 되어

선생님 석류가 익었습니다
찌들은 천장을 노리면서
외로운 임종은 壁을 대하고
국화도 피기 전에 불어 간 애틋한 바람
닫힌 창가에는 선생님 코스모스가
이렇게 피었습니다.

悲運한 시인의 종언을 꾸며

---

3 권환의 사망일에 대한 논의가 분분하다. 6월 29일은 권오익, 『소파한묵(素波閑墨)』의 술회에 근거한 것이며, 7월 7일은 제적 등본에 적힌 일자이다. 이 밖에 목진숙은 권환의 아우인 권경범의 진술(호적 재작성 및 족보 수록)에 근거하여 7월 30일이라고 하였다. 필자는 김태홍이 조시(弔詩)에서 말하는바, "석류가 익은 때, 코스모스가 핀 때"에 의거하여 7월 30일에 동의하고 따른다.

불행한 이름들 빛날 아침을 불러
吊鐘은 소스라쳐 웁니다
저주하며 웁니다

이 종소리
길가에서 담배 장수 채소 장수
마이싱을 못 사 하시던 사모님께서
깨어져라 치는 원한 절절한 이 종소리

선생님 들으십니까
소리 한번 질러 보십시오.

—「꽃—권환 선생 영전에」 전문

항쟁시의 상징이자 원형인 시인 권환의 죽음을 붉고 투명한 석류에 견주었다. 마산 완월동 누옥 "찌들은 천장"을 독기를 품고 모질게 쏘아보며 푸른 하늘의 세상을 바랐으나 당신이 죽음으로써 기어이 단절된 벽이 되고 말았다. 서릿발이 내린 추위에서도 홀로 피어 절개를 지키는 국화 같았던 당신이 꽃피우지 못하고 통절하게 가셨다. 당신처럼, 빛날 아침을 애타게 부르다 앞서 죽은 시인을 불러 모아 애도하는데 대답이 없다. 딱하고 어렵게 살아왔고, 살아갈 사모님에 대한 애틋한 마음이 더해지면서 "소리 한번 질러 보십시오"라고 초혼(招魂)한다.

1958년 12월에 낸, 제3시집 『조류의 합창』에 수록된 시들은 앞서 펴낸 『창』에서 보여 준 직정적 발언과 투쟁적 리얼리티가 상당히 감쇄되었다. 이러한 까닭은 무엇인가? 시집 『조류의 합창』에 있는 듯 없는 듯 간간이 그리고 짧게 쓴 아포리아 같은 다음의 글이 눈에 띈다.

의식은 항상 생활에 뒤진다. 꿈과 정열들에 의하여 생명보다 앞서는 경우가 있어도 역시 그렇다. 더욱 무의식은 악의와 부합된다.

—『조류의 합창』, 52쪽

김태홍은 꿈과 정열, 생명보다 앞서는 "의식", 이른바 사회·역사적으로 형성된 일에 대한 깨어 있는 감정과 견해와 사상을 지녔다. 그러나 "생활에 뒤진다"를 토로할 수밖에 없는 상황에 놓여 있다. 그에게 있어 깨어 있는 의식과 대척(對蹠)인 "무의식은 악의"라고 정의한다. 깨어 있는 의식이라는 선의와 깨어 있는 의식을 버리는 악의 사이에 이도 저도 못 하는 갈등을 극명하게 드러내는 다음의 글을 주목한다.

①
시가 필요하냐! 누구를 위한 넋두리냐! 우리들과 詩가 무슨 상관이냐! (중략) 모든 예술이 자꾸 인민들과 담을 쌓고 반동의 구렁으로 빠져들기만 하는 것 같소. 올해는 형도 발 벗고 나와서 우리의 전위로 좀 용감히 싸워 주오. 정유년은 형의 시가 인민의 심장에 뿌리를 박고 포도송이같이 소담한 결실 있기를 바라오.

—「김태홍 씨!」 부분(『부산일보』, 1957.1.9)

②
정치라는 사회적인 활동과 제약이 다수인의 행복을 위한 것이라고 가정하면 시와 음악도 마땅히 정치에 가담하여 다수인의 행복에 공헌해야 할 것이다. 그러나 정치 활동이 대다수의 이익과 행복을 대변할 수 없는 계급에 의해 농단될 때, 시는 그대로 혁명의 구호가 될 것이며, 음악은 자기 계급의 이익에 적극 참가해서 항쟁을 위한 결과의 노래가 되며, 항쟁을 위한

기름이 될 것이다. 침묵은 아부보다 숭결하고, 자기 선택을 위한 확고한 자세를 마련하는 시간을 준다. 그러나 상황 발전을 위한 박차는 결코 침묵의 방향에 있는 것은 아니다.

—「상황과 침묵」 부분(『국제신보』, 1957.12.29)

위의 글 ①은 1957년 정초에 쓴 글이며 ②는 1957년 묵은해를 보내는 때에 쓴 글이다. 자전적 글쓰기로서 ①은 시인으로서 "우리의 전위로 좀 용감히 싸워" 주기를 다짐한다. 글 ②에서 그는 시가 "혁명의 구호"가 되고 "항쟁을 위한 기름"이 되어야 할 것을 말한다. 정초의 다짐과 송년의 신념이 다를 바 없다. 그럼에도 스스로 돌이켜 보면 침묵으로 일관하였다. 침묵이더라도 지닌 결기가 만만치 않으나, 결코 발전적 상황을 가져올 수 없음에 고뇌하고 있다.

이러한 자신의 모습을 "금이 간" 종으로 표상하여 설령 깨어지더라도 생명과 맞바꾸어 울어야 하는데, 울지 못하는 존재로 형상화한다(「에밀레 1」). 그럼에도 "다들 나를 미쳤다지만 나를 미쳤다는/놈이 미친 게 확실하다/내 귀는 종소리를 듣고 마음엔/파문이 둥글게 분명 번지고 있다"라는 신념만은 놓치지 않는다(「報告」). 그가 말하는 파문이란 단순히 수면에 이는 물결이 아니다.

어느 날에사 터뜨리고 기어코 무너뜨리고
네 까아만 머리 진달래 한 송이 꽂아도 주고
따사로운 마음에 얼굴 포개어
식어간 〈팔·일오〉의 감격—
우리들
사랑의 용광로에 다시 불을 붙이고

실컷 울고도 싶다

솟구치는 태양을 안고 해안에 네가
흔드는 빨간 꽃잎이러니
수평선을 향해서 이렇게
흔들어 보는 젊음은
펄럭이는 통일의 깃발이고 싶다

니그로도 백인종도 아세아 아프리카
구라파 아메리카로 통통하는 조류와 함께
부르는 인류의 합창이고 싶다.
(중략)

무기와 철조망을 넘어 서서 마음과
마음은 결어⁴ 도도한 통일의 조류이고 싶다.

—「潮流의 合唱」 부분

'어떤 일이 다른 일에 미치는 영향'을 견주어 말하는 파문이란 '물결'을 이루는 형상에 따라 크게 달라진다. 가냘프기 짝이 없는 물결이 있는가 하면, 물결이 그득하게 퍼져 막힘이 없이 기운찰 뿐 아니라, 거침이 없어 걷잡을 수 없는 데에까지 이를 수 있는 것이다. 그것은 혁명에 비견된다. 심지어 그 물결이 호수에 이는 것이 아니라 바다에

---

4 위 시에서 "결어"라는 다소 비문법적인 시어를 썼다. '結(맺을) + 어'라고 볼 수도 있고, '決(터져, 넘쳐흘러) + 어'로도 볼 수 있으며, 심지어 '決하다'까지 나아가면 어떤 일을 결단하여 승부를 내는 것으로까지 확대된다.

서 이는 것이라면 도도한 기운은 말할 것도 없고, 간조와 만조가 있듯이 때가 되면 고조(高潮)되어 기세등등하게 될 것이다.

김태홍에게 있어 파도란 "도도한 항쟁을 노래"하는 것이며, "깃발이 바다처럼" 흐르는 것이다("파도"). 낱낱의 물방울들이 바다처럼 모이는 순간 "자랑이 강철의 대열로/쏟아져 가는 거리//旗의 행진/온통 넘치는 의욕으로//세계는 그득하다"("합창"). 마치 8.15의 감격이 세계사의 조류처럼 몰아쳤듯이 이제 우리 민족은 마음과 마음을 맺어 "도도한 통일의 조류"를 위해 결단코 승부를 낼 일이었다. 더 나아가 통일 대한민국이 인류를 위한 합창으로 세계사의 진운(進運)을 앞장서 이끄는 깃발이 될 것을 간절히 바라고 있다.

3. 1960년대, 민주화의 열망과 좌절, 자존의 상실

마침내 김태홍이 예견하듯 도도하게 고조된 민중들이 세상을 바꾸는 3.15 의거와 4.19 민주혁명이 탁 트이어 북받쳐 나왔다. "까—만 고독을 핥는 어항 속 금붕어"에("에밀레 1") 비견했던 김태홍에게 있어 "침묵은 바위 속에 고이는 눈물/무한히 압축된 또 하나의 하늘"인 씨앗이 드디어 "푸른 깃발"로 개화하여 "수없이 피어날 꽃봉오리들의 합창"으로 충만한 것이었다("씨"). 그런데 푸른 깃발 같은 꽃봉오리가 독재자의 폭력으로 무참하게 짓밟혀 죽었다.

마산은
고요한 합포만 나의 고향 마산은

썩은 답사리 비치는 달그림자에
서정을 달래는 전설의 호반은 아니다

봄비에 눈물이 말없이 어둠 속에 괴면 눈등에 탄환이 박힌 소년의 시체가
대낮에 표류하는 부두—

학생과 학생과
시민이

〈전우의 시체를 넘고 넘어〉
민주주의와 애국가와
목이 말라 온통 설레는 부두인 것이다

파도는
양심들은 역사에 돌아가 명상하고

붓은 마산을 후세에 고발하라
밤을 새며 외치고

정치는 응시하라 세계는
이곳 이 소년의 표정을 읽어라
이방인이 아닌 소년의 못다 한 염원을 생각해 보라고
무수히 부딪쳐 밤을 새는
피 절은 조류의 아우성이 있다.
—「馬山은!」 부분(『부산일보』, 1960.4.12.)

1960년 4월 11일, 오전 11시경, 마산시 신포동 중앙부두 앞 200

여 미터 떨어진 바다에서 김주열(金朱烈) 군의 시신이 떠올랐다. 가장 먼저 현장에 달려온 부산일보 마산 주재 허종(許鐘) 기자는 참혹한 모습으로 조류에 흔들거리는 김주열 군의 시신을 단독으로 촬영 보도하는 한편, 4월 12일자 '사진으로 본 제2의 마산 사건'이라는 전면 사진 특집과 더불어 석간 1면에 김태홍의 위의 시가 게재되었다. "부산일보는 사운을 걸었고, 김태홍은 신변의 위험을 각오하였다."[5]

위의 시에서 "파도"는 앞선 시에서 김태홍이 예견하듯 말한 '도도한 항쟁의 노래'이며, 그가 혁명에 견주었던 "조류"는 "피 절은 조류의 아우성"이 되어, 우리 모두의 "양심"을 깨우치게 하고 있음을 밝힌다. 이는 3.15 의거시의 백미(白眉)이며 4월 12일 당일, 한순간에 쓴 것이 아니라, 오랫동안 염원하여 간절하였던 것이 거침없이 터져 나온 절창이라 하겠다.

4.19 혁명 이후, 살매 김태홍은 「독재는 물러갔다」(『부산일보』, 1960.4.22), 「조국이여!—합동위령제에 부침」(『부산일보』, 1960.4.24), 「유서—합동위령제에 부침」(『국제신보』, 1960.5.19), 「보았느냐 들었느냐!」(『자유문학』, 1960.6), 「그날로 가자—신축년 새해 아침에」(『부산일보』, 1961.1.1) 등의 혁명시를 잇따라 발표하였다.

그에게 혁명이란 "죽어서 받드는 자유와 민주주의"라는 성소(聖所)로서(「조국이여」), 더 나아가 "불을 기다리는 심지/통일의 염원"인 동시에(「유서」), "남으로 북으로 통일의 우렁찬 합창이 우리를 뒤흔들어 강물처럼 흘러가야 할 염원"으로 가열하게 나아가야 한다고 생각한다(「그날로 가자」).

이를테면 "우리 北으로 이 우매한 장벽을 뚫을 테니 順아! 너는 그

---

5 최해군, 「외유내강의 지성인 살매 김태홍」, 『예술 부산』, 2009.11/12.

철조망을 걷어라. 여기 어두운 초가지붕 밑에 옹송거리고 앉은 할아버지의 밥상을 밝히기 위해 전기를 보내라/기름진 벌판에 탐스레 익은 벼 이삭을 주름잡는 구성진 오빠의 노래가/이곳에 있다/우리는 누구를 위해 괴뢰라는 말을 즐겨 쓰는 못난 버릇을 익혀 온 것일까?"와 같은 것이다(「그날로 가자」). 이는 당시 결성을 추진 중이던 민족통일전국학생연맹(民族統一全國學生聯盟)이 주창하는 바와 궤를 같이하고 있다. 아울러 그가 생각하는 대학생이란 "새뽀오얗게 불을 기다리는 심지/통일의 깃발이 된다"와 같이 시대와 역사를 앞장서 이끌어 가는 "마지막 기수旗手들"이다(「大學校」).

민주화 혁명의 시대에 그가 할 수 있는 일은 교사로서는 교원노조 활동[6], 언론인으로서는 남북통일 문제[7]와 문화 관련 사설을 쓰는 논설위원 활동이었다. 5.16 군사쿠데타 이후, 국제신보 편집국장 겸 주필로 재직하고 있던 나림 이병주가 연행 구속되었다. 김태홍 역시 '군사

[6] 김태홍의 교원노조 활동에 대한 평가를 당대 부산 지역 문인들 간의 맞고소 사건을 보도한 『동아일보』(「조향 씨 피소, 명예훼손으로」, 1962.7.22, 3면) 기사에서 알 수 있는바, 전재하면 다음과 같다. "지난 20일 하오 한국문학가협회 경남 지부(지부장: 김상옥 씨)에서는 전 한국예술문화단체총연합회 경남 지부장 조향(45, 일명 艃濟·시인) 씨를 부산 지검에 명예훼손으로 고소하였다. 소장에 의하면 조 씨는 지난 3일 협회 사무실에서 지부 회원인 이주홍 씨를 가리켜 극렬적인 좌익 단체였던 民靑의 맹가를 작사하고 맹기를 도안해 준 용공 분자라고 유포했을 뿐 아니라, 전 지부 소설분과위원장인 손동인 씨와 회원 김태홍 씨에 대해서도 교원노조에 가입한 용공 분자라고 지적, 현 지부장인 김상옥 씨를 구 자유당 선전부장을 지낸 사람 운운하며 명예를 훼손했다는 것이다. 조 씨는 지난 7일 이 시간으로 동지부에서 제명 처분을 당하고 지난 17일에 소집된 긴급 총회에서는 조 씨에게 공개 사과할 것을 요구하였으나 응하지 않았다 한다."
[7] 김태홍의 술회에 따르면, 1960년 4월 전후에 부산일보 논설위원으로서 활동하였으며, 1961년 5.16 군사쿠데타 당시에는 국제신보 상임논설위원으로서 활동하였다. 1961년 4월에 국제신보사에서 펴낸 『중립의 이론』에 논설위원으로서 논조에 참여했다고 하나, 필자를 드러내지 않아 김태홍의 글을 적시할 수는 없다. 『중립의 이론』의 대표 저자는 국제신보사 논설위원실 대표로서 이병주이며, 발행인은 국제신보사 창립자이며 사장인 김형두이다.

혁명위원회 포고령 제2호 위반'으로 4, 5개월 남짓 영어(囹圄)된다[8](김태홍, 『시와 산문』, 101쪽).

피 찍어 써 본다
〈自由〉

노예들 눈물의 전율이었다
오 왕관 위에
산화한 자유여!

둔중한 벽 속에
해일하는 자유여!

—「監房에는 8」 전문(『현대문학』, 1961.7)

김태홍에게 자유란 "살아 있었다는 기쁨인지/죽을 자유마저 빼앗긴/슬픈 마음의 마지막 喀血"이다(「監房에는 4」). 왕관으로 표상되는 독재 권력으로 인해 잃어버린 자유가 어둡고 흐릿한 감방의 벽 속에 물밀듯 넘쳐 들어온다. 단절의 벽 속에 깃들 수밖에 없는 자유란 무엇인가? 그것은 좌절된 혁명으로 쌓아 올린 탑과 같이 묵묵부답이지만, 그 안에 깃든 항거의 정신만은 지울 수 없다는 신념에서 비롯된다.

---

8 부산 지역 진보적 언론 활동에 대한 5.16 군사법정의 재판에 따른 것이다. 『국제신보』의 경우, 표적으로 지목된 이병주는 부산시 중등교원노조의 고문인 동시에, 중립화 통일론 주장의 핵심이었으며, 김태홍의 경우, 교원노조 활동 및 중립화 통일론에 개입한 것이 빌미가 되었다.

탑은 그날을 말하지 않는다
탑은 자유를 말하지 않는다
탑은 민주주의를 말하지 않는다

다만
푸른 하늘에 몸짓하면서 역사의 연륜을 마음속에 새기면서
저렇게 우뚝할 뿐이다.

탑은
절규하지 않는다

탑은
승리를 영광을 노래할 줄 모른다

탑은
끝내 굴욕을 말하지 않는다

다만 그 속에 파문도 없이 순결한 피는 고이고 통곡이
소리 없는 강물 되어 밤에 흐르고 있을 뿐이다

탑은
말하지 않는 탑은 스스로의
피 속에서 읽어야 할 사상의 언어일 뿐이다.

　　　—「塔의 言語—마산 三·一五 기념탑 앞에서」 전문(「부산일보」, 1962.3.15)

위 시에서 말하는 "탑"은 '순결한 피의 사상' 그 자체이다. 자유와 민주주의를 말하지 않으나, 우리 스스로 "피 속에서" 읽어야 할 언어이다. 말하자면 탑이 잠자코 아무 말을 하지 않고 우리 앞에 서 있지만, 탑을 바라보는 우리 혹은 후세 모든 이들이 스스로 "피 속에서" 사욕(私慾)과 사념(邪念)이 없는 자유를 읽어 낼 때, 비로소 침묵을 깨고 자유와 민주주의가 되살아날 것이라는 신념으로 가득하다. 이러한 생각을 그는 「현주소 6」에서 뚜렷하게 천명한다.

독재가 독재의 구렁 속에 모가지를 묻으면 이튿날 政見이 나를 조롱하면서 安眠을 방해하고 깃발을 꽂으려는 발버둥으로 四·一九를 가로채려 날뛰었다. 囹圄의 문은 열리고 囹圄의 길로 행진이 계속되었다. 隊伍 속에서 碑銘을 설계하고 휴일을 기다리는 마음은 오늘도 수평선의 표정을 읽는다. 펄럭이는 깃발이고 싶은 염원은 塔 속에 있다. 남들을 위해서만 산다는 獨善의 틈바구니에서 나는 나를 지키기에 오늘도 분주하다.

—「현주소 6」 전문

감옥에서 나왔지만, 감옥의 길을 걷는 행진을 멈추지 않겠다는 것. 뜻을 함께하는 이들과 죽은 뒤에 새겨질 글을 미리 헤아려 작정할 만큼 "펄럭이는 깃발이고 싶은 염원"이 "탑 속에" 깃들어 있다. 설령 남들이 자기 혼자만이 옳다고 믿고 행동한다고 꾸짖더라도 나의 신념을 내가 지키기에 여념이 없다. 그는 역사의 격변기에서 "용하게 살아남았다는 것은 명예롭다기보다는 비겁한 모욕"이라고 한다(「시를 쓰는 이유」). 이처럼 스스로 추스르는 데에도 불구하고 자존을 잃어버리는 상실감이 컸던 기로에 다음과 같은 시가 있다.

나는
세계

언어를
상실했습니다

底邊을 밟고 선 이방인은
일요일

청춘을 磨滅하면서
발바닥을 핥아야 합니다

기도할 대상을 상실한
원숭이들

발바닥을 핥아야 합니다.

—「상실」 전문(1965.3.1.)

'내'가 "세계"가 될 수 있는 언어를 상실했다. 생각과 느낌, 신념과
의지를 당당하게 밝혀 세계를 열어 나갈 언어를 잃어버린, 주권 상실
의 시대에 시의 화자는 마치 이방인과 같다. 그가 할 수 있는 유일한
일은 "발바닥을 핥아야" 하는 치욕이다. 니체가 말한바, "치욕, 치욕,
치욕, 이것이 인간의 역사"이다.

치욕의 역사란 어둠의 역사이다. 그의 제4시집의 표제가 "당신이
빛을"이라는 것은 비록 어둠의 역사이지만 "당신이 빛을/그래서 저도

빛으로 되는 거예요"라는 바람을 버리지 않았기 때문이다(「당신이 빛을 2」). '당신이 빛이면, 나도 빛이 되는 세계'란 믿음의 좌표이다. 이는 "떨어지기 전 한때를/바람과 빛을 스스로에게/속삭이고 긍정"하는 마음가짐이다(「시월이면」). 긍정적 태도와 믿음이라는 신념 체계의 거 멀못은 기다림이다.

기다리면서 살아라.

탓하면서 살아라.

기다릴 것

탓할 것도 상실했을 때

네 얼굴

네 마음 위에 포개며 조용히

가을바람에 흩어지는

낙엽이 되라

다시 봄은 올 것이다.

—「현주소 10」 전문

4. 1970년대에서 임종까지, 삶의 성찰과 유위한 시의 길

1973년, 제5시집 『空』을 펴냈다. 「후기」에서 그는 "시는 선(禪)이 다. 선(禪)은 무사(無邪)요, 능(能)이다. 따라서 시는 인간 구원(救援)의 종 교다."라고 천명한다. 방편으로서 선이 아닌 체득으로서 선을 말한 듯하다. 원칙을 따르지 않고 자기의 이익을 위하여 나쁜 꾀를 부리고 자 하는 마음을 버리면 능히 하지 못할 바가 없으며, 이러한 마음가짐 으로 쓰는 시야말로 인간 구원의 종교와도 같은 경건함이 깃든다는 사유이다. 아울러 시적 포에지, 이른바 작시법인 동시에 시적 정취를 두고 "적멸성(寂滅性), 인간은 유한 세계에서 무상(無常)을 느끼고 인간 존재의 숙명적인 죽음을 깨닫고 우수를 느낀다"라고 하였다. 이 시집에서 제일 첫 작품으로 수록한 「銘」은 자신의 세계관을 명징하게 밝혀, 다짐으로 새기고자 하는 뜻이 뚜렷하여 주목된다.

나를 위해
계절의 흐름을 따라
생명을 응시하면서

파도가 설레이는 들녘
바람과 더불어 몸짓하다가
이름 없는 꽃으로 시들어.

有用과 無用의 벼랑길을 가면서
오직 당신만을 사색하는
가냘픈 기쁨을 받들고.

별을 씻으면서 흐르는 흰 구름
밤새도록 마주 보는 대화에
뉘우치지 않으련다.

―「銘」 전문

위의 시의 초점은 "이름 없는 꽃으로 시들어./유용과 무용의 벼랑
길"이라는 구절에 있다. 노자에게 있어 진정한 쓰임(用)이란 무용(無用)

에 있으며, 유용(有用)에 있지 않다(『도덕경』 제11장 참조). 장자의 「인간세 (人間世)」에서는 큰 도토리나무에 견주어, 우뚝하여 빼어나지만 "쓸모가 없는 까닭에 능히 (베어지지 않고) 오래 살고 있음과 같다고 하였다(無所可用故 能若是之壽)." 무위(無爲)하지만 자신에게는 유위(有爲)한 것. 이른바 '쓸모없음 속에 쓸모 있음'을 설파하였다.

이러한 "유용과 무용"은 장자의 「소요유(逍遙遊)」에서 혜자(惠子)의 역사적 사고와 실용적 사고를 부정한 장자의 사유를 통관한다. "현실에서 일함(oeuvrer)은 언제나 역사 현실의 정치적 권력과 경제적 실용의 차원을 의식해서 선택하지 않으면 안 된다. 장자는 그런 정치권력 중심, 경제적 실용 중심의 사고방식이 인간의 현실에 도움을 준 것이 아니라, 끝없는 이해관계의 논쟁으로 역사가 점철된 것을 비판한 것이다. 그런 끝없는 투쟁과 논쟁을 가져오는 제한적 사고에서 벗어나는 길은 제한적, 역사적, 실용적 사고의 자폐적 전체성에서 인간을 해방시키는 것으로 장자는 생각하였다."[9]

마찬가지로 김태홍은 이제까지의 자신의 삶이 역사적 현실 앞에 끝없는 선택, 그리고 투쟁과 논쟁으로 점철되었던 존재의 "유용과 무용의 벼랑길"에서, 비록 "이름 없는 꽃으로 시들어"도, 이른바 무위(無爲)하지만 자신에게는 유위(有爲)한 것과 마주 보려 다짐한다. 이는 마치 "이름을 밝힌 명정을 따라 무덤으로 가면 비로소/이름의 무게를 벗는다"는 그의 시적 사유와 같다(「일생 1」). 한편으로 비록 그 자신이 "다른 데에 소용이 없다고 해서, 그 마음을 괴롭힐 것은 없다(無所可用 安所困苦哉)"(「逍遙遊」)라는 다짐인 바, 위 시 2, 3, 4연의 끝부분마다 마침표를

---

9 김형효, 「노자와 장자의 사유 문법」, 『정신문화연구』 53집, 한국정신문화연구원, 1993.12, 170쪽.

유별나게 찍는다.

새로운 시작으로서 마침표. 「후기」에서 강조하고 있는 아이러니의 세계, "상반한 두 나의 긴장과 그 조화"를 말하며, 이는 살매 김태홍의 앞선 삶의 태도를 마감하는 동시에, 새로운 삶의 자세와 세계관으로 출발하는 변곡점이다. "흐르는 강물/당신을 닮은 나를 찾겠습니다"를 천명하며(「空」), "물처럼 흔적을 남기지 않고 조용히 늙어서 〈空〉의 세계를 터득"하겠다는 자리이다(「살매」).

그는 "슬퍼하면서 탓하던 이웃도/욕심을 부려 오만하던 그도/흐르는 강물 되어 한결 가는 것을//50에 자리하여/안타까운 뉘우침이/오히려 고요하다"라고 하면서, 마음을 가라앉혀 깊이 몰입하는 쪽으로 나아간다(「禪」). 실제로 물아일체의 시상을 오롯이 모은 곳을 부제를 통해 밝히고 있는데, 운문사, 해인사, 내장사, 불일폭포, 무주구천동, 태종대, 하단 등이다. 아울러 예사롭게 지나쳤던 '작은 것들의 세계'에 눈길을 준다. 시제로 나오는 촛불, 꽃밭, 연, 꽃, 진달래 꽃잎 등이 그것이다.

1982년, 제6시집 『훗날에도 가을에는』을 펴냈다. "십수 년째 행방이 묘연한 나를 함께 찾고 있소"라고 하며(「사람을 찾소」), 나의 마음에 있는 것 죄다 말하는 데 온 힘을 기울인다. 다음 시는 이러한 정황을 극명하게 드러낸다.

자비와 사랑의 손길을 베풀지는 않아도

남을 탓하지 않는

이젠 담담한 이정(里程)

너를 미워하지 않는다

42

미워해야 할 네 몸짓이
못지않게 나에게도 있다.

대지에 뿌리를 내리고
하늘에 발돋움하는
푸름 속에 나무의 마음으로 바래어

겨울이 가면 봄이 오는
이 단순한 자연의 관련을
오직 흐뭇한 삶으로 다스리는

무리들과의 대립이 끝난 자리
오직 내 안과의 존엄한 갚음이 있을 뿐
하여 나는 너를 미워하지 않는다.

—「현주소」 전문

"무리들과의 대립이 끝난 자리"란 그동안 김태홍이 살아왔던 역사적·사회적 상황에 직면한 응전으로서, 지향점이 달랐던 이들과 맞섬을 마감하는 선언과도 같은 것이다. 뜻과 이념이 달랐건, 생각과 감정이 달랐건, 첨예화된 대립에 앞장섰던 그이었다. 그러나 이제는 "내 안과의 존엄한" 맞서 견줌을 통해 자기 성찰의 시를 쓰겠다는 다짐을 한다. 이는 "겨울이 가면 봄이 오는" 자연의 질서, 이른바 하늘이 명하여 부여한 것으로서, 생명의 본질인 성(性)을 따라 '내' 존재의 모습을 가늠하고자 하는 태도이다.

면도날 끝
물방울
떨어지는 회한(悔恨)

접은 미련
가지에 매달린 노을

침묵하는 낙엽에
마음 포개이는 모르는 슬픔

연연한 신록은
다시 봄을 덮는 것을

이런 것인가 생이란
정녕 이런 것이어야 하는가

면도날 끝에
반짝이는 물방울

―「일생 2」 전문

　아슬하게, 그야말로 몸에 소름이 끼칠 정도로 위태로운 두려움을 "면도날 끝에/반짝이는 물방울"로 표상하였다. 삶은 두려움을 저미는 면도날 끝에 매달린 물방울이다. 물방울의 실체는 뉘우침으로 한탄하는 이른바 회한이다. 회한의 내면 풍경은 하루로 치면 미련을 접고 저무는 노을과 같고, 일 년으로 치면 보잘것없이 시들어 떨어짐에도 침묵하는 가운데 까닭 모를 슬픔만 포개어지는 낙엽과 같다. 이처럼 보잘것없는데, 봄이 오면 산뜻하게 빛나는 신록이 피폐함과 쇠락함을 다시 덮어 주는 은혜로움을 두고, 그는 "생이란/정녕 이런 것이어야 하는가"라고 되묻는다. "정녕"이란 더 이를 데 없이 확실한 것. 세상의 모든 사람이 확실하게 이같이 살았다 해도, 자신의 일생은 늘 두려움, 혹은 회한이었다는 것에 북받치는 다음의 시가 있다.

> 뉘우치는 그늘에
> 회의하는 균열 속으로 실낱같이 가냘픈
> 뿌리를 내리는 사랑의
> 슬픔은 이윽고 마음을 흔들어 우주를 흔드는 것이다.
> 하여 생을 흔들어 눈뜨게 하는 것이다.
> 슬픔에 눈뜨게 하는 것이다.
>
> —「사랑의 슬픔은」부분

　생이란 뉘우침과 회의로 인해 무수히 갈라져 터진 번뇌일 터이지만, 그 괴로움의 뿌리란, 뿌리를 내린 사랑의 슬픔이란 시간이 흐른 뒤에 우주를 흔드는 성스러운 힘이 되는 것. 따라서 진정한 사랑을 깨우치기 위해서는 슬픔에 눈을 떠야 한다는 것. 숱한 뉘우침과 회의를 거쳐 비로소 맞이하는 슬픔으로 인해 생은 열린다. 이러한 과정을 지배했던 시간의 흐름은 "새 꽃으로 체념을 덮는" 것이어서 너무도 가볍게 날아오르는 것인데(「시간은」), 사람들은 체념의 무게에 짓눌려 무겁다.
　이러한 초월적 사유에도 불구하고, 만년에 김태홍을 힘들게 한 것은 췌장암으로 인한 괴로움이다. 제6시집을 내었던 1982년 4월 10일에도 시집의 상당 부분에 죽음을 넘나드는 투병의 고통이 적시되어 있다. 1985년 11월 4일, 작고하였으니 사경을 넘나드는 극한적 상황을 미루어 짐작할 수 있겠다. 총 12편의 연작시 형태로 쓰여진 「병원에서」는 "염증하는 쓸개를/50년 나의 한을 쌓은 시답지 않을 유산/오늘 절제한다"로부터 "향을 피우다/죽음의 그림자가 연기 속에 승화하다"에 이르기까지(「병원에서 2」) 병상에서의 자신을 회오(悔悟)함은 물론, 전 생애를 통관하는 고독과 눈물과 번뇌와 회한과 체념을 이야기한다. 제6시집의 표제작인 다음 작품은 죽음 저편에서 자신의 일생을 건너다보는 황홀한 처연함이 빛난다.

훗날 내 무덤 위에 비가 내리듯
쌓인 낙엽 위에 비는 내리다.

그 신비로운 소리가 그치는 곳에
가을이 스쳐 가면
가지 끝에 앙상한 고독을 반추하는
시간

내가 없는 먼 훗날에도
죄도 욕망도 불살라 한 점
흰 구름의 부분으로 환원되었을 때에도
들녘에는 여전히 진달래가 피고

쌓인 낙엽 위에 신비로운 소리를 내면서
가을은 슬픔의 언저리를 스쳐 갈 것이다.
많은 사람들로 하여금 인생을 생각하게

하면서.

―「훗날에도 가을에는」 전문

"훗날"이란 자신이 죽어, 이승에 없는 나날이다. 자신이 살았던 것보다, 무한대의 훗날이 있다. '내'가 살아온 생의 시간이란 '나' 이전의 과거 시간과 '나' 이후의 미래 시간으로 두고 보자면 그야말로 보잘것없다. 따라서 '내'가 살아 있는 동안에 지었던 "죄"와 "욕망"이란 것도 한순간에 명멸하는 구름으로 환원될 만큼, 삶이란 그야말로 찰나이다. 무한대의 시간에서 유전 변화하는 것이 만물의 삶이다. 그리하여 시의 화자는 훗날에도 "여전히 진달래가 피"듯이 "내 무덤 위에" 비가 내리는 것을 본다. 설령 '내'가 죽어서 보지 못한다 해도, 많은 사람에게 인생을 생각하게 할 수는 있을 터라고 한다.

그가 말하는 많은 사람의 핵심에 가족이 있다. 애틋하리 만치 지순한 사랑을 노래한 절창으로 다음 시가 있다.

스쳐 가십시오 훗날
저가 차를 마시는 창밖으로 잔디를 밟는
아가의 손을 잡고

과거를 모르고 피어나는 꽃송이의 명암같이
정말 은총받은 조화로 성숙한 애수를 다스리면서

5월의 햇살이 되어
무르익는 녹음이 되어
풍만한 아내로 그리고

너그러운 어머니로
그 고운 마음의 윤택을 한 송이의 번민 없는 연꽃으로
피우십시오

평범하게 강물처럼
하여
노을을 안은 바다를 눈감게 하십시오
숨어든 어둠 속에, 또 한 번 나를 울게 하십시오.
—「스쳐 가십시오」전문

　이 시의 화자는 "훗날" 죽음의 저편에서 이승의 뜨락을 바라본다.
"스쳐 갈 시간인 것을 다짐은 했어도/너무도 빠른 걸음으로 떠나간"
삶(「드는 정은 몰라도」), 시간과 공간을 거쳐 왔던 모든 인연 역시 이내 사
라질 것이다. 그러나 꽃송이 같은 딸아이가 "아가의 손을 잡고" "풍만
한 아내로 그리고/너그러운 어머니로" 살아 "번민 없는 연꽃으로" 자
신의 삶을 피워 내는 모습을 이 시의 화자는 저승 저편 "숨어든 어둠
속에, 또 한 번 나를 울게 하십시오"라고 말한다. '죽어서도 기쁨에 겨
워 울 수만 있다면'이라는 승화된 사랑이 광휘가 되어, 저승의 어둠이
그렇게 캄캄하지만은 않았을 터이다.
　한편, 죽음에 직면한 투병의 극한적 상황 아래, 자신을 돌보기에도
전전긍긍할 터에, 조국이 반듯한 길로 나아가야 할 것을 간절히 바라
는 통절함으로 넘치는 다음의 시가 있다.

설레이는 핏빛 소용돌이 속에 79년을 접는다.
사장을 쓸면서 이름을 부르는 파도의 몸부림은 남는다.

순수와 함께 묻어 보낸
유령처럼 아득한 보랏빛 해오름

나목의 기다림하는 손짓으로 설레이고 있다고
노래하고 있다고 또 한 번 속아 살고 싶다.

안으로 삭인 恨
찬란한 결석(結石)으로 한밤에 돌아오는 아픔을 삼키면

휘황한 수술대에서 겁에 질린 한 마리 동물로 쓸개를 떼어 내고

흔들리면서 오르는 연기 속에서 되찾은 정을

너는 노래한다고
너는 넘치고 있다고 또 한 번 믿어 본다.

돌아보면서 나란히 결은 마음
비웃음 속에서 무너져 내리는 조국

그래도 또 한 번 믿어 보는 어리석음을 받들고 해바라기로 웃고 싶다.
—「또 한 번 믿어 본다」 부분

위 시는 1979년 10.18 부마민주항쟁, 10.26 박정희 대통령 피격
암살 등 격동기를 "설레이는 핏빛 소용돌이"라고 일컬으면서, 그해의
끝에 마지막 희망처럼 민주화의 봄을 간구하는 작품이다. "다시는 알

레르기 환자들이 이리 떼를 몰고 나올 구실을/발붙일 겨를을 주지 않아야 한다"라고 신군부 세력에 대한 경계를 늦추지 않는 가운데, 민주화의 "꽃밭에서 다시 한번 잠들게 해 다오 한을 풀어 다오"라고 끝맺음한다. 자신은 비록 "휘황한 수술대에서 겁에 질린 한 마리 동물로 쓸개를 떼어 내"는 처지에 있다고 하더라도, 10.18 부마민주항쟁이 있었던 것처럼, 민주화의 열망이 승리가 될 것을 "또 한 번 믿어 본다." 죽어 가는 육신을 뛰어넘어 조국의 민주화를 향한 역동적 기운을 신념화하였다.

5. 맺음말

김태홍의 필명이자 아호는 '살매-물처럼 살리라'이다.[10] 평생을 견지한 신념이다. "물처럼 착하게 거침없이 살아간" 김태홍에게 물은 착하게 사는 순리의 세계인 동시에, 순리를 거스르는 모든 것에게는 거침없는 항거의 조류로 표상되었다(「살매 서정시선」 후기). 한편으로 "물처럼 둥글게, 물처럼 흔적을 남기지 않고" 살아가겠다는 그였다(「살매」).

그의 말처럼 "늙었구나/비에 젖은 흘러간 옛 노래" 같은 김태홍 시의 흔적이 없다(「소낙비」). 잊지 말아야 할 시인이 잊혀졌다. 부산·경남 시단에서 사라지지 말아야 할 시인이 사라졌다. 우리나라 학술 정보 문헌에 김태홍에 관한 논문이 한 편도 등재되어 있지 않다. 간간이 단편적 소고이거나 회고록에 잔존한다. 그나마 김선학 교수의 책임 편집으로 『살매 김태홍 전집』(국학자료원, 2013)이 상자되었다. 살아생전

---

10 "〈살매〉의 매는 물이다. 옛말에 〈마히 매양이라 장기 연장 다스리라〉 또는 장마 장매 등에서 쓰이고 있는 물을 의미한다. (중략) 翠水, 水史 등의 익명도 썼지마는 지금까지 버리지 않고 쓰고 있는 것이 〈살매〉이다." 「살매」, 『살매시의 사회성』, 신한출판사, 1984, 16-17쪽.

김태홍의 부리부리한 눈, 눈망울이 억실억실하게 크고 열기가 있었던 것처럼 지켜볼 일이다.

민족의식, 인간답게 사는 길
―월초 정진업의 시

1. 들머리

월초(月艸) 정진업(鄭鎭業)은 1916년 4월 19일, 경남 김해시 진영읍 여래리 743번지에서 태어났다. 1930년 김해보통학교, 1934년 마산 상업학교를 졸업하였다. 1939년 5월, 『문장』에 단편소설 「카츄사에 게」가 추천되어 등단하였다. 1940년 평양숭실전문학교 문과를 잠시 다니다가 통영협성학원에서 연극을 가르쳤다.

광복 후, 희곡 창작과 연극 연출 및 출연에 매진하다가, 1947년 『경남교육』 편집장으로 일했다. 1948년 부산일보 초대 문화부장으로 일하며, 지역 문단의 활성화에 큰 공을 들였다. 같은 해 8월, 첫 시집 『풍장』을 내었다. 1950년 두 번째 발간 예정이었던 시집 『얼굴』의 서 문을 정지용으로부터 받았으나, 6.25 전쟁과 이념 등의 문제로 내지 못했다. 같은 해 8월, 좌익계 문화 단체 인사로 몰려 6개월 투옥되는 한편, 부산일보에서 해임되었다.

1953년 두 번째 시집 『김해평야』, 1971년 세 번째 『정진업 작품집 1(시

52

집)』, 『정진업 작품집 2(산문집)』, 1976년 네 번째 시집 『不死의 辯』, 1981년 다섯 번째 시집 『아무리 세월이 어려워도』를 내었고, 1983년 허버트 리드 『시와 아나키즘』을 번역 출간하였다. 1983년 3월 28일, 향년 68세로 별세하였다. 1990년 그의 시비 「갈대」가 마산에 건립되었다.

이 글은 정진업 시인이 생전에 발간한 시집과 산문집은 물론, 그가 생전에 발간하려 시집 형태로 묶었으나 여의치 않아 미발간된 1957년, 1961년본의 텍스트까지 아우른다. 특히 신문 지상 및 문학 매체에 발표한 대체적인 작품들과 논설을 발굴 망라하여 총체적인 텍스트의 개념에서 접근하고자 한다. 그 결과, 다음과 같은 핵심적인 사안들을 적시할 수 있었다.

첫째, 최초 지지(紙誌)에 발표된 원시와는 달리, 시집으로 엮어 내는 과정에서 무수히 많은 개작을 하였다. 대표적인 일례는 연작시의 형태로 쓰여진 「하오의 논리 1-10」, 「하수도의 태양」을 들 수 있다.

둘째, 시집을 낼 때마다 개작의 과정을 거치면서 재수록한 작품이 많다. 대표적인 일례로 그의 대표시 「불사의 변」과 「손톱」은 각각 1955년, 1954년 발표되어 미간행된 1957년본과 1961년본에 엮어 놓았다가, 시집 『불사의 변』에 이르러 최종 확정 수록한다. 따라서 시집 판본의 연도를 좇아 작품을 해석하기에 앞서 최초 발표된 작품의 텍스트가 변개(變改)되어 가는 과정과 추이까지 감안하여 텍스트 해석에 접근해야 했다.

셋째, 가장 핵심적인 사안으로 제기되는 것은 정진업 전체 시에 있어, 시집으로 발간되어 수록한 작품보다 더 많은 작품이 여러 지면에 산재되어 발표되었을 뿐 아니라, 여러 지지(紙誌)에 발표된 작품이 시집으로 묶어 낸 작품보다 정치적 검열로부터 자유로워 진정성을 향한 직정적 토로가 도드라진다는 점이다. 따라서 이에 관한 총체적 텍스트 접근을 간과할 수 없다.

정진업 시의 시기 구분은 자기 던짐의 상황적 존재를 전제로 다음과 같이 접근할 수 있다. 민족의식의 치열성을 보인 광복기, 궁핍과 통분과 자괴감 속에 현실 인식이 첨예화되던 1950년대, 3.15 의거 이후 빈곤의 삼제를 향한 직정적 역사의식으로 충만했던 1960년대, 부조리한 세상과 진정한 삶의 간극 사이에서의 실존 의식으로 점철되던 1970년대 초반, 자기 성찰과 통합에의 의지를 보이던 1970년대 후반과 1980년대가 그것인데, 이는 통시적 관점에서의 연대별 구분이거나, 역사적 사건에 따른 귀납적 소여 결과로서 가능한 것이 아니라, 텍스트 그 자체를 연역하여 구성한 체계임을 밝혀 둔다.

2. 광복기, 민족의식의 치열성

광복기 정진업의 시 세계는 졸고 「광복기, 정진업의 시 세계」(『잠시 쉬는 등을 바람은 너무 흔들고』, 불휘, 1997)와 「1950년 정지용과 정진업」(『시와 비평』 7호, 불휘, 2003)에서 고찰한 바 있다. 간추려 요약하면 다음과 같다.

당시 비프로문학인의 문인으로서 좌파 쪽에 교감 경도된 김정한과 김용호로부터 시집 『풍장』의 머리말과 해설을 겸한 단평 후기를 각각 받았는데, 한결같이 "인민의 눈"과 "인민의 요구"에 부응한 "행동의 작품화"라는 평을 받았다.

게다가 시집 『풍장』에는 수록하지 못했지만 1947년 7월 9일 『대중신문』에 게재한 정진업의 시 「일식」은 남로당 산하 단체인 조선문화단체총연맹의 문화공작단 파견 운동이라는 좌익 선무 활동과 유관한 작품이다. 제1대의 공작 지대는 경남 일원이었는데, 이때 대장은 유현, 부대장은 문예봉과 오장환이었으며, 기록 및 연락은 유진오가

담당하여 전원이 50명을 넘었다. 그들이 7월 6일 부산극장에서 공연할 때, 우익 테러단이 다이너마이트를 던져 두 명이 죽고 다섯 명이 중경상을 입는 사건이 발생하였다.

이러한 사건에 즈음하여 정진업은 "문화공작단의 행동이 인민을 위한 것이며, 아울러 이들에게 돌을 던지는 자는 인간이 아닌 값싼 고깃덩이에 불과하다"라는 것과 응당 하늘의 저주가 있을 것이라고 맹렬히 질타하고 있다. 그리고 시인의 노래는 인민과 더불어 영원해야할 것인데, 인민과 더불어 노래 못 하는 자신에 대한 자책감과 아울러 그로 인한 회한과 슬픔을 걷어 내고 그들의 대열에 동참해야 한다고 스스로 추스르고 있다.

> 해방이란 진리는 노상 새로운 것이로되, 두 돌을 지난 이 땅의 해방은 이리도 진부한 것인가? (중략) 아첨하고 영합함으로써 자기 생활을 도모하는 예술인이 있는가 하면 집시족처럼 생활에서 餘地 가차 없이 추방을 당하면서도 꿋꿋이 자기 예술을 사수하여 싸워 나오는 양심적인 숭고한 예술가도 있다. 이 두 갈래의 조류는 일정 때나 현 군정 때를 막론하고 예술가가 먼저 현 사회자본경제기구의 규범에서 이탈할 수 없는 한, 의연히 계속될 것이다. (중략) 저녁 거리에 굶주리고 섰으면 내가 아는 사람들은 왜 모조리 불행한 것인가? 尙勳의 시 한 구절이다. 굶주리지 않아도 내가 아는 사람들의 생활에서 오는 불행을 읊어 줄 수 있는 그날이여! 어서 오너라.
> ―「藝術 小威―인생은 짧은 것이나」 부분(『경남교육』, 1947.11.30)

아울러 예술과 사회의 상관관계에 관한 그의 관점은 「예술의 사회적인 것과 일반적인 것」(『부산일보』, 1948.3.18)에 집약되어 있는데, 간추리면 다음과 같다.

그는 예술의 일정한 최성기(最盛期)가 결코 그 사회의 일반적 발전에 따라 그 조직의 근본이 되는 물질적 기초에 비례하지는 않는 것이라는 맑스(Karl Heinrich Marx)의 견해를 전제하면서, 그렇다고 해서 이것이 예술의 유물사관적인 고찰을 결코 방해하는 것은 안 될 것이라고 하였다. 그 시대의 정치 생활이 사회경제에 집결된 표현인 이상, 이러한 예술의 특징도 간접적으로 그 사회 및 그 시대의 물질적 발전에 기초한 것이며, 새로운 시대의 특징과 광망(光芒, 비치는 빛살)이 내포된 것이라고 역설한다. 적어도 그가 생각하고 있는 예술의 사조와 경향은 정신적·정치적·경제적 생활의 배경 아래, 사회의 물질적 발전 단계와 넘나들고 있다는 관점에서 수렴되고 있음을 알 수 있다.

특히 "새로운 시대의 특징과 광망"에 관한 제시 양식으로서 예술의 사회적 역할을 강조하고 있는데, 이것은 광복기 새로운 날을 향해 퍼져 나가는 민족의 빛살로서 시라는 열정과 맞닿아 있다. 그 열정은 현실의 모순을 타파하고 삼제해야 진정한 새날을 건설할 수 있다는 일련의 시를 발표함으로써, 실천적이며 참여적이다.

그가 본 것은 "조국의 산과 산새들은 당당하고도 꺽지 세게 조국의 밝은 미래를 신념화하건만 조국의 현실은 노여움보다 졸음에 겨운 것으로 가득한 우리 민족의 현실"이며(「산상의 노래」), "뼈와 살이 서로 다투는 겨레. 어둠과 테러, 굶주림과 헐벗은 거리"와(「눈보라」) "물과 사람과, 사람과 사람끼리의 싸움이 끝없이 무서운 가난이 있는 낙동강"이다(「낙동강」). 게다가 "박쥐와 올빼미 같은 교활한 무리들이"(「밤은 너희의 편이 아니다」), "친일의 행각 끝에 또 다른 하늘을 기리어"(「하늘이야 다를 것이냐」), "기름과 비게가 말로 쏟아질"(「새로운 그날을 위하여」) 조국 현실이다.

이러한 현실 속에서 그가 보고자 했던 것은 "병든 아비는 죽고 가

난한 동족의 사랑과 슬픔에서 민주 공화를 위해 투쟁하며 사나워지
는" 것이며(「아버지」), "자유와 권세와 평등"이다(「인민의 발」). 「새로운 그
날을 위하여」에서는 과거 식민 경제 구조가 존속되는 파행의 극치에
대한, 참담한 민족의식을 토로하고 혁명적 로맨티시즘을 주창한다.

장작 한 개피를 사지 못해
오소소 새우잠에 밤을 밝혀야 하고
끼니를 어기면
창자마저 얼어 떨려야 하는데

이 거리에 넘쳐 흐르는
가난한 내 同族들은
지나간 모진 겨울을
어디서 어떻게 났던 것인가?
아— 이 땅의 악착같은
슬픈 生理들이여!

이루어질 나라는
여름처럼 茂盛할
우리의 공화국은
겨울 아니라
보다 더한 것이 오더라도
우리에게 먼저
여름처럼 恩惠로워야 할 것이다.

—「이루어질 나라는」 부분

『경남교육』에 게재될 당시 원제는 "이루어질 나라는 여름처럼 은혜로워라"이며, 시 본문에서 "나라"는 "×××"로 표기되어 발표되었다. 이는 공화국을 일컬음이다. 그가 생각하고 있는 모두가 가야 하는 길은 앞으로 이루어질 공화국 건설이다. 공화국 건설의 당위성은 집 없는 노동자와 실업 부랑자들이 평화롭게 살 수 있게 하는 데 있으며, 이것이 이루어지지 않는 현실은 그에게 곧 모순이며 더 나아가 울분이 된다.

은혜로운 이 땅의 건설은 시집 『풍장』 전편에 걸쳐 직정적 발언으로 표출하고 있는데, 그것은 "민주의 나라 이리 더디게 옴"을 한탄하거나(「골목길」), "가난한 동족의 사랑과 슬픔에서 세워질 민주 공화의 나라를 위해 맹수처럼 사나워질 것"이라는 결의로 가득하기도 하며(「아버지」), "한 개 조약돌이나마 날려 인민의 복된 새 나라"를 세워야 한다는 다짐으로 가득 차 넘친다(「새로운 그날을 위하여」).

정진업의 경우, 좌익 계열이 전면에 내세운 부르주아 민주주의 혁명 단계로서 광복의 의미와 함께하는 것으로 보인다. 물론 현 단계를 프롤레타리아 혁명 단계로 규정한 장안파의 극좌적 논리와는 다르다. 그러나 광범한 인민 대중의 지지를 전취하기 위하여 표방한 이른바 '8월 테제'와 같은 맥락이다.

예컨대 토지의 무상몰수와 균등 분배를 통해 농민들의 생존권을 확보하고 그에 따라 강점기 하 고향을 떠나 도시 노동자 혹은 부랑인으로 내몰린 이들의 귀향은 물론, 노동자들의 권익 향상으로 이어져야 한다는 것. 매판자본의 국유화와 연계한 일제 잔재 청산이야말로 진정한 민주주의(신민주주의, 혹은 진보적 민주주의)의 완성이라는 것이다. 물론 이것이 민족을 빌미로 앞세운 좌익 계열의 민족 통일 전선 전술이라는 정치성은 차치하더라도 민족의식에 입각한 당대 지식인의 한 사람으로서 정진업 시인이 생각하는 정의이며 이상이라 하겠다.

그가 진정성을 갖고 고뇌했던 것은 친일로 왜곡된 조국 해방의 단절적 의미이며, 부정과 불의와 부조리가 최소한의 인간적 삶마저 박탈하고 있는 역사 그 자체이다. 그가 인식한 사회의 모순 구조는 좌익 계열만 내세운 것이 아니며, 다수 인민이 지녔던 공통된 울분이다. 오히려 그가 좌익 계열의 일원이었다면 그들로부터 진보적 리얼리즘에 값하는 현실 인식은 추켜세워졌겠으나, 지식인의 무기력 혹은 노동 계층이 가진 우울한 현실과 빈곤이 만화경처럼 펼쳐지는 '거러지 문학'이라는 호된 비판을 면하기 어려웠을 것이다. 따라서 정진업을 이데올로기에 입각한 좌익 심파라고 하는 것은 적절치 못하다.

고향으로 돌아는 왔으나 사글세방 부엌에 연기 한번 올려 보지를 못하였다.

(중략)

이웃집 설거지 소리에 잠이 깨인 늑골이 주판알처럼 두드러진 어린 것들.

—너는 웃마을로 가거라.

—너는 산기슭 부자 많이 사는 마을로 가거라.

—너는 아침상을 물리기 전에……

오 귀여운 내 새끼들아.

바가지를 들려 오늘 이 하루의 칼로리를 빌려 보내는 어미의 눈은 함초롬히 젖었고

아비의 눈에는 불이 튀었다.

가리라! 차라리 가리라!

현해 바다 저 건너 내 비록 원수의 발에 짓밟혀 죽을지라도

한사코 정들은 그곳에서 살다 죽으리라.

아! 진정코 진정코 이럴 줄을 몰랐던 내 고장이었다.

이럴 줄을 몰랐던 내 겨레들이었다.

—「하루」 부분

1946년 8월 19일에 발표된 위의 시는 강제 연행되어 이른바 '구치노동(拘置勞動)'을 하다가 광복이 되어 귀환한 동포에 관한 이야기이다. 그들은 폐가의 회랑 같은 천변, 게토화된 곳에서 살았을 터이다. 그런데 조국의 광복과 더불어 귀환한 동포가 조국에서 더 못 살겠다고 하여 다시 일본으로 되돌아가겠다는 현실은 당대의 전형적 상황이며, 동시에 역설적 삶의 논리가 참이 되는 모순의 극치라고 하겠다.

정진업은 민족적 차별보다 더 가혹한 가난과 기아의 조국 현실이 더 깊고도 크게 사람들에게 울분으로 차오르는 현실을 직시하였다. 이데올로기를 앞세운 민족의식보다, 민족의식을 앞세운 현실에 기초한 애틋함과 서글픔과 울분이 그의 시의 심장으로 자리 잡는다.

3. 1950년대, 궁핍한 현실 인식과 통분과 자괴감

1953년에 발간된 시집 『김해평야』에 수록된 시는 광복기 정진업이 보여 준 민족의식의 치열성과 민족적 현실에 대한 직정적 토로와는 거리가 멀다. 보도연맹 사건으로 억울하게 죽은 누이동생을 그리며 썼다는 연작시 「소녀의 노래」는 환상적 어조와 죽은 소녀의 등불이 꺼지지 않도록 밝혀 주는 기름 같은 시인의 노래가 되겠다는 공소한 추상성에 머물렀다. 이는 당대 레드콤플렉스에 의한 사상적 검열을 상당히 의식하여 출판한 데에서 비롯된 듯하다.

반면에 시집 『김해평야』에 이어 출간하고자 작품을 엮었으나, 출판에 이를 수 없었던 '1957년본 미간 시집'에는 당시 각 신문 지상에 낱낱으로 발표된 작품을 나름대로 뜻을 두고 묶어 놓았는데, 이는 미간인 까닭에 검열로부터 자유로워 당대 시인이 진정으로 하고 싶었던 발언의 뭉치가 고스란히 담겨 있어서 주목된다고 하겠다.

특히 1927년 3월 6일 출생하여 공주사범을 졸업하고 1950년 당시 마산완월초등학교 교사로 재직 중, 보도연맹 사건으로 마산교도소(과거 마산시 오동동 한국은행 자리)에 수감되었다가, 등 뒤에 큰 돌을 달아 수장당한 누이동생 미혜에 관한 다음의 시는 앞서 『김해평야』에 수록한 작품과는 차원이 다르다. 미간 시집의 제목을 나름대로 『차원의 생명』으로 붙인 것도 그 뜻이 있었을 터이다.

있다면 결국 슬픈 抽象 안에서 血球를 깨뜨리며 살고 있을 게다.

遺言 없이 소녀도 죽은 지 석 달 만에 손수 산에서 옮겨다 심은
들국화가 육체의 파편처럼 피었었다.

다음부터는 해마다 그때이면 누구의 罪責인 양 그렇게 피어 오더니……
가위에 눌린 내 魂의 恐水病이여!

亂麻로 混線하는 魂들의 넋두리를 判識하기 위하여
수신기로 귀를 막은 無電士가 되어 暮色의 거리에 나서 보면

들려오는 소리 피 울음 소리

이렇게 못 잊어 그리다가 저렇게 애태우며 죽어 갔다는 것이다.

近視眼이던 그 소녀는……

—「魂—누이동생에게」 전문

1953년에 발표된 이 시는 같은 해 발간된 『김해평야』에 수록된 연작시 「소녀의 노래」와는 실로 차원이 다르다. 핏방울을 깨뜨리며 살았을 누이는 유언도 없이 죽었고 시의 화자는 누이동생의 살점이라도 보려고 들국화를 심었다. 들국화가 해마다 아름답게 피는 것은 일찌감치 떠나보낸 누이동생에 대한 '나'의 죄책감으로 자리 잡았다. 누이는 무거운 돌에 달려 물속에 수장당했고 '나'는 가위 잠에 눌려 공수병이 깊어만 간다. 게다가 저물녘 거리에 나서면 피 울음 소리만 가득하다. 그 소리는 애타게 죽어 간 누이의 소리이다.

마찬가지로 당대 궁핍한 현실에 대한 직정적 토로도 신문 지상에 게재된 다음 시에서 더욱 극명하게 드러난다.

나라도 구제 못 한다는 가난! 거러지와 좀도둑과 行旅病 住生者와 굶어 죽은 뒤라야 비로소 소문이 날 斜陽 氏族의 통계를 내어 보라. 羊頭狗肉의 慈善家란 놈들은 임시 파산 선고의 수속을 끝내고 지금 한창 직업 전환에 바쁘다. 抱主 高利貸金業 福德房, 一日新房用宿業 仲介人 등등

草梁洞 근처에서 십사 세의 창녀를 발견한다.
쌀 서 말 먹고 시집갔다는 그 전라도 촌부인가 보다.

젖에 피를 탄 불길한 노을 속에 앉아

너는 언제까지 鶴의 모가지를 하고 기러기를 기다릴래?

차라리 우물가로 숫돌을 가져오너라.
십 년 묵은 장도에 날을 세우게.

밤에는 내가 絞首당하는 꿈을 꾼다.
눈을 뜨면 대가리 큰 놈의 다리가 내 모가지를 누르고 있는 것이다.

이럴 때는 담배 한 대가……

—「너는 鶴의 모가지를 하고」 부분

1956년 신문 지상에 게재된 이 시는 당대 거러지와 좀도둑과 깃들 곳이 길거리뿐인 사양족(斜陽族), 죽어야 소문이 나는 이들이 득실거리는 거리를 직핍하여 말하였다. 초량동 근처에서 쌀 서 말에 팔린 열네 살밖에 안 된 창녀를 만나는데, 그 아이의 "젖에 피를 탄 불길한 노을"이 화자에게 다가선다. 그 아이는 고향 가는 기러기가 되었으면 하는 바람으로 학의 모가지를 하고 있다. 차라리 저 모가지를 댕강 잘랐으면 하는데, 사실은 고향에 가고 싶어도 가난과 비루함으로 가지 못하는 화자의 목을 자르는 것과 같다.

①

고향에 돌아가면 아는 사람이 별로 없다. 외가 사람들은 삼십이 넘도록 자수성가를 못 하였다 하여 비웃는다. 같은 집안사람들에게는 개밥의 도토리다. "형님 어쩔테요!", "오빠 어쩔테요!", "당신은 장남 아니요" 어째 장남에게는 권리는 없이 의무만 이렇게 늘어 가는가? 권리가 있다면 재산

상속에 있어 채권 없이 채무뿐이로구나.

서울 가 있는 동안에 이불까지 도적 맞고 새우잠을 자는 나를 우리 집 사람들은 아예 모른다. 모르는 것이 천만다행이다. 조로와 병밖에는 아무 것도 없다. 풀릴 것은 아니 풀리고 눈자위만 괴괴 풀려 가는 나의 삶의 저 주스러움이여.

②

피 터진 손등으로 낙숫물처럼 흐르는 콧물을 훔치며 숯불을 일으키는 Z 부인의 얼굴은 바로 비분 그것이다. Z는 하루 열두 시간 노동의 표본이 다. 쌀값이 올랐으니 그나마 시간은 다시 노동 잉여에 희생되어 움집으로 돌아오는 때는 고마울 것 없는 밤이 아가리를 벌리고 있을 뿐이다. 넝마로 불거진 팔꿈치와 정강이를 눈 가리고 야옹하는 격으로 싸매고 Z와 C가 우 줄우줄 나서는 거리는 어디냐? 두부공장이다, 자유시장이다, 싸구려 판이 다. 깡통 하나만 근사하게 차고 나서면 거지나 Z와 C나 우리 서로 다를게 무언가? 두서너 벌씩 겹옷을 입고 그 위에다 수달의 목도리가 달린 외투를 들은 냉혈한들이 또한 두 겹 세 겹의 베일로 짓무른 양심을 신부 얼굴처럼 가리고 송곳을 찔러도 피 한 방울 아니 나올 표정을 하고 거리를 가는가 하면 개트림하는 턱주가리가 일구사구년도식 하이여를 밀고 간다. 항도여 너는 언제까지나 주판질과 칼로리의 섭취로 가로만 빠져나갈 작정이냐? 부두에서도 저 멀리 육중해서 못 들어오는 외국 상선의 긴 베이스 독창이 울려 오는구나. 누구를 위한 찬가(讚歌)냐, 아니면 만가(輓歌)냐?

위 ①은 1949년 12월에 발표한 그의 산문 「넋두리」이며, ② 역시 같은 해 발표된 그의 산문 「피 한 방울 안 나온다」이다. 팍팍한 가난 은 민족의 현실인 동시에 정진업 자신의 삶 그 자체이다.

내가 난 날이 이토록 싫어서 「眞露」 한 병을 마시고 우는 것입니다.

어머니가 먹던 미역국을 내가 왜 또 먹어야 합니까?

修身齊家란 차라리 외국어이기를 바랍니다.

心은 完全을 위하여 利己라야 하고 物은 後孫을 위하여 도덕이 되어야 하는 교리.

에고이스트도 모럴리스트도 못 되는 나는 누구처럼 부모를 咀呪하기 전에 내가 나지 않으면 안 되도록 점지하였다는 삼신할머니가 어디 깊은 산골짝에라도 살고 있다면 찾아가서 앞날의 나를 어찌할 것인가를 점치듯 조용히 한번 물어보고 싶은 날입니다.

짓고땡이 판인 거리에서 담배를 사서 피우면 詐製라 소태맛이고 파는 아이놈도 역시 먹기 위하여 눈은 날 때부터가 아닌 斜視症에 걸려 있었습니다.

이제 分裂되어 가는 나의 오르가니즘입니다.

출생신고의 날인 오늘 자살 건의서를 낸대도 취소할 사람은 또 누가 있겠습니까?

구름도 쉬어 넘는 山外山不盡이올시다.

—「産日」 전문

위 작품은 1954년 그의 나이 39세에 쓰인 작품이다. 위의 제목 아래 그는 "있기 어려울수록 내가 왜 있는가를 모색하는 시공 속에 서른아홉 번째의 산일은 와서"라는 부제를 붙여 놓았다. 자신의 '유기체는 바야흐로 분열되어' 가고, "자살 건의서"를 내고 싶다고 한다. 첩첩산중에 유폐된 듯한 의식은 이른바 "청춘파산"이다(「전락의 시첩」). "삶은 流刑의 먼 彎曲에 이은 백사장"이다(「해변에서」).

그가 생각하는 세상은 햇빛이 들지 않는 하수도이다. 그 속에서 그는 "짐승이 되어 먹고 신으로 화하여 잔다"라고 한다(「하수도의 태양」). 말하자면 오로지 먹고살기 위한 짐승처럼 살고 있지만 적어도 하수도에 빛을 던지는 태양과 같이 살고 싶다는 삶의 명제는 그가 세상에 살아 있는 이유가 된다. 이때 시는 팍팍한 세상을 헤쳐나갈, 무력한 자신에 대한 혁명이 된다.

次元의 세계에서 시의 혁명적 과업은 이루어질 것인가? 이런 待望에서 낭만은 하나의 활력소가 된다. 시인이 스스로의 문제를 해결하는 데 정신의 옥토가 있을 수 없다. 몰락, 自乘 플러스 자살 미수, 이것이 事變 後 지금까지의 나의 숙명적인 생활 공식이다.

　　　　　　　　　　　　　　—『차원의 생명』(1957, 미간) 자서 후기 부분

막막한 현실에 몰락과 자살 미수가 자신을 짓누르지만 그래도 낭만 한 자락이라도 붙들고 섰다고 생각하면 세상을 바라보는 차원은 달라지고, 그러한 차원 때문에 생명을 얻는다는 인식으로 스스로 "무작정 기다리자, 무작정 기다리세요"를 되뇐다(「손톱」). 1955년, 자신의 존재가 이 세상에서 지워진다는 불안의 끝자락에서, 실존적 의지를 천명하고 쓴 시가 「불사의 변」이다.

自虐이 피가 될 수는 없었지만 황혼에 붙은 酒癖 때문에 마시면 火藥처럼 터지는 울음이었다.

최초부터 도와줄 神 하나 지니지 못한 遺棄兒. 冷酷해야 할 허무에의 의지는 오늘 또 누구와 곡진히 타협하기를 원하는가?

버스를 내린다. 烙印 같은 도장을 목덜미에 찍는다. 遲刻이 리스트에 얹힌다.

돌아오기를 기다리는 어린것들
宿命의 정조는 이미 엎질러진 잉크였다.

대낮에도 이웃이 문을 잠근 不毛邊地에 개가 짖으면 미칠 듯 아쉬워지는 인정과 세월이 있다.

누가 나를 보고 그놈이 어찌 여태 살았더냐고 한다.

끝내 살고 보아야 할 건 목숨이고 보고 살아야 할 건 인간인 것이다.

—「불사의 변」 전문

4. 1960년대 초, 빈곤의 삼제를 향한 직정적 역사의식

무력하더라도 세상과 자신을 바라보는 눈에 차원을 달리하자는 다짐 속에 맞이한 마산 3.15 의거와 4.19 혁명은 정진업에게 충격 그 자체였다. 전환기 역사의식 속에 그는 부조리와 불의와 부당함에 대한 대결 의식이 문학인이 나아가야 할 길이라는 것을 재천명한다.

제2공화국 벽두에 있어 그 國是가 아직 뚜렷하게 명시되어 있지 않는 이상 우리 국민이 잘 살 수 있는 문화적인 방향으로 문화인 자신들의 통일전선을 구축하여 정치를 버리고 앞으로 내닫는다고 해서 저지당한다거나 규탄을 당할 하등의 이유가 없다. 그것은 정치가 문화의 온상이 되지 못하고 문화인의 권익을 옹호하지 못할진대 문화인은 4.19 이전의 도피적인 태도에서 탈각하여 정치인과 최후까지 타협하지 않는 대결 정신으로 재무장하자는 것이다.

—「문화 운동의 자세」 부분(『군항신문』, 1960.10.3)

한편으로 육화된 대결 정신과 민주혁명의 완수를 문학작품으로 승화시킬 수 있는 길이 독일 표현주의 연극(그중에서도 에른스트 톨러)에서의 정치적 행동주의에 있음을 역설하며 톨러 작품의 톤을 "스프레흐 코올"로 규정하는 한편, 이를 문화 운동으로 전개해 나가야 함을 주창한다.

슈프레흐 코올(Sprech Chor) 하면 음악 용어로서 독어로 '말의 합창', '합창대의 화법' 등으로 직역되지만 의역하면 집단낭송시, 대중낭송시극이라고 불리는 게 타당하다. 이 슈프레흐 코올의 슈프레흐란 함부로 쓰는 말을 의미하는 것이 아니라 어떤 목적의식 아래 痛切한 실례를 극적으로 구성하여 대중을 감동케 함으로써 이를 행동으로 옮길 수 있도록 하는 아지테이션이 강한 시어를 선택한 것이므로 시가를 리듬적으로 낭독하는 것이라고 보아도 좋다. (중략)

작가적 저항력의 상실에서 오는 消極 無事主義의 사회적 교섭을 孤高然한 순수로 가장하려는 비겁이 있다면 이는 마땅히 백일하에 폭로되어야 한다. 각설—브르조와적인 살롱문학이나 근로대중을 위한 자연발생적인 시가 자칫하면 개인의 주관적인 사상 감정 및 기분의 반영이기 쉬움을 경계하고 앞으로 국민 신생활 운동을 표방하는 혁명적인 시의 과제는 바로 서민 대중 전반의 객관화한 사상 감정 및 의지가 되지 않아서는 안 된다. 따라서 이 시는 대중들의 생활 필요에 의하여 복잡한 사회적 현실을 총체적(변증법적)으로 파악해야 하는 동시에 보다 집단적이고 역학적이고 연극적인 요소를 구비한 대중낭독시의 방향으로 노래 불려져야 하며 이 구체적인 희망을 대중들의 혁명적인 신생활의 창의성에서 取題하여 작업되는 형식이 곧 슈프레흐 코올이라야 할 것이다. (중략) 여기 에른스트 톨러의 「가난한 사람들의 날」이란 슈프레흐 코올의 일절을 참조하면서 이 稿를 맺는다.

(합창 소리) 때는 바야흐로 익었다./이제 싸움은 끝났다./우리의 상처 속에 피어나는 인류의 승리/지상에 있는 가난한 사람들이여!/모든 것을 준비하라./드디어 오고야 마는 것, 정의가…… 정의가……//먼 데 소리/눈을 뜨라/세계의 모든 가난한 사람들이여!/정의를 위하여/고통을 겪던 사람들/들어라/지축에서 울려오는 새로운 정의의 소리를……/지금 동이 트고 있는 것이다./햇불이 높이 타오르고 있는 것이다. (음악. 대합창) 우리는 모든 준비를 다하였다./정의다! 정의다!/모든 사람들이 모든 사람들을 위하는……/가난한 사람들이 가난한 사람들을 위하는…… (파이프 올갠 소리)
—「슈프레흐 코올 운동을 일으키자」 부분

그에게 있어 시는 "어떤 목적의식 아래 통절한 실례를 극적으로 구성하여 대중을 감동케 함으로써 이를 행동으로 옮길 수 있도록 하는" 것이다. 시가 나아가야 할 방향은 "국민 신생활 운동을 표방하는 혁명적인 시"이어야 하며 "서민 대중 전반의 객관화한 사상 감정 및 의지"가 되어야 한다. 이를 위하여 시인은 "대중들의 생활 필요에 의하여 복잡한 사회적 현실을 총체적(변증법적)으로 파악"해야 하며, "보다 집단적이고 역학적이고 연극적인 요소를 구비한 대중낭독시의 방향으로 노래 불려져야" 할 것을 주창한다. 특히 그가 주목하고 있는 에른스트 톨러(Ernst Toller, 1893-1939)는 "빈민가의 비참함, 억눌린 자들의 고통, 권력자의 무관심과, 잔인성"에 분노하며 새로운 희망과 비전과 인간의 정신적 재탄생을 마치 니체와 흡사한 어투로 예고하던 극작가이다(R. S. Furness, 『표현주의』, 김길중 역, 184쪽).

톨러에 관한 정진업의 각별한 관심은 그가 당시 지역 연극 운동을 주도적으로 이끌고 있었던 외연적 배경에서 더 나아가, 톨러가 지니고 있던 세계 변혁의 기초가 빈곤의 삼제에 있다고 하는 점, 그것이 정진업이 지니고 있던 세계관과 궤를 같이한다는 점을 주목해야 한다. 다음의 글은 그가 마산 3.15 의거를 부정선거에 대한 민주화의 길항으로 허장성세하기에 앞서, 실상에 입각하여 "빈곤과 기아에서 보다 나은 삶을 염원"했던 이들의 저항이라고 보는 관점을 통해서도 잘 알 수 있다. 더욱이 이러한 관점은 광복기부터 당대에 이르기까지 정진업 시의 본질이며 지향점이었다는 점에서 예사롭지 않다.

내 나라의 주권을 도로 광복한 지 오늘에 이르기까지 소금이 쓸 정도로 인욕의 계절만을 맞고 보내던 마산 서민들의 울분이 활화산처럼 터져 오른 것이 분명하다. '데모'에 참가한 시민의 성분은 주로 학생과 서민층(노동자, 공장 직공, 실업 청년, 부랑 청년, 걸인)이고 보매 참을성 없는 학생들의 정의 관념의 발휘와 빈곤과 기아에서 보다 나은 삶을 염원하던 나머지 선거로 인한 개인의 주권 박탈에까지 이르자 마산 시민들의 일사도 불사하는 반발적인 비장한 결의가 무계획, 무모한 가운데 조성된 것임에 틀림없다고 본다.

—「민주주의는 살아 있다—마산 사건의 서민적인 동기」, 1960.4

1960년대 초, 정진업 시의 톤은 열정적이고 선언적인 어조 그 자체이다. 일별하면 다음과 같다.

①
그 변절한 대가리는 어디로 갔나?

마산 시민이 민주당이라고 뽑아 주었더니 채 그해가 못 가서 손바닥 뒤엎듯 자유당으로 도매금 받고 팔려 넘어간 변절의 표본 말이다.

그는 지금도 서울 장안을 활보하고 다닐까?

자유당 최후 발악의 해 그 마지막 삼일절 날 나는 삼일 기념시를 낭독하면서도 무학 국민교 운동장 나무 의자에 앉아 있는 그의 이름을 부르지 못하고 변절한의 대가리로 상징한 것은……

바른 일에는 물불을 헤아리지 않는다고 큰소리치면서도 자유당 마산시 당위원장 「허윤수」의 이름을 들먹이는 것이 차마 두려웠던 것이다.

역시 비리 먹은 당나귀는 겁쟁이 시인이었다.
(중략)

지금 되어 가는 꼬락서니를 보라
일 년 동안의 시련기를 달라던 그 알뜰한 第二의 국부가 일 년은커녕 칠 개월도 못 가서 백성들을 두 불알밖에는 찬 것이 없는 거지 중에도 상거지를 만들고 있다는 엄연한 사실을 또 무엇으로 사탕발림을 할 작정인가?

생존하는 지수(紙數)가 다락처럼 오른다.

뒷수지처럼 값어치 없는 돈이다.

낙엽처럼 흔하지 않는 돈이다.

주지육림 속에 깔리는 돈이다.

「딸라」 행세를 하자면 짊어지고 다녀야 될 돈이다.

그 돈 때문에 병든 아비는 딸 하나를 시장에 판다.

고관의 점심값도 안 되는 대금 오만 환에……

한글의 대왕 세종님이 천 환짜리 속에서 눈물을 흘릴 것이다.

월영동 일대에는 굶어 부황이 나서 죽을 날만 기다리는 동족들이 살고
있다.

방장들이 줄도장을 찍어 시에서 쌀을 얻어다 주면 하루를 잘 먹고 열흘
을 굶을 수 있을 것인가?

생존이 아니라 인간 파충의 동면이다.

동면이 아니라 가사(假死)다.

가사가 아니라 법률 권외의 살인미수다.

(중략)

언제나 우리는 전위에 서야 한다.

이제는 우리의 차례가 남았다.

비리먹은 당나귀의 차례가 남았다.

멀지 않아 제三의 해방이 올 것이다.

해주에서 자전거방을 하던 내 예술 동지를 만날 수 있을 것이다.

삼팔선을 만들었던 자들이여!
삼팔선을 짊어지고 돌아가라!

우리의 부모는 이방인이 아니다.
우리는 언제까지 이러고 있어야 하나?

쌀은 있어야 한다.
전기가 있어야 한다.
비료가 있어야 한다.
남북 예술이…… 그렇다! 온 겨레의 서사시가 있어야 한다.

옛날의 三·一로 돌아가는 민족 대교향시가 있어야 우리는 사는 것이다.
                              —「비리먹은 당나귀의 차례가 되었다」 부분(1961.3)

②
둥둥둥 북을 쳐라
천심이 무거워 밑이 빠진다.

백성들이 하늘의 이름으로
역적의 모가지를 자르던
그 소가죽 북소리가
천심에 닿은 것이다.

(중략)

천심에 닿은 불길은
제신의 분노였더니라
제신이 아니라
시민들이 하늘의 이름으로
주(誅)를 내렸던 것이니라.

둥둥둥 드르르르……
북을 쳐라
천심이 무거워 밑이 빠진다.

옛날 역적의 모가지를 자를 때 치던
그 소가죽 북소리가
「로오마」 성두의 불길처럼
천심에 닿은 것이다.

밑 빠진 천심에선
불비가 쏟아질 것이다.
벼락이 떨어질 것이다.

—「천심이 무거워 밑이 빠진다」 부분(1961.4)

③
불비가 내려도 좋은 거리에 아직은 혁명이란 이름을 붙이지 말라.
(중략)

혁명이 더디다고 생각하는 너의 대가리가 돌았다는 거냐?

혁명을 할 인간의 대가리가 혁명보다 먼저 돌았다는 말이냐?

누구를 향한 칼보다 무서운 시가 되어야 하겠기에 혁명이 멀었대서 살
인 절강도 강간 치정 자살 깡패치상 절량 아사 행려병자를 자연으로 노래
하겠는가?

혁명을 할 인간의 대가리가 혁명보다 먼저 돈 것이 그 인간의 죄책감만
이 아니 것은 바보 같은 시인이 낙뢰(落雷)를 모르는 늙은 느티나무의 전설
을 너무 믿었기 때문이었다.

인간 가족의 화원으로 혁명해 줄 그 어느 누구도 아직은 생겨나지 않은
거리에 불비가 또 하나 四·一九까지 내려도 좋은 것이다.

아직은 혁명이란 이름을 붙이지 마라.
—「아직은 혁명이란 이름을 붙이지 말라」 부분(1961.4)

위 시 ①은 스스로를 비루먹은 당나귀와 같은 겁쟁이 시인으로 자
책하면서 제2공화국이 출범하였으나, "거지 중에도 상거지"로 사는
동족, 분단 민족의 현실을 개탄하면서 전 민족의 전위로 시인인 자신
은 물론, 모든 이들이 나서야 함을 가슴 벅찬 감정으로 토로하였다.
위 시 ②는 독일 표현주의 연극(특히 에른스트 톨러 풍)의 구문상의 압
축이나 상징적 이미지의 연속, 역동적인 묘사의 힘으로 예찬하는 전
형을 보이고 있다.
위 시 ③은 "살인 절강도 강간 치정 자살 깡패치상 절량 아사 행려
병자" 등 사회의 몰인정한 틀과 무자비한 폭압의 가해자인 동시에 피

해자로 사는 인간에 관한 관심, 그에 대한 진정한 혁명의 도래를 주창하고 나섰다.

요약하면 1960년대 초, 정진업의 시 세계는 "데모가 지나가도 배는 부르지 않아"(「십 환짜리 돈을 치는 것이다」) "독감보다 더한 굶주림이 안개처럼 짙었는데"(「그렇잖아도 못 가는 학교를」) "포도청이 된 목구녁을 메우고자 어슬렁거리는"(「그대 코스모폴리탄이여!」) 사람들을 두고 정치권을 향한 격정적 분노의 외침, 이른바 정치시의 성향이 중심축을 이루고 있다.

이는 다름 아닌 "건빵 한 봉지를 상품으로 바둑판처럼 깔아 놓고 십 원의 정찰을 걸어 거리에 나앉은 우리 누나 어머니의 고달픔의 견딤에 우선 위로를 드리자는 것이다. 이렇게 하수도의 태양이 깃들기를 고대하는 우리 겨레의 가슴마다에 오월의 푸른 비라도 내려 촉촉이 적셔 주어야 하겠다는 것이다."(「오월 多陽한 이 대낮에」)

그가 5.16 군사쿠데타를 두고 "백 일이 넘는 침묵" 끝에 찬양의 시를 쓴 것도 역시, "굶주린 시민들에게 빵을 주고 연후에 노래를 주고 착취가 없는 나라에서 하루바삐 복되게 살게 하자"는 순연한 바람 때문이라는 점(「혁명은 새로운 이데아를 창조하는 낭만이다」), 말하자면 시인 정진업이 일관되게 지향하던 궁핍으로부터의 해방이라는 점을 눈여겨보아야 한다.

특히 유신 정권을 극도로 찬양한 장시의 서사시 「햇불은 지금도 타고 있다」는 보유(補遺)의 문제로 남겨 둔다.

5. 1970년대 초, 삶의 진정성을 향한 실존 의식

정진업은 1971년 『정진업 작품집 1(시집)』을 출간한다. 제2시집 『김해평야』 이후 15년 만에 나오는 단행본 시집이다. 일부 이전의 시를 재수록하였지만 대체적으로 1960년대 후반의 시들로 엮어졌다.

1960년대 초기에 보였던 선언적이며 선동적인 발언은 다음의 시처럼 할 말은 하되, 톤은 낮추었다.

기도합세다.
물에 살게 하시려거든
노아의 방주를 주시옵던지
불에 죽게 되려거든
그 이집트를 나오실 때처럼
불기둥을 주시옵든지
무슨 돌파구를 주셔얍지요.

탈을 쓴 불구대천의 원수들을
제발 천국에서 추방해 주시옵기를
하느님 아버지시여!

—「지옥과 천국」 부분

한편으로 1966년 옮겨 살던 교원동 쪽방에서 그의 둘째 딸 현아가 뇌막염을 앓았으나 병원비가 없어 그대로 죽게 내버려 둔, 자책감과 궁핍함이 그의 생애 전반에 걸쳐 서걱거리며 자리 잡는다. 시 「현아에게」가 그것이다. 시집 후기에 쓴 다음의 글은 1970년대를 관류하며 흐르는 그의 시정신을 엿볼 수 있어 주목된다.

습지에서 돋아난 독버섯은 곱기는 하나 아무도 돌아보지 않는다. 그러나 독은 무서운 것이지만 약이 될 수도 있다는 역설을 자위 삼아 수명이 있는 한 살고 봐야 할 건 목숨일 게고 보고 살아야 할 건 변해 가는 역사가 아니겠는가?

아울러 세상과 스스로를 조상(弔喪)하는 다음의 시는 비장하기까지 하다.

선스타 안약을 써도
흐려만지는 視界의
대기오염과
귀를 째는
소음, 굉음, 폭음은
천지장송곡
한 삼십 년 더 살면서
역사를 보쟀더니
눈은 멀고
귀는 가고
입은 또 코밑이 석 자이니
사사십육 다 틀렸구나
이 지구가
저 인간이

—「천지장송곡 1974」 전문

1976년, 제4시집 『불사의 변』을 출간한다. 총 4부로 이루어진 체제에서 3부 〈하수도의 태양〉과, 4부 〈하오의 논리〉는 초창기부터 쓰인 작품들을 당대 정진업의 세계관에 의해 대폭 개고(改稿)되어 수록

78

되었다.

그것은 1976년이라도 좋고
1980년대쯤이라도 좋다.

한번은 또 광기의 계절이 올 것이므로
이제는 좀 비겁해졌다고 하겠지만
내 방문에 대못을 질러 놓고
외부와의 일체의 타협을 끊고
방 한가운데 콩 태(太) 자로 누워
말라리아 환자처럼
고열에 소리를 지를 것이다.

그래서 나의 머리는
돈키호테가 칼로 치던
나사 빠진 풍차처럼 돌아가다가
꽃잎처럼 숨이 질 때면
江戶時代의 사무라이처럼
할복하는 데까지는 하다가
창자를 꺼내어
나팔을 불 것이다.

물은 어디로 흘러가고
山外山不盡인가?

—「山外山不盡」 전문

산 첩첩 유폐된 방은 세계와 차단된 공간이다. "방문에 대못을 질러 놓고/외부와의 일체의 타협을 끊"어 놓았지만, 오히려 모든 것이 심오한 존재로 회귀하는 곳이 산 첩첩의 공간이다. "모든 것이 사멸하지만 죽음이 삶의 능숙한 동반자인 공간, 비통하게 찬양이 이루어지고 비탄을 영예롭게 기리는 공간, (행복하는) 공포가 황홀한 법열의 공간, (유폐되면 유폐될수록) 마치 가장 가깝고도 가장 진정한 현실로 다가가듯 모든 세계들이 뛰어내리는 (그야말로) 오르페우스적인 공간"에 그는 살고 있다(모리스 블랑쇼, 『문학의 공간』, 박혜영 역, 193쪽). 진정 "시인은 스스로 들을 수 없는 입으로 만드는 상처와 그것을 듣는 자를 침묵의 무게로 만드는 상처"를 지녔다.

> 가려운 곳을 긁어 다오
> 피가 나도록
> 견딜 수가 없구나.
> 머리를 긁어
> 피를 내는 게
> 안으로 응혈 짓느니보다
> 한결 시원한
> 그 밖의 쓸모없는
> 손톱인 것을
>
> (중략)
>
> 죽음은 오직
> 한 번밖에 없는 것

죽어서 되살아 오는 건

장미라는 가시 꽃의

이름이다.

시인이라는 면류관의

꽃이다.

가려운 곳에

피가 나서

긁어 부스럼이 될지라도

어찌 가려운 것을

참으라고 하느냐?

—「손톱」 부분

1954년에 발표된 시 「손톱」을 대폭 개작하였다. 1954년의 「손톱」은 "안타깝지만 무작정 기다리자"는 것이었다. 그러나 1970년대의 손톱은 다르다. 상처가 덧나지 않게 손톱으로 긁지 말고 놓아두어 무작정 기다리자는 것이 아니라, 안으로 응혈을 지어 끙끙 앓느니보다, 긁을 건 긁자는 것이다. 가려운 곳이 있으면 참지 말고 긁어 부스럼이 되더라도 긁자는 것이다. 긁다가 상처가 덧나 설령 죽는다고 하더라도 시원하게 긁어는 보자는 것이다. 근질거리게 하면 실컷 긁고 죽겠다는 것. 팍팍한 세상, 답답한 사람들의 응어리를 속 시원하게 풀어 주는 것, 그것이 시인이 세상에 남길 수 있는 유일한 유산이다.

"사람은 없이 박제의 역사만 공전하는" 공간에서(「인간 부재」), "짐승이 되어 먹었고 신이 되어 잤다"(「하수도의 태양」). 그 속에서 "오로지 지고 지존 지순한 전인적 진리와 역사 앞에서만은 양보도 희생도 순사(殉死)도 대신할 수 없는 인과 의에 살고자 하는 내 하오의 논리"(「하오의 논리 1」) 그것은 "사필귀정의 진리를 믿기 때문이다"(「하오의 논리 2」). 그러한 가운데 "나의 문학과 유언도 누구에게 주고 갈 것인지를 지금부터 생각"해 둔다(「하오의 논리 6」). "또 무서운 밤이 저기서 오고 있다"(「하오의 논리 8」).

비록 삶의 매 순간 무서운 밤이 와서 죽어 가는 것이라 하더라도 스스로 삶의 논리인 "지고 지존 지순한 전인적 진리" 속에 최고로 상승되어 있고, 최고로 첨예화되어 있는 삶은 적어도 자신이 파멸 상태로부터는 벗어나 있는 것이라고 느낀다. 정진업에게 시는 인(仁)과 의(義)의 삶을 상승시키는 수단인 동시에 삶의 의미 그 자체이다. 그런 까닭에 그가 서사시 「義를 보고 행하는 勇人 안중근」(1979)을 쓴 것도 같은 맥락에서 해석될 수 있다고 하겠다.

6. 1970년대 후반과 1980년대, 자기 성찰과 공존에의 의지

1981년 정진업은 다섯 번째 시집 『아무리 세월이 어려워도』를 출간한다. 1970년대 후반에 발표한 작품이 상당수 수록되었다. 이제껏 궁핍을 소리 높여 외치던 직정적 어조는 만물의 생명이란 생명은 모두가 다 소중하고 귀한 것이라는 초월론적 세계관 속에 수렴된다.

진종일을 기다려도
일손을 얻지 못하는 사람이여!
아무리 세월이 어려워도
목숨은 소중한 것이다.
하늘의 별과
땅 위의 꽃과
가슴에 넘치는 사랑은

모두 당신의 것이다.

눈을 감고

귀를 막고

입을 닫고

한 십 년 좌벽선(坐壁禪)을 하면

채미선자(採薇仙子)의 환생이 되랴?

아무리 세월이 어려워도

목숨과 바꿀 수는 없다.

살고 보아야 할 것이요,

보고 살아야 할 것이다.

　　　　　　　　　　　　　—「아무리 세월이 어려워도」 전문

　한편으로 정의와 부정의 대결, 죽였던 자와 죽임을 당한 자의 첨예화된 대립의 관점에서 초월한다. 이제는 정의로움을 위해 죽임을 당했던 모든 이가 차안(此岸)과 피안(彼岸) 속에 살아 있는 이와 함께 공존하기 위해, 멀지만 가깝게 느끼는 기억의 끈을 놓치지 말 것을 말하고 있다.

세월이 멀어지는 건

그만치 가까워지는 것이다.

한 그루의 꽃과

비와 이슬과

별과 서리를 향하여
피안의 눈이
그만치 가까워지는 것이다.

忍苦와 恥辱의 시절
의로운 이들의
의로운 죽음을
한번 상기해 보자.
목을 스치고 지나가던
칼날도
가슴을 뚫고
지나가던 총알도
지금은 제 홀로의 것이
아니었다.

죽이던 자는
홀로 죽었어도
죽은 이는 지금
우리와 함께 살고 있다.

세월이 멀어지는 건
그만치 가까워지는 것이다.
피안의 눈에 비끼는
한 그루의 꽃과
비와 이슬과

별과 서리는
모두 제 홀로의 것이
아닌 것이다.

—「원근법」 전문

특히 1980년대 들어 여러 신문 지상에 발표한 작품들은 종래 이분
법적인 사고의 틀을 벗어나 일원론적 세계관으로 통합되는 경향을 띠
고 있다. 아울러 자신의 죽음을 예감한 듯한 시를 발표한다.

만나면 헤어지듯
그렇게 만나지지 않기를 바란다

목이 타던 사람과 함께
절애 위에서
일몰을 보았어야 옳았다.

넘어진 짐승처럼
풀을 뜯으며.

낙락 가지에 걸린 돌감은
오작(烏鵲)도 돌아보지 않는다.
거절당한 이력서처럼
구겨져 돌아온 애정을
누가 믿을 것인가?

너를 사랑하였듯이

너를 사랑하지 않았던

이전의 모든 죽어 간

사람들을 사랑하기 위하여

만나면 헤어지듯

그렇게 또 만나서는 아니 되겠다.

영원이란

지금의 이 아득한 찰나에.

—「逢別」 전문

7. 맺음말

1983년 3월 28일(67세), 뚜렷한 병명도 없이 '인체의 지능을 좌우하는 뇌세포가 급속도로 마비되어 가는 증세'로 부산 백병원에서 임종한다. 그의 3녀 현영에 의해 세례명 토마스 아퀴나스로 천주교에 입교하여 영면한다.

신이 없는 사람에게는 그만치 죽음의 공포도 크다 하는데 나는 시를 믿고 있어 그런지 별로 공포도 불안도 없이 그저 내일이면 일어나서 이런 것으로 시를 쓰면 시가 될 수 있으리라는 막연한 생각으로 누워 있다. 한 사람이 고통을 안고 가는 집단 이전의 1인 인생

—시 「1인」에 관한 시작 노트

시는 그의 신이며 구원이었던 까닭에 시처럼 살고자 했고, 살았던 한 인간이 오늘 이 자리에 다시 섰다.

조촐한 사람을 향한 경배
—백청 황선하의 시

1. 들어가며

자기 변설(辨說)이 넘치고 진리의 말씀을 외면하는 시대 탓인가. 진리를 설파하려고 들이대는 시인들이 부쩍 많아졌다. 아쉬운 점은 진리의 말씀인 듯하나, 체험의 근원을 알 길이 없다는 데에 있다. 자기 성찰의 잠언은 있으나, 깊이 생각한 대로 살지 않고 있다는 데에 있다. 진리 혹은 진리답잖은 것은 때와 정황에 벼리는 양날의 칼과 같아서, 우리를 자유롭게 하거나 혹은 차꼬로 채워질 구속이기도 하다. 진리가 우리를 자유롭게 함은 나와 당신의 이해를 초월한 자리, 섣부른 선입견으로 규정된 말과 말을 버린 자리, 진리를 추구하는 숱한 방법과 도리가 열려 있어 누구나 갈 수 있는 자리에 있다는 데에 있다.

황선하 시인만큼 시적 발화의 진중(珍重)함에 진중(鎭重)한 시인이 몇이나 있을까. 시적 발화를 진귀하고 소중히 여기며, 결코 달뜨는 법 없이 조촐한 마음을 시로 한 땀 한 땀 옮겨 적었다. 진리의 성체인 종교가 신을 향한 경배(敬拜)라면, 시는 인간을 향한 경배이다. 위대한 인간이 아니라, 작고 보잘것없어 하찮게 여겨지는 사람을 향한 가없는 경배이다. 게다가 이들을 향한 시인의 마음 역시 호젓하고 단출하다. 조촐한 마음을 지닌 인간이란 어떠한가. 세상의 큰 진리를 깨우쳤다고 애써 부풀리기를 버렸기 때문에 아담하고, 엉터리 이념을 진리라고 떠벌리기를 버렸기 때문에 깨끗하다. "사람이 도를 넓히는 것이지, 도가 사람을 넓히는 것이 아니다(人能弘道 非道弘人)"(『論語』「衛靈公」)라고 하였다. 조촐한 인간을 향한 끝없는 경배에 온 힘을 다한 황선하 시인의 시를 읽는 작금의 상황이 더욱 남다르다 하겠다.

백청(百淸) 황선하(黃善河)는 1931년 9월 16일, 경북 양주군 양북면 감포리 481번지에서 태어났다(호적상 본적은 경남 함안군 칠원면 용산리 4번지). 1944년 경북 김천 남산정공립국민학교를 졸업했다. 김천중학교 중퇴(3년 수료), 해군 복무 등을 거쳐 1956년 늦깎이로 부산동성고등학교를 졸업했다. 1964년 마산대학(현재 경남대학교) 문과를 졸업하였다.

1955년 『현대문학』에 시 「벽」, 1958년 「거울」, 1962년 「밤」이 추천 완료되어 등단하였다. 1958년 진해예술인동호회, 1960년 진해문화협의회를 결성하여 문학 분과에서 일했다. 1965년 방창갑, 이상개 등과 함께 진해시문학연구회를 결성하여 활동했다. 1966년 해군보급창 일을 그만두고, 금산초등학교 교사를 시작으로 여러 학교로 옮겼다가 1971년 경남여자상업고등학교에 재직, 1997년 퇴직할 때까지 교사로 일했다.

1977년 '흙과 바람' 동인, 1978년 '해조(海藻)' 동인, 1985년 '화전(火田)' 동인으로 활동하면서 지역문학 발전에 공을 들였다. 1986년 경상남도문화상 문학본상을 수상하였고, 진해문인협회에서 제1회 백청문학상을 제정하였으나, 10회를 끝으로 중단되었다. 1987년 4인 시집 『가자, 아름다운 나라로』를 내었다. 1988년 첫 시집 『이슬처럼』

을 창작과비평사에서 내었다. 1991년 민족문학상, 1993년 경남예총 예술인상, 1994년 시민불교문화상, 1995년 경남아동문학상을 수상하였고, 1996년 제1회 김달진문학제 대회장을 맡아 지역문학의 위의를 드높이는 데에 앞장섰다. 2001년 2월 27일 향년 71세로 별세하였다. 서울대 김윤식 교수는 그의 시의 면면을 두고 일컬어 "관념에 빠질 필요가 없어 자유롭고, 격정에 시달리지 않아도 되어 부질없는 말장난으로부터도 자유로운 시인"이라고 극찬하였다.

2. 자기 성찰과 아픔과 바람의 시학

황선하를 떠올리면 가장 첫 번째로 꼽아야 하는 것이 스스로에 대해 엄정한 염결성이다. 자기 자신부터 엄격하고 바르게, 그리하여 지나칠 정도로 청렴하고 결백한 성질을 견지해야만 했다. 더욱이 문학에서만큼은 더욱 도드라져, 창작 태도와 정신 자세에서부터 진정성을 떠난 적이 없다고 하겠다. 참되고 올바르게, 스스로 채근하여 떳떳할 때까지 경지(敬止)하는 마음가짐은 초창기 등단 즈음만 보아도 더욱 잘 알 수 있다. 그의 나이 25세인 1955년 『현대문학』 9월호에 시 「벽」이 당선되어 초회 추천, 1958년 『현대문학』 9월호에 시 「거울」, 1962년 『현대문학』 8월호에 시 「밤」이 추천 완료되어 비로소 문단에 나왔다. 등단까지 무려 7년이라는 길고 오랜 세월을 보냈다. 우직하다고 할 만큼의 묵묵한 정진은 문학을 향한 그의 초심이자 종심이다. 한편으로 7년이라는 세월만큼 딱하고 어려운 시절이었다.

여기
벽이 있습니다.

온통
눈물로 얼룩진
이끼 낀
벽이 있습니다.

나 한 사람의 아픔으론
헐 수 없는
벽이 있습니다.

사랑하는 이여,
너와 나
우리 두 사람의 아픔으로도
헐 수 없는
벽이 있습니다.

이 시대에
잠 못 이루고 뒤척이는
수많은 사람들의 아픔으로도
헐 수 없는
벽이 있습니다.

그 안에
책 속의 당신이 있습니다.

그 밖에

수많은 사람들이

수없이 거듭나며

울고 서 있습니다.

—「벽」전문

벽은 보호와 단절이라는 이중적 기능의 역설적 '사이'에 존재한다. 벽으로서 일상의 공간과 '다른 내밀한 공간'을 꿈꾸는 자에게는 이른바 헤테로토피아가 될 터이고, 벽으로서 단절과 소외에 내던져져 있는 자에게는 고립과 고독의 표상이 될 터이다. 위 시의 벽은 "온통/눈물로 얼룩진/이끼 낀" 벽이어서, 해묵은 눈물로도 어쩔 수 없이 버려두어 낡아 가는 폐가의 벽과 같다. '나'의 의지와 "너와 나"의 사랑, "수많은 사람들"의 아픔으로도 헐 수 없는 벽이라는 한계적 상황에 시적 화자가 내던져져 있다.

그런데 "그 안에/책 속의 당신"이 있다고 한다. 말하자면 시적 화자는 대자존재로서 자신을 의식의 대상으로 삼았다. 대자존재는 의식을 자신에게 지향하여 자신을 둘러싼 제반 한계상황이 벽인 동시에, 결여에 의해서만 자기 존재가 자리 잡음을 알아차린다. 어찌하든지 간에 벽으로 단절된 삶, 이른바 무화(nothingness)가 본질이라면, 가능적 존재로서 초월적 대상은 "책"이다. 시적 화자에게 있어 책은 미래를 향한 기투(企投, projection)인 동시에 삶의 단초이다.

그 길은 만만치 않았다. 위 시 「벽」이 당선되고, 이듬해 그의 나이 26세인 1956년 동성고등학교 야간을 졸업한다. 30세였던 1960년 마산대학(현 경남대학교) 문과 2부에 입학, 34세였던 1964년 마산대학을 졸업한다. "근대적 교육제도 속의 정규적 훈련 과정에서 일탈했음이 지적될 터"[1]이다. 학제에 따른 연차로 따져도 상당한 늦깎이이며, 진해 해군보급창에서 일하면서 야간 고등학교와 야간 대학교를 졸업, 그야말로 어려운 여건 속에서도 꿋꿋이 공부하였다. 고된 일상이었겠으나, 야간 학부를 다니던 그에게 밤은 주체적 삶을 향한 깨어 있는 의식의 장이었을 게다. 삶이 어두울수록 혹은 희망이 빛을 잃어 갈수록 밤과 나는 일체화되어 '피'와 '까마귀'의 시혼으로 승화된다는 점에서 예사롭지 않다.

> 어제의 밤은
> 어제 죽은 사람들의
> 아픔과 바람. 오늘의 밤은
> 오늘 죽은 사람들의
> 아픔과 바람.
> 내일의 밤은
> 내일 죽을 사람들의
> 아픔과 바람.
>
> 죽어 가는 사람들의
> 아픔과 바람 때문에
> 잠 못 이루는
> 밤은,
> 악몽에 시달리는
> 나의

---

1 김윤식, 「〈용지못〉의 시적 구체성—황선하론」, 『시와 비평』 3호, 2001.9, 259쪽.

손바닥에다,

해독할 수 없는

상형문자로

기나긴 유서를 써 놓고,

동이 틀 무렵

시장한

밤은,

내 피를 한 사발 들이켜곤

수많은 까마귀가 되어 날아간다.

—「밤」 부분

　위 시는 『현대문학』 추천 완료작으로서, "아픔과 바람"을 지향한
황선하 시의 단초로 여겨진다. 1연에서 화자는 "상가에서 두어 되 막
걸리를 마시고/거나한 밤"이 "내가 저녁 밥상을 물리며는" 마당으로
들어선다고 하였다. '밤'과 '내'가 전도된 정황 제시이다. 사실 "거나
한" 것은 '나'이며, "저녁 밥상을 물리"는 때가 '밤'인 까닭이다. 모순
적 정황 제시로 주의를 환기하면서, 2연에서 시적 화자는 숨어 버리
고 '밤'이 시적 주체가 되어, 병렬의 시적 진술 체계가 잇따르고 있다.
"병렬적이면 병렬적일수록 더한층 서사적이기 때문이다."[2] '무엇이,
언제, 누구의 무엇이 되어……'라는 등식을 따라, 어제, 오늘, 내일만
바뀔 뿐, 동일한 "음조에 의해 언어로서 용해되는 것이 동일한 정조

---

2 E. Steiger, 『시학의 근본 개념(Grundbegriffe der Poetik)』, 이유영·오현일 역, 삼중당,
1978, 64쪽.

를 다시금 창조하며, 서정적인 영감의 찰나로 회귀할 수 있게 한다."[3] 그러한 까닭에 "아픔과 바람" 다음에 '-이다'라는 서술적 어휘를 생략하는 대신에 단정적 언표인 마침표로 대신하는데, 마침표 역시 음조로 기능하고 있다.

반복적이며 단정적 언표였던 2연에 이어, 3연은 스스로 영감에 내맡기는데, 눈여겨보아야 할 것이 세 개의 쉼표(comma)이다.[4] "밤은," "나의/손바닥에다," "기나긴 유서를 써 놓고,"인데, 쉼표로 인해 분리된 듯하지만, 1연에 적시된바 '밤'과 '나'의 모순적 정황 제시로 인해, 주·객체의 간격이 성립되지 않는 까닭에 '나는, 밤의 손바닥에다, 기나긴 유서를 써 놓고'로 상호 융화되는 이른바 회감의 성격을 띠게 된다. 마찬가지로 4연에서 "밤은,/내 피를 한 사발 들이켜곤" 역시 "나는,/밤(의) 피를 한 사발 들이켜곤"과 상호 융화되는 가운데, "수많은 까마귀"의 표상으로 꼴바꿈한다. 이 시는 밤에 깃든 영혼이 시혼과 같은 정조를 느껴 합일된다는 점에서 서정적이다. "그러기에 서정적인 시 작품은 고독 속에 같은 정조의 느낌에 의해 들려지는 고독의 예술로 표명"[5]되며, 고독을 통한 자기 성찰로 이어지는바, 이는 황선하 시의 출발점이다. 황선하 첫 시집 『이슬처럼』은 자기 성찰의 면모를 띠는 것과 더불어, 시적 지향이 "아픔과 바람"으로 일관하고 있다는

---

3 E. Steiger, 『시학의 근본 개념』, 49쪽.

4 황선하 시를 읽는 요체는 쉼표와 마침표에 있다. 서사적 병렬의 경우 반복과 변주를 통한 행갈이로 어조를 제어하거나 운율을 환기하고, 마침표 역시 음조로 기능하게 하는 것이다. 아울러 서술적 진술의 경우 반복과 변주를 통한 행갈이로 어조를 제어하는 것은 같으나, 특기할 만한 것은 시행을 갈무리하면서 연이은 각각의 쉼표인데, 언뜻 쉼표의 휴지(休止, pause)로 인해 분리된 듯하지만, 쉼표로 강조된 것들을 잇대어서 살피면 상호 융화하는 회감(回感, Erinnerung)으로 기능하고 있다.

5 E. Steiger, 『시학의 근본 개념』, 78쪽.

점에서 유별나다.

가장 먼저 꼽을 수 있는 것이 남북 분단의 아픔과 통일의 바람이다. 분단의 아픔을 말하는 것은 통일문학을 지향하는 것이며, 통일문학의 당위성이란 분단이라는 단절 의식으로부터 비롯되기 때문이다. 이는 민족문학론이 팽배하던 당대의 흐름을 반영한 것으로 보인다. 단절의 아픔은 "허리 잘린/이 나라의/울고 싶은 백성"(「집오리」), "아직껏 가 보지 못한/백두산 천지의 사진 앞에서,/낙숫물처럼/속으로 흘렸던/25°의 눈물"로 표상되며(「25°」), 통일을 지향한 바람은 "이 땅에 살고 있는/키 작고 머리 검은 사람들,/서로 싸우지 말고/단군 할아버지 때처럼/한 우물물 마시며/정답게 살기를/빌고 있습니다"(「호박꽃」), "이 국토의 북쪽 끝까지 힘껏 달리시오. (중략) 이 국토의 남쪽 끝까지 힘껏 달리시오./거기에/힘차게 펄럭이는 기를 꽂으시오"라고 직서적으로 드러낸다(「이 눈부신 햇살 속을」).

"아픔과 바람"은 "왠지/부끄러운 이 땅에 태어난 한이 받쳐,/차창 밖으로/달아오르는 눈을 돌리니,/유유한 으스름 속/연이은 높낮은 산들이/백두산을 향해/북으로 북으로 치닫고 있습니다"로 갈무리된다(「어느 날 9」). 말하자면 분단의 상황은 아득하게 멀거나 오래되어 침침하고 흐릿한데, 높낮은 산으로 표상된 민족의 열망이 북으로 힘차고 빠르게 나아간다는 것이다. 언뜻 '우리 민족은 하나다'라는 공소한 세계에 머물러 있는 듯하다. '하나'가 아닌데, '하나임'을 앞세우는 환상적인 공동선이 마음에 와닿지 않거나 현실과 동떨어진 느낌이 있다. 진정한 통일문학은 하나로 보는 것이 허용되고, 한편으로 하나가 될 수 없는 절망이 만나는 자리, 모든 것은 부재, 그 부재가 있기에 태어난 갈망이어야 한다. 통일이 민족의 구원이며 생명성의 시원이라고 하더라도 문학은 그러한 이상주의에 대한 통렬한 반성과 성찰이어야 한다는 점에서 아쉬움으로 남는다.

황선하 시의 "아픔과 바람"으로 꼽을 수 있는 다른 하나는 젊은이들의 민주화 투쟁을 바라보는 시적 화자의 통렬한 반성과 자책이다.

어쩌면
난
잘 길들여진
개인지도 모른다.
어려선
부모에게 길들여졌고.
자라면서
일제에게 길들여졌고,
어른이 되어선
독재정권에게 길들여진
개인지도 모른다.
원망하면서도
순종했었고,
저주하면서도
굴종했었고,
증오하면서도
목청껏 외쳐 보지 못했던
난
잘 길들여진
불쌍한 개인지도 모른다
잘 길들여진 개는

배고픔은 모르지만,

휘영청 달 밝은 밤이면

자유로운 들개가 되고 싶어,

앞발을 핥으며

잠을 이루지 못한다.

―「길들여진 개」 전문

위 시의 '개'는 순종과 굴종의 표상이다. 밥을 주는 주인을 고분고
분히 따르며, 비참할 정도로 자기 생각을 굽혀 복종한다. 예컨대 박정
희 대통령 시대, '성실한 사람만이 잘사는 사회'라는 정치 담론에
예속된 숱한 사람들은 '잘 길들여져 배고픔을 모르는 개'이기를 바랐
다. 배고픔에서 벗어날 수 있는 전제 조건은 '성실한 사람만'인데, 이
때 성실하다는 것은 '근면 성실'인 까닭에 부지런히 힘써 일하며 정성
스럽고 참되어야 한다. 힘써 일하는 데에만 몰두해야 하는 까닭에 불
평과 불만은 물론, 온갖 힘을 다하기 위해서라도 현 체제에 대한 저항
혹은 길항이 있어서도 안 될 일이다. 총화(總和)라는 명분으로 의장된
순응주의인데, 위 시의 화자는 "자유로운 들개가 되고 싶어,/앞발을
핥으며/잠을 이루지 못한다." "내가 비굴하게 처신할 적마다, 바람결
에 아버지의 노한 음성이 들리는 것"이다(「환청」). 독재 폭압에 맞서 항
거하는 "아이들이 아무 죄도 없이 처참하게 죽어 가고 있는데도, 아
이들의 아버지 어머니들은 잔뜩 겁을 집어먹고 아무 짓도 하지 못합
니다"라는 자책감으로 통분을 금치 못한다(「아뢰오」).

황선하 시의 "아픔과 바람"으로 뚜렷이 꼽을 수 있는 또 다른 하나
는 소외되고 쓸쓸한 기층 민중에 대한 가없는 연민이다. 학교 앞에서
값싼 석고 인형 좌판을 벌여 놓고 "초겨울/인정머리 없는/옹추위에/

으스스 떨고 있는 할아버지"와 낮에는 일하고 밤에는 공부하는 "값싼 석고 인형 따위에는/별 관심이 없는 듯/외롭고/허기진/소녀들"을 대비시키는데(「사람 2」), 가깝지만 멀고도 먼 사람들의 '사이-존재'를 바라보는 시적 화자의 시선이란 무엇인가.

소망의 이가 다 빠진 노파가, 일 전(錢) 같은 손녀딸을 무릎에 앉혀 놓고, 접시에 담긴 겨울 햇살을 쉬엄쉬엄 떠먹고 있었소.

장난감이 없는 손녀딸은 빈손을 연신 폈다 오므렸다 하면서, 죄 많은 어른들은 알아들을 수 없는, 물소리 같은 언어로써 뭐라고 좋알거리고 있었소.

—「겨울 1」 전문

어찌하든지 간에 온갖 바람(所望)이 사라져 없어진(消亡) 노파에게 있어 손녀딸이란 "일 전 같"다. 약간의 돈을 구걸하기 위해 무릎에 앉혀 놓아 핑계로 삼아 놓은 구실(口實)이다. 노파가 할 수 있는 일이란 간간이 담기는 겨울 햇살 같은 동전을 떠먹는 일이다. 이러한 노파의 모습과 대비되는 손녀딸은 구걸로 내몰리게 한 "죄 많은 어른들은 알아들을 수 없는" 혼잣말을 자꾸 하고 있다. 노파와 손녀딸의 소통할 수 없는 말과 서로 간의 보살핌과 관심조차 없는 내적 공간. '사이-존재'의 부재. 관심을 두어야 한다면 그 대상은 삶의 큰 짐인 까닭에 상대방을 대하는 태도는 물론 마음씨마저 냉랭하다. 이러한 '사이-존재'를 시적 화자는 불쌍히 여긴다. 측은지심(惻隱之心)이다.

철둑 자갈밭에 버려진 깨진 유리병을 보았습니다.
이른 아침에 신선한 젖꼭지를 물고, 아주 평안하게 숨 쉬고 있었습니다.

우리가 버린 것들을 어루만지는 자비로운 손길을 보았습니다.

—「발견 1」 전문

"버려진 깨진 유리병"과 같은 존재란 그렇게 살아서는 안 되는 인간 군상의 표상이다. 깨어져 쓰잘 것 없는 유리병 같은 존재가 "이른 아침에 신선한 젖꼭지"로 표상되는 이슬을 "물고, 아주 평안하게 숨쉬고" 있다. 이슬은 우리가 어둠 속에 버린 것들을 새로운 빛이 깃드는 아침이면 "어루만지는 자비로운 손길"이다. 측은지심의 시적 결정체에 이슬의 세계가 있으며, 이는 황선하 시적 지향의 발원인 동시에 그의 시혼의 소실점으로 깃든다. 이는 "막연한 〈이슬스러움〉에서 진짜 이슬, 그러니까 구체적 삶 속에서의 이슬스러움을 발견해 내기, 바로 여기에 시인의 삶과 시법이 놓여 있었지요"[6]라는 김윤식 교수의 말이 예사롭지 않은 까닭이기도 하다.

3. 죽음마저 투명한, 이슬 혹은 용지못의 시학

이슬에 관한 예사로운 생각은 '덧없음'이다. 인생은 아침이슬과 같아서(人生如朝露), 반짝이는 듯하나 순식간에 사라지는 허상 그 자체이다. 혹은 영롱한 자태를 칭송하여 청신함에 빗대어 말하거나, 감로(甘露)라 하여 길조의 형상으로 읽어 내기도 하였다. 황선하가 바라본 이슬의 형상은 다음과 같다.

목욕탕 보꾹에 대롱대롱 위태로이 매달려 있는, 저 수많은 물방울의 표정을 보십시오.

---

6 김윤식, 「〈용지못〉의 시적 구체성—황선하론」, 255쪽.

저것은, 사랑과 평화를 간구하는, 바람 앞의 촛불같이 불안한 오늘날을 살고 있는 우리들 ― 벌레처럼 힘없는 우리들의 절박한 눈빛이 아니겠습니까.

―「발견 9」전문

위 시의 화자는 목욕탕 지붕 안쪽에 수없이 맺힌 물방울의 표정을 "사랑과 평화를 간구"하지만 간당간당하게 사는 우리 삶의 표상으로 읽고 있다. "바람 앞의 촛불같이" 흔들리며, 목숨이 얼마 남지 않은 "벌레"처럼 절박한 눈길 그 자체가 이슬이다. 게다가 절박한 눈길의 이슬을 건너다보는 타자가 아니라, 시인 자신이 이슬 그 자체가 되는 자리에 그의 대표작이 있다.

길가
풀잎에 맺힌
이슬처럼 살고 싶다.
수없이 밟히우는 자의
멍든 아픔 때문에
밤을 지새우고도,
아침 햇살에
천진스레 반짝거리는
이슬처럼 살고 싶다.
한숨과
노여움은
스치는 바람으로
다독거리고,

용서하며

사랑하며

감사하며,

욕심 없이

한세상 살다가

죽음도

크나큰 은혜로 받아들여,

흔적 없이

증발하는

이슬처럼 가고 싶다.

—「이슬처럼」 전문

삶의 한가운데가 아니라 가장자리에 자리 잡은 "길가/풀잎"을 사람으로 견주면 경계인이라 하겠다. 주변부 풀잎인 까닭에 "수없이 밟히우는" 괴로움을 감내해야 하고 멍든 아픔으로 밤을 지새운다. 비록 태생적인 풀잎의 삶을 운명적으로 여기며 살아야 하지만, 태생이 삶의 존재이며 본질이 될 수는 없다. 정작 경계인으로서 풀잎이 꿈꾸는 삶이란 "천진스레 반짝거리는/이슬"로서의 삶이다. 꾸밈이나 거짓이 없어 깨끗하고 순진하게 빛나는 삶이란 무엇인가. 무력감으로 한숨을 쉬거나 대척점에 서서 대항하여 뿜어내는 노여움마저, 없다가도 있고 있다가도 없는 바람처럼 다독거리겠다고 한다. 용서와 사랑과 감사를 지니며, 욕심이 없으므로 남과의 다툼이 없고 제 분수를 지켜 마음이 편안하다. 훗날 "죽음도/크나큰 은혜로 받아들여" 흔적 없는 무명의 세계인 듯하지만, 맑고 아름다운 이슬의 기억으로 지속되는 세계에 영원히 깃들고 싶다. "가난한 꿈을 이슬로 빚는 곳"이라는 영롱한 세계가 담아내는 "그 나라에는 차별, 거짓, 미움, 전쟁"이 없는 곳이며, "진실과 사랑과 믿음과 소망"이 충만한 곳이다(「가자, 아름다운 나라로」).

이슬처럼 작은 것들의 세계, 이슬처럼 있는 듯 없고, 없는 듯 있는 지극히 유심론적인 세계관에서 넓은 세계와 좁은 영역, 광대한 세계 인식과 협소한 안목의 세계라는 구분과 경계조차 부질없는 아집에 불과할 뿐이다. '이슬처럼' 살려 했고, 뒤에 기술되듯이 '용지못'에 비추어진 내면의 자아와 죽음의 형상을 들여다보는 시인의 마음이란 무엇인가. 이를 두고 김윤식은 "(이성선 시인처럼) 설악도 종교도 미신도 없고, 다만 유아기적 〈습니다체〉 어법만이 있는 세계. 아무기도 살지 않는 투명한 용지못. 그 주변을 다만 걷고 있는 황선하"[7]라고 하였다. 말하자면 '용지못'에 애써 관념의 세계를 부여하여 "어떤 대상을 묘사하기 위해 사용하는 이미지가 대상을 질식시키는 것이 아니라, 반대로 그 대상을 투명하게 만들어 준 것"[8]이라는 말은 괴테의 정론을 떠올리게 한다.

> 하루하루 물 높이가 낮아지는
> 못물에
> 하르르 떨어져 내리는
> 버들잎 셋.
> 떠나는 여름의 작별 인사말.
> 한 잎은
> 너를 많이 사랑한다는 말.

---

7 김윤식, 「〈용지못〉의 시적 구체성—황선하론」, 260쪽.
8 막스 피카르트, 『침묵의 세계』, 최승자 역, 까치, 1985, 144쪽.

한 잎은

너와 헤어지게 되어 가슴 아프다는 말.

한 잎은

내년 여름에 다시 보자는 말.

—「용지못에서-떠나는 여름의 작별 인사말」 전문

"하루하루 물 높이가 낮아지는/못물"은 만년에 간암 투병으로 인해 하루하루 살아가야 할 날이 줄어드는 시적 화자의 표상이다. 병고에 애써 의미를 부여하거나, 죽음에 관한 '나'의 인식과 생각을 펼치는 것이란 얼마나 부질없는 일인가. "못물에/하르르 떨어져 내리는/버들잎 셋"에 사랑과 작별의 아픔을 전하며, 내년 여름에 다시 보자는 위로의 말을 건넨다. 이 시는 "간밤 센바람에 속절없이 떨어진 떡갈잎 한 잎"을 두고 "엎드려 소리 죽여 울고 있는 나를 보는 것 같아 찡해 뒤집어 놓았습니다"와 같다(「용지못에서-투병기」). 죽음을 예감하고 삶의 시간이 얼마 남지 않음을 어찌할 도리 없이 받아들여야 하는 인간적 슬픔 그 자체가 그대로 투영되는 세계에 '용지못'이 있다.

고여 있는 물은 썩기 마련이다.

흐르지 않기 때문이다.

흐르는 것은 썩지 않는다.

용지 못물은

고여 있는 물이지만

썩지 않는다.

지나는 물은

흘려보내기 때문이다.

슬픔도 마찬가지다.

(중략)

지나는 슬픔은

흘려보내야만 한다.

그렇지 않으면

슬픔이 썩은 물과 같아진다.

썩은 물에는

물고기가 살지 못한다.

썩은 슬픔에는

별이 뜨지 못한다.

　　　　　　　　　　　　　　　　　—「용지못에서—슬픔에 대하여」 부분

　"고여 있는 물은 썩기 마련이다./흐르지 않기 때문이다."라는 지극
히 당연한 에피그램(epigram)을 빌어 와, 시적 화자가 궁극적으로 하
고 싶은 말은 "지나는 물을/흘려보내듯/지나는 슬픔은/흘려보내야만
한다"는 것이다. 흘려보내지 않는 슬픔, 다가올 죽음을 앞두고 삶에
연연하여 아등바등 우겨 대는 자탄의 슬픔은 모두 다 썩은 슬픔이다.
"썩은 물에는/물고기가 살지 못"하듯 "썩은 슬픔에는" 별이라는 영원
성의 성소(聖所)가 자리 잡을 길이 없다. 죽어 가는 길목에서 삶의 의미
를 최고로 끌어올리는 유일한 길은 죽음을 죽여 버리고 슬픔을 흘려
보내는 것이다. R. M. 릴케는 "누가 죽어 간다면 죽음만은 아니리. 어
떤 사람이 살아가면서도 살아 있다는 사실을 알지 못하고 있다면, 죽
음은 바로 거기에 있는 것이고, 또한 어떤 사람이 전연 죽지 않을 수
있다면 죽음은 또한 거기에 있는 법이니 죽음은 많은 것이야."[9]라고

---

9 O. F. Bollnow, 『삶의 철학(Die Lebensphilosophie)』, 백승균 역, 경문사, 1979, 170쪽.

하였다. 죽음을 죽여 버리는 일은 전연(全然) 죽지 않는다고 강박하는 두려움의 외침보다 더 새롭게 거듭나는 죽음으로 승화한다.

황선하 시인에게 있어 '용지못'은 죽음의 극점에서 만난 삶의 정점으로서 한껏 고양된 성소이다. 이를테면 "못 둘레를 도는 거리만큼 소망이 덩굴마냥 벋어나, 언젠가는 하느님의 발바닥에 닿으리라 굳게 믿기 때문입니다."(「용지못에서-소망」) 따라서 "아름다운 꿈을 꾸는 이에게는/용지못이/못이 아니라/바다다. 바다다."(「용지못에서-용지못은 못이 아니라 바다다」) '용지못'은 한 인간의 삶을 마감하는 종국(終局)과 패착(敗着)의 도달점이 아니라, 소망과 바람의 끈을 놓치지 않는 한 "하느님의 발바닥"에 이르는 영원의 시작점이 될 수 있으며, "바다"와 같이 광대무변의 신세계로 나아가는 출발점이 된다. 왜냐하면 "목숨"의 영원성을 믿기 때문이다.

흐르는 것은,
물이 아니라
물에 떠 있는
나뭇잎.
숨 쉬는 것들은
물에 떠 있는
나뭇잎 같은 존재.
난 흘러 흘러 어디쯤 왔을까.
영이 깃든
목숨은
영원히 흐를 것이다.
나도 끝없이 흐를 것이다.

흐르며

수없이 바뀔 것이다.

수없이 바뀐 다음에야

아주 작은

신(神)이 될 것이다.

　　　　　　　　　　　—「목숨 1—목숨을 영원히 흐를 것이다」 전문

　"숨 쉬는 것들"이란 목숨인바, 인간의 목숨 혹은 수명이란 "물에 떠
있는/나뭇잎" 같아서 "흘러 흘러" 죽음에 다다르면 사라질 존재이다.
"잊지 마십시오. 이 목숨은 한낱 입김일 뿐입니다."와 같다(『구약성서』
「욥기」 7장 7절). 만물의 기가 다하여 나뭇잎같이 말라 떨어져 설령 삶의
끝이라 하더라도, 위 시의 화자는 "영이 깃든/목숨은/영원히 흐를 것
이다"라고 지속으로서 생명성을 견지하는 '물'의 믿음에 '넋'을 둔다.
'나'의 목숨이 언뜻 떨어진 나뭇잎 같아서 그 수명을 다한 듯 보이나,
'나'의 존재는 물과 같아서 "끝없이 흐를 것"이며, "수없이 바"뀌는 이
른바 무애자유(無涯自由)[10] 그 자체이다. 있는 듯하지만 없고, 없는 듯하
지만 있는 유전변화(流轉變化)가 물물의 본상(本相)이듯, 위 시의 화자 역
시 물물의 본상을 머금어 "아주 작은/신이 될 것이다." 황선하에게 이
슬이란 물물의 본상은 어떠한가. '이슬'은 아름답게 빛나는 삶과 사라
지는 죽음을 함께한다. 경계인으로서 풀잎 끝에 맺힌 이슬이 햇빛을
받아 맑고 아름답게 빛나지만, 햇빛으로 이내 말라 버려도, 맑고 빛나
게 머금었던 물물의 본상, 그 순간이 결코 사라지지 않아 영원의 길로

---

10 여기서 '무애자유(無涯自由)'는 '무애자재(無碍自在)'와 다르다. '무애자재(無碍自在)'가 집
착하지 않아 허공과 같은 수행자의 법과 길이라고 한다면, '무애자유(無涯自由)'는 '생즉멸
멸즉생(生卽滅 滅卽生)'에 경계가 없이 저절로 있음을 일컫는다.

드는 것. 그야말로 자신의 존재를 투명하게 '이슬'에 담아 투영하였다.

4. 맺음말

　김윤식 교수는 황선하 시의 면면을 두고 일컬어 "관념에 빠질 필요
가 없어 자유롭고, 격정에 시달리지 않아도 되어 부질없는 말장난으
로부터도 자유로운 시인"[11]이라고 극찬하였다. 황선하 작고 20주기를
맞아, 그이가 더욱 그립다.

　세상살이가 번다한 까닭인가. 아니면 물고 뜯고 씹는 입에 기운이
돋쳐, 말과 말의 난마에 뒤얽힌 작금의 세태 탓인가. 대한민국을 앞장
서 이끄는 지도자들은 물론, 온갖 여론 매체를 선도하는 이들의 망언
망동에 잇따른 변설, 설(舌)이 썰을 낳고, 썰이 설(說)로 굳어졌다가, 제
가 뱉은 말에 혀가 치어서 갈라감침질하다 보니 누더기 혀가 모든 발
화의 원천이 되었다. 발화는 그때그때의 경우에 따라 편하고 쉽게 자
기를 변호하는 수단과 방법이며, 타인의 말을 귀담아듣지도 않을 뿐
아니라, 혹여 진리의 말씀과 맞닥뜨리면 서둘러 발화의 본질을 감추
거나 흐지부지 덮어 버리기 일쑤이다. 여기에 한술 더 떠서 시적 발화
가 도드라진 게 오늘의 시단이다. 시인이 말씀하시는 진리가 그렇게
살지 못하는 시인 자신을 옥죄고 있다. '진리 따로, 시인 따로'가 시의
길을 막고 섰다. "도라는 것은 잠시도 떠날 수 없는 것이니, 가히 떠나
면 도가 아니다(道也者 不可須臾離也 可離 非道也)"(『중용』 제1장)라고 하였다.
황선하 시인의 필생의 말씀은 시집 두 권에 오롯이 담겨 있다. 참으로
조촐하다.

---

11 김윤식, 「〈용지못〉의 시적 구체성—황선하론」, 259쪽.

대항 담론, 모순과 부조리
— 이선관의 시

1. 들머리

이선관(李善寬)은 1942년 7월 24일(호적상 생일. 이선관 술회에 따르면 6월에 태어남) 경남 마산시 창동 64번지에서 태어났다. 어릴 적, 백일해를 앓았던 후유증으로 말을 잘하지 못하고 걸음을 잘 걷지 못하는 지체 장애인이 되었다. 1954년 마산 성호초등학교를 졸업하고, 마산 창신 중학교를 거쳐 1960년 마산 창신고등학교를 졸업하였다. 같은 해 해인대학(현 경남대학교) 국문과에 입학하였으나, 3학년까지 수학하고 중퇴하였다.

1969년 첫 시집 『기형의 노래』를 내었다. 1971년 『씨올의 소리』 10호에 시 「애국자」를 발표하였다. 1972년 같은 책 창간 2주년 기념호에 시 「헌법 제1조」를 발표하였다. 이 작품은 자유민주주의를 갈망하는 풍자시로서 우뚝하다. 1973년 두 번째 시집 『인간 선언』을 내었다. 이러한 일련의 초기 시는 '원죄 의식과 현대인의 소외'를 이야기한 것으로 훗날 크게 추켜세워졌다. 1975년 시 「독수대」를 『경남매일』에 발표하는 한편, 1977년 세 번째 시집 『독수대』를 냄으로써 생태환경 파괴에 관한 고발시로서 명성을 드높였다. 이후 그의 시집은 진정한 자유와 정의로서 민주주의, 생태, 통일, 가족 의식 등을 시적 제재로 삼아 시를 썼으며, 특히 자신이 태어난 곳이며 그의 시적 원형이기도 한, 마산 창동을 노래한 일련의 시는 지역시의 한 지평을 연 것으로 높이 평가되었다.

마산시문화상, 녹색문화상, 통일문학 공로상, 교보환경문화상 문화예술 부문 최우수 등을 수상했으며, 생애에 총 11권의 시집과 1권의 시선집을 내었다. 2005년 12월 14일, 향년 64세로 별세하였다. 2006년 유고시집 『나무들은 말한다』가 발간되었고, 이선관 추모 모임이 발족되어 1주기 추모 행사가 열린 이래, 오늘날 '창동허새비축제'라는 이름으로 그를 기리고 있다.

본 연구의 대상은 이선관 시인이 생전에 발간한 시집 『기형의 노래』(1969), 『인간 선언』(1973), 『독수대』(1977), 『보통 시민』(1983), 『나는 시인인가』(1985), 『살과 살이 닿는다는 것은』(1989), 『창동 허새비의 꿈』(1994), 『지구촌에 주인은 없다』(1997), 『우리는 오늘 그대 곁으로 간다』(2000), 『배추흰나비를 보았습니다』(2002), 『지금 우리들의 손에는』(2003), 『어머니』(2004)와 유고시집 『나무들은 말한다』(2006) 등 전체를 아우른다.

연구 텍스트는 이선관의 경우, 최초 지지(紙誌)에 발표된 원시와는 달리, 시집으로 엮어 내는 과정에서 개작을 하였으며, 심지어 이미 시집에 수록된 것이라도 시선집에 간추려 재수록하는 과정에서 재개작하는 경우가 있어, 최종 텍스트를 연구 대상으로 하였다.[1]

---

1 이는 "선정된 기본 작품을 중심으로 하여 가능한 한 원작가의 최종 창작 의지가 반영된 원

2. 초기 시―우울한 몽상 혹은 참여의 거리

이선관은 첫 시집 『기형의 노래』를 1969년에 내었다. 시집 머리글 「한마디」에서 "나의 시는 불완전한 육체를 부축하면서 좌절, 소외, 눈물, 고독을 감내하면서 잉태된 미완성의 시"라고 자평하였다. 아울러 "나의 시를 읽으려는 당신들이여 나의 시에 대해, 나의 육체에 대해 이 이상 알려고는 말아 주시고 묻지도 말아 주십시오"라고 청하고 있다.

첫 시집의 제호이기도 한 "기형"에서 말하고 있는 "나의 육체"란 무엇인가? 후천적이기는 하지만 백일해를 앓으면서 어머니가 준 "탕약 반 숟가락을 먹고 숨이 넘어가고", "다시 깨어난 저는 자라면서부터 목을 잘 가누지 못했고 말을 잘하지 못했고 걸음을 잘 걷지 못하"는 지체장애인이 되었다(「어머니 2」). 더욱이 병약하여 1954년 마산 성호초등학교를 졸업하던 13세에는 1년 동안 병원에 입원하여 치료를 받기도 하였다. 급기야 1958년 마산 창신고등학교에 입학한 17세에는 "죽기 위해 유서를 써 놓고 가출하기도 했고 몇 번이나 자살을 시도하기도 하였으며 고등학교 2학년 무렵부터 본격적으로 시와 만나게 되고, 만해 한용운과 김수영의 시를 좋아하였다."[2]

1962년, 그의 나이 21세에 경남대학교 국문과 3학년 수학을 끝으로, 학업을 중단하고 "아버지가 주신 돈(등록금)으로 책을 두 박스나 사 버리고 남은 돈으로 돌아왔지만 가출"하였다(「어머니 11」). 그 이후,

---

고에 근접할 수 있도록 기존에 있는 여러 이본, 사본, 수정본들을 종합하여 비판본을 작성한다"에 근거한 것이다(전정구·김영민, 『문학이론연구』, 새문사, 1999, 4판, 21쪽). 본 연구에서는 최종 원고에 이르기까지의 개작 과정을 동시에 명시함으로써 비판적 판본의 입장을 견지하고자 한다. 예컨대 「나는」이라는 작품의 최종 수록 시집은 『어머니』(2004)이지만 『나는 시인인가』(1985)에 수록된 작품을 따르는 경우이다. 『어머니』에서는 "좇이"라고 표기했고, 『나는 시인인가』에서는 "좇이"라고 표기했다.

2 「향토시인 이선관 선생님」, 『학생 경남』, 1989.6.15.

1969년 첫 번째 시집을 내기 전까지 "서울의 M 종합병원에서 그의 신체를 고칠 수 있다는 허언에 속아 하나의 실험 대상으로 취급되어 깊은 회의에 빠지기도 하였다."[3]

아울러 "어렸을 때부터 놀림도 많이 받았고 대학 다닐 때까지도 스스로 장애로 인한 열등감을 감당하지 못하여, 내 몸을 내보이지 않아도 되는 게 편해서 가만히 어둠 속에서 혼자 영화 보는 것을 좋아하였다."[4]

> 스무 번 하고도 일곱 번이나
> 죽고도 싶었지만
> 그토록 살고도 싶었어요
>
> 자아의 강렬한 의식에
> 아무리 가슴이 타들어 간다 해도
> 절대자의 제단 앞에
> 촛불을 피우기 위해
> 여태까지 살아 있었는지 모릅니다.

—「변명」 부분

자신의 "상한 육체"에 직면하여 그는 죽고 싶었다(「변명」). "쇼윈도에 투영된 나를 향해/돌을 집어던지고/도망자가 된다만" 그것은 끝없는 자기 함몰이라는 함정에 빠져들 뿐이다(「창동의 판타지」). 그는

---

3 「허새비 시인의 인간 선언」, 『문화사상』, 1988.12.11.
4 『함께 걸음』, 1999년 송년호, 10쪽.

"200자 원고지 6매에/가슴 깊숙이 자리 잡은/고독함을 적어 놓고//(중략) 자화상이 걸린 침실"로 가는 자기 폐쇄의 세계에 살고 있다(「창동 네거리 1」). 그의 자아의 강렬함은 고독이며, 고독은 절대자이며, 절대자 앞에 촛불을 피우는 길은 오로지 시를 쓰는 일이라는 소명 의식으로 자신을 추스르고 있다.

고독의 근원은 타자들의 시선이라기보다 불구로 만들어진 자신에 대한 부정으로부터 비롯된다. 그것은 결핍이고 고통인 까닭에 자신을 성찰하여 붙박기보다 "한 번쯤 자아를 잊으려 애쓰는" 가운데(「창동의 판타지」) "나를 버렸도다"와 같이(「여백」) 이른바 스스로 벗어나고 싶은 욕망에 정처 없이 떠다니는 것으로 드러난다.

시집 『기형의 노래』에서 스스로 고독하다고 말하며 그가 떠다니는 공간(떠다닌다는 점에서 이미 정착으로서 공간의 개념조차 상실한 것이지만)은 창동 거리와 무수한 골목길이다. 마산시 창동 거리는 당시 시내 나들이를 하는 사람들로 북적이는 곳이지만 그에게 있어 거리는 "진열장 속에 서 있는 마네킹마저/외면해 버릴 텐데"와 같이 철저히 소외된 가운데(「창동 네거리 3」) "서성거리는" 곳이며(「창동 네거리 2」), "창동 십자로에서/이미지를 상실하고 방황하다가"(「창동 네거리 1」) 결국 "어쩔 수 없이 들어간 마지막 골목"에 그는 서 있다(「골목」).

하늘을 쳐다볼 지붕이 없다.
하늘을 반겨 줄 지붕이 없다.
하늘에 울어 줄 지붕이 없다.
하늘에 호소할 지붕이 없다.

아— 이것은 잘못 들어간 골목

아— 이것은 잘못 들어온 골목

그렇다 어쩔 수 없이 들어간 골목
아니다 스스로 들어간 마지막 골목

상화가 부른 마돈나는 여기서 잠이 들고
시몬이 부른 렌은 여기서 노래하고

얼마나 아름다운 험한 골목이냐
얼마나 조화된 거룩한 골목이냐

마음으로 가슴으로 넘치는 이야기를
여기에 펼쳐 놓고
자신의 광장을 완성하려는
의지의 출구여

—「골목」전문

   하늘과 조우할 지붕이 없다는 인식은 여하간의 구원이 부재하고 있다는 절망 의식과 다를 바 없다. 지붕이 없는 골목은 무수한 벽만 있는 공간이다. 특히, 구석진 골목의 공간은 "삶을 거부하고, 삶을 제한하고, 삶을 숨기는 것이다. 그러므로 구석은 세계의 부정이다. (그러나 한편으로) 구석은 일종의 반 상자—반은 벽이고 반은 문—이다."[5]

---

5 G. Bachelard, 『공간의 시학(La Poétique de L'Espace)』, 곽광수 역, 민음사, 1990,

골목이 벽이라고 여겨질 때는 잘못하여 어쩔 수 없이 들어갔을 때이지만, "스스로 들어간 마지막 골목"의 경우는 자신이 선택한 것으로 의미가 달라진다. 말하자면 진정으로 절망하기 위하여 진정으로 절망을 바라는 태도에 근간을 두고 있다. 그는 마지막이라고 하는 절망의 끝자락에서 이상화가 노래한 '마돈나'와 모윤숙이 노래한 '렌'을 떠올린다. 따라서 골목은 절망으로 막다른 곳이기도 하지만 새로운 희망을 노래하는 출구로서 이른바 안과 밖이 동시에 공존하는 변증법적 공간이 된다.

이선관의 두 번째 시집 『인간 선언』은 인간의 본 꼴과 생김새가 비정상적으로 된 자신에 관한 이야기인 동시에 역설적으로 우리 시대의 구조와 나아가야 할 길이 뒤틀리고 그릇된 것에 대한 자괴감과 비판에 바탕을 두고 시를 쓰고 있다는 점에서 비로소 자신이 추구해야 할 시의 길, 이른바 자신의 '안과 밖'을 모색하는 시기에 낸 시집이라고 하겠다.

물론 상당수 시들이 첫 시집에 수록된 시와 같이, 추상화된 고독을 주체하지 못하는 방황과 서성거림으로 인해 뚜렷한 시적 지향점을 갖지 못하고 있다. 읊조리는 이야기 역시 입안에서 맴도는 듯한 문명, 자아, 본질, 가치, 고독, 체념, 망상, 미완성 인간 등의 우울한 몽상에 관한 추상화된 진술로 어정쩡한 시적 수준에 머물러 있다. 시적 실험이라고 하기에는 사설이 늘어져 시적 긴장을 놓치고 있고, 시대적 현실의 제도적 폭압과 불모성을 풍자하기 위한 전략적 장치로서 알레고리라고 하기에는 직설적인 발언이 앞서고 있다.

282-283쪽. 소년 시절 이선관은 오직 영화 보는 데만 골몰했다고 하며, 이는 "몇 시간 동안/ 제 몸이 남에게 보이지 않기 때문이었습니다"라고 하였다(「어머니 4」). 어둠으로 가려진 구석진 공간에 자신을 숨긴 것이다.

특기할 만한 것은 창동 거리와 골목을 서성거리던 그가 비로소 창동 거리를 벗어나기 시작했다는 점이다.

> 내 작디작은 소망도 허용해 주지 않은
> 창동 네거리를 둘러보고는 여권을
> 잃어버린 이국인이 방황하는 「할렘」가라고
> 착각도 해 보지만
> 여느 때와 같이 가슴이 차겁다.
>
> 그러나
> 발걸음은 봄비처럼
> 창동 네거리를 빠져나간다.
>
> ―「창동 네거리 4」 전문

「창동 네거리 4, 5, 6」에 걸쳐, 마치 이방인과 같이 철저히 소외되어 있으나, "발걸음은 봄비처럼"하여 창동 네거리를 한결같이 빠져나가고 있다. 만물의 생명을 싹틔우는 봄비처럼 그가 할 일이란 무엇인가? 시집 『인간 선언』「후기」에서 그는 다음과 같이 말하고 있다.

인간에게 중요한 것은 창조주의 섭리이기에 태어난 과거가 아니라, 생명체를 가진 모두의 숙명이기에 미래(죽음)가 아니라, 살아가는 과정(현재) 그 자체가 아닐까. (중략) 나는 시인이 아니다. 다만 비인간화를 촉진시키는 일체의 것에 대해 단호히 반격하려는 작은 몸부림의 소산이라 하면 된다.

창조주의 섭리로서 지체장애 불구의 몸으로 태어난 '과거'가 중요한 것이 아니라, 현재 살아가는 과정이 중요하다는 것. 이는 '현재적 삶'에 관한 인식이다. 현재적 삶이란 자신이 처한 환경이라는 외적인 것과 그것에 대응하는 마음가짐으로서 내적인 것이 총체화되는 인식의 중심점을 말한다. 삶이란 늘 자기 자신으로 돌아오는 구심력과 자기 자신에게서 나와, 일정한 세계를 이루는 원심력의 자장 아래 자리 잡는 것이다.

그는 자신이 처한 불구와 고독한 자아라는 폐칩성에서 벗어나 현재적 삶의 중심점에서 "비인간화를 촉진시키는 일체의 것에 대해 단호히 반격"하는 것이 자신의 시의 길임을 천명하고 있다.

빛이
어둠을 사르는
새벽이었다.[6]

문틈에선가
창틈에선가
벽 틈에선가
나의 침실 깊숙이 파고드는

동포여!
하는 소리에 매력을 느끼다가

---

6 두 번째 시집 『인간 선언』에서 이 행은 "이른 새벽이었다."로 되어 있으나, 최종본을 텍스트로 하였다. 이선관의 경우, 개작을 거치면서 군더더기라고 여겨지는 부분에 대한 생략을 상당히 많이 하였다. 시의 낭송 체제로 보거나, 시적 긴장을 불러일으키는 간결하면서도 묵직한 톤으로 보거나 간에, '이른'이라는 관형적 표현은 생략되어야 마땅하다.

다시 한번 귀 기울여 들어보니

똥퍼여?
하는 소리라
나는 두 번째 깊은 잠에 취해 버렸다.

―「애국자」 전문

　위의 시는 1971년, 그의 나이 30세에 『씨알의 소리』 10호에 발표한 것이다. 이듬해 같은 책, 창간 2주년 기념호에 시 「헌법 제1조」를 발표한 것과 같은 맥락의 작품이다.

　"동포"라는 구절로 미루어 어둠은 우리 시대의 어둠이라고 짐작하겠다. 어둠을 불사르거나 떨어 버리는 새벽, 화자는 문과 창과 벽의 폐쇄된 공간에 있다. 그 틈으로 "동포여"라는 통절한 외침 소리가 들려 화자는 화들짝하게 잠을 깨는데, 듣고 보니 "똥퍼여"라는 소리라는 것을 알고, 다시 깊은 잠에 빠져든다.

　같은 나라와 민족의 사람을 정겹게 부르는 "동포"를 "똥퍼"로 오도하는 것은 전형적인 말놀이 형식이다.[7] 당대 민족과 조국을 앞세우는 애국자가 알고 보면 똥 같은 위선자라는 통박을 거침없이 내뱉었다. 혹은 "동포"가 "똥퍼"라고 외치는 소리보다 못한 조국의 현실 앞에 무력한 자아를 잠으로 형상화하였다. "동포"가 "똥퍼"로 전락하는 것은 무엇인가?

　"판단의 말, 명령, 권위, 유혹의 말과 다른 한편으로 속임수, 도피,

---

[7] 수수께끼(Riddle)로 대표되는데, 단순한 묘사를 바탕으로, 혹은 일반적인 것을 특수화하여 은유적으로 처리하거나, 언어 기능 측면에서보다는 피상적 용어로 고의적 오도성을 가지고 놀이하는 행위를 말한다. 장덕순 외, 『구비문학 개설』, 일조각, 1980, 2판, 202-205쪽.

거짓의 말들 사이에 커뮤니케이션은 이미 상실한 채 마주한 것이 없
는 말, 자기 자신과의 관계조차 없는 말"[8]은 우리 의식이 이룬 규범과
낡은 신화로서의 말인 "동포"라는 절절한 외침으로부터 이미 떠나 있
는 것이다. 다음 시에서 말하는 "민주공화국" 역시 같은 맥락에서 읽
을 수 있는 작품이다.

> 우리나라는 민주공화국이다.
> 그렇다!
>
> 우리나라는 민주공화국이다.
> 그렇다니깐!
>
> 우리나라는 민주공화국이다.
> 그래…….
>
> 우리나라는 민주공화국이다.
> …… 그래.
>
> 우리나라는 민주공화국이다.
> …… 허긴 그래.
>
> —「헌법 제1조」 전문

이 시는 1972년 4월, 『씨올의 소리』 창간 2주년 기념호에 발표한

---

8 Maurice Blanchot, 『미래의 책(Le Livere a vênir)』, 최윤정 역, 세계사, 1993, 242-254쪽.

것이다. "3.1 운동으로 건립된 대한민국 임시정부의 법통과 불의에 항거한 4.19 민주 이념을 계승하고, 조국의 민주개혁과 평화적 통일의 사명에 입각하여 정의·인도와 동포애로써 민족의 단결을 공고"히 하고자 제정된 대한민국 헌법 제1조 제1항 "대한민국은 민주공화국이다", 제2항 "대한민국의 주권은 국민에게 있고, 모든 권력은 국민으로부터 나온다"라고 성문화된 것에 대해 이선관은 위와 같이 말하고 있다.

위 시 1연 2행과 2연 2행이 독단적인 단정과 심지어 윽박지르는 어투를 띠는 데 반해, 3연 2행에서는 인정하더라도 뒤가 켕기는 어투, 4연 2행은 한참 망설이다가 가까스로 인정하는 어투, 5연 2행은 이미 성문화된 문건을 긍정하되 조건이 유보되어 있는 "허긴"이라는 접속부사를 쓰면서 '실상은 적당히 말하자면' 그렇지만, 아직까지 우리나라는 그러한 문건을 긍정하기에는 상당히 유보되어 있다는 것으로 끝맺음을 하고 있다.

국제사회에서 한 나라가 공식적으로 표방하는 정책상의 원칙, 이른바 독트린(doctrine)과 같은 헌법. "독트린은 개인들의 언표 행위의 어떤 유형들에 연결시켜 주며, 그 결과 다른 언표들은 금지된다. (중략) 독트린은 이중적인 예속을 유발한다: 말하는 주체들의 담론에의 예속 그리고 최소한의 잠재성으로서 담론들이 말하는 개인들의 집합에의 예속"[9]이다.

'대한민국은 민주공화국'이기 때문에, 그 외의 여하간의 언표는 금지되어 있고, 말하는 모두는 집체화된 민주공화국 안에 예속되어 있다.

그럼에도 "끝없는 중얼거림"을 해야만 하는 까닭은 무엇인가? 그

---

9 Michel Foucault, 『담론의 질서(L'ordre du discours)』, 이정우 역, 새길, 1993, 36-37쪽.

것은 "문학이 자기 고유의 공간 내에서 그 가치들에 대한 우스꽝스러운 부정을 보증할 수 있는 모든 것—파렴치한 것, 추한 것, 불가능한 것—을 탄생"[10]시키기 때문이다. "동포"가 "똥퍼"로 우스꽝스럽게 부정되는 세계, '대한민국은 민주공화국'이지만, 그에 대한 부정, 그것마저 불가능하다는 것에 대한 끝없는 언술이 남아 있기 때문이다.

끝없는 언술이 남아 있지만, 유보되거나 침묵될 수밖에 없는 것에 관한 이선관의 인식은 어정쩡하게나마 시집 『인간 선언』에서 연작 형태로 쓴 「침묵 세대 1-9」로 미루어 짐작할 수 있다. 눈여겨볼 부분이지만, 대체적으로 신으로부터 여하간의 구원이 부재하고 있는 추상적 진술로 일관되어 있거나, 황금만능주의로 찌든 세태 혹은 삶의 권태를 주절거리는 한계 정도에 머물러 있다. 연작시 전체에 걸쳐 각 시의 끝 연은 한결같이 "침묵의 바다속으로/침몰되고 있었다"로 끝맺고 있는데, 그러한 점에서 침묵은 더 이상의 저항이 아닌, 자기 함몰 그 자체에 불과하다고 하겠다. 마치 사르트르가 하는 말처럼 "일 초 일 초 지나는 사이에 우리들은 '인간은 모두 죽는 것이다.'라는 이 부드럽고 흔해 빠진 말의 뜻을 어김없이 살고 있었다"[11]와 같은 것이라고 하겠다.

3. 중기 시 1—황폐화된 현실을 향한 시적 어법과 정체성 확립

시인에게 있어 시 쓰기는 끝없는 자기 탐색이다. 자기를 대상으로 삼으면서 때로는 자기가 자기일 수 없다는 이른바 낯설고 불안한 영혼마저 시적 대상이다. 이선관에게 있어 시 쓰기를 통한 자기 탐색은 그야말로 지리멸렬하고 지지부진한 상태에 머물러 있었다. 간간이 위

---

10 Michel Foucault, 『말과 사물(Les Mots et les choses)』, 이광래 역, 민음사, 1991, 4판, 348쪽.
11 J. P. Sartre, 『침묵하는 공화국』, 천이두 역, 일월서각, 1982, 14쪽.

에 상술한 작품을 쓰기도 하였지만, 전술한바 허청거리며 추상화된 고독한 자아를 붙들고 창동 네거리를 배회하거나 벗어나는 정도에 머물러 있었다.

한편으로 그가 나아갈 수 있는 새로운 시의 길은 자기를 쓰지 않고서도 시를 쓰는 중립적인 지점으로서 현실과 세계 상황에 있다. 굳이 자신을 비틀어 거짓말을 하지 않아도 되고, 자신의 내밀한 공간을 내보이는 두려움마저 벗어난 자리. 예컨대 독일 표현주의 문학의 중심 모티브가 대도시라는 새로운 현실을 대상으로 한다는 점에서 현대성을 확보하고, 아울러 현실의 미메시스로서 객체의 붕괴와 주체의 몰락을 동시에 포착하는 점에서 큰 의의를 갖는 것을 들겠다. 소외와 단절이라는 주제를 근간으로 잔인하고 추하고 비뚤어져 그로테스크한 메타포가 낯설게 하기라는 숨겨진 상상력을 끼고 암호처럼 표현된다.

그러나 현실을 향한 이선관의 시는 이처럼 복잡하지 않다. 그가 말하는 현실은 시의 소재 그 자체이며 이에 대해 지니는 시적 주체의 지각은 부정적이라는 데에 기초하고 있다. 특히, 창동 네거리를 벗어난 그의 눈길에 잡힌 것은 마산과 창원이라는 지역의 급격한 산업화로 인한 폐해, 혹은 더 나아가 인류의 불행 혹은 종말인데, 그러한 시각의 단초를 이룬 작품이 「독수대 1」이다.

바다에서
둔탁한 소리가 난다.
이따이 이따이.

설익은 과일은
우박처럼 떨어져 내린다.

이따이 이따이.

새벽잠을 설친 시민들의
눈꺼풀은 아직 열리지 않는다.
이따이 이따이.

비에 젖은 현수막은
바람을 마시며 춤춘다.
이따이 이따이.

아아
바다의 유언
이따이 이따이.

—「독수대 1」 전문

위의 시는 『경남매일』에 1975년 10월 14일에 발표되었다. 같은
지면에서 이선관은 창작 배경에 대해 "이 시는 한창 매스컴을 타고
떠들썩하게 하고 있는 독수대를 소재로 삼고 쓴 작품이다. 공업화의
물결 속에 대자연은 침식당하고 인간은 그로 인한 오염으로 시달림을
받고 있다. 이 시는 인간의 양심에 호소하는 인간의 경고라고 할까."[12]
또 다른 지면에서 그는 "「독수대 1」 즉흥시를 쓰기 한 달 전, 1918년
미국 캔자스주 출신 보도사진 기자인 유진 스미드가 찍은 '도모꼬를
목욕시키고 있는 어머니'란 사진을 보고 받은 충격으로 「독수대 1」을

---

12 이선관, 「나의 작품」, 『경남매일』, 1975.10.14.

썼고, 그 사진의 영상을 「독수대 4」로 시화하였다"[13]라고 말하고 있다.

위의 시에서 말하는 "이따이 이따이"는 일본 미쓰이 금속광업소에서 나온 카드뮴에 오염된 병명으로 '아프다 아프다'의 일본어 표현이다. 1929년부터 1946년 사이 일본의 도야마현 미쓰이 아연공장에서 배출된 카드뮴이 토양에 축적된 후, 그곳 농산물을 섭취한 사람에게 나타난 중독 증상을 말한다. 일본에서 발생한 토양오염에 의한 폐해를 두고, 이선관은 그것을 마산 앞바다의 수질오염으로 바꾸어 시화하였다.

1965년 마산에 한일합성섬유공업주식회사가 설립되고, 1970년 마산수출자유지역이 설치되는 한편, 1973년 창원이 기계공업기지로 설정되는 이른바 산업화의 전진기지로서 마산과 창원 지역은 중소도시로서 팽창 일로에 있었다. 이는 인구의 도시집중을 불러왔고, 새로이 유입된 인구는 군중을 형성하는 동시에 소외된 도시 빈민층의 발생을 더욱 촉진시키는 결과를 초래했다. 폐수는 산업체의 폐기물 방류에도 원인이 있으나, 그에 못지않게 무분별하게 생활하수를 내다버리는 데에도 까닭이 있었다. 이선관 시 "어린교 아래로/빨간 물이 내려간다./이따이 이따이"라는 것은(「독수대 2」) 한일합성을 중심으로 숱한 섬유화학공장에서[14] 방류하는 산업폐기물을 지칭하는 것이지만, 그에 못지않은 오염의 근원이 생활하수에 있다는 것도 간과할 수는 없다.

---

13 이선관, 「이 소재, 이 주제」, 『경남문학』, 1995.가을, 88쪽.
14 "1980년 통계에 따르면, 마산시에 등록된 제조업체 수는 116개 기업으로서 섬유 12개 업체, 화학 29개 업체, 기계 55개 업체, 기타 20개 기업이다." 이우태, 「마산 지역 경제의 실태와 전망」, 『마산문화』 1집, 도서출판 맷돌, 1982, 101쪽.

이러한 작품을 근간으로 하여, 1977년 4월 세 번째 시집 『독수대』를 내었다. 이로 말미암아 "마산수출자유지역과 창원공단 개발로 마산 앞바다의 오염을 고발했다는 것이 빌미가 되어 조국의 근대화를 저해하는 인물이라고 하여 중앙정보부로부터 시집을 회수당하고 잡혀 가기도 하였다."[15]

세 번째 시집 『독수대』에서는 서정적인 터치의 시들도 간간이 눈에 띄는데 내면화의 장력 속에 승화되기보다는 따로 떼어 낸 조각 같은 느낌, 혹은 독백 진술이거나 현실의 보이기 제시 양식을 서술하는 것으로 일관되어 있다. 그러나 이 시집에는 이선관의 새로운 시적 지향점이 환경 생태에 있으며, 끊임없는 저항을 통해 시의 정신을 실천하겠다는 다짐을 보이는 점이 주목된다.

> 끓는 물에
> 조개를 넣으면
> 아가리를 벌리듯
> 내 가장 아끼는
> 선배 한 분이
> 그렇게 살아가라고
> 말씀하셨다.
>
> —「저항」 전문

굳이 토를 달지 않더라도 이 시는 부정과 불의, 모순과 부조리에 입 다물고 있지 말고, 저항하여 말할 것을 스스로에게 다짐하고 있다.

---

15 「자연을 노래한 환경시인」, 『경남대학보』, 1998.11.16.

왜 '입'이 아니고 "아가리"인가? 입의 비속어로서 "아가리"는 상당히 강압적이고 부정적인 어투이다. 말하자면 폭압적인 제반 태도('아가리, 닥쳐!')에 맞서 그야말로 부정의 "아가리"를 열겠다는 역설적 태도를 보이는 것이다. 아울러 이 시에서 말하는 선배는 마산 지역 문단에서 절친하게 교유를 했던 정진업 시인으로 보인다. 문인들 사이에 널리 알려진 바는 물론이고, "인과 의의 삶을 상승시키는 수단으로서의 시"를 남달리 강조하던 정진업 시인의 다음과 같은 시를 보더라도 당시 이선관 시인의 시 세계의 저변을 확충하는 데에 영향을 주었다고 추정할 수 있기 때문이다.

> 선스타 안약을 써도
> 흐려만지는 視界의
> 대기오염과
> 귀를 째는
> 소음, 굉음, 폭음은
> 천지장송곡
> 한 삼십 년 더 살면서
> 역사를 보겠더니
> 눈은 멀고
> 귀는 가고
> 입은 또 코밑이 석 자이니
> 사사십육 다 틀렸구나
> 이 지구가
> 저 인간이
>
> —「천지장송곡 1974」 전문

특히, 이선관이 전 생애에 걸쳐 일관되게 추구하게 되는 독특한 시적 어법이 한국 시단의 새로운 가능성으로 예견되는데, 그것이 시「소인들」이다.

아서라
다친다
소주나 까자

뒤돌아보기 없기다
좌우로 살피기 없기다

아서라
다친다
소주나 까자

—「소인들」 전문

이 시는 최초 발표한 것보다 더욱 간명해졌다. 최초 발표 시에서 2연 1행("잠깐만, 우리 약속을 하자.")과 3연("뒤돌아보는 증상이/좌우로 살피는 증상이/전염병처럼 맹위를 떨치고 있는데")을 없앴다. 시의 군더더기를 생략한 것인데, 살아가면서 적이 마음이 놓이지 않아 켕기는 일이나 자신을 둘러싼 에움에 좋지 않은 일이 생길까 두려워 말하고 행동하는 것을 꺼리는 일 없이 당당하게 살아갈 것을 말하고 있다. 당당함은 "소주나 까자"에 함축되어 있다. "까자"는 술병의 마개를 따고 마시자는 속어이지만, 한편으로 켕기거나 꺼리지 말고 비난할 것은 비난하여 '까발리자'는 뜻도 함께 담겨 있다.

평범한 사람들이 일상적으로 쓰는 언어를 시의 언어로 부려 쓴다는 것. 이른바 부자연스러운 이미지나 비유적 언어를 배제하는 한편, 현실적 언어를 그대로 옮김으로써 운문과 산문의 차이를 부정하는 태도는 이후, 이선관 시의 전형적인 어법으로 자리 잡게 된다는 점에서 주목해야 할 부분이다. 평범한 사람들의 삶의 모습을 그들의 언어로 재생하겠다는 것은 체험의 공유를 통한 소통을 염두에 둔 것이다. 따라서 보통의 환경 속에 자리 잡은 제반 전형적인 상황은 그의 시의 소재인 동시에 그가 말하고자 하는 주제가 된다.[16] 이러한 가운데 나온 네 번째 시집이 『보통 시민』(1983)이다.

4. 중기 시 2—모순과 부조리에 대한 대항 담론

시집 『보통 시민』은 세 번째 시집 발간 이후, 약 6년간의 작품을 묶어 내었다. 42편이 수록되어 있는데, 시집을 엮어 내는 과정에 태작 (駄作)을 버린 탓도 있겠으나 과작인 셈이다. 역사의 격변기를 거친 탓도 있겠다. 1979년 10월 "학생 간첩단 사건으로 감방에 있는 서광태 군의 석방 운동에 가담하여 정보과에 연행도 당하고 남민전 사람들과 부산 마산을 한데 엮어 많은 사람을 체포하려는 음모에 집에 있는 유인물들, 일부분의 책들, 그리고 가장 소중했던 일기장을 태우기도 하

---

16 1977년 4월 25일 『경남매일』에 월초 정진업의 「이선관 제3시집 『독수대』를 읽고」가 게재된다. 이 글에서 월초는 이선관 시에 있어 현장 생리에 부응하는 고발과 직설을 주목하는 한편, "선관의 언어 표현 부자유에서 반발하는 불안, 과민, 폭발적인 고발이나 저항만으로는 시의 전부가 될 수 없다는 것을 깨닫게 된다. 그것은 「아가야 1, 2, 3」과 같은 종전의 시집에서 볼 수 없었던 새로운 시도를 발견할 수 있기 때문이다. 무릇 서정 없이야 시가 될 수 있으랴마는 서사적인 역사의 배경 안에서 구가되는 시야말로 겨레와 더불어 영생할 수 있는 민중의 노래가 될 것을 믿어 의심하지 않는다."라고 한 것과 궤를 같이하고 있다고 하겠다.

였다."[17]

그러나 이 시집은 이선관의 시적 지향점과 아울러, 이른바 이선관식의 모순과 부조리의 세계 상황에 대한 대항 담론으로서 시 쓰기[18]를 명증하게 확립하고 있다는 점에서 주목된다.

나는 初志一貫으로 말을 하면
당신네들은 좆이 일 관으로 알아듣고

다시
나는 初志一貫으로 말을 하면
당신네들은 좆이 일 관으로 알아듣고

또다시
나는 初志一貫으로 말을 하면
당신네들은 좆이 일 관으로 알아듣고

—「나는」 전문

---

17 『부마민주항쟁 10주년 기념자료집』, 214-216쪽. 같은 글에서 그는 10.18 민주항쟁을 "중국집 배달원, 술집 종업원, 노동자, 기층 시민들의 항쟁사"라고 규정하였다.

18 "엿먹어라 엿먹어라"를 시 「엇먹어라 엇먹어라」로, "아까 아까" 하며 정직한 언급을 회피하는 이들을 "까마귀"로(「청문회」), 숱한 의혹을 밀쳐 두고 "지랄을 떠는" 사람들(「의혹」), 군부 출신 대통령을 두고 머쓱한 어투로 말하는 것(「아하 그랬군요」), "씨팔 기자와 친일파는 동격이다"(「기자와 친일파는 동격이다」), "국화빵에는 국화가 없고/정치판에는 정치가 없다"(「없다」), "미국의 항공모함 니기미(니미츠)호와 (중략) 좆이 위신통(조지 워싱턴)호는"(「겁나는 종이호랑이」), "우리나라 정치꾼들이여/토종 엿/우리나라 엿은/그들에게 먹이기엔 아깝기만 합니다"(「엿도 아깝다 아까워」), "선량들이 모이는 국회의사당 (중략) 난 개지만/당신들은 똥개들이다"(「당신들은 똥개들이다」) 등 숱한 예를 들 수 있다.

128

이선관은 말을 잘 못하고 걸음을 잘 걷지 못하는 뇌성마비 2급 지체장애인이다. 자신의 비정상적 몸에 대한 절망으로 몇 번이나 자살을 시도했던 그이다. 그러나 위의 시와 같이, 은폐되거나 억제되던 몸이 오히려 장난스러움으로 전복되는 한편, 천진난만하기까지 하다. 입천장이 열려 있는 이선관은 혓바닥과 경구개 사이에서 나는 소리 'ㅈ, ㅉ, ㅊ' 중, 특히 'ㅊ'의 발음이 가장 잘 안 된다. 비록 자신은 "초지일관"이라고 말하지만, 매번 듣는 이는 '조지일관'으로 들을 뿐이다.

처음에 세운 뜻을 끝까지 밀고 나가겠다고 하여 "초지일관"이라고 말을 하면 사람들은 "좆이 일 관"으로 알아듣는다. "좆이"와 "일 관"을 떼어 쓴 것이 더욱 유머스럽다. "초지일관"의 '관(貫)'은 일이나 행동에서 앞뒤가 들어맞고 체계가 들어맞는 갈피로서 '조리(條理)'를 가리키기도 하지만, "좆이 일 관"의 '관(貫)'은 의존명사로서 한 근의 열 배가 되는 무게를 가리키는 것이 된다. 말하자면 "좆이 일 관"이라는 것은 당시 의기양양하여 우쭐대는 사람들을 빗대어 '그래, 네 좆 크다'라는 비속어가 되는 것이다.

따라서 이 시는 "초지일관"을 뽐내며 앞세우는 정치인과 제도권 인사 및 모든 지도 계층의 사람들을 향한 네거티브로서의 유머 "좆이 일 관"으로서, 그들의 가면을 벗기고 정체를 폭로하는 통렬한 비판이 된다.

비정상적 몸을 지니고 살아가야 하는 '결여된 존재'. "그것이 [자신에게 있어] 가장 단단하고 보기 흉한 돌 속[이더라도], 잠을 자야 한다. (중략) 예술가란 자신의 감각의 승화를 통해 자신의 삶을 작품화하는 '순수한 인간'이다. [그것은] 디오니소스적 세계에서 자신의 삶을 긍정하며, 자신의 자기를 자기 안에서 조형하는 자유정신"[19]에 기

---

19 김정현, 『니체의 몸철학』, 지성의샘, 1995, 212-221쪽 참조.

초하고 있다. 따라서 장애를 지닌 그의 몸은 육체적인 독인 동시에 정신적인 약이 되는, 이른바 플라톤이 '글'을 가리켜 말했던 '파르마콘(pharmakon)'이라고 하겠다.

발음이 명확하지 않아 언뜻 어눌한 말투, 혹은 천진난만하게 이야기하는 어투는 이선관 시의 전형적 톤으로 확고하게 자리 잡는다.

악 악 아악 하는 비명 소리는
천지를 진동하다가
언제 그랬냐는 식으로 사라지고

(중략)

「세상천지 사람들아 이런 일이 우짠 일고」

정말 귀신이라도 있다면 제지를 했을 텐데
아마 귀신은 없는가 봅니다.
지금 나는 운동화 끈을 불끈 쥐어 매고
하나님을 한번 만나고 와야겠습니다.
                              —「하나님을 한번 만나고 와야겠습니다」부분

이 시의 하단부에는 "의령군 궁류면 기사를 읽고"라는 주가 있다. 1982년 4월 26일 경남 의령군 궁류면에서 의령경찰서 궁류지서 소속 순경 우범곤(27세)이 궁류면 토곡리 시장통과 궁류우체국 및 인근 4개 마을의 민가로 뛰어다니며 무차별 난사해 주민 56명(남자 20명, 여자 36명)이 사망하고 34명이 부상을 입은 사건이다.

처참하고 끔찍한 사건, 인간의 황폐화와 신의 부재 속에 구원이 존재하지 않는 상황에서 그는 천진난만한 태도로 하나님을 만나고 오기 위해 "운동화 끈을 불끈 죄어" 맨다. 이처럼 반어적 태도에 근간을 둔 내면적 거리가 산문 투의 느슨한 진술성을 극복하는 자리에 그의 시가 있다. 게다가 당대 시에서 흔치 않던 비속어마저도 시의 언어로 채택된다.

> 서울은 陰이다
> 거대한 고래 보○다
> 그 많은 사람을 넣어도
> 다 차지 않은
> 서울은 陰이다
> 거대한 고래 보○다
>
> ―「서울」 전문

그에게 있어 시는 '글'이라기보다 '말'이다. "그는 두 배의 유머, 계산된 순진함, 약은 우회(이선관의 경우, 자기의 판단은 유보한 채, 시의 끝부분마다 남이 말한 것이라고 에둘러 말하는 작품이 상당수 있다, 인용자 주), 후퇴, 포기, 그리고 그가 스러져 가는 순간, 풍문의 장막을 뚫고 들어오는 하나의 이미지의 갑작스럽고 예리한 침이라는 수단을 갖고 있다. 과격한 싸움, 경이로운, 그러나 눈에 띄지 않는 승리."[20]로서 시는 그의 삶의 힘이다.

---

20 모리스 블랑쇼, 『미래의 책』, 356쪽.

그러나 참으세요 말을 하기 전에

저자거리로 나와야 해요

꾀죄죄한 이불을

걷어차고 나와야 해요

나와서 새롭게 찾아온 봄의 문턱에서

임금님의 귀는 사람의 귀가 아니라 해야 해요

길가에 버려진 돌멩이가 먼저 말을 하기 전에

말을 해야 해요

말을 해야 해요

—「말을 해야 해요」 부분

미셸 푸코는 대항 담론으로서 문학의 실례를 『천일야화』에 있어, 샤리아르 왕의 광기에 길항한 샤라자드의 이야기를 두고 말하고 있다. "문학이 서술되는 동안에는 죽음을 부르는 결정이 불가피하게 유보되고" "죽음의 경계에서 말하기는 성찰한다. 말하기는 거울과 같은 것을 만난다. 죽음을 유보하기 위해 단 하나의 가능성이 존재한다. 즉 스스로를 끝없이 반영하는 거울의 유희처럼 자신의 모습을 끊임없이 나타나게 하는 것이다."[21]

가능한 한 스스로부터 멀리 떨어져서 말하기, 그러면 그럴수록 더욱 자신의 존재 가치를 깨닫게 되는 길이 문학의 길이라는 인식은 이선관이 대항 담론으로서 자신의 시적 정체성을 확립하는 도정에 깨우친 것이다.

---

21 마티나 마이스터, 「아무것도 말하지 않는, 그러나 결코 침묵하지 않는 언어—경계 위반으로서의 문학」, 문학이론연구회 편, 『담론 분석의 이론과 실제』, 문학과지성사, 2002, 44-77쪽 참조.

5. 후기 시—친환경과 통일을 향한 시의 길

1983년 시집 『보통 시민』을 낸 이후, 2005년 작고할 때까지 이선관은 총 8권의 시집을 내었고, 사후에 유고시집 『나무들은 말한다』가 나왔다. 그중 『나는 시인인가』(1985)와 『어머니』(2004)와 같은 시선집을 제외하고, 간간이 앞선 시집의 작품을 일부 재수록하는 형태를 취하기도 했지만, 여섯 권의 시집을 내었다.

"병아리 털을 염색하여 파는"(「미운 사람」), 이른바 비인간화로 치닫고 있는 시정의 자잘한 일부터 세상살이의 부조리한 일까지, 부박한 지식인부터 역행하는 민주주의까지, 마이클 잭슨부터 짬렁까지 두루 거치면서 때론 아기처럼 즐거워하거나 혹은 질타의 목소리를 높여 왔던 것은 잘 알고 있는 일이다. 아울러 「지금의 마산은」, 「함성을 위하여」, 「아, 함성」, 「3.15 29주년 기념식을 보고 나서」, 「우리는 오늘 그대 곁으로 간다」를 비롯하여, 민주화의 성지 마산을 그 누구보다도 많이 이야기하며 부끄러워했다.

특히, 1980년대 중반부터 작고할 때까지 그의 시가 환경과 통일의 문제로 집약되었다는 것은 잘 알려진 일이다.

일련의 「독수대」 작품 발표 이래, 그가 줄기차게 쓴 것은 이른바 환경위기론[22]에 근거한 것이다. 염화불화탄소 발생에 의한 오존층 파괴

---

22 북친(Bookchin Murray)은 생태론(ecology)과 환경론(environmentalism)을 구분한다. 환경론은 현재 상황에 의문을 품지 않으며, 오히려 자연에 대한 인간 지배와 인간에 대한 인간 지배를 조장한다. 생태론은 서로 상호 관련되어 생태적으로 완성되고 균형 잡힌 공동체적 기반을 제공해 주는 유기적 요인들과 사회적 요인들을 포함하는, 독특한 인간과 자연 공동체를 말한다.(Carolyn Merchant, 『래디컬 에콜로지(Radical Ecology)』, 허남혁 역, 이후, 2001, 198-199쪽.) 이선관의 경우, 초기 시의 대체적인 경향은 환경위기론에 근거를 두고 있으며, 후기 시로 갈수록 여성론적이면서 동시에 평등주의적인 것에 근간을 두면서 궁극적으로 자유로운 사회라는 전망을 제시하는 근본생태론의 방향으로 나아간다.

와 산성비로 위협받고 있는 지구(「날씨가 누굴 닮았는지」), 하수도로 무차별하게 유입되는 오폐수와 식수 속의 독성 물질(「상수도와 하수도」), 체르노빌 핵발전소의 방사능 누출 사고(「체르노빌 1-12」), 죽음을 부르는 현대판 저승사자(「다이옥신」), 환경호르몬 폴리염화비페닐의 폐해(「환경호르몬」), 바이러스가 검출되는 수돗물(「수도세를 내지 맙시다」, 「이 경우에는 어떻게 생각하면 되나요」) 등 숱한 작품들을 양산하였다.

한편으로 친환경 정책 부재에 대한 비판도 만만찮다. 동강댐 건설과 관련한 쟁점(「백만 명분의 오염」), 철새들도 찾지 않는 주남저수지(「하늘길」), 갯벌 없는 바다, 새만금에 대한 생각(「새만금 유감」), 마산시 진동면 소각장 건설(「진동 사람들은 한밤중에도 깨어 있다」) 등 외에 여러 편이 있다.

후기로 갈수록 이선관은 환경위기론으로부터 여성론적인 동시에 평등주의에 근간을 둔 이른바 근본생태론으로 바뀌는 면모를 보인다.

①
남자는 하늘이 아니다
여자는 땅이 맞다
남자는 죽으면 하늘이지만
여자와 같이 있으면
하늘 이상이다
그것은 여자와 남자는
둘 다 같은 생명이기 때문이다.

—「남자는 하늘이 아니다」 전문

②
그러나

강남에 사는 쥐하고

달동네에 사는 쥐가 다르듯이

서울대나 하버드대 나온 학생하고

지방대나 고등학교를 나온 학생 다르듯이

강남에서 구두를 닦는 사람하고

청량리에서 구두를 닦는 사람이 다르듯이

—「생명을 가진 것은 모두 귀중하다」 부분

위 시 ①은 남녀평등 공존의 가치로움을 생명성으로 수렴하고 있
으며, ②는 자본주의의 내재적 모순으로서 층위를 적시하는 한편, 계
층 간의 차별화, 더 나아가 희생양으로서의 딱지를 붙이고 살아야 하
는 숙명을 치유하는 길이 만민 평등으로의 인식 전환에 있음을 말하
고 있다. 친환경이란 궁극적으로 공존의 길을 모색해야 한다는 길목
에 다음 시가 있다.

해마다 년말 가까이 한 달 전부터

예수가 탄생했다는 성탄절을 맞아

밤마다 나무에 대낮처럼 불이 켜진다

나무들은 말한다

하느님이시여

당신 아들 탄생도 좋지만

제발 잠 좀 자게 해 주십시오.

—「나무들은 말한다」 전문

하느님의 아들 예수를 찬양하여 불 밝히는 성탄절. 전선줄에 칭칭 감겨 있을 뿐 아니라, 환하게 밝힌 불빛 때문에 나무는 잠들 수 없다. 그래서 나무는 "제발 잠 좀 자게 해 주십시오"라고 간청한다. 이른바 '생물권 민주주의'[23]를 요구하는 것이다. 문지방을 넘어서는 거미를 두고 "나는 너를 죽일 권리가 없다 생각하면서/거미와 함께 문지방을 넘었습니다"와 같은 것이다(「나는 너를 죽일 권리가 없다」).

> 신비하지요
> 더불어 감정도 있답니다
> 아름다운 음악을 들려주면
> 물은 아름답게 흐르고
> 성난 음악을 들려주면
> 물도 파도를 일으킨답니다
> 물뿐만이 아닙니다
> 지구촌의 모든 존재는
> 감정을 가진 사람과 같은 생명체랍니다.
>
> ―「물도 생명을 가졌답니다」 부분

---

23 인간이 자연에 대해 가혹 행위를 하는 것에 주목하는 근본생태론자들은 도덕적인 '생물권 민주주의'를 요구하는데, 여기에서 살아서 스스로를 완성할 인간의 '권리'는 나비, 개미, 고래, 원숭이, 그리고 질병을 야기하는 바이러스나 세균의 권리와 아무런 차이가 없는 동일한 것이다.(Bookchin Murray, 『사회생태론의 철학(The Philosophy of Social Ecology)』, 문순홍 역, 솔, 1997, 160쪽.) 이러한 근본생태론자의 태도에 대해 북친은 "몽롱하고 위험스러운 논리의 영역으로 우리를 끌고 간다"고 비판한다(『사회생태론의 철학』, 188쪽). 어떻게 자연과 인간 사회가 조화를 이루어야 하는가, 있어야만 하는 것을 향한 부단한 변증법적 자연주의를 사회생태론의 철학적 기초로 삼은 그에게 있어 마땅한 이야기이기도 하다.

"대지 위에 샘들은 인간의 혈관계와 유사하다. 즉 대지 위의 다양한 유체들은 점액, 타액, 땀, 기타 인간의 체액에 비유되었다. 지표면에 물이 들고 나면서 구름으로 증발하고, 다시 이슬, 비, 눈으로 내리면서 대지의 피는 정화되고 회복"[24]되는데, 마치 대지가 바람의 숨쉬기를 멈추면 지진으로 분노를 표출하듯이, 물 역시 대기오염으로 인하거나 자체 내의 수질오염으로 인해 더럽혀지면 궁극적으로 이 세상의 여하간의 정화를 이룰 수 없는 지경에 빠진다는 것이다. 만년에 쓰여져 유고시집에 엮어져 나온 위 시는 근본생태론자로서 이선관이 다다른 이른바 유기체적 세계관을 잘 보여 주고 있다고 하겠다.

한편으로 이선관 시의 큰 흐름은 통일의 문제이다. 이선관의 시가 통일문학으로 지향한 까닭은 이미 1970년대 민족문학론이 반독재, 반파쇼를 근간으로 출발하였다는 점과, 이에 이선관 역시 「헌법 제1조」를 비롯한 일련의 작품을 발표하여 왔던 터에 당연한 일이라 하겠다.

1970년대 민족문학론에 있어 제기되었던 '지킴'와 '성취'라는 명제, 즉 반제국주의, 반외세에 기초한 우리 민족의 지킴과 아울러, 분단 의식을 조장하는 군부독재에 대한 대항으로서 이른바 통일의 성취를 지향하는 문학은 우리 문학사의 첨예한 입각점이었다. 1980년 초, 제기된 제3세계 문학론 역시 독재와 폭압에 맞서 반파쇼를 지향한다는 점에서 민중문학론의 토대를 이루게 되었으며, 이후 1990년대 초반에 이르기까지 민족문학 논쟁을 거듭하면서 민중문학, 노동해방 투쟁문학 등 다기한 방향에서 문학의 운동성을 띠고 전개해 왔다는 것은 주지의 사실이다. 그것이 민중 개념을 분단 극복의 민족문학 속에 포괄하는 민족적 민중문학이든, 민족 개념을 계급의 체제 모순 극복

---

24 캐롤린 머천트, 『래디컬 에콜로지』, 72쪽.

의 민중문학 속에 포괄하는 민중적 민족문학이든 간에 억압적 독재 체제에 대한 저항인 동시에 진정한 자유와 평등에 기초한 나라 세우기에 그 뿌리를 두고 있음은 자명한 일이다.

이러한 문학사적 흐름 속에 이선관의 통일문학은 반외세 자주민족통일론에 기반을 두고 있다. 그의 인식은 "우리나라가 미국의 식민지"라는 인식으로부터 출발한다(「나 역시 헷갈리는데」). 따라서 6.25 휴전 조인식에서 "북한 대표 남일 대장과/우리나라가 빠진 유엔군 대표 헤리슨 중장이/단 12분 만에 도장을 찍었는데/참 이상하네요/전쟁의 주체국은 누구와 누군데/유엔군 대표라는 미국 군인이 나서서/참석을 하여 도장을 찍었다니" 이 땅에 사는 사람들은 백인들에게는 바지저고리인가 반문한다(「아이가 어른들에게 들려주는 동시 4」).

그가 생각하는 통일론은 외세를 배제하고 남과 북이 독자성을 갖고 각각의 국가 존재를 인정한 연후에 하나의 국가로 통일하자는 것이다. 이를테면 "만국기가 펄럭이는 행사 때마다/유엔에 가입된/조선인민공화국기가 빠져 있다는 것은" 안 된다는 것이다(「만국기」). 그가 생각하는 통일은 '우리 민족은 하나다'라는 명제 아래 민족애와 화해, 그 자체이다.

살과 살이 닿는다는 것은
참 좋은 일이다
가령
손녀가 할아버지의 등을 긁어 준다든지
갓난애가 어머니의 젖꼭지를 빤다든지
할머니가 손자 엉덩이를 툭툭 친다든지
지어미가 자아비의 발을 씻어 준다든지

사랑하는 연인끼리 입맞춤을 한다든지

이쪽 사람과 위쪽 사람이

악수를 오래도록 한다든지

아니

영원히 언제까지나 한다든지, 어찌 됐든

살과 살이 닿는다는 것은

참 참 좋은 일이다.

—「살이 살과 닿는다는 것은」 전문

위의 시처럼 반목과 질시보다는 사랑과 화해로 통일을 이루어 나가자는 것은 자칫 이상화된 통일 환상일 수도 있다. 남과 북의 국가적 현실과 제도적 장치와 괴리된 자기도취의 낭만적 감흥일 수도 있다. '하나'가 아닌데 '하나임'을 앞세우는 감성의 공소함이 한계점으로 적시될 수밖에 없다. 그럼에도 이선관의 통일시는 한결같다.

여보야

이불 같이 덥자

춥다

만약 통일이 온다면 이렇게

따뜻한 솜이불처럼

왔으면 좋겠다.

—「만약 통일이 온다면 이렇게 왔으면 좋겠다」 전문

이산가족으로 헤어진 남편과 아내가 만나는 꿈같은 현실을 그리며 쓰여진 위 시는 서로를 배려하는 마음을 감각적으로 승화시키며 통일

을 말하고 있다. 이는 "미움과 증오를 떨쳐 버리고 마음과 마음이 하
나 되어/화해와 용서를 빌면서 손을 잡고 마주 보면서/눈물 그 아름
다운 눈물을" 그리는 것과 같다(「눈물 그 아름다운」).

> 여보야
>
> 밥 안 먹었지
>
> 이리 와서 밥 같이 먹자
>
> 김이 난다 식기 전에 얼른 와서
>
> 밥 같이 나눠 먹자
>
> 마주 보면서 밥 같이 나눠 먹으면
>
> 눈빛만 보고도
>
> 지난 오십 년 동안 침전된 미운 앙금은
>
> 봄눈 녹듯이 녹아내릴 것 같애
>
> 우리 서로 용서가 될 것 같애
>
> 여보야
>
> 밥 안 먹었지
>
> 이리 와서 밥 같이 먹자
>
> 밥, 그 한 그릇의 사랑이여 용서여
>
> —「밥, 그 밥 한 그릇의 사랑이여 용서여」 전문

사랑과 용서의 통일시는 분단 문제의 핵심은 사람이라는 인식에
바탕을 둔 것이다. 남과 북의 사람이 하나가 되고, 하나로 보는 것이
허용되는 것으로부터 시작되어야 한다는 것.

사실, 통일문학은 만만한 것이 아니다. 하나가 될 수 없다는 절망
과 안타까움을 딛고 "통일은 청산해야 할 역사와 새롭게 창조해야 할

역사 사이에 자리 잡고 있는 것이다. 청산에 따른 갈등, 반목, 대립은 어떻게 할 것이며, 새롭게 창조해야 할 조화, 이해, 화합의 길은 어떻게 할 것인가? 끝없는 모순의 도출, 그러한 긴장에 관한 변증법적 통합을 향한 회의주의, 그것이 진정한 통일문학으로의 자유를 보장해 줄 것이다."[25]

통일이 민족의 구원이며, 그것을 말하는 것이 민족사에 던지는 신선한 메시지인 동시에 모든 민족적 절망을 거척하는 생명성의 시원이라고 하더라도, 오히려 문학은 그러한 이상주의에 대한 반성과 성찰로서 자리 잡아야 한다고 볼 때, 이선관의 통일시는 통일의 갈망은 있으나, 분단의 절망이 없다는 점에서 통일시가 지향하는 변증법적 통합이라는 차원은 상당히 유보되어 있다고 하겠다.

6. 맺음말

이상 논의한 것을 요약하면 다음과 같다.

이선관의 초기 시는 지체장애인으로서 고독과 우울의 몽상적 시가 주류를 이루고 있다. 자아의 폐칩성, 추상화의 공소함이라는 한계를 극복하는 단초가 시 「애국자」와 「헌법 제1조」이다.

중기 시를 두 가지로 나누어 논의하였다. 이는 이선관의 새로운 시적 지향점과 시인으로서의 정체성 확립을 주목한 데에서 비롯되었으며, 모순과 부조리에 대한 대항 담론으로서 시적 어법을 해명하는 데에 중점을 두었기 때문이다.

도시 산업화의 도정에서 황폐화된 현실에 착목한 일련의 「독수대」 작품은 이선관의 새로운 시적 지향점이 환경 생태에 있으며, 제반 비

---

25 이성모, 「통일문학에 대한 회의주의, 그 완벽한 자유」, 『마산문학』 24호, 2000.

인간화를 촉진하는 것에 대해 저항하는 것이 자신의 시의 길인 동시에 시인으로서의 정체성 확립이라는 것을 깨닫는 부분을 첫 번째 논의로 밝혔다.

작가 정신을 구현하는 데 있어, 뒷받침하는 것은 이른바 형식과 주제의 긴밀한 상관관계에 있는데, 이를 비정상적이어서 은폐되거나 억제되었던 몸이 오히려 장난스럽게 전복되어 지극히 정상적인 듯 움직이는 제도권에 대한 대항 담론으로 작용하는 것을 두 번째 논의로 밝혔다. 어눌한 말투, 혹은 천진난만하게 이야기하는 어투가 이선관 시의 전형적 톤인 동시에, 가능한 한 스스로부터 멀리 떨어져서 말하기, 그러면 그럴수록 더욱더 자신의 존재 가치를 깨닫게 되는 길이 문학의 길이라는 자기 인식에 도달하였다.

후기 시는 1980년대 중반부터 작고할 때까지 그의 시가 친환경과 통일의 문제로 집약된 것을 중심으로 논의하였다.

환경 문제를 다룬 시는 환경위기론, 환경 정책 부재론에 근거하여 집중적으로 쓰여졌으나, 이후 여성론적인 동시에 평등주의에 근간을 둔 이른바 생물권 민주주의 혹은 근본생태론으로 바뀌는 면모를 보였다. 만년에 들어서는 생태에 관한 유기체적 세계관에 입각한 것도 알수 있었다.

통일 문제를 다룬 시는 반외세 자주민족통일론에 기반을 두고 쓰여졌는데, 궁극적으로 민족애와 화해, 사랑과 용서라는 감성에 기대었다. 이선관의 통일시는 통일에 대한 갈망은 있으나, 분단의 절망이 없다는 점에서 통일시가 지향하는 변증법적 통합이라는 차원은 상당히 유보되어 있음을 밝혔다.

그는 스스로를 일컬어, '삼류 시인', '넝마주의', '거지', '바보', '창동 허새비'라고 했다. 그리고 그는 우리에게 말했다. "우리는 고독하다. 우리는 가난하다. 우리는 절망의 밑바닥까지 내려가 무엇이 있는가 보고 다시금 올라와야 한다."[26]

그러던 그가 다시금 올라오기에 힘겨워하다가, 결국 2005년 12월 14일, 그의 나이 64세에 영면하였다. 그는 다산 정약용의 「기연아(寄淵兒)」라는 글을 따오면서 말했다.

"나라를 걱정하지 않는 것은 시가 아니며, 어지러운 시국을 아파하며 퇴폐한 습속을 통분히 여기지 않는 것은 시가 아니며, 진실을 찬미하고 허위를 풍자하며 선을 전하고 악을 징계하는 사상이 없으면 시가 아니다."(시집 『창동 허새비의 꿈』의 「책머리에」)

"살아 있되, 당장이라도 죽을 것 같은 상태로 살았던"[27] 삶의 치열성, 문학적 위대함으로 승화된 그의 문학이 고흐의 노오란 해바라기 종이꽃 그림처럼 사위어 가도 2000년 실천문학사에서 발간한 그의 시집 제목처럼 "우리는 오늘 그대 곁으로 간다".

26 이선관, 「시인의 평가절하」, 『경남매일』, 1978.12.11.
27 Paul Auster, 『굶기의 예술(The Art of Hunger)』, 최승자 역, 문학동네, 1999, 14쪽.

경남 문학의 선구적 표징

—유천 신상철의 문학

1. 들머리

유천(猶泉)[1] 신상철(申尙澈)은 1936년 9월 9일 경남 진해시 소사동 148번지에서 태어났다. 1949년 웅동초등학교를 졸업하였고, 진해중·고등학교를 거쳐 1959년 서울대학교 사범대학 국어교육과를 졸업하였다. 1978년 동아대학교 문학 석사, 1983년 같은 대학교 대학원에서 「한국 현대시에 나타난 '님'의 연구」로 문학 박사 학위를 받았다.

1959년 야로중학교 교사를 시작으로 1960년 마산상업고등학교, 1968년 마산고등학교 교사를 거쳐, 1971년부터 경남대학교 교수로 재직하여 2002년 정년 퇴임하였다. 1966년 『경남신문』에 소설 「어떤 밤길」을 발표하면서 소설가로서 활동하다가, 이후 수필 창작에 전념하였다. 1981년 첫 번째 수필집 『소리 없는 나팔수』를 출간한 이래, 『옛 생각 이제 생각』, 『벽을 허물고』, 『나를 보고 세상을 보며』 등

---

[1] 신상철의 아호(雅號). 파성(巴城) 설창수(薛昌洙) 시인이 지어 주신 것.

을 내었다.[2] 1984년에 『수필문학의 이론』을 내어, 수필문학의 논리적 초석을 닦아 놓았다.

문학 연구자로서 경남 지역 시인들의 시 세계를 조명하여 1996년에 『현대시의 연구와 비평』을 내었다. 1983년 한국문인협회 마산지부장으로서 경남문인협회 창립에 앞장서 1987년부터 1993년까지 경남문인협회장을 역임했으며, 1990년부터 1992년까지 한국시문학회 회장을 역임하였다. 마산시문화상, 경남도문화상, 한국수필문학상, 노산문학상, 시민불교문화상 등을 수상하였다. 2010년 12월 7일, 향년 75세로 별세하였다. 경남문인협회장으로 영결식을 치렀으며, 사후 1주기에 '신상철 선생 추모 문학의 밤'이 열렸다.

이 글을 쓰기에 앞서 엄청나게 조심스럽고 두렵다. 제자로서 스승을 욕되게 하는 일만큼 패륜이 없기 때문이다. 제자 "사성기(士城綺)는 기러기 나는 모양으로 물러나, 스승인 노자(老子)의 그림자를 밟지 않도록 피하며 뒤따라갔는데"(『莊子』外篇) 지금 스승의 그림자를 밟고 섰다. 인간으로서 마땅히 해야 할 도리에 어그러짐. 참괴무면(慙愧無面)을 무릅쓰고 이 글을 쓰는 까닭은 스승이 남긴 문학적 공과를 무망하게 여겨서는 안 되기 때문이다.

2. 창작의 출발점, 소설가로서 면모

신상철 창작의 첫 출발점은 소설가로서 단편소설을 쓴 것이다.

---

2 신상철의 수필집을 일별하면 다음과 같다. 한국수필가협회 편, 『여백의 예술』, 범우사, 1975; 9인 수필집, 『한 잔 차에 잠긴 세월』(공저), 범우사, 1977; 『소리 없는 나팔수』, 범우사, 1981; 『옛 생각 이제 생각』, 범우사, 1984; 『벽을 허물고』, 범우사, 1989; 『나를 보고 세상을 보며』, 범우사, 1996; 『아름다운 이 아침에』, 교음사, 2000; 『삶을 되돌아보며』, 경남대학교 출판부, 2003; 『생활 속의 이 생각 저 생각』, 경남대학교 출판부, 2005.

1966년 7월 3일부터 13일까지 8회에 걸쳐 『마산일보』 '단편소설리레 ⑤' 연재 기획물에 「어떤 밤길」을 발표하였다. 이 작품은 1968년 한국문인협회 마산지부가 펴낸 『문협』 창간호에 「夜行」으로 제목을 바꾸어 게재하였다.

「야행」은 단편소설의 특성을 집약하여 반영한 작품이다. 이른바 전형적인 3일치법으로서 하루에 생긴 일, 한 장소에서 생긴 일, 하나의 사건이다.[3] 도입은 설명적 제시 형식으로 작중인물 윤섭이 "일주일간 여행에서 돌아왔을 때 어머니께서 내어 주시는 미경의 편지를 보고 그는 선 채 쫓아 나왔지만 결국 버스를 놓치고 만 것이었다. 택시를 잡아탔다."라는 앞선 일에 관한 보고로부터 출발한다. 앞선 버스를 따라잡아 갈아탈 요량이었다. 택시에서 미경의 편지를 다시 꺼내어 읽는다. "장사에 실패한 아버지가 재기의 꿈을 실현하기 위해, 도매상 주인 아들과의 혼담에 열을 올리"는 까닭에 "이젠 당신의 사랑과 힘에 기댈 수밖에 없게 되었으니 이 편지를 받는 날로 즉시 와 주세요"라는 내용이다. 그러나 택시 값을 더 이상 지불할 수 없는 곳에서 내리게 되고, "큰재 작은재가 가로놓인 밤길 사십 리를" 걸어간다. 자연스레 윤섭과 미경이 같은 고향인 범마을을 즐겨 걷던 길의 회상, 작은재 위 폐가에서 하룻밤 정담을 시작으로 방학마다 사랑을 나누던 에피소드가 소설의 주된 이야기를 이룬다. 신작로에 이르러 앞서 윤섭을 태웠던 운전기사의 배려로 범마을까지 간다. 범마을 지서로부터 음독 환자를 이송하라는 호출을 받아 가던 중이란다. 이윽고 미경의 집에 이르러 "조금 더 일찍 왔으면 탈이 없었을런지"라고 말하는 낯선 아주머니 이야기를 통해 음독한 사람이 그녀라는 것을 알게 되고

---

3 김동리 외저, 『소설 작법』, 문명사, 1974, 147쪽.

윤섭은 병원으로 쫓아간다.

미경의 죽음이라는 '닫힌 결말'로 치닫기에는 소설의 작위성이 큰 부담이었을 터이다. 도입의 보고적 제시에 "일주일" 동안의 여행과 버스를 놓친 것으로 인한 시간 지체, 전개의 작중인물 회상 구조, 절정 및 결말의 "조금 더 일찍 왔으면"이라는 아쉬움의 발화를 통한 극적 장면 제시, "병원으로 쫓아간다"라는 보고를 통한 열린 끝맺음이 이 소설의 짜임이다. 말하자면 작중인물인 윤섭의 시간 지체와 미경과의 엇갈린 시간으로 인한 파국적 상황이다. 시간 도식을 플롯의 근간으로 삼아 사건에 관한 보고가 이야기의 중심을 이룬다. 미경 부모의 파산에 따른 정략적 결혼의 희생양, 그로 인한 미경의 좌절을 보고하고 있으나, 정작 존재해야 할 작중인물의 내면적 정황, 말하자면 정략적 결혼에 대한 윤섭의 대응과 윤섭을 향한 미경의 사랑(사랑한다면 자살이 최선의 방편이었겠나?)이라는 근원적 사랑 이야기의 본질, 그에 따른 인물에 관한 이해가 생략되어 있다. 소설 작품의 여러 국면들을 고도의 기술성으로 해명한 제랄드 프랭스가 말하듯 "궁극적으로 서사학은 인간이란 무엇인가 하는 것에 대한 우리의 이해에 기여"[4]하기 때문에 더욱 그러하다.

이후 1969년 소설 「춘설」을 『경남문학』 창간호[5]에 게재하고, 1972년 1월 발행된 『문협』 2집에 소설 「開閉」를 게재하고, 1974년 3

---

4 제랄드 프랭스, 『서사학—서사물의 형식과 기능』, 최상규 역, 문학과지성사, 1988, 245쪽.
5 여기에 말하는 『경남문학』 창간호는 1969년 8월 창간되어 1970년 8월 2호로 종간된 "경남 출신 문인, 문필가를 대상으로 출판한 범향토문단지"이다(「편집후기」). 당시 마산문협 회장이던 김교한 시조시인이 경남문학간행위원회 위원장을 맡고, 『경남매일』 기자였던 염기용 작가가 실무를 맡아 발행한 것이다. 이후 1982년 마산문협회장 이광석 시인이 경남문학간행위원회를 결성하여, 제63회 전국체전 개최 기념 '범종합문예지' 『경남문학』 특집호를 낸 이래, 1983년 경남문인협회가 결성되어 오늘에 이르는 『경남문학』과는 다르다.

월 발행된 『마산문학』 3집[6]에 소설 「暗窟行」을 발표하였다.

소설 「개폐」는 주인공 윤섭의 결혼식 날 불쑥 찾아온 옛사랑 혜희로 말미암아 "결혼식은 진행되는데, 삼 년 전의 겨울을 추억"하는 시간 지시어에 의한 극적 제시로 시작한다. 그 당시 윤섭은 혜희도 만나고 미경이도 좋아하고 있었다. "날이 갈수록 혜희의 글은 뜨거운 것이었고 미경의 글은 여전히 담담한 그대로"였으며, 결국 "윤섭은 그런 미지근한 미경의 태도 속에서 새로운 가능을 찾고 싶어" 미경과 결혼한다. 소설의 제목인 "개폐"는 윤섭을 향해 마음을 열었던 혜희가 결혼식장에서 "마음의 문을 닫고 식장을 나간" 것에 따른 것이다. "마음을 활짝 열면 상대가 돌아서고 열 듯 말 듯 하면 상대도 열이 올라 긴장된 상태가 지속되는 것을 밝힌 것"[7]이라지만, 작중인물 간의 갈등(해결 혹은 파국)은 물론, 플롯의 실타래를 찾아볼 길이 없다.

소설 「암굴행」은 신상철의 "나이 스물다섯 여름 한낮, 성주사역에서 열차를 놓치고 산을 넘어갈 양으로 철도를 따라 걷다가, '진해굴'이라는 터널을 걸었던"[8] 체험을 소설로 창작한 것이다. 나이 사십이 넘은 교사인 주인공 설강민이 건장한 낯선 청년과 캄캄한 터널에서 동행이 되어 걷는 것이 주된 이야기이다. 낯선 청년과 함께 걷는 설강민이 느끼는 불안한 심리가 지문(地文)으로 서술되거나, 지문으로 용해된 독백으로 주류를 이루다가, 터널로 진입한 열차를 피해 대피소에서 두려움에 떨던 설강민이 청년의 손을 잡게 되고, "거기엔 뜨거

---

6 1968년 『문협』 창간, 1969년, 1970년 『경남문학』 1, 2집, 1972년 『문협』 속간, 1974년 『마산문학』으로 제호를 변경하여 3집을 발간한 것으로, 이는 1968년 발간한 『문협』의 계승으로 본 것이다.

7 신상철, 「아름다운 세계를 만들기 위하여」, 『아름다운 이 아침에』, 58쪽.

8 신상철, 「굴을 지나면서」(1986년 작품), 『아름다운 이 아침에』, 95~98쪽.

운 피, 따뜻한 온기의 촉감"을 느껴 비로소 청년과 대화의 물꼬를 튼다. 대화의 주제는 불안에 직면한 인간이 느끼는 신의 존재와 인간의 선악에 관한 논의이다. 마침내 터널을 빠져나오게 되고, "설강민이 눈이 부셔 현기증을 느끼고 섰는데 청년이 소리쳤다. '앗, 선생님! 선생님이셨군요.'" 이제껏 두려움의 대상이었던 건장한 낯선 청년이 다름 아닌 설강민의 제자라는 반전의 결말로 집약되는 이른바 '설정된 의도'인 셈이다. 역전시킴으로써 선악의 근원은 오롯이 인간 스스로의 두려움이라는 망상에서 비롯된다는 것을 이 소설의 테마로 집약할 수 있다. 그러나 독자의 입장에서 터널에서 상당히 많이 주고받은 대화, "그 목소리를 통해 스승을 알아차리지 못하는 제자가 있을 수 있겠느냐"라는 것에 이르면 이 소설이 감흥을 불러일으키는 데에는 한계일 수밖에 없다. "과학적 사고에서(필연적인 인과관계) 그것이 진실이라 느껴질 때, 비로소 (독자들이) 공감하고 감동을 하"[9]기 때문이다.

소설가로서 신상철이 이후 소설 창작을 지속하지 않은 까닭은 뚜렷하지 않다. 다만 1970년 경남대학교 교수로 발령, 1971년 3월 학생처장으로 보임되면서 "너무 바쁜 시간에 소설 쓰기를 단념"했다는 술회를 통해 짐작할 수 있을 뿐이다.

3. 문학의 독자성으로서 수필이 수필다워야 하는 까닭

신상철의 문학관은 다음과 같은 술회로 집약된다.

살아가다 보면 아기자기한 것, 훈훈하고 멋스러운 것, 귀가 솔깃한 아름다운 사건들이 많이 있을 수 있다. 그것들을 제재로 하여 하나의 아름다운

---

9 김동리 외저, 『소설 작법』, 116쪽.

세계를 만들어 내는 일이 나의 문학 세계라고나 할까. 문학은 내용성보다 그 형식성이 더 중요한 것이다. 하찮은 얘기라도 그 구성이나 표현이 아름다우면 훌륭한 문학작품이 되는 것이다.[10]

"귀가 솔깃한 아름다운 사건"을 소설이 아닌 수필의 세계를 빌어 "아름다운 세계"를 구현코자 나선, 신상철을 우리나라 대표 수필가의 반열에 올린 책이 『여백의 예술』 선집이다. 당시 한국수필가협회(회장 조경희)가 박문하(朴文夏, 1917-1975) 수필가를 추모하기 위해 펴낸 선집에는 김소운(金巢雲), 한흑구(韓黑鷗), 전숙희(田淑禧), 조경희(趙敬姬), 서정범(徐廷範), 박연구(朴演求) 등 기라성 같은 수필가의 수필이 수록되어 있는데, 여기에 신상철의 수필 「아름다운 이 아침에」 외 4편이 함께 게재되었다.

「아름다운 이 아침에」는 이른 새벽 초인종 소리와 함께 배달된 신문과 하늘의 축복과 같은 적설을 맞이하는 것으로부터 글머리를 연다. 노천명의 「첫눈」, 김광균의 「雪夜」, 김립(金笠)의 시구절을 떠올리며, "찬란한 설경 앞에 서면 한결 너그러워지고 깨끗해지는 것"을 느낀다. "아름다운 것을 보고 아름다운 것들의 기억을 가슴에 안아 간교하고 너절한 마음과 몸짓들을 거두어 가야 한다"고 여긴다. 눈 내린 아침 신문이 젖지 않도록 초인종을 울려 알려 주는 신문 배달원의 용심(用心), 그 아름다운 마음 씀씀이와 신문에 담겨 있을 온갖 추악한 사건들 사이에서 어두운 마음을 지울 길 없다.

첫 말머리를 이끈 배달된 신문, 이야기 중간, 설경 앞에서 너그러워지고 깨끗해지는 인간의 마음, 끝맺음에 신문 배달원의 아름다운

---

10 신상철, 「아름다운 세계를 만들기 위하여」, 『아름다운 이 아침에』, 59쪽.

마음과 대비되는 추악한 신문 기사의 짜임은 신상철이 『수필문학의 이론』에서 말하는 환상적(環狀的) 구성이다. "首尾가 다시 마주침으로써 매듭이 깔끔하고 강렬한 인상을 남기는 이점(利點)이 있는"[11] 구성이다. 이는 그가 말하듯 "하찮은 얘기라도 그 구성이나 표현이 아름다우면 훌륭한 문학작품이 되는 것"이며, 마치 소설 창작의 관건이 플롯을 이루게 하는 서두와 결말, 그 밑그림으로부터 성패가 좌우되는 것을 염두에 둔 듯하다.

신상철은 수필이 "작품으로서 형식을 갖지 않는 데 그 특질"을(김진섭, 「수필의 문학적 영역」) 두고 있다는 것을 부정한다. 이를테면 "형식으로서 수필문학은 무형식이 그 형식적 특성"이라든지(김광섭, 「수필문학 소고」), "수필은 플롯이나 클라이맥스를 필요로 하지 않는다. 가고 싶은 대로 가는 것이 수필의 행로이다."라는(피천득, 「수필」) 앞선 이론이 잘못되었다고 한다.[12] 문학의 한 장르로서 수필의 요건이 주제, 제재, 구성, 문체와 표현에 있으며, 특히 "변화롭고 다양한 구성법이 수필에 있을 수 있고, 또 있어야 한다"고 하였다.[13]

수필문학의 독자성(문학으로서 품격을 갖춘 글)을 위해, 어떤 사실의 단순한 진술이거나 그때그때 떠오르는 느낌이나 생각을 적은 수상(隨想)과 달리하여, 정서의 강렬성과 제작 과정의 강렬성이 겸비되어야 한다고 여겼다. 정서의 강렬성이란 창조 과정의 아픔이 따라야 한다는

---

11 신상철, 『수필문학의 이론』, 삼영사, 1984, 112쪽.

12 신상철, 『수필문학의 이론』, 81쪽.

13 신상철은 수필의 구성을 단선적 구성에서부터 복합적 구성에 이르기까지 무려 11개의 유형으로 분류 분석하는 한편, 이를 이론적으로 체계화하는 논문을 지속적으로 발표하였다. 예컨대 경남대학교 교육문제연구소 편, 『교육 이론과 실천』에 「環狀的 構成에 관한 一考」(8권 2호, 1998), 「散敍的 構成法」(10권 1호, 2000), 「單線的 構成法에 관한 一考」(10권 2호, 2000), 「平面的 構成法」(11권 2호, 2001) 등이다.

것이며, 제작 과정의 강렬성이란 지성을 기반으로 한 정서적 미학, 신비적 이미지로 이루어져야 한다는 것이 지론이다.

정서의 강렬성, 이른바 창조 과정의 아픔을 대변하는 신상철의 작품은 단연코 「다시 득남」이다. "맨 맏이자 외동아들이던 큰놈을 잃은 지 4년 만에 다시 아들 하나를 얻었다"로 시작하는 이 작품은 십 년을 키운 아들의 죽음, 그 애틋한 마음과 새롭게 얻은 아들에 대한 염려를 담아내었다. "간혹 비라도 내리는 날이면 그 어미는 뒷산에 올라 행여 아가의 살에 비가 새어 들새라 비닐로 덮어 주며 땅을 쳐야 했고, 그 애비는 친구들이 사 주는 위로의 술잔에 눈물을 떨구곤 했었다", "생전에 외동 손자를 서운해하시다가 그 손자가 뇌출혈로 넘어지자 결정적인 충격을 받고 세상을 버리신 내 어머님 묘소를 찾아가, 새 외동 손자를 선보이며 절이라도 받으시게 하려면 앞으로 몇 년을 더 키워야 할까?"라는 절절함이 가득하다. 「앓는 나무」에서는 생사의 갈림길에 처한 비단향나무, 끝내 포기할 수 없는 향나무를 되살리려 갖은 애를 쓰며 "고빗길에 선 생명을 지켜보는 일은 참으로 애타고 안타까운 일이다"라고 한다.

「한 그루의 이 목련을」이라는 작품은 병고에 처한 제자를 향한 스승의 연민을 담아낸다. "어느 날 저녁 무렵, 대문을 들어섰더니, 정원 한 귀퉁이에 전에 없던 목련 한 그루가 눈에 띄는 것이었다." 이 목련은 "졸업을 몇 달 앞둔 최 군이 와서 심어 놓고 간 것"이다. 최 군은 "군 복무 기간 중에 세 번이나 뇌수술을 받고 (중략) 건강을 제대로 회복하지 못하고, 소아마비를 앓은 사람처럼 절뚝거리는 삶을 계속하고" 있다. 딱하고 어렵지만 꿋꿋하게 병고를 이겨 내는 최 군의 삶을 목련의 꽃망울이 북향인 것에 견주었다. "차고 매서운 북녘은 그만큼 한스러운 세계"이지만, 새봄이 와서 활짝 꽃을 피우듯 "아픔과 불편을 털고 건강을 되찾고 활짝 젊음을 꽃피울 수" 있기를 소망한다. 「낙제자의 고백」에서 엄혹한 유신 시대에 저항하는 학생들과 이를 막아서야 하는 대학 학생과장으로서 번민의 심경을 토로하는 것 역시 창조 과정의 아픔을 대변하는 것이다.

한편으로 지성을 기반으로 한 정서적 미학에 근간을 둔 대표작으로 「군자란 앞에서」를 들지 않을 수 없다. "봄은 누구에게나 평등하게 오는 것"이지만, "봄이 진작부터 와 있어도 언제 왔는지조차 알지 못하는" "따분하고 가련한 생활의 끝"에 문득, 책상 위에 놓인 군자란이 "주먹만 한 밑동에서 시퍼런 칼날 같은 난엽을 벌리고 선 의젓한 모습"에 충격을 받는다. 제 스스로를 돌아보지 않고 까마득히 잊고 있던 존재감의 재발견이다. 퇴근길에 김종길 시 「춘니(春泥)」를 떠올리며, "연식정구의 흰 공 튕기는 소리"와 같이 약동하는 대학 캠퍼스에 "새삼 발걸음이 가벼워지고 다리에 새 힘이 솟는"다.

이는 자아 성찰로서 지성인 바, 스스로를 반성하여 살핌으로써 앞날을 다짐하는 것으로 이어지는데, 「자랑」을 대표작으로 꼽을 수 있다. "남들이 들으면 숙맥 같은 생각이라 욕할지 모르지만, 내 마음속에 소중히 간직하고 싶은 자랑이 하나 있다면, 15년 공직 생활(73년 현재)을 통틀어 한 번의 결근도 없었다는 사실이다. 이는 내게 있어서 자랑이라 일컫기보다 오히려 하나의 집념 같은 것이다. (중략) 사람은 스스로의 자랑이 있어야 자신(自身)이 서고, 용기가 생기며, 생활의 활력이 그 속에서 우러나오는 법이다. (중략) 자랑을 밖에 들내기만 하면 경박한 사람이 되기 쉽지만, 그것을 차곡차곡 안으로 쌓을 때 깊이 있고 무게 있는 믿음직한 사람이 되리라. 이 행위가 그 자랑을 더 오래오래 쌓아가도록 결심을 굳히는 계기가 되었으면 한다."라고 한다.

이와는 달리 성실하지만 나만의 개성이 없는 것에 관한 성찰의 글로 「특이한 색채」가 있다. "돌이켜 보면, 나는 언제나 주어진 여건 속에서 성실히 생활해 가려는 노력은 있었을지 모른다. 그러나 나만이 갖는 내 특유의 색채를 알아내려는 데 힘을 쏟지 못한 것 같아 문득 마음 한구석이 허전해짐을 느끼지 않을 수 없다. 나만의 생활, 나만의 언어, 나만의 색채를 갖도록 해야 할 텐데……"라는 술회를 통해, 조화로운 삶을 간구한다. 자아 성찰은 세상과 삶에 관한 세계관으로 이어지는 바, 「눈이 커지면」에서는 교만해진다는 것, 자그마한 것은 아랫것으로 여기는 것에 관한 경계(警戒)를 설파하며, 「본전」에서는 "가진 것이 적으면 쉬고 싶은 생각도 적게 나고, 하찮은 음식도 맛이 있으며, 아무 곳에서도 단잠을 잘 수 있게 되는 법이다. 〈성실한 사람이 잘사는 사회〉가 우리의 이상이다. (중략) 공연한 횡재를 바람이 없이 본전에 자기 노력의 대가가 더해진 그런 삶을 누리고 싶을 뿐이다."라고 성심을 추스른다.

제작 과정의 강렬성으로 꼽은 신비적 이미지의 지론을 구현한 대표작은 「성냥 한 개비」이다. 이는 수필이 문학이어야 하는 까닭, 말하자면 예사롭게 여길 수 있는 글의 제재를 이야깃거리로 삼아 주제를 이끌어 내는 전범(典範)이 된다.

"열기는 마찰에서 생긴다"라는 알레고리를 제시하는 것으로부터 이 수필은 시작한다. 일상생활에서 성냥의 갖은 쓰임새, 심지어 자신의 귀후비개로 쓰이는 것으로까지 무심한 듯 이야기하다가, 여섯 살 때 집에 불을 내었던 아찔한 유년기의 이야기를 불러내었다. 자연스럽게 회상거리를 이야기로 이어 내어, 고등학교 2학년 때 친구에게서 앙드레 지드의 『좁은 문』을 빌어 읽던 날 밤, 깜박 잠이 들었다가 다시 깨었을 때 일반 선을 켜던 집에 전기가 들어오지 않아 성냥을 찾았으나 "성냥개비 하나가 없는 빈 통이어서" 밖으로 나가 특선을 켜

던 집 창 너머에서 책을 읽는다. 집주인의 헛기침 소리에 "끝내는 역
대합실로 자리를 옮겨 그곳에서 밤을 밝"힌다. 궁극적으로 하고 싶은
말은 "나는 지금 볏가리를 바람막이로 하여 불을 그을 만큼 어리석지
도 않지만, 남의 집 창 너머와 역 대합실에서 밤새워 책을 읽을 만큼
의 열정이 없는 것이 못내 아쉽다"는 것이다. "시간은 간단없이 흐르
고 그 속에서 모든 것은 변해 가고 있는 것이다. 열기는 마찰에서 생
기는 것. 타는 불꽃은 언제 봐도 아름다운데……"로 끝맺음한다. 삶의
열정은 끝없는 정신의 마찰, 부딪침의 원리에서 생의 불꽃, 광휘로움
이 발현된다는 것을 성냥 한 개비의 이야기를 통해 이끌어 내었다.

전 생애에 걸친 신상철 수필의 세계는 그야말로 넓고도 깊다. 나를
들여다보는 문인으로서 감성과 세상을 내다보는 학자로서 예지가 번
뜩인다. 관심의 영역은 지역 문화에서부터 민족정기를 떨쳐 일으키는
것, 경제의 모순과 정치권력의 농단을 비판하는 것, 가정의 소중함과
사회 기강을 바로 세우는 것, 교직의 바른길, 바람직한 문화를 꽃피울
제언에 이르기까지 망라되어 있다. 만년에는 자신의 삶을 되돌아보
는 가족사와 인연을 함께한 사람들에 관한 글과 자신의 병고(病苦), 심
지어 자신의 죽음을 예감하는 글에 이르기까지 수필 대가로서 면모를
떨쳐 일으켰다.

4. 신상철 수필에 관한 엇갈린 가치판단─「소리 없는 나팔수」

신상철의 인생관이 집약된 대표작은 「소리 없는 나팔수」이다. "어
떤 교수 한 분이 군악대가 있는 부대의 서무계로 군복을 입고 있을
때" "예고 없이 높은 분이 나타나" 악장을 당황하게 하였고, 대열을
유지하기 위해 "그날 그가 지급받은 악기는 소리가 안 나는 무성 나
팔"이라는 예화를 두고 쓴 글이다. "인원을 채워 주면서 합주의 하모

니를 깨뜨리지 않기 위한 악장의 아이디어가 여간 기발하지 않았다"라고 하며, "소리의 양을 더해 주되 해조를 깨뜨리는 어설픈 악사보다는 차라리 보태고 덜고 함이 없는 무성 나팔수가 낫지 않을까?"라고 갈무리하였다. 한편으로 "악보에 없는 괴성을 불어 대는 어설픈 악사들이 많아진 세상"에 대해 일침을 가하였다. 더 나아가 역사관으로 뜻을 넓혀 "역사는 좋은 의미든 나쁜 의미든 간에 특수한 몇몇 사람에 의해 창조되고 변혁되지만, 평범한 대부분의 대중에 의해 유지되고 지탱되는 것"이며, "전쟁의 영웅은 무명의 용사들에게 더 많이 있는 것과 마찬가지로 큰 악기를 분다고 해서 좋은 악사가 아니요, 높고 큰 성음을 불어 댄다고 훌륭한 음악일 수 없"듯이, "내가 악사가 될 수 있다면 내가 맡은 악기가 무엇이든 제소리를 제대로 내는 악사가 되거나, 아니면 차라리 하모니를 깨뜨리지 않는 그 무성 나팔수 같은 사람이 되고 싶다"고 하여 자신의 인생관으로 수렴하였다.

무명(無名)의 용사가 진정한 역사의 영웅이었듯, 무성(無聲)의 나팔수가 부득이한 상황에서의 하모니를 온전히 지켜 낼 수 있었다는 것. 역사는 평범한 대부분의 대중에 의해 유지되고 지탱된다는 것. 잘 조화된 것을 깨뜨리는 어설픈 악사보다는 서로 모순이 없이 통일을 이룸으로써 쾌감을 낳을 수 있는 하모니를 견지한 무성의 나팔수에 대한 의미를 되새겼다.

속된 말로 삑사리를 내기보다는 차라리 조화를 깨뜨리지 않는 소리 없는 하모니가 바람직하다는 것은 언뜻 세상살이, 인간 세상에서의 참된 말씀이다. 가지런한 평온을 깨뜨리는 것, 불협화음으로 인한 불편함, 나아가 서로가 서로에게 갈등과 대립으로까지 비칠 수 있는 것보다 무언의 침묵이 더 나을 수 있다.

그러나 우리가 사는 세상과 인간의 아우라가 '소리 없는 아우성'이라는 역설에서 존재한다고 전제할 때, '소리 없는 나팔수'가 지향하는 세계관과 엇갈린 가치판단이 있을 수 있다. 조화를 깨뜨리지 않는 소리 없는 침묵이 이성을 가진 주체로서 이상적일 수 있지만, 판단이나 행동의 중심을 자기 욕망의 주체로 두려는 본능이 더 강한 것이 인간이다. 욕망의 기제란 본질적으로 '소리 없는 아우성'과 '소리를 내고 싶은 외침' 사이에 끝없는 질곡에 있다. 마찬가지로 사회체제 역시 자체 비판의 기능이 없이 경화(硬化)될 것이 아니라, 내재된 모순과 그에 대한 끝없는 저항에 있다. '소리 없는', 이른바 침묵이 같은 뜻이며 같은 논의와 의견이라고 여기는 것은 있을 수 없다. 침묵으로도 숨을 쉴 수는 있겠으나, 숨통을 트이게 하는 것은 자발적인 언로(言路)가 가능할 수 있을 때이다.

많은 이들이 모순이 없는 통일 관계를 맺어 쾌감을 낳는 하모니의 세계, 그 울림이 때론 장엄하여 격한 감동에 휩싸인 기억을 갖고 있다. 일사불란한 화음, 어울림음을 깨뜨리는 삑사리보다는 차라리 소리 없는 나팔수가 되어 침묵으로나마 전체의 하모니에 기여하는 편이 나을 수 있다. 그러나 우리 사회가 늘 일사불란한 체제를 띠고 있는 것이 아니며, 우리 인간이 늘 한결같은 마음가짐으로 살아가는 것이 아니라 자기모순, 자가당착에 허청거리는 것이라고 할 때, 일체화와 동일성을 상실한 간극에서 과연 소리 없는 나팔수의 존재가 자리 잡을 수 있는 곳은 어디인가?

소리를 내어야 마땅한 자리, 소리가 없어서는 안 되는 상황에서도 묵묵무언한다면 그 자리와 상황은 결코 변화할 수 없다. 삑소리가 거슬린다고 해서 거척할 것이 아니라, 삑소리가 전체의 질서와 하모니를 그르친다고 해서 깔보거나 업신여길 것이 아니라 그 소리마저 안아 낼 수 있는 화합의 길을 모색해야 한다. 화합이란 역설적으로 서로 어긋나거나 어울리지 않는 것이 어우러져야 비로소 이뤄 낼 수 있다. 우리가 만나는 온갖 사람들의 관계란 것도 묵은 것과 새로운 것 사이에 있으며, 세상살이 역시 달거나 짜거나 맵거나 쓰거나 하는 것이 어우러진 것이다. 삑소리가 있는 까닭에 바른 소리가 얼마나 편안한 소리인지, 허튼소리가 있는 까닭에 참된 소리가 얼마나 소중한 것인지, 제 스스로 알아차리며 살아가는 것이다. 「소리 없는 나팔수」는 이러한 엇갈린 가치판단 아래 유보된 결론일 수 있다.

이상의 논변(論辨)을 두고 자칫 신상철의 수필 「소리 없는 나팔수」를 폄훼하기 위한 것이라고 여겨서는 안 된다. 진리란 늘 양가(兩價)의 저울에 있기 때문이다. 진리란 사람의 가치관에 따라, 시대의 비전에 따라 유전변화(流轉變化)한다. 공인된 진리란 존재하지 않으며, 진리의 반대가 또한 진리일 수 있기 때문이다.

5. 연구와 비평

신상철은 연구·비평서로 책 여섯 권을 내었다. 단독 논저를 낸 것은 『현대시와 '님'의 연구』(시문학사, 1983), 『수필문학의 이론』(삼영사, 1984), 『현대시의 연구와 비평』(경남대학교 출판부, 1996)이며, 기타 공저로는 『연구 방법과 논문 작법』(박영사, 1977), 『문학개론』(시문학사, 1987), 『문학 일반의 이해』(시문학사, 1992)를 내었다. 이 글에서는 단독 논저 세 권을 텍스트로 하였다.

『현대시와 '님'의 연구』에는 신상철의 박사 학위 논문 「한국의 현대시에 나타난 '님'의 연구」(동아대학교 대학원, 1983), 석사 학위 논문 「李箱文學論」(동아대학교 대학원, 1978)이 수록되어 있으며, 이밖에 「한국의 현대 애정시 연구」, 「李陸史의 시어 연구」가 함께 엮어져 있다. 「이상문학론」과 「이육사의 시어 연구」를 제외하면 신상철의 한결같은 연구 지향점 및 과제는 현대시에 나타난 '님'과 '애정'이다. 그가 바라보는 시와 시인과 연구자의 입각점은 다음과 같다.

암흑을 뚫고 나오는 한 줄기 빛살 같은 것, 원시림 속을 밀치고 나오는 한 가닥 바람 소리 같은 것—그것은 곧 神의 목소리요, 영혼이며, 정신이었을 것이다.

시인은 너절하고 많은, 파편 조각 같은, 군때 묻은 언어를 가지고 그중에서 가리고 또 갈고 다듬어서 "태초의 말씀" 같은 순수하고 힘 있는, 숭엄한 발언을 하고자 하는 것이다.

(중략)

주관의 세계를 객관화하고 주정의 세계를 논리화하는 데 연구자의 고충이 있지 않을까 생각한다. 시를 연구하는 일은 시를 쓰는 것보다 더 어렵고 괴로운 일인지도 모른다. 그러나 나는 苦와 樂은 서로 상극의 자리에 있지 않고 가깝게 이웃해 있는 것임을 차츰 알게 되었다.

—『현대시와 '님'의 연구』 머리말

그가 생각하는 시란 숭엄한 자아가 투영된 영혼인 동시에 시대 상황에 직면한 정신의 결정체이다. 연구자는 시인의 내밀한 정의적인 세계를 해명하여 독자들의 이해를 돕는 데에 있다. 이러한 일을 자신의 삶의 고락 그 자체로 수렴한다.

「한국의 현대시에 나타난 '님'의 연구」는 그가 생각하는 문학관을 총체적으로 아우르는 결정체이다. 연구의 단초는 마음에서 출발한다. 마음은 사물 혹은 대상을 향한 자기의식이다.[14] 자기의식은 운명적인

---

14 자기의식으로서 마음에 관한 해석은 대상에 비추어진 것과 사물 그 자체가 된다는 점에

삶의 조건들과 조우하는데, 수용 혹은 거부, 회피 혹은 초월의 등식을 근간으로 논리를 전개하고 있다. 따라서 그가 '님'의 양상을 '현실의 님'과 '이념의 님'으로 구분하는 것은 마땅하다. 그는 '현실의 님'에서 시인의 여성 관계를 시 해석의 연결 고리로 삼아 천착하며, '이념의 님'에서 나라 잃은 식민지 민족으로서 저항 의식을 시 해석의 논거로 삼아 탐구한다. 연구 대상은 김소월, 한용운, 서정주, 유치환이다.

예컨대 그가 천착한 각 시인의 '현실의 님'은 다음과 같다. 김소월의 경우, 숙모 계희영(桂熙永), 부인 홍상(洪尙), 어부의 딸 오순(吳順), 주변의 불행한 여인 등이다. 한용운의 경우, 그가 19세에 출가하기 전 4-5년 동안 부부로 살았던 전정숙(全貞淑), 미모의 여보살 서여연화(徐如蓮華)이다. 서정주의 경우, 서운나라는 소녀, 곽남숙(郭南淑), 담임선생님이었던 吉村綾子(요시무라 아야코) 선생, 순이, 우동집의 花(?), 내장사 여승, 마을의 한 계집애, 상밥집의 딸, 일본에 유학하던 여대생, 해인사에서 만난 X라는 성을 가진 여류 화가, 서귀 해안에서 본 해녀, 그의 장모 등 연상 편향성을 들고 있다. 유치환의 경우, 그의 부인 권재순(權在順), 산사(山寺)로 들어간 민과수(閔寡守), 이영도 등이다.

그는 "'현실의 님'이 '내 마음'의 주인이라면, '이념의 님'은 '우리 마음'의 주인"이라고 한다(57쪽). 이른바 개인사에서 민족사로 확대된 개념이다. 그가 탐구한 '이념의 님'은 다음과 같다.

김소월의 경우, 그의 아버지가 일인으로부터 폭행을 당하고 정신 이상에 이르는 사실, 민족주의의 산실인 오산학교에서의 배움, 일제에 대한 일체의 비협조적 태도와 구성(龜城)으로의 은거 등이다. 한용

서 달리한다. 달마(達磨)의 '벽관(壁觀)'으로 나아가면 '나'의 마음이 벽 그 자체이며, 벽이 되어서 벽이 보는 것으로 나아가는데, 그의 연구는 대상화로서 '님'의 마음에 비추어진 것에 논점을 두고 있다.

운의 경우, 일제 강점 이듬해 망명, 기미독립운동 주동, 창씨개명의 거부와 더불어 종교적 활동 등을 들고 있다. 서정주의 경우, 1929년 광주학생의거 시, 중앙고보 학생으로서 만세 사건 참여와 수감, 혹은 고향 의식을 든다. 유치환의 경우, 그의 책 『구름에 그린다』의 자전적 술회를 통해 민족의식을 가늠하는 것을 들고 있다.

"비평이란 본질에 있어서 부분적으로 전기적 과정(Biographical process)"[15]이다. 그는 시인의 생활사, 인간관계, 갈등과 고뇌 등에 관한 전기적 사실, 혹은 자전적 술회에 견주어 작품의 이음매를 파악한다. 연구자로서 그가 시인의 생애에 집착하는 까닭은 궁극적으로 "그 자신의 비전이 될 것이고, 그 자신의 각색이 될 것이고, 그 자신의 그림이 될 것"[16]이기 때문이다.

그가 '님'에 대해 남다른 연구 집념을 보이는 까닭은 무엇인가? "한국 시가문학의 전통성을 찾는 데 불가결한 요건"이라고 여기기 때문이다. 아울러 "시에 나타나는 '님'은 정서의 강렬성을 주는 본원이요, 그 귀일점이기" 때문이다. 따라서 '님'의 연구는 "비단 한국문학의 전통성뿐 아니라, 정서의 강렬성을 되찾는 데도 기여"할 것이라고 생각한다(10쪽).

'님'을 향한 시인, 혹은 시적 화자의 마음을 전기적 사실과 견주

---

15 Leon Edel, 『작가론의 방법(Literary Biography)』, 김윤식 역, 삼영사, 1994, 12쪽. 전기적 사실에 견주어 작품을 연구할 때 유념할 것은 실제 작가 혹은 전기적 작가가 기술한 텍스트의 진위 여부이다. "자기합리화, 속임수, 과장, 희망적 관측, 계획적인 거짓말, 공들인 공손함으로 가득 차 있는"(『작가론의 방법』, 32쪽) 텍스트를 정본처럼 여길 경우, 허구적인 텍스트에 근거한 허랑한 작품 연구로 말미암아 왜곡 과장되거나 혹은 폄훼된다는 사실을 적시해야 한다. 연구의 기본은 진리에 대한 탐구이다. 비평 역시 기본을 벗어나 자의적인 해석에 치우치면 이미 비평적 행위에 어긋날 뿐 아니라, 순수성으로부터도 멀어진다.
16 레온 에델, 『작가론의 방법』, 32쪽.

어 "분석적 방법"을 적용한 것이 첫 번째 과제였다면, 두 번째 과제는 "'님'의 실체를 규명하고 시인과 시대 상황과의 관련"을 살피기 위해 "역사적 방법을 병행"한다(11쪽). 그가 역사적 방법을 병행한다고 하지만, 이는 1920년대 시대 상황의 반영으로서 김소월과 한용운을, 1930년대 시대 상황의 반영으로서 서정주와 유치환을 접맥한 것이다. 한편으로 "'님'이 나타나는 빈도를 조사할 때는 통계적 방법을 원용"하며, "원형적 연구 방법까지 원용"하여 접근한다(11쪽). 시대 현실의 반영으로서 문학이라는 명제와 유형별 '님'에 관한 통계적 분류항을 통해 추출한 공통적 요소를 원형으로 감지한다는 것이다. 연구 결과를 축약하면 다음과 같다.

김소월의 '님'은 역사적 리얼리티를 띠고 나타난다. '님'을 노래한 과반수가 '밤'을 배경으로 하고 있어, 어둡고 슬픈 영상을 띤다. '님'의 시선이 닿는 곳은 산이 아니라 바다이며, 자연 역시 강촌이며 강변이다.(151-152쪽)

한용운의 '님'은 시간, 공간, 자타의식(自他意識)을 초월하는 애정관으로서 주제는 이별의 미학이다. 여성 편향이 강하게 나타나는데 이는 사랑을 신성시하여 봉헌(奉獻)하고 시혜(施惠)하는 입장에 섰기 때문이다.(152쪽)

서정주의 '님'은 살과 피의 원색적이고 육정적인 이미지 아래 나라 잃은 백성들의 자화상과 조국의 부활을 노래하였다. 여주남종(女主男從)의 구조는 기독교적 인간관과[17] 연상 편향성과 관련한다.(153쪽)

---

17 시집 『화사집』에 수록된 일련의 작품을 "기독교적 발상", "이브적 죄의 유혹", "낙원에의 꿈"이라고 해석하는 한편, 결론에서 "기독교적 인간관"에 기초한다고 하였다. 그러나 「화사」를 비롯한 일군의 시는 서정주의 개인사에 있어, 중앙불교전문학교 교장으로 있었던 석전(石顚) 박한영(朴漢永)의 영향과 인연이 크다. 『능엄경』 한 질을 배웠고, 해인사 인근 해명학원

유치환의 '님'은 '현실의 님'에서 그리움과 열애이지만, '이념의 님'에서는 증오와 비노(悲怒), 혹은 비정(悲情)으로 반응한다.(153쪽)

『현대시와 '님'의 연구』에 수록된 「한국의 현대 애정시 연구」는 1920년대부터 1950년대에 이르는 애정시의 텍스트를 해석한 논문이다. 통시적 축을 전제로 한 까닭은 근대화, 혹은 역사의 격변기를 거치면서 사회윤리적 가치관의 충돌과 습합을 논거로 들기 위함이다. 대체적으로 텍스트 기술과 의미에 대한 해석을 중심으로 하고 있으나, 변증을 위해 S. 프로이트의 정신분석학, G. 바슐라르의 『촛불의 미학』을 원용하기도 하였다.

「이상문학론―작품에 투영된 정신분석학적 요인을 중심으로」는 이상의 작품을 "초현실주의 혹은 신심리주의 성향"이라고 수렴한 "앞선 연구를 바탕으로 정신분석학적 투영을 살펴보고자 한" 논문이다 (236쪽). S. 프로이트의 삼분법(Super-Ego, Id, Ego)에 의거하여, 이상의 자아분열 양상과 성적 유희에 대하여 말하였다.

이 부분은 훗날 학계의 상당한 연구에 의해 "작가가 신경증적이므로 작품 역시 신경증적 결과라고 하는 과단순화의 초래, 따라서 작가의 작품에 대한 잠재적인 지향성으로 읽혀져야 함을 전제로 전개되었고, 작가의 정신은 일원적인 전체가 아니라, 이원적인 퍼소나 또는 모순적 태도의 합에 있다"[18]는 것으로 전개되었다.

「이육사의 시어 연구」는 "이육사의 시에서 사용 빈도가 높은 시어를 가리고 이를 명사, 형용사, 동사, 부사별로 나누어 그 시어들이 상

학당에 머무르면서 염세적 세계관을 초극하려는 니체적 도발과 관능적 열정에 대한 아이러니한 긍정이 크게 자리 잡은 가운데 쓰여진 것이다.

18 Lionel Trilling, 「Art and Neurosis」; C. G. Jung, 「Psychology and Literature」 등 일련의 논문에 적시되어 있다.

징하고 있는 의미의 개략을 살핀" 논문이다(269쪽). 이른바 언어기호학적 접근인데, 시적 제재 혹은 행위 주체의 통어적 서술어 표지를 통해 심층적 의미를 추출하고 추론의 근거를 시간성과 공간성의 존재 양식으로 뒷받침하는 것이다.

이는 작가에게 있어 개별적인 단어는 곧 작가 심리의 총화이며, 문장에 내재된 문체는 작가의 기질과 존재 양상이 본질적인 특색을 띠고 무의식적 관습의 충실성으로 나타난 것이라는 버넌 리(Vernon Lee)의 관점에 기초한 것이다.[19] 따라서 통사 면에서 체언과 용언, 음운 면에서 애용어와 감각어의 비율을 산정 통계화하여 작가 심리와 소여 결과로서 작품의 특성을 가늠한다.

『수필문학의 이론』은 그의 대표 저작물이다. 수필가로서의 면모 못지않게 그가 심혈을 기울인 것은 수필문학의 이론적 체계 정립이다. 그는 "수필의 양적인 확대에 비해 질적인 확충이 짝하지 못하고 있는 것"에 우려를 표하며, 심지어 "문학으로서의 품격을 갖춘 글을 수필이라고 하고 그렇지 못한 것을 수상이라고 해서 구별해 쓰는 것이 어떨까"라고까지 한다(「머리말」, 3쪽).

그때그때 떠오르는 느낌이나 생각에 머무르는 수상(隨想)과 달리 수필(隨筆)의 독자성을 이야기하는 까닭은 무엇인가? 이는 수필이라는 것이 문학성에 기반을 두어야 한다는 신념에서 비롯된다. 문학성의 요체는 첫째 창조적 상상력에 근간을 두어야 하며, 둘째 의미가 있는 세계이어야 하며, 셋째 과학적 기술을 넘어서 문학적 표현이 따라야 한다는 것이다.

그가 말하는 창조적 상상력이란 소설과 희곡의 허구성에 견주어,

---

19 Vernon Lee, *The handling of words*, Nebraska Univ. press, 1968.

수필이 개성적이고 심경적이며 경험적인 진실에서 비롯하는 글이라 하더라도, 경험과 사고를 재구성하는 표현의 묘가 따라야 함을 가리키는 것이다. 의미가 있는 세계란 모든 예술이 지닌 미의 실체이기 때문이며, 따라서 '신변잡기' 혹은 '잡문'을 넘어서 개인의 인격적 색채가 묻어나는 문학적 표현의 영역도 간과할 수 없다고 생각한다.

그는 수필문학의 특성을 "산문문학의 대표, 자신의 일 자기 목소리, 달관에서의 멋과 재치"로 보는 한편(45-80쪽), 수필문학의 독자성을 확보하기 위해 "정서의 강렬성과 제작 과정의 강렬성을 겸비"해야 한다고 역설한다. 보편적 공감을 얻기 위해서는 상상력을 통한 재구와 사색에 의한 심화 단계를 거쳐야 하는데, 이를 뒷받침하는 구성 요소로서 주제, 제재, 구성, 표현과 문체 등의 문제를 숙고해야 한다는 것이 그의 지론이다.

특히 수필의 구성을 단선적(單線的) 구성, 복선적(複線的) 구성, 환상적(環狀的) 구성, 열서적(列敍的) 구성, 추보적(追步的) 구성, 합승적(合乘的) 구성, 평면적(平面的) 구성, 대화적(對話的) 구성, 논리적(論理的) 구성, 산서적(散敍的) 구성, 복합적(複合的) 구성 등으로 명명하여 세분화하여 제시하였다. 아울러 고대수필에서 현대수필까지의 이론과 양상을 통관하는 한편, 수필문학의 작법에 있어, 문장의 종결어미 선택에 이르기까지 알뜰하게 적시하였다.

『수필문학의 이론』은 그야말로 문학의 근본 원리와 양식에 입각하여 수필에 적용 확장한 이론이며, 낱낱의 이론적 체계를 뒷받침하는 수필의 실제를 제시한 논저이다.

끝으로 『현대시의 연구와 비평』을 내면서 그는 "이 책이 좁게는 경남 출신 시인과 경남에서 활동하는 시인 연구에 보탬이 되고 한국문학의 체계화에도 작은 기여가 되었으면 한다"는 바람을 담았다(「머리

말」). 이 연구 비평서는 자칫 소홀하기 쉬운 지역문학 연구의 단초를 열었다는 점에서 가치가 있다.

　연구 대상 시인으로 꼽은 김춘수와 유치환과 이은상이 학계의 집중적 조명을 받았다고 한다면, 김달진과 김수돈과 정진업은 지역에서조차 소외된 시인이었다. 특히 마산 출신 시인인 김용호의 시를 '사향시(思鄕詩)'라는 국면에서 읽어 낸 것은 유별나다. 아울러 김교한, 김춘랑, 이처기 등의 시조시인과 강윤수, 조민자, 심지어 이효정 할머니에 이르기까지의 시 세계를 알뜰하게 읽어 내었다.

　게다가 경남의 시 동인지를 개관하고 『火田』, 『시예술』은 물론, 『가자 아름다운 나라로』라는 사화집에 이르기까지 평설을 아끼지 않았다. 이밖에 단평들을 통해 당대 시인들의 시 세계를 조감하였다.

　유치환의 시 세계 변모 양상을 고찰하면서 "유치환 시정신의 핵은 순정이요, 그 순정은 나부낌이 이성을 향할 때는 그리움이 되고, 생명을 향할 때는 열애가 되며, 불의와 만날 때는 비로(悲怒)가 되며, 순정의 매닮이 허무와 대면할 때는 초극의 의지"라고 한 것은 연구자로서 정점에 이른 가치 매김이다(42쪽).

　김용호의 경우, 일제강점기와 광복의 역사적 질곡를 거치면서 항일 의식, 이상과 현실의 괴리, 그리움과 사향(思鄕) 의식, 물성(物性)의 깨달음과 자의식의 과잉에 이르기까지 다양하게 점철된 시정신을 개관하였다.

　김달진의 시 세계를 내용과 표현으로 나누어 고찰한 바, "순수 서정시인이되 30년대 모더니즘의 영향을 받음으로써 심상 미학 속에 서정을 곁들이는 시업을 이룰 수 있었다"라고 평가하였다(97쪽).

　김수돈의 경우, "신선한 비유 감각과 선명한 이미지의 직조를 그의 강점으로 든다면, 서술종지형의 과다는 상상력을 제한하고 산문성을

늘이는 결과"를 초래하는 한계점을 보인다고 하였다(111쪽).

정진업의 시를 강렬한 현실 인식, 사별의 슬픔, 허무 의식 등의 주제적 경향으로 파악하고 표현 의식의 격조 역시 높은 평가를 하였다.

김춘수 시 세계의 변모 양상을 초기 시를 유의미의 시, 중기 시를 무의미의 시, 말기 시를 산문시로 대별하여 개괄 접근하였다.

전반적으로 그의 연구와 비평의 주조는 내용과 형식의 합일, 주제 의식과 표현 양식의 양가적 가치 매김에 있다. 따라서 그는 시적 제재 (의식 대상)에 대한 시인 혹은 화자의 이야기에 일차적으로 주목한다.[20] "시는 시인의 고함이나 애타는 심정의 그냥 표현이 아니라, 어떤 대상을 시적 양식, 시적 관점에서 서술"[21]한다는 표현주의적 시론에 입각하여 있다. 시적 표현을 통해 자연스럽게 가늠하는 감성적 인식은 그의 연구와 비평의 매개항이다. 이에 더한 것이 시대와 역사와 현실에 대한 이성적 인식인데, 이는 그의 연구와 비평에서 주제 의식이라는 것으로 갈무리된다.

그는 예술 미학의 규범주의자이다. 물론 예술 작품의 가치 평가와 규범은 존재하지 않는다. 미학 역시 시대와 역사의 상황, 개인과 공동체 의식의 변모, 가능한 의식의 최대치라는 비전의 향방에 따라 가변적이다. 그럼에도 불구하고 그는 미학적 규준에 근거하여 이미지 터치, 시적 긴장(tention)을 놓치지 않는 짜임, 독창적인 기법 등은 영원성의 문학에 고스란히 담겨 있다는 신념을 굳게 갖고 있다. 말하자면

---

20 신상철 선생 연구와 비평의 일관된 특징은 "특정 시인에 나타난 제재(예컨대 사향)에 관한 주제 의식(그리움)"이다. 문학 교육의 기본적 등식으로서 장르적·테마적인데, 이를테면 '문학에서 본 여성', '문학에서 본 흑인', '문학에서 본 교부(敎父)의 요소'와 같다. E. D. Hirsch, *The Aims of Interpretation*, 1976: 김화자 역, 『문학의 해석론』, 이화여대 출판부, 1988, 197쪽 참조.

21 박이문, 『시와 과학』, 일조각, 1990, 중판, 34쪽.

"피코크(R. Peacock)가 지적했듯이 미학적 원리란, 예술로 선택된 대상들에 대한 「이미 만들어진」 판단에 근거한 일반화"[22]인 것이다. 이는 그의 연구와 비평이 환원적 해석학의 논리를 띠고 있을 수밖에 없는 지점이기도 하다.

해석학적 사유는 우리가 살고 있는 세계가 고유한 체계로 존재하며, 조직화 혹은 통합된 체계가 우리의 삶의 계시로 발현된다고 믿는다. 사회·역사적 균형, 심지어 생물학적·심리적 균형 잡기 혹은 회복은 교육학적으로도 끝없는 정체성 확립을 지향하고 있다.

신상철 선생의 해석학은 환원적 해석학에 기반을 두고 있다. '언어가 있으므로 존재가 있다'는 명제 아래, 문학 원론에 입각한 그의 논점은 '작품 속의 언어가 어떻게 의미로 조직되는가'에 대한 설명이다. 만약 언어가 먼저 존재해서가 아니라, 그때 그곳에서 나도 모르게 그렇게 말할 수밖에 없었던 사물 혹은 세계의 모습이 자리 잡고 있다면 그것은 과학적으로 투명한 개념에 의해 설명되기 이전의 대상일 뿐이다.

문학작품 해석에 있어 질베르 뒤랑(G. Durand)은 "그의 저서 『상상적 상징』에서 「구성적 해석학(herméneutique instaurative)」이라 명명하면서 「환원적 해석학」과 대립시킨다. 후자가 작품의 의미를 리비도나 혹은 사회적·역사적 조건들로 환원시켜 보려는 데 반해서, 전자는 그 작품을 쓴 작가의 주체적 의식, 그것의 의도를 찾으려는 데 있다. (중

---

22 R. Peacock, *Criticism and Personal Taste*, 1972, p.124: James Gribble, 『문학교육론(Literary Education)』, 나병철 역, 문예출판사, 1996, 125쪽에서 재인용. 피코크는 일반적 원리를 견지하는 가운데 추론하는 문학 교육의 태도를 넘어서, 문학의 영역에서는 개인적인 원리가 허용된다는 것을 역설하였다. 따라서 "이미 만들어진 판단에 근거한 일반화"가 문학 교육 현장에서 절대적으로 기능하는 것에 우려를 표한다. 더 나아가 번(Peter Byrne)은 문학적 논의의 경우 일반적 원리의 견지에서 추론할 수는 없으나, 유사한 사례의 견지에서 추론하여 확실한 판단을 얻을 수 있다고 한다.

략) 이러한 입장은 의식이 대상과의 관계에서 단순히 인과적으로 또는 수동적으로 좌우되는 것이 아니라, 반대로 그 대상에 대해서 역동적으로 작용한다는 것, 따라서 대상에 대한 우리들의 인식은 어떤 면에서 우리들이 만든 것, 구성한 것임을 전제로 하고 있다."[23]

만약 환원적 해석학 혹은 원론적인 도그마의 상징 체계에 일탈의 탈(脫), 혹은 벗어남(déviation)을 붙여 보라. 탈신비화(démystification), 탈신화화(démythisation), 탈기능화(défonction), 탈진부화(débanaliser) 등등. 게다가 정신병의 환각, 엑스터시, 애매하고 혼란된 사고의 착란 등의 다원적 문화는 병리 현상으로 치부된다. "공식적이고 규범화되고 표현된 상상계와 반대로, 억압되고 야생적이며 잠재화된 상상계는 그 변화를, 변화의 모습을 설명해 주는 하나의 역동성을 필요로 한다."[24]

신상철 선생이 환원적 해석학에 입각한 문학의 엄정한 원론을 추구한 까닭은 교육의 출발점이 중등학교 교사로 출발했으며, 더 나아가 중등학교 학생을 지도할 교사를 양성하는 사범대학 교수로서 전력을 기울였기 때문이다. 이론보다는 교수 학습 과정의 실제를 앞세웠으며, 제자들 역시 들뢰즈(Gilles Deleuze)식의 이론-기계(이론의 현실 결합성, 이론의 기능에 관한 고뇌)가 되기보다, 개념과 원론에 충실한 교사로서

---

23 G. Durand, *L'imagination symbolique*, 1964, pp.62-65; 박이문, 「현상학과 문학」, 한국현상학회 편, 『현상학이란 무엇인가』, 심설당, 1983, 250쪽에서 재인용.

24 G. Durand, 『상상력의 과학과 철학(L'imaginaire)』, 진형준 역, 살림, 1997, 106쪽. 환원적 해석학으로 설명하기 어려운 상상계의 사회학은 최근에 들어 종래 연구의 세계와 대상을 개념주의 및 엄격한 변증법에 의해 실증주의라는 일차원성에 의해 마술에서 깨어난 사회 자체에 대해, '다시 마술을 걸어 활기차게'(재마술화) 해 보고자는 노력, 이른바 주체와 객체는 인식의 행위 내에서 하나가 되고, 이미지의 상징적 위상이 패러다임이 되는 쪽으로 나아가고 있다. G. Durand, 『상상력의 과학과 철학』, 64-65쪽 참조.

엄정한 가치중립의 자세를 바랐다. 이는 신상철 선생의 생애 그 자체이기도 하다.

6. 맺음말

이 글을 맺음에 있어, 크리튼(kriton)의 말을 떠올린다. "자네가 보다시피 대중의 의견도 고려하지 않으면 안 되네. 한번 대중의 비난을 받게 되면 최소의 화가 아니라, 최대의 화를 입게 된다 말야."[25] 신상철은 우리나라 수필계의 거목이다. 경남 문단의 큰 바위 얼굴로서 귀감인 동시에 내 개인적으로는 스승이다. 언뜻 신상철 문학의 그림자를 말한다고 해서(이것이 '최대의 화'라고 한다면) 그 빛을 이야기하지 않은 법이 결코 없다는 것을 밝혀 둔다. 플라톤이 말하듯 진리는 그 몸이고 빛은 그 그림자이다.

신상철의 생애, 마지막 일곱 번째 수필집 『생활 속의 이 생각 저 생각』에 수록된 「생명의 촛불」의 한 구절이다.

힘이 빠르고 숨이 차츰 가빠지게 되는 날 나는 차츰 죽음의 세계에 빠져들게 될 것이다. '사유의 로고스에서 반환을 완성'할 때 캄캄한 어둠의 세계에 빠져 깊이 잠들고 말 것이다. 아름다운 자연과 풍광들을 놓아둔 채 내 주변에 따르던 이들의 곡성이 있음에도 불구하고 그것조차 듣지 못한 채로 말이다.

일흔 살을 눈앞에 두고 쓴 글이다. 유치환의 시 「序列—주검의 노

---

25 플라톤, 『크리톤』, 내일이면 사형에 처해질 옥중의 소크라테스를 평생의 친구인 크리톤이 구출해 주지 않았다는 것에 대해 대중들이 쏟아 낼 비난을 염려하는 크리톤의 말.

래」과 「나는」을 인용 시로 끌어와서 죽음에 관한 소회를 밝혔다. 유치환 「서열」에서의 시적 발화, "微塵 聲量으로/환원하는 산악이며/穹蒼도 悲戀도 衣裝도/한 오라기 焦慮턴/사유의 로고스에서/놓여나는 返還을 완성하고"에 눈길을 두어 되새겼다. 아주 작은 티끌 같은 소리로 본디의 상태에 다시 돌아가는 산악과 같이, 맑고 푸른 하늘도 애절한 그리움도 옷차림도 한 오라기 애를 태우며 생각했던 사유의 로고스, 그 이성의 자유로부터도 놓여, 왔던 길을 되돌아감으로써 비로소 완성되는 "일체 함묵(緘默)에의 무종(無終) 서열" 이른바 허무마저 극에 달해 늘어서는 죽음이라는 것. 병고에 따른 죽음을 예감해서일까. 칠순을 넘기면서 낸 마지막 수필집, 그 이후 4-5년에 걸친 투병 생활을 감내하며, 한 생애의 갈피를 접었다.

널리 알고 있는바, 글을 쓰는 데에 있어 토씨 하나 틀리지 않거나 완벽에 가까울 정도의 교정을 보는 선생님이 당신의 죽음을 앞두고 쓴 글에서 '힘이 빠지고'를 "힘이 빠르고"로 놓치고 말았다. 이 글을 마침에 있어 선생님을 회억(回憶)하며, 나 역시 문득 힘이 빠진다. 多辭不敬. 黙禱.

제2부 1950년대와 마산 3.15 의거

한국전쟁기 부산, 순정한 시의 정신
—『新作品』 제1집에서 제5집까지를 중심으로

1.

　한국전쟁기 부산에서 간행된 동인지 『新作品』은 1952년 3월 제1집을 시작으로 1954년 12월 제8집까지 내어졌다. 『신작품』 동인의 면모와 문학적 성향에 관한 송창우, 양왕용, 이순욱의 앞선 연구가 있다.[1] 요약하면 다음과 같다.

　동인 결성의 태동은 부산 지역 학생 문예의 활성화에서 비롯되었다는 것. 1951년 6월 부산 지역 고등학생이 발간한 『瑞枝』 동인회와 같은 해 12월 천상병(서울대학교 상과대학 1학년)과 송영택(부산중학교 졸업반)이 낸 시 동인지 『處女地』가 모태라고 하겠다. 문학적 성향은 대체적으로 리리시즘에 바탕을 둔 서정성이 주조를 이루고 있다는 것. 전후 청년 문학도로서 제도권 문단 진입의 열정을 담고 있다는 것을 들

---

1 송창우, 「경남 지역 문예지 연구」, 경남대 석사 학위 논문, 1995; 양왕용, 『한국 현대시와 지역문학』, 작가마을, 2006, 123-131쪽; 이순욱, 「한국전쟁기 부산 지역 문학과 동인지」, 『영주어문』 19집, 2010.2.

수 있다.

　이 글은 앞선 연구자들이 실증적 자료를 토대로 『신작품』 동인의 지역문학적 의의를 가늠한 것과는 달리, 한국전쟁기 임시 수도 부산에서 발간된 『신작품』 제1집에서부터 제5집에 수록된 작품 세계를 개관함으로써 동인들이 총체적으로 지향했던 서정성의 지향점을 밝히는 데 뜻을 두었다. 이는 시가 '정신성의 원리'라는 헤겔 시학에 논점을 두고, 당대 동인들의 내면적 세계관까지 접근하려는 데에서 비롯하였다.

2.

　『신작품』 동인의 시적 제재가 자연에 대체적인 바탕을 두고 있다는 것은 확연하다. 조약돌, 해변의 소라, 눈, 동백꽃, 갈대, 호수, 달밤, 나무, 숲길, 낙조, 바다, 꽃, 오월, 가을, 낙엽, 별 등 여럿이다. 자연 대상의 단순한 묘사 혹은 감정이입에 머물러 있어 학생 문예다운 습작품도 눈에 띈다. 한국전쟁기 피난지 부산의 척박한 처지에 내던져진 이들이 줄기차게 자연을 빌어 시를 쓴 까닭은 무엇인가? 이를 치기 어린 감상성, 자연의 모방으로서 시의 형식을 따른 것이라고 치부(置簿)해서는 안 된다. 앞선 연구자들이 적시한 바와 같이, 주된 정조가 서정성에 있다고 하나, 작품의 성향을 재단하는 데에서 더 나아가, 『신작품』 동인작의 서정의 지향점을 천착(穿鑿)하는 노력이 따라야 하겠다.

　『신작품』 동인을 주도적으로 이끌었던 송영택은 『신작품』 제3집 「후기」와, 같은 시기 천상병과 내었던 『처녀지』 제1집에 게재한 「편지(제1신)」에서 다음과 같이 천명하였다.

생명이 예술보다 선행한다는 것-그리고 우리들의 시는 우리들의 내적
자아의 추구와 기록 이외의 아무것도 아니라는 것-말하자면 우리 자신에
게 가장 충실하는 것-이것이 시를 쓰는 우리의 태도입니다.

　　　　　　　　　　　　　　　　　　　　　　　　　　—「후기」부분

나의 詩는 기도였습니다. 그 그리움이 정화(精華)된 경건한 기도였습니
다. (중략) 나의 완성을 위한. …… 한 걸음 나아가서는 인류 향상을 위하여

　　　　　　　　　　　　　　　　　　　　　　　—「편지(제1신)」부분

송영택과 뜻을 함께했던 천상병 역시 『처녀지』 제1집에 게재한
「그리움에는 이유가 있다」에서 다음과 같이 말하고 있다.

청춘의 산화(散花)와 바쁜 숨결과 빛나는 눈동자들이 찬가(讚歌)를 어두워
가는 시대의 사면(斜面)에서 끝없이 불렀다. (중략) 창조하는 자의 겸손한
태도는 자연의 은총일 것이다. 이 은총은 처음부터 끝까지 純情의 정신 그
것이었다. 美의 창조의 비길 수 없이 아픈 고난과 준엄함은 때때로 이 순정
으로서 풀리는 때가 많았다.

　　　　　　—「그리움에는 이유가 있다—시와 그 청년들은 가고 있다」부분

송영택이 말하는 "우리 자신에게 가장 충실하는 것", "나의 완성을
위한" 시의 길이란 무엇인가? 천상병이 말하는 "자연의 은총", "순정
의 정신"이 오늘날 청년들의 시가 지향하는 것이란 무엇인가? 이를
두고 주어진 현실을 도외시한 유아론적 고립주의라고 해서는 안 된
다. 이러한 태도는 자연주의적 휴머니즘에 입각한 알렉산더 포프가
"먼저 자연을 따르라. (자연은) 예술의 원천이고 목적이자 시금석이

다."라고 말한 것과 같기 때문이다(「비평론」). 자연주의적 휴머니즘의 궁극적 지향점은 인간 운명에 향해져 있다. 이른바 "신을 캐고 들기에 앞서, 너 자신을 알라./인간에게 알맞은 생각거리는 인간이다."(A. Pope, 「Know then thyself」, 1-2행)

따라서 그들이 시적 제재로 삼은 물물은 향유로서의 자연이 아니라, 인간이거나 혹은 인간의 운명을 암묵적으로 내포하고 있는 존재의 형상으로서 빛을 발한다.

> 나뭇잎은
> 모두 별을 향하고 있습니다
> 그리고
> 절정에 선 유월.
> 과실들은
> 모두 기도에 잠겨 있습니다.
>
> ―송영택, 「風景 2」 전문

"절정에 선 유월"이 한국전쟁이 발발한 달이건, 혹은 이듬해 유월이건 간에 엄혹한 시기였을 터이다. 창작의 영감은 오롯이 시적 대상인 자연물에 몰입하는 것으로부터 비롯된다. 말하자면 당대의 정황을 인식하는 주체로서 시인은 부재하고, 다만 '나뭇잎'은 '별'을, '과실'들은 '기도'한다는 이른바 물물이 머금은 정념에 충실하다. 정념의 근간은 간구(懇求)이며 기다림이다. '나뭇잎'과 '과실'이 머금은 세계를 지향하는 것이 "나의 완성을 위한" 시의 길이라는 데에 있다. 이는 그들이 말하는 "순정의 정신"이기도 하다.

눈을 맞고 서면

旗가

하야—니 눈을 감고 퍼덕인다.

마을은

노을 위에

고요히 기도를 보내고

먼 데 소리를 듣고자

철(秊)없이 기다리던 소나무는

그만 또 하나 年輪을 기른다

눈을 맞고 서면

旗가

하야—니 눈을 감고 찢어진다.

—송영택, 「旗」 전문

　깃발로 드러내는 시적 화자의 정념은 기다림이다. 내리는 눈을 가리킨 "하야—니"라는 것에 "퍼덕인다"라는 감각적 지각으로써, 춥거나 겁에 질려 얼굴에 핏기가 없이 흰 내면을 표상하였다. 바람에 거칠게 날리는 갈망의 깃발이 끝내 "눈을 감고 찢어진다." 찢어진 깃발은 염원이 갈라진 형상인 동시에, 기도하는 수많은 이의 무력한 삶으로 확대된다. '수많은 이'라 함은 이름조차 갖지 못한 존재이며, 삶의 번뇌를 숙명처럼 안고 사는 사람에 대한 탐색으로 발현된다.

뭐라고
말할 수 없이
저녁놀이 져 가는 것이었다

그 時間과 밤을 보면서
나는 그때
내일을 생각하고 있었다

봄도 가고
어제도 오늘도 이 순간도
빨가니 타여 아 스러지는 놀빛

저기 저 하늘을 깎아서
하루빨리 내가
나의 無名을 적어야 할 까닭을

나는 알려고 한다
나는 알려고 한다

—천상병, 「無名」 전문

시간은 끝없이 무심하게 흐르는데 "말할 수 없이" 아름답게 "빨가
니 타여 아 스러지는 놀빛"은 웬 말인가. "어제도 오늘도 이 순간도"
없는 이른바 무시간성 아래 인간의 존재감이란 이미 사라진 지 오래
인데, 노을빛만이 명멸하고 있다. 아름다운 노을빛에 도취하여 가려
진 "저기 저 하늘을 깎아서" 수많은 "무명"이 있다는 것을 적어야 한

다. 시작도 끝도 없는 번뇌의 근원, 무명의 멸각(滅却), 고통만이 가득한 세계의 아픔, 세상 사람들의 무명에 대해 "나는 알려고 한다"를 두 번에 걸쳐 다짐한다. 무명을 통찰하고자 하는 자는 인간 실존의 회복으로 나아가려는 이다.

위 작품은 1952년 6월 『신작품』 제2집에 발표되었다. 같은 해 10월 발간된 동인지 『제2처녀지』에서 천상병은 다음과 같은 평문을 발표하였다.

> 문학이 문학으로 낙향해 간다는 것은 쓰러진 인간상의 시체가 흩어져 있는 뜰에서 저녁노을에 도취해 있는 신화다. 그런 신화가 신이 아닌 인간의 똥구멍쯤으로 생각할 여지가 있다고 하면은 그는 역시 만 번 죽고도 살아 있다는 희한한 귀신의 아들인가. 그는 죽은 사람인 것이다.
>
> —천상병, 「人間像의 새로운 城—비평 정신에의 태세」 부분

시체가 즐비한 세상에서 저녁노을에 도취한 "귀신의 아들", "죽은 사람"이 되고서야 "새로운 지상의 인간의 城을 축조하는 길이 되"는 역설적인 세계를 딛고 일어서야 한다(같은 글). 그러한 비장함으로 가득 넘친 초창기 천상병의 세계가 빛을 발하는 순간이다.

3.

『신작품』에 수록된 작품에서 한국전쟁기 피난 임시 수도 부산의 격동과 혼돈의 세계, 혹은 엄혹한 현실의 감광판(感光板)으로서 시가 부재한 까닭은 무엇인가? 전시 '반공'을 앞세운 이른바 '민주 독재' 전체주의 체제의 폭압적 현실 앞에 침묵할 수밖에 없었을 터이다. 누가 감히 부산 보수천과 전포천변에 기생하듯 살아가는 사람들, 용두산을

에워싼 것은 물론이고 심지어 범일동 매축지에 가마니로 둘러친 원시 움막 같은 곳에 웅크려 사는 피난민의 삶을 이야기할 수 있었겠는가? 비판적 언로를 트는 이들은 용공 분자로 처단되고, 게다가 1952년 5.26 정치 파동을 전후한 비상계엄령 선포, 7.4 발췌 개헌안 가결 등 정국의 혼란 앞에 누구라도 자유로울 수 없었을 터이다.

게다가 학생들의 경우, "문교정책의 방향, 이른바 '민주주의 민족주의 교육', '국민사상의 귀일', '반공정신'을 근간으로 '전시 하 교육 특별조치요강'에 근거하여 '멸공필승'의 신념을 배양하고 전국(戰局)과 국제집단안전보장의 인식을 명확히 하여 전시 생활 지도 체제"[2]에 따라야 했던 점을 감안하면 모순과 부조리의 현실을 토로하는 것 자체가 금기와도 같았다. 하물며 한국전쟁기 학생에 대한 병역 면제라는 당면한 현실 앞에 더 말할 나위가 없다고 하겠다. 김창진의 시는 당대 학생으로서 일민주의 교육관에 입각한 시각을 오롯이 보여 준다.

폐허와
피와
그리고 분노 위에
눈은 곱게 쌓여라

노을 길에
언덕마저 잃은
말투 다른 소녀의 눈까풀에
눈은 곱게 나려라.

---

2 강만길, 『한국현대사』, 창작과비평사, 1984, 265-266쪽.

마지막으로
저주받은 겨레의 족보를
평토장하고

가르마 같은
하—얀 겨레의 길에
白民은 白衣로 살게
눈은 곱게 쌓여라

—김창진, 「눈은 나려라」 전문

　한국전쟁기 폐허와 민족상잔의 피와 울울하게 맺힌 분노를 덮어 주는 눈이란 마치 상처의 일시적인 치유와 같다. 노을을 더욱 아름답게 여기게 할 언덕은 이미 피난민촌의 되었고 "말투 다른 소녀"의 눈물을 담은 "눈까풀"의 아픔까지 덮어 주는 눈이 내리고 있다. 상처를 위무하는 눈은 "저주받은 겨레의 족보"마저 묻어 버린다. 겨레의 길은 실낱같은 희망의 "가르마"로 비견되는바, "백민은 백의로 살게" 눈이 내린다. 언뜻 백의민족의 주체성을 이야기하는 터이지만, 이 시에서만큼은 형편이나 처지가 어렵고 딱한 삶을 살아가는 이를 일컫는다.

　당대 학생으로서 황폐화된 역사, 척박한 민족 현실에 관한 의식이 왜 없었겠는가? 다만 주체적 의식이 참여적 행동으로 구현되어 세계 내 존재로 나아갈 수 있는 통로가 차단되어 있을 뿐이다. "역사 창조를 위한 이니시어티브(initiative)도 영원히 좌절 상태 속에 머물 수밖에 없는"[3] 까닭, 이른바 역사의 이성적 판단이 배제될 수밖에 없는 상황

---

3 김우창, 「구체적 보편성에로」, 이상신 편, 『문학과 역사』, 민음사, 1981, 199쪽.

이란 여하간의 이야기를 나눌 수 없는, 소통 부재에서 비롯된다. 모순과 부조리의 상황에 직면하여 주체적 의지가 공동체의 의지로 결집할 수 없는 자리, 따라서 일그러진 내면으로 침잠할 수밖에 없는 자리에 고석규의 시가 있다.

앉은 대로 허공에
목을 걸었다

나와 나의 사랑한 그 누구도
이 어두운 착고(着錮)에서
풀어나지 못하리라.

香 올리 꺼진 제단(祭壇)을 향하여
두 손을 합친
구름 같은 모습이

내 눈에서 하아얀
물줄기로 배여 나린다.

몇 번이나 잃어진 하늘과 우레 속에서······

마음의 다른 장지(葬地)로 떠나가며
나와 나의 사랑한 그 누가
부른 허원(許願)의 노래여

살 푸른 형체(形體)가
큰 손아귀처럼 떠 있어

저 머리 위에 허덕이는 새날을
우리는 또 어떻게 믿을 것이냐.

　　　　　　　　　　　　　　　　—고석규,「子正」전문

　밤 12시, 앉은 채로 "허공에/목을 걸었다". 허공에 목을 걸었으므
로 죽지는 않으리라. 그러나 '나'와 '너', 그리고 그 누구도 "이 어두
운 착고"에서 자유로울 수 없다. 어떤 상황이나 현상이 굳어져 변하
지 않을 '고착(固着)'을 붙박을 '착(着)'을 앞세우고 '금(金)' 변을 넣어 '착
고(着錮)'라 했다. 더욱 견고하게 굳어져, 이른바 몹시 속박하여 자유를
가질 수 없는 고통의 상태를 비유적으로 말하는 질곡(桎梏)인 셈이다.
　간절한 기원을 담은 향을 올리었으나 꺼진 제단 같은 허공. 두 손
을 모았으나 구름처럼 허랑(虛浪)하여 눈물이 난다. "몇 번이나 잃어
진 하늘과 우레"로 표상되는 조국의 현실과 불안에 떠는 민족 앞에서
'나'와 '너', 그리고 그 누가 원(願)을 세우고 그것을 이루고자 맹세하
였다. 그러나 자정의 허공은 온전치 못하게 푸른 형체가 오긋하게 갈
라진 큰 손아귀처럼 떠 있다. "허덕이는 새날"을 믿기에는 눈앞에 닥
친 현실이 너무도 허허롭다. 고석규의 다른 시「洞房」역시, 같은 맥
락의 사변적 어조로 고뇌에 차 있다.

이 환한 어둠 속에
말없이 웃는 얼굴이 피어난다

별빛이 죽어 가는 밤……

가슴도 매어 오는 서글픈 황내에
벙어리처럼 귀를 열어

나는 壁으로 꺼지는
파아란 魂靈의 불을 살핀다

사위는 불 속에 떨어져 타는
거미의 짧은 허희가 사라지기 전에

하늘 높이 헤여 가는 그 바다로

쑥처럼 醉한 나를
떠나게 하여 다오

눈물에 찍힌 엷고 피나는 것이
내 입김에 한없이 날아오는

밤은 간다.

―고석규, 「洞房」 전문

"동방(洞房)"이란 깊숙한 안쪽 방을 이르는 말이다. 빛의 소실점과 같이 응축된 방에서 "환한 어둠"이라는 모순어법에다가, 어둠 속에서 "웃는 얼굴"이라는 역설이 가능한 세계. "별빛"마저 죽어 가는 밤, 따라서 아무것도 볼 수 없는 암흑의 세계에서 맡는 "서글픈 황내"에 가슴마저 맵다. 전장의 매캐한 화약 냄새는 "벙어리처럼 귀를" 더욱 열게 하고, "나는 벽으로 꺼지는/파아란 혼령의 불을 살핀다". 인골의 인이 인화(燐火)하여 파아란 광휘, "사위는 불 속에", "거미의 짧은 허희(歔欷)", 이른바 짧디짧은 한숨이 사라지기 전에 "쑥처럼 취한 나를/떠나게" 해 달라고 비통하게 절규한다.

"동방"의 밤은 이처럼 전장의 화약 냄새와 주검의 혼령들로 가득하다. "눈물에 찍힌 엷고 피나는 것이/내 입김에 한없이 날아오는" 밤을 지새우고 있다. 열망은 뜨거우나 밤이 길다. 그래도 "밤은 간다"라는 희망만은 놓치지 않는다.

고석규의 내면적 고뇌의 시, 못지않게 천상병의 다음 시 역시 예사롭지 않다. 『신작품』 제3집을 끝으로 동인회를 떠났다고 하나, 『신작품』 제6집에 게재한 작품이다.

저 조그마한 불길 속에
누가 타오른다.
아프다고 한다. 뜨겁다고 한다. 탄다고 한다.
허리가 다리가 뼈가 가죽이 재가 된다.
저 사람은 내가 모르는 사람이다.
어디서 만난 사람이다.
아, 나의 얼굴
코도 입도 속의 살도
폐가, 들 모두가 재가 되어진다.

—천상병, 「등불」 전문

전장의 큰불이 아닌, 조그만 "등불"에서 주검을 본다. 불특정 다수 "누가"는 "내가 모르는 사람"이기도 하고, 또는 "어디서 만난 사람"이기도 하다. "누가"의 얼굴이 "나의 얼굴"로 환치되는 순간, 불특정 다수의 주검은 곧 '나'의 주검이다.

내가 요사이 놀고 있는 부산의 뒷골목에 시체를 가운데 두고 술잔을 기울이는 광경이 하루에도 몇 번이나 나의 눈에 나타나더라는 것을 보고해도 그 報告를 듣는 친구가 태연하게 앉아서 그대로 펜을 놓지 않을 때는 휴머니즘에 대한 애수를 느끼기 전에 그 친구의 巨人性에 내가 압도되고 하던 일들을 해석할 도리가 없었다. 이것은 내가 나의 망각증을 배반하는 일이다.

—천상병, 「인간상의 새로운 성—비평 정신에의 태세」 부분

보편이라는 것. 늘 있는 일이어서 대수롭지 않은 것. 따라서 망각의 의미조차 부여할 수 없는 것. 망각이 망각을 낳아, 절망마저 무화되는 지점에서 천상병은 "절망과 대치된 이제라도 허물어질 것만 같이 약한 골격이 이중 삼중의 자기 학대의 길을 더듬어 가는 처참하기 그지없는 지옥상"이야말로 비평 정신의 본령이라고 직핍(直逼)한다(같은 글). 죽음에 관한 주체적 인식으로부터 세계의 황폐함을 바라보는 시각으로 확대된 지점. 세계의 비탄을 '나'의 얼굴로 반추하는 세계. 통감(痛感)이다. 이는 천상병이 지향하는 '시의 순정(純情)'이다.

4.
이 글의 한계는 『신작품』 제1집에서 제5집까지를 연구 대상 텍스트로 삼았다는 것이다. 앞선 연구자들에게 제8집 종간호까지의 1차

자료 열람을 문의하였으나, 한결같은 대답이 자료가 없다는 것이었다. 완벽한 1차 자료 수집을 못 한 부끄러움이 앞선다.

이 글의 의의는 "리리시즘에 바탕을 둔 서정성이 주조"를 이룬다는 종래 연구에서 더 나아가, 『신작품』 동인의 시 세계를 자연주의에 입각한 휴머니즘의 주체적 자각, 세계의 비탄을 '나'의 내면세계로 반추하는 통감(痛感)의 세계가 이들이 지향했던 '시의 순정(純情)'이었으며, 『신작품』 동인의 정체성과 진정성이 돋보이는 자리였다는 것을 밝힌 점에 있다고 하겠다.

1951년 마산, 김춘수와 R. M. 릴케와의 내면적 거리
—김춘수·김수돈 찬역, 『릴케 시초—憧憬』을 주목하며

1.

    김춘수는 자신의 문학적 행위와 시적 편력(遍歷), 문단 교유(交遊)에 이르기까지 꼼꼼하리만치 기술하거나 술회하였다. 그런데 유독, 그 많은 것 중에, 여하간의 문학적 회상에도 언급하지 않을 뿐 아니라, 홀로 두드러지게 누락시킨 저술이 있다. 1951년 10월, 김춘수·김수돈 찬역(撰譯) 『릴케 시초—憧憬』이다. 부산 대한문화사가 발행하고, 마산 평민인쇄소가 인쇄하였다. 김춘수는 1950년 3월 두 번째 시집 『늪』 출간, 같은 해 7월 세 번째 시집 『旗』 출간, 같은 해 10월 『릴케 시초—동경』을 내었다. 1949년부터 1951년까지 마산중학교 교사로 근무하면서 김수돈, 정진업, 김세익과 가깝게 지냈던(위 자료는 정진업이 소장했던 것) 시절의 번역시집이다.

    이 글은 김춘수의 초기 시가 릴케의 영향권 아래 전개되었다는 기존 논의에 덧대어 위의 번역시집 『릴케 시초—동경』을 통해, 더욱 실증적으로 입증하고자 하였다. 이를 위하여, 김춘수가 밝힌 릴케의 영향에 관한 자전적 술회(述懷)와, 이재선의 앞선 연구 「한국 현대시와 R. M. 릴케−그 영향을 중심으로」부터 살펴본 이후에 논쟁의 중심을 초점화하여 검토한다.

2.

일차적으로 김춘수의 술회를 요약하면 다음과 같다. "18세 때의 늦가을이다. 나는 일본 동경 神田의 대학가를 걷고 있었다. 그 거리의 한쪽 편이 왼통 고서점으로 구획져 있었다."[1] 김춘수의 연보에 따르면, "1939년 11월에 일본 동경으로 건너가, 대학 수험 준비를 위하여 간다에 있는 학원에 다닐 무렵"[2]이다.

라이너 마리아 릴케라는 시인의 일역(日譯) 시집이었다. 내가 펼쳐 본 첫 번째 시는 다음과 같다.

사랑은 어떻게 너에게로 왔던가
햇살이 빛나듯이
혹은 꽃눈보라처럼 왔던가
기도처럼 왔던가
―말하렴

사랑이 커다랗게 날개를 접고
내 꽃피어 있는 영혼에 걸렸습니다.

1 김춘수, 「의미와 무의미」, 『김춘수 전집 2』, 문장, 1984, 358쪽.
2 이남호 편, 『김춘수 문학 앨범』, 웅진출판, 1995, 291쪽.

이 시는 나에게 하나의 계시처럼 왔다. 이 세상에 시가 참으로 있기는 있구나! 하는 그런 느낌이었다. 릴케를 통하여 나는 시를(그 존재를) 알게 되었고, 마침내 시를 써 보고 싶은 충동까지 일게 되었다. (중략) 46년경에 비로소 나는 또 마음의 여유를 얻어 릴케를 다시 읽게 되었다. 동경에서 가지고 온 책들의 대부분을 나는 쫓겨 다니는 생활 끝에 잃고 있었다. 그러나 그런대로, 릴케의 초기 시와 '말테의 수기'는 새로운 감동을 다시 불러일으켜 주었다. 나는 또 시를 쓰게 되었다.

그러나 나는 살로메의 릴케를 읽고, 또 나이 40에 가까워지자 릴케로부터 떠날 수밖에는 없게 되었다. 나는 릴케와 같은 기질(氣質)이 아니라는 것을 깨닫게 되었고, 특히 관념 과잉의 후기 시는 납득이 잘 안 되기도 하였지만, 나는 너무나 신비스러워서 접근하기조차 두려워졌다. 나는 일단 그로부터 헤어질 결심을 하고, 지금까지 그를 늘 먼발치에 둔 채로 있다.[3]

위 글에 술회한 "라이너 마리아 릴케라는 시인의 일역 시집"을 번역한 시집이 1951년의 『릴케 시초─동경』이다. 번역시집에서 위 인용 시를 '동경'이라는 장(章)을 두고 '사랑한다 22장 중, 1'의 작품으로 실었다. 김춘수가 "또 시를 쓰게 되"는 단초가 되는 릴케의 시집이다. 그의 나이 사십에 이르러 릴케와의 결별은 같은 기질이 아니며, 관념 과잉의 후기 시와 거리가 크게 느껴진 탓이라 하였다.

이차적으로 이재선의 앞선 연구 「한국 현대시와 R. M. 릴케─그 영향을 중심으로」에서 밝힌, 릴케의 영향을 크게 입은 김춘수 시의 양

---

3 『김춘수 전집 2』, 358-359쪽.

상을 요약하면 다음과 같다.[4]

　① 김춘수의 시의 패턴을 우선 살펴보면 꽃, 짐승, 어둠, 裸木…… 따위의 사물과 이의 대극(對極)으로서의 〈나〉로 꾸며져서 결구(結構)된다. 그리고 또한 이런 언어는 사물의 존재를 밝히기 위해 현현(顯現)한다. (중략) 영향을 받은 측으로서 보면 상상력을 배웠다는 사실 자체가 결단코 가벼운 것이 못 된다. (중략) 김 씨의 발상법은 그대로 영향의 소산이다.

　② 릴케에 있어서 시인의 사명이란 결국 사물의 이름을 불러 주는 것이라고 한 것의 영향을 김 씨의 이 시의 경우가−꽃을 위한 서시, 꽃−그대로 증명하고 있지 않는가. (중략) 사뭇 시 세계가 서로 틀리는 것이지만, 이 시에 나타난 기본어로서 〈짐승〉, 〈위험〉, 꽃으로서의 〈식물〉, 〈어둠〉의 골격적 용어는 모두 릴케의 시에서도 빼어 버릴 수 없는 존재들이 되어 있다. 릴케의 기도시집, 구도 생활의 서와 비교하며 사이에 도대체 얼마만 한 거리인들 있겠는가. 이것은 바로 영향의 실체를 가장 현저하게 노출시키고 있는 한 양상일 것이다. 말하자면 릴케 시에서 받아들였던 발상의 패턴이 그대로 작용한 근거라는 말이다.

　이재선은 자신의 고찰을 "케이스 스터디"라고 명명하며, 릴케의 영향을 가장 많이 받은 시인이 김춘수라고 본다. 릴케의 세계 내면 공간을 전제하면서 "시인은 결국 사물을 말하는 사람"이라는 이른바 사물에 있어서 존재의 탐구자라는 관점에 시적 토대를 두었다는 것이다. 특히 시가 언어로서 구성된 것, 그 'patterned life'를 알아차려 릴케

---

4 김춘수 연구 간행위원회 편, 『김춘수 연구』, 학문사, 1982, 100-119쪽 참조. 인용문의 번호는 논지만을 간추려 임의로 붙인 것임.

의 후기 시에 꽃이 자주 등장하는 것과 김춘수의 일련의 꽃의 시의 패턴(시적 언어와 사물과 '나'의 대극 등 패턴)을 비교 검토하였다. 아울러 수용자 측으로서 김춘수와 릴케와의 언어 사용의 동질성을 구명(究明)하였다. 그 결과 "상상력을 배웠다는 사실 자체가 결단코 가벼운 것이 못 된다."[5] "릴케 시에서 받아들였던 발상의 패턴이 그대로 작용한 근거"[6]를 밝혔다.

특기할 만한 사실은 김춘수의 자전적 술회에 있어, "특히 관념 과잉의 후기 시는 납득이 잘 안 되기도 하였지만, 나는 너무나 신비스러워서 접근하기조차 두려워졌다. 나는 일단 그로부터 헤어질 결심을 하고"라는데, 이재선은 오히려 릴케의 후기 시의 패턴이 김춘수의 일련의 '꽃' 시와 동질성을 띠고 있다고 역설하였다.

3.

김춘수 번역, 『릴케 시초―동경』의 첫머리 시이다.

그리하여 사랑은 어떻게 너에게로 왔던가.
햇살이 빛나듯이 혹은 꽃눈보라처럼 왔던가.
기도처럼 왔던가. ― 말하렴

행복이 반짝이면서 하늘에서 떨어져
날개를 접고 커다랗게
나의 꽃 피어 있는 영혼에 걸렸습니다. (김춘수 역)

---

5 김춘수 연구 간행위원회 편, 『김춘수 연구』, 112쪽.
6 김춘수 연구 간행위원회 편, 『김춘수 연구』, 117쪽.

사랑이 네게로 어떻게 왔는가?
햇살처럼 왔는가, 꽃눈발처럼 왔는가.
기도처럼 왔는가? 말해 다오:

행복이 하늘에서 반짝이며 내려와
커다란 모습으로 날개를 접고
피어나는 나의 영혼에 앉았다 (김재혁 역)

위 시는 "1896년 12월 1일 출간된 릴케의 시집 『꿈의 왕관을 쓰고』에 수록된 시이다. 릴케가 1897년 처음 만난 연상의 여인 루 살로메에게 바친 첫 선물이었다."[7] 김춘수가 번역한 부분은 원저 1부 '꿈', 2부 '사랑'에서, 2부를 '사랑한다'라는 소제목으로, 총 22장 중에 4개의 장을 가려 뽑았다. 특히 위의 시는 자신의 술회에서 "이 시는 나에게 하나의 계시처럼 왔다. 이 세상에 시가 참으로 있기는 있구나! 하는 그럼 느낌이었다. 릴케를 통하여 나는 시를(그 존재를) 알게 되었고, 마침내 시를 써 보고 싶은 충동까지 일게 되었다."라고 유별나게 밝힌 작품이다.

인용 시의 처음은 일역에 대한 중역 형태로 쓰인 김춘수의 번역이며, 다음은 원시에 대한 김재혁의 번역이다.[8] 번역은 차이가 크게 없으나, 끝부분의 터치가 약간 다르다. 김춘수의 경우, 나비가 "나의 꽃 피어 있는 영혼에 걸"린 것이며, 김재혁의 경우, "피어나는 나의 영혼에 앉"은 것이다. 말하자면 김춘수의 경우, 행복의 표상인 나비가 꽃

7 김재혁, 「예술의 여정을 떠나는 수도사」, 볼프강 레프만, 『릴케, 영혼의 모험가』, 김재혁 역, 책세상, 1997, 629쪽.
8 김재혁, 「예술의 여정을 떠나는 수도사」, 630쪽.

피어 있는 영혼에 현혹되어 걸린 몸짓이며, 김재혁의 경우, 행복의 표상인 나비가 시적 화자인 '나'에게 내려와, 이미 피어나는 '나'의 영혼에 자리 잡은 것이다. 표현을 달리했지만, 궁극적으로 나비의 표상으로서 행복이 '나'의 꽃 피어 있는 영혼에 황홀하게 빠져들어 자리 잡은 몸짓으로 읽었다.

'몸짓'은 당대 유겐트슈틸(jugendstil: 젊음, 역사적 단절과 새로운 시작)의 주된 흐름에 따른 릴케 초기 시의 지향점이다. "유겐트슈틸의 자아는 더 이상 자연이 자신에게 작용하게 두지 않는다. 인상주의적 반사(反射)를 포기하고 적극 개입하여 자기 자신만의 세계를 만들어 낸다. 이를 위해 그는 필요한 것을 찾아 이를 자신의 뜻대로 고적한 진귀한 것으로 변형시킨다. 이에 따라 자연의 어떤 사물도 자연 그대로의 모습을 띠지 않고 변형된다."[9]

예컨대 바라보이는 피사체로서 '꽃'이 아니라, '꽃'이 본래 지닌 몸짓이 창조의 근원이라는 것. 이들의 토포스가 꽃이 피는 것, 만물이 소생하는 봄, 자라나는 아이 등에 눈길을 둔 까닭이다. 이러한 관점에서 릴케의 시와 김춘수의 '꽃'을 중심으로 펼친 초기 대표작을 통하여 시의 몸짓을 감지한 것을 초점으로 삼는다.

내가 바라보기 전에는 완성된 것은 아무것도 없었습니다.
모든 생성은 멎어 있었습니다.
나의 시선은 이제 무르익어, 보내는 눈길마다
원하는 사물이 마치 신부(新婦)처럼 다가옵니다.

---

9 김재혁, 「예술의 여정을 떠나는 수도사」, 644쪽.

내게 하찮은 것이란 없으며, 하찮은 것이라 해도 나는 사랑합니다.

그것을 나는 황금빛 바탕 위에 크게 그려서

높이 들어 올립니다. 그러면 그것이

누구의 영혼을 풀어 줄는지 나는 알지 못합니다……

—릴케, 『기도시집-수도사 생활의 서』 부분 [10]

위 릴케의 시에서 "내가 바라보기 전에는 완성된 것은 아무것도 없었습니다"라는 시적 발화, 존재를 향한 관심(sorge)의 출발점은 시적 화자의 해석적 진술이 아니라, 관조적 시점에 따른 것이다. 시적 화자가 이제껏 지녔던 감각, 경험, 판단의 사유를 거치지 않고 오롯이 대상에 대한 이해를 지향하여, 사물의 존재와 의미에 몰입하여 세계에 대한 새로운 인식과 이해를 보여 주는 것이다. 사실 새로운 인식과 이해라고 하지만, 이는 마치 불가지론(agnosis)과 같다. 현상학의 경우, 칸트가 말하는 사물의 본질로서 물 자체(Ding an sich), 후설의 근본 독사(ura-doxa), 하이데거의 현존재(da-sein), 사르트르의 실존 등이다. 이른바 '아는 것을 알 뿐'인 세계에 "완성된 것은 아무것도 없었습니다./모든 생성은 멎어 있었습니다."와 같다.

위 시에서 "나의 시선은 이제 무르익어, 보내는 눈길마다/원하는 사물이 마치 신부처럼 다가옵니다"라는 것은 ① 사물의 참모습과 영원히 변하지 않는 진리에 비추어 본 '나'의 시선은 ② 그 내면의 세계가 무르익어 ③ 이제껏 지녔던 '나'의 주관적 판단과 선입견을 배제하고, 사물이 보여 주고 '나'에게 하는 말을 대신 전하는, 황홀한 전언(傳言)의 표상인 신부를 맞이하는 행위로 말하고 있다. 이는 에른스트 얀들

---

10 릴케, 『기도시집』, 김재혁 역, 세계사, 1992, 11쪽.

(Ernst Jandl)의 시 「릴케의 눈」에서 말하는바, 가시적인 감각의 세계를 초월한 것 "릴케는 눈을 감았다/아무것도 안 보였다/아무것도 안 보이는 것은 없었다"[11]와 같다.

"아무것도 안 보이는 것은 없"는 세계를 "황금빛 바탕 위에 크게 그려서/높이 들어 올립니다. 그러면 그것이/누구의 영혼을 풀어 줄는지 나는 알지 못합니다"라는 것은 러시아 성화를 그리는 황금빛 화판과 같이 시인의 모습을 드러내지 않는 비인간적 양식화, 시인 자신으로서 인간이 아니라 사물의 갖는 선험적 이데아(Idea)를 예술의 대상으로 하는 비인간화(dehumanización)를 통해, 독자 혹은 수용자 개개인이 받아들이는 세계에서 제각각의 영혼으로 풀어낼 것을 바라고 있다.

> 나는 시방 위험한 짐승이다
> 나의 손이 닿으면 너는
> 미지의 까마득한 어둠이 된다.
>
> 존재의 흔들리는 가지 끝에서
> 너는 이름도 없이 피었다 진다
> 눈시울이 젖어 드는 이 무명의 어둠에
> 추억의 한 접시 불을 밝히고
> 나는 한밤 내 운다.
>
> 나의 울음은 차츰 아닌 밤 돌개바람이 되어
> 탑을 흔들다가

---

11 1975년 『릴케 탄생 100주년 기념 문집』에 실려 있는 에른스트 얀들의 시.

돌에까지 스미면 금이 될 것이다

  ……얼굴을 가리운 나의 신부여.

—김춘수, 「꽃을 위한 서시」 전문

  위 시에 "나의 손이 닿으면 너는/미지의 까마득한 어둠이 된다"라고 한다. 기계적 피상적 인식 주체로서 '나'의 섣부른 선입견과 관념이 사물 그 자체로서 '너'에 닿으면 오히려 '너'의 진정한 존재로 알 수 없는 무명(無名)의 세계에 추락한다는 것. 이는 존재론적 명명(命名) 이전의 세계, 진리를 깨닫지 못하는 무명(無明)의 세계이다. 이렇듯 "존재의 흔들리는 가지 끝에서/너는 이름도 없이 피었다 진다". 이 "무명의 어둠"에 깃든 "추억의 한 접시 불을 밝히고/나는 한밤 내" 울 정도로 "(강점기 말부터 1950년 이전까지) 작시(作詩)의 방향 설정도 제대로 하지 못하고"[12] 있었다. 시를 향한 번뇌, 그 무명(無明)의 어둠 속에 있었던 갈등과 번뇌의 돌개바람이 간절한 바람의 탑을 흔들다가 "돌에까지 스미면 금이 될 것이다".

  '돌'이란 "당신의 가장 눈부신 어둠 속의 나의 이름(중략)이며, 그 한 번도 보지 못한 나를 위하여/어둠 속에 사라진 무수한 나……/돌이여, 꿈꾸는 돌이여"로서, 자신의 내면세계를 가리킨다(「돌」). 그러나 아직도 릴케가 말하듯 사물이 보여 주고 '나'에게 하는 말을 대신 전하는, 이른바 황홀한 전언(傳言)의 표상인 신부(新婦)는 아직 얼굴을 가리고 있다.

---

12 『김춘수 전집 2』, 350쪽.

이데아로서의 신부의 이미지는 릴케와 평계(平溪) 이정호(李正鎬)의 시에서 얻은 것이다. 이 비재(非在: 신부)는 끝내 시가 될 수 없는 심연으로까지 나를 몰고 갔다. (중략) 나는 관념공포증에 걸려들게 되었다. 말의 피안(彼岸)에 있는 것을 알고 싶었다. 그 앞에서는 말이 하나의 물체로 얼어붙는다. 이 쓸모없게 된 말을 부수어 보면 의미는 분말이 되어 흩어지고, 말은 아무것도 없어진 거기에서 제 무능을 운다. 그것은 있는 것(存在)의 덧없음의 소리요, 그것이 또한 내가 발견한 말의 새로운 모습이다.[13]

　위의 글은 김춘수가 "관념공포증"에 걸려, 이른바 관념적·지시적 말의 감옥에 갇혀 "한밤 내" "제 무능"에 울던 시기에 관한 술회이다. 인식 주체로서 시인이 관념적이고 지시적인 언어로 만들어 내는 말의 세계를 넘어선 자리란, 주관의 밖에 있는 시적 대상 혹은 사물의 독자성을 감지하는 것으로부터 비롯된다. 이를테면 다음과 같다.

　앙드레 마르샹도 클레와 비슷한 말을 했다. "숲에서 나는 여러 번에 걸쳐 이런 느낌을 받았다. 내가 숲을 바라보는 것이 아니었다. 나무가 나를 바라보았고 나무가 나에게 말을 했다……. 나는 그저 귀를 기울였다……. 화가는 우주에 관통돼야 하지 우주를 관통하기를 원해서는 안 된다……. 나는 깊이 잠기기를, 깊이 묻히기를 기다린다."[14]

　"나무가 나를 바라보았고 나무가 나에게 말을" 하는 것을 감지한다. 이는 '나'의 선입견과 주관적 판단이라는 개념적 인식에서 벗어나

---

13 『김춘수 전집 2』, 384쪽.
14 모리스 메를로 퐁티, 『눈과 마음』, 김정아 역, 마음산책, 2008, 61쪽.

야 비로소 열리는 세계이다. 몰입이란 몰아(沒我)를 통해 자아를 감성적으로 창조하는 것. '나'를 버려야 진정한 '나'를 찾는 길, 물질적 세계와 정신적 세계가 영성을 지니는 내면의 풍경을 알아차림으로써 김춘수의 시의 길이 열렸다.

4.

　이재선은 릴케와 김춘수의 시를 아래와 같이 대비하며, "영향의 실체를 가장 현저하게 노출시키고 있는 한 양상"으로 보았다.

　　　나를 낳아 준 어둠이여
　　　나는 불꽃보다 당신을 더 사랑합니다.
　　　불꽃은 제 주위를 둥그렇게
　　　찬란히 빛나면서
　　　세계를 구별 짓지만
　　　그 바깥에 있는 어떤 존재도 불꽃을 모릅니다.

　　　그러나 어둠은 모든 것을 자기 품에 품고 있습니다.
　　　형상들과 불꽃, 짐승들과 나를,
　　　인간과 모든 세력까지도
　　　잡아챕니다.

　　　어쩌면 바로 내 곁에서 어떤 위대한 힘이
　　　움직이고 있는지도 모릅니다.

　　　나는 밤을 믿습니다.

—릴케, 김재혁 역, 『기도시집─수도사 생활의 서』 부분

촛불을 켜면 면경의 유리알, 의롱(衣籠)의 나전(螺鈿), 어린것들의 눈망울
과 입 언저리, 이런 것들이 하나씩 살아난다.

차차 촉심(燭心)이 서고 불이 제자리를 정하게 되면, 불빛은 방 안 그득히
원을 그리며 윤곽을 분명히 한다. 그러나 아직 이 윤곽 안에 들어오지 않
은 것이 있다. 들여다보면 한바다의 수심(水深)과 같다. 고요하다. 너무 고
요할 따름이다.

—김춘수, 「어둠」 전문

"불꽃은 제 주위를 둥그렇게/찬란히 빛나면서/세계를 구별 짓지
만"(릴케), "불빛은 방 안 그득히 원을 그리며 윤곽을 분명히 한다"(김춘
수). "그러나 어둠은 모든 것을 자기 품에 품고 있습니다./형상들과 불
꽃, 짐승들과 나를,/인간과 모든 세력까지도/잡아챕니다."(릴케), "[어
둠은] 한바다의 수심과 같다. 고요하다. 너무 고요할 따름이다."(김춘수)

김춘수가 1951년 출간한 『릴케 시초─동경』만 유독 두드러지게
누락시킨 까닭은 어디에 있는가.

①

지금 세계의 어디메서인가 울고 있는,

까닭 없이 세계에서 울고 있는 사람은,

나를 우는 것이다.

지금 밤에 어디메서인가 웃고 있는,

까닭 없이 밤에 웃고 있는 사람은,

나를 웃는 것이다.

지금 세계의 어디메서인가 걷고 있는,
까닭 없이 세계에 걷고 있는 사람은
나에게로 걷고 있는 것이다.

지금 세계의 어디메서인가 죽는,
까닭 없이 세계에서 죽는 사람은
나를 가만히 쳐다보고 있다.

　　　　　　　　　—릴케, 김춘수 역, 「엄숙한 때」 전문

②
누가 죽어 가나 보다
차마 감을 수 없는 눈
반만 뜬 채
이 저녁
누가 죽어 가는가 보다.

살을 저미는 이 세상 외롬 속에서
물같이 흘러간 그 나날 속에서
오직 한 사람의 이름을 부르면서
애 터지게 부르면서 살아온
그 누가 죽어 가는가 보다.

풀과 나무 그리고 산과 언덕

온 누리 위에 스며 번진

가을의 저 슬픈 눈을 보아라

정녕코 오늘 저녁은

비길 수 없이 정한 목숨이 하나

어디로 물같이 흘러가 버리는가 보다.

—김춘수, 「가을 저녁의 시」 전문

　죽음에 관한 릴케의 관견은 "오 주여, 저마다 고유한 죽음을 주소서./사랑과 의미와 고난이 깃든/삶에서 나오는 그 죽음을 주소서"에 응축되어 있다(『기도시집-가난과 죽음의 서』). "고유한 죽음"이란 삶 속에 사랑과 고난이 있었으므로 유의미한 존재를 찾아가는 본래성을 띠고 있다는 것. 릴케의 시 「백의의 후작 부인」에서 "누가 죽어 간다면 죽음만은 아니리. 어떤 사람이 살아가면서도 살아 있다는 사실을 알지 못하고 있다면, 죽음은 바로 거기에 있는 것이고, 또한 어떤 사람이 전연 죽지 않을 수 있다면 죽음은 또한 거기에 있는 법이니 죽음은 많은 것이야."[15]와 같다. 죽음만 죽음이 아니라, 살아 있으면서 살아 있음을 느끼지 못하는 것과 살아서 죽고 싶어도 죽지 못하는 것 역시 죽음이라는 것. 따라서 살아서 유의미한 존재를 찾아 나선 것만으로도 "고유한 죽음"을 지닐 수 있다고 한다. "고유한 죽음"은 삶의 궁극이며 절정이다. 릴케는 삶 속에서 울고, 웃고, 어디론가 가고, 어디선가 죽어 가는 그 사람이란 '나'를 응시하는 "고유한 죽음"인 까닭에 단순한 '고독'을 넘어선, 지극히 엄숙하고 장엄한 자아 성찰의 시간으로

---

15 O. F. Wollnow, 『삶의 철학』, 백승균 역, 경문사, 1979, 170쪽.

보았다.

이에 반해 위 김춘수의 시는 죽음을 감성적으로 물화된 상상력으로 펼쳤다. "차마 감을 수 없는 눈/반만 뜬 채/이 저녁" 햇살이 이울어스러지듯 "누가 죽어 가는가 보다." "살을 저미는 이 세상 외롬 속에서/물같이 흘러간 그 나날"처럼 무연(憮然)히, 크게 낙심하여 허탈해하거나 멍하니 흘러가는 죽음을 본다. 그것은 "가을의 저 슬픈 눈"을 띠고, "비길 수 없이" 정(精)한 죽음으로 "물같이 흘러간"다. 견줄 길 없이 엄청나게 곱디고운 죽음을 향한 애도를 감성적으로 그려 내었다.

위 두 작품이 지향하는 깨우침으로서 오성(悟性)과 감성의 세계는 다르다. 김춘수 시의 죽음이 물화된 상상력과 함께하는 상응(correspondence)의 세계라고 한다면, 릴케의 죽음은 감성적으로 느끼기보다 '나'를 응시하는 "고유한 죽음"으로서 새로운 깨우침에 이르는 세계이다.

그럼에도 불구하고, "까닭 없이" 어처구니없는 우연성 아래, 이름도 없이 무연하게 죽거나, 죽음처럼 무망(無望)하게 살아가는 삶을 응시하는 것은 릴케의 시적 발상(發想)으로부터 비롯되었다는 인상을 지울 수 없다.

①
마리아
당신의 우심을-나는 알고 있습니다.
나는 또한 울고 싶습니다.
당신을 위하여
이마를 돌 위에 대고
울고 싶습니다……
당신의 두 손을 뜨거우시다

그 밑에 건반을 밀어 넣을 수가 있으면
당신의 노래 하나 남은 것이지만,

그러나 시간은 죽는 것, 유언도 없이
어찌하여, 어찌하여 당신의 무릎에서
마리아 그렇게도 많은 빛과
그렇게도 많은 슬픔이 왔습니까.
당신의 신랑은 누구였습니까.
     —릴케, 김춘수 역, 「마리아에 소녀의 기도」 부분

②
너를 위하여 피 흘린
그 사람들은
가고 없다

가을 벽공(碧空)에
벽공을 머금고 익어 가는 능금
능금을 위하여 무수한 꽃들도
흙으로 갔다

너도 차고 능금도 차다
모든 죽어 가는 것들의 눈은
유리같이 차다

가 버린 그들을 위하여

돌의 볼에 볼을 대고

누가 울 것인가

—김춘수, 「죽어 가는 것들」 전문

릴케의 시가 이르는 곳마다, 죽음과 넋을 달래는 진혼이 가득한 것
은 널리 알려진 일이다. 위 ① 릴케의 시는 "마리아, 당신은 우리에게
정답게 하지 않으면 안 됩니다. 우리들은 당신의 피에서 꽃피었습니
다."라고 시작한다. 우리들은 "영혼의 소녀" 원죄 없이 잉태되신 성모
마리아의 피에서 꽃핀 존재이다.

릴케에게 있어 꽃은 탄생의 표상이다. 그러나 꽃 떨어짐, 혹은 꽃
이 꺾임, 이를테면 "꺾여진 꽃송이들을 위해 한밤 내내 울 수 있었다.
그레텔아, 너는 태어날 때부터 그처럼 일찍 죽을 운명이었다."의 경
우, 죽음의 표상이기도 하다(릴케, 「진혼곡—클라라 베스트호프에게 바칩니
다」). "5월의 정취가 무르익어 가는 곳에/우리는 당신의 정원에 해마
다 서서/감미로운 죽음의 열매를 맺을 나무들입니다." 그런데 "우리
는 눈도 못 뜬 채로 죽음을 맞는" 꽃이다.

바람도 없는데 꽃이 하나 나무에서 떨어진다. 그것을 주워 손바닥에 얹
어 놓고 바라보면, 바르르 꽃잎이 훈김에 떤다. 화분(花粉)도 난다(飛). 「꽃이
여!」라고 내가 부르면, 그것은 내 손바닥에서 어디론지 까마득히 떨어져
간다.

지금, 한 나무의 변두리에 뭐라고 이름도 없는 것이 와서 가만히 머문다.

—김춘수, 「꽃 2」 전문

위 김춘수의 시에서 "꽃이여"라고 이름을 부르는 순간, "까마득히

떨어져 간다"라는 꽃의 존재란 무엇인가. "이 삶은 죽음을 낯설고도 힘겹게 만들기에/그 죽음은 우리의 죽음이 되지 못합니다./미처 성숙하기 전에 우리를 덮치는 죽음입니다."(릴케, 『기도시집-가난과 죽음의 서』) 말하자면 릴케가 사랑했던 루 살로메의 동거인이었던 니체가 말하듯 "인간의 생존은 근본적으로 결코 완성되어질 수 없는 하나의 미완료형, 하나의 중단되지 않는 과거 존재이며, 또한 자기 자신을 삼켜 버리는 자가당착에 빠져서 살아가는 하나의 사물"[16]과 같은 존재인 까닭에 미성숙의 죽음과 조우하는 것이다.

위 ② 김춘수의 시에서 "능금을 위하여 무수한 꽃들도/흙으로 갔다"라는 것은 릴케가 말하는 미성숙의 죽음을 표상한다. 그런 죽음을 대상의 지배적 인상 "너도 차고 능금도 차다"는 감각적 지각으로 감지한다. "모든 죽어 가는 것들의 눈은/유리같이 차다". 삶과 죽음의 세계를 차단하여 가르는 유리의 서늘하고 차가운 느낌이 "죽어 가는 것들의 눈"에 응집되어 포착된다. 가 버린 그들을 위해 할 수 있는 일이란 "돌의 볼에 볼을 대고" 우는 일이다.

마치 위 ① 릴케의 시에서 '당신'도 울고, '나'도 울고 "당신을 위하여/이마를 돌 위에 대고" 울 듯, "그러나 시간은 죽는 것, 유언도 없이" 무시간성으로, 존재의 무화로 치닫는 것이다. 김춘수는 이를 "할 일 없이 세월은 흘러만 가고/꿈결같이 사람들은/살다 죽었다"라고 하였다(김춘수, 「부재」).

릴케의 시와 김춘수의 시에 나오는 '돌'이란 무엇인가.

①

---

16 O. F. Wollnow, 『삶의 철학』, 40쪽.

누군가, 즐거운 생명을 버리도록

나를 사랑함은 누군가

만약 한 사람이 나 때문에 물에서 죽으면

나는 다시 돌에서 풀리어

생명에로 생명에로 돌아갈 것이다.

나는 그처럼도 울어예는 피를 그리워한다.

돌은 참으로 고요하다.

나는 생명을 꿈꾼다. 생명은 좋다.

나를 소생시킬

용기를 아무도 안 가졌는가

　　　　　　　　　　　—릴케, 김춘수 역, 「석상의 노래」 부분

②

돌이여,

그 캄캄한 어둠 속에 나를 잉태한

나의 어머니,

(중략)

당신의 가장 눈부신 어둠 속에

나의 이름은

감추어 두십시오,

그 한 번도 보지 못한 나를 위하여

어둠 속에 사라진 무수한 나……

돌이여,

꿈꾸는 돌이여,

—김춘수, 「돌」 부분

위 시 ① 릴케 시의 돌은 "생명을 꿈"꾸는 존재이다. 이 시가 "릴케 초기 단막극 『백색 여왕』과 내용상으로 상당히 일치"[17]하는 것으로 미루어, 돌은 사랑의 결실을 꿈꾸는 기다림의 표상이기도 하다. 위 시 ② 김춘수 시의 돌은 "캄캄한 어둠 속에 나를 잉태한/나의 어머니"로서, 마치 릴케가 말하듯 "당신의 피에서 꽃피었"으며 "이마를 돌 위에 대고"라는 성모마리아 석상과 흡사하다. 위 시 화자는 "어둠 속에 사라진 무수한 나"가 응결된 돌, 꿈꾸는 돌을 기다리고 있다.

①
잎이 떨어진다, 멀리에서인 듯 떨어진다
하늘의 빈 뜰이 마르는 것같이
무엇을 부정하는 몸짓으로 떨어진다

그리고 무거운 땅은 밤과 밤에
모든 별 속에서 적막으로 떨어진다

우리들은 모두 떨어진다. 이 손도 떨어진다.
다른 것을 보아라. 모든 것에 낙하(落下)가 있다.

그러나 한 사람이 있다. 이 낙하를

---

17 릴케, 『형상 시집』, 김재혁 역, 책세상, 1994, 21쪽의 각주 참조.

끝없이 상냥한 두 손으로 떠받고 있는 사람이.

—릴케, 김춘수 역, 「가을」 전문

②

가을에 나의 시는

두이노 고성(古城)의

라이너·마리아·릴케의 비통(悲痛)으로

더욱 나를 압도(壓倒)하라.

압도하라.

지금 익어 가는 것은

물기 많은 저들 과실이 아니라

감미(甘味)가 아니라

4월에 뚫린

총알구멍의 침묵이다.

캄캄한 그 침묵이다.

—김춘수, 「가을에」 부분

위 시 ① 릴케의 시에서 '떨어진다(fallen)'가 무려 일곱 번이나 반복된다. 1연 2행, 릴케의 원시 "저기 아득한 곳에서 떨어진다"를 김춘수는 "하늘의 빈 뜰이 마르는 것같이"처럼 감각화하여 표상하였다. 2연 1행 원시 "밤마다"를 "밤과 밤에"로 하여 어둠을 극대화하였다. 4연 원시 "한없이 부드럽게"를 "끝없이 상냥한"으로 하였다. 하염없이 떨어지는 것으로 치닫는 절망의 끝자락에 이 모든 것을 "두 손으로 떠받고 있는" 신의 존재가 띄는 시적 장력, 죽음을 끌어당겨 안아 내는 신의 공간의 위대함이 극대화되었다.

이 시를 기억해서일까. 김춘수는 위 시 ②를 4.19 혁명에 스러진 영령, "총알구멍의 침묵", "캄캄한 그 침묵" 폭압적 현실에 둔중한 침묵처럼 무겁고 어둡고 흐리게 다가선 죽음을 말하였다. 그것은 릴케의 시 「가을」에 나오는 무수한 이파리의 떨어짐(fallen)에 압도당하는 절망이며, "물기 많은" 것이 아닌 "하늘의 빈 뜰이 마르는 것"과 같은 메마름으로 다가섰다.

5.

위의 글은 문학의 독창성을 중시하는 원론에서 마땅히 적잖은 저항을 불러일으킬 것이다. 괴테가 에커먼과의 대화에서 자기의 작품 중에 문학적 영향을 입은 흔적을 캐 보려는 시도에 대해 "살찐 인간에게 그가 지금까지 섭취한 영양의 근원인 소, 돼지, 양 등의 수를 물어보라"고 반문한 것과 같다. 다만 블록(Haskell M. Block)이 지적하는 바와 같이 문학이 발생하는 통로가 상호 영향과 교감이라는 차원에서 되짚어 보자는 것을 밝혀 둔다.

특히 김춘수의 경우, 릴케의 정신과 창작 태도(특히 '나'를 버려야 진정한 '나'를 찾는 길, 물질적 세계와 정신적 세계가 영성을 지니는 내면의 풍경)를 알아차림으로써 사물시의 독자성을 열어 나갈 수 있었다는 것은 예사롭게 지나칠 일이 결코 아니다. 더 나아가 꼼꼼하기 짝이 없는 그가 여하간의 술회와 자신의 글에도 등장하지 않고 누락시킨 그의 역시집 『동경』은 에스깔비의 이른바 "창조적 배반"을 떠올릴 만큼, 시적 언어는 물론 새로운 리얼리티로서 자신의 작품 세계에 고스란히 들여 쓰고 있다는 것도 주목해야 한다. 릴케의 삶의 태도와 죽음의 관점을 자신의 작품에 재현하는 모방풍(parodish) 역시 김춘수의 초기 시를 읽어내는 주요한 실마리가 될 것을 믿어 의심치 않는다.

마산 3.15 의거시의 정신사

1. 들머리

마산 3.15 의거에 대한 역사적 평가는 4.19 혁명의 단초(端初)로 올바르게 자리 잡았다. 혁명의 서곡, 혁명의 분화구와 같이 혁명의 시작이며 억눌린 분노가 솟구쳐 뿜어져 나옴에 비견된다. 독재가 종식되고 희망의 새날이 열릴 것이라 지극히 막연하지만, 실낱같은 믿음을 지녔던 순박한 시민들의 답답하고 분한 마음이 깨어져 부서지더라도 항거하지 않고는 견딜 수 없었다는 것. 부정한 이들의 농단에 제 잇속만 채우는 그들만의 법과 정의가 서슬 퍼런 학생들의 맵찬 눈초리와 외침, 그 용감한 저항에 비루먹은 것. 영원할 것 같던 독재 권력의 칼날보다 무서운 것이 칼날에 맞아도 두려움이 없었던 알몸의 저항이라는 것을 마산 3.15 의거는 오늘날까지 웅변(雄辯)하고 있다. 뚜렷하고 당당하여 막힘이 없이 넓고 시원시원했던 마산의 정신과 기운이었다. 거듭 강변(强辯)하건대, 마산 3.15 의거는 4.19 혁명의 시녀가 아니다. 불법 부정선거에 길항(拮抗)하는 정치적 쟁점으로 촉발되었다는 미시적 관점을 넘어서, 4월 11일 김주열 군의 시신이 인양되면서 2차 의거는 독재와 폭압이라는 정치적 등식을 초월한 인간 존엄성의 극단적 폐기에 관한 마산 시민 전체의 분노이며, 대한민국 국민의 분노로 승화되었다는 점에서 그 역사적 의의가 더할 수 없이 크다. 승화란 모두가 고개를 끄덕거릴 울분에서 더 나아가 궁극적으로 민주화의 열망, 그 변혁의 접점을 이끈 소실점과 같다.

따라서 이러한 역사적 의의를 다하고 있는 마산 3.15 의거가 시적으로 어떻게 승화되었는가에 관한 연구와 비평은 현실적이거나 이념적인 범주를 넘어서 문학적 소명과 같은 것이다. 엄혹한 시기 자책지변(自責之辨)의 회한에 머물러 있던 당대 시인들의 세계관에 반성과 성찰을 편달(鞭撻)했던 3.15 의거, 바꾸어 말해 정의의 채찍이 시인의 종아리를 내리쳤던 것을 되살려 보는 것은 오늘날 시인들의 종아리를 살펴보는 거멀못이 될 터이기 때문이다. 당대 현실에 관한 문학적 응전이란 과거 1960년 3월 15일에 그친 게 아니라, 오늘날에도 엄존하며 내일을 향한 시인의 뼈아픈 성찰일 터이다. 마산 3.15 의거 그 과거의 그늘에 숨어 앵무새처럼 자유와 정의를 읊조릴 것이 아니라, 시인과 평론가 모두 항쟁의 눈부신 햇살에 당당하게 서자. 짐짓 정의로운 척하거나, 사실은 그렇지 않음에도 정의의 투사이거나 태생적 정의의 화신처럼 보이기 위해 의식적으로 그럴듯한 작품을 쓰는 것 모두 벗어던지고 알몸으로 서자.

2. 의로운 죽음에 대한 만장(輓章)

한국전쟁기 이후, 우리나라의 1950년대란 무엇인가. 굶주리고 아파하고 괴로워할 수밖에 없는 삶의 정황, 간신히 숨구멍만 틔워 살아야 했던 비극적 연대가 아니었을까. 절량(絕糧)의 현실에 낮의 황량함과 밤의 음산함을 끼고 돌던 인간의 무기력 혹은 적자생존에 칼날처럼 베어지던 삶이 아니었을까. 부정적 단어인 보복과 무고(誣告), 레드 콤플렉스와 연좌제, 무소불위의 독재 권력 앞에 당대 지식인의 양태는 어떠했을까. 변화와 발전, 혁신과 생성을 외치기에 앞서, 당대 현실은 지식인에게 공동(空洞)의 정신을, 화석화된 사고를, 정신적 자기 파산을 선언해야 살아남는다고 쾌치지 않았을까. 그럼에도 시인이어서, 허무혼이라는 이름으로 시가 가능했지만, 꿈꾸지 않는 시인은 역사와 시대 앞에 죄를 짓는 것이어서 다음과 같은 시를 썼다.

아아 나의 이름은 나의 노래
목숨보다 귀하고 높은 것
마침내 비굴한 목숨은
눈을 에이고 땅바닥 옥에
무쇠 연자를 돌릴지라도
나의 노래는
비도(非道)를 치례하기에 앗기지는 않으리
들어보라
저 거짓의 거리에서 물결쳐 오는
뭇 구호와 빈 찬양의 헛한 울림을
모두가 영혼을 팔아 예복을 입고
소리 높여 목청 뽑을지라도

여기 진실은 고독히
뜨거운 노래를 땅에 묻는다

　　　　　　　　　　—유치환, 「뜨거운 노래는 땅에 묻는다」 부분

위 시는 1960년 3월 13일, 『동아일보』에 게재되었다. 같은 해 3월 『새벽』에 게재한 「하늬바람의 노래」가 3.1 독립만세운동을 기리며 "살벌한 노기들이 담겨 있지 않은가?/오직 검정 누더기들의 이 Mob 떼는/천의 입, 만의 입으로 부르짖는다"라고 하였다. 3.1 독립만세운동을 빌어 와 작금의 대중들이 성난 기세로 나아가고 있음을 암시하였다. 검정 누더기로 표상되는 가난한 인간 군상, 은연중 너나 할 것 없이 폭도로 내몰리더라도 열띤 "천의 입, 만의 입"으로 억누르지 못할 슬픔과 고통을 터뜨릴 하늬바람의 기운을 읽고 있다. 이들의 기운을 감지하는 자가 시인이다.

굶주리고 아파하고 괴로워할 수밖에 없는 삶의 정황에서도 숨구멍을 알아차리는 자, 죽음에서 삶이 있다고 상상하는 자가 시인이다. 유치환은 "나의 노래"인 시를 "목숨보다 귀하고 높은 것"이라 하였다. 드디어 마지막에 이르러 설령 "비굴한 목숨"이 눈을 도려내듯 베이고, 감옥 같은 지상에 무쇠 연자(硏子)에 갈아 짓이겨져도 '나'의 시는 도리에 어긋난 것에 치례하여 아유(阿諛)하지 않겠다는 결기로 가득하다. 지금은 자유당의 부패 정치가 "거짓의 거리"에서 "뭇 구호와 빈 찬양의 헛한 울림"이어도, "여기 진실은 고독히/뜨거운 노래를 땅에 묻는다". 고독하나 진실을 노래하는 시는 새로운 희망을 싹틔울 뜨거운 노래가 될 것을 믿어 의심치 않는다. 다음은 1959년 1월 1일자, 『경향신문』 1면에 실린 조지훈의 시이다.

찢어진 신문과 스피커 뒤로 난무하는 총칼, 이 백귀야행(百鬼夜行)의
어둠을 어쩌려느냐, 정말로 정말로 잔인한 세월이여

새 아침 옷깃을 가다듬고 죽음을 생각한다

육친의 죽음보다 더 슬픈 이 민주주의의 조종(弔鐘)이여

진주를 모독하는 돼지,

그 돼지보다도 더 더럽게 구복(口腹)에만 매어서 살아야 할

이 삼백예순날을 울이라, 삼만육천 날을 울기만 할 것인가

원통한 백성들이여

—조지훈, 「우리는 무엇을 믿고 살아야 하는가

그것을 말해 다오 1959년이여」 부분

가혹하리만치 혹독했던 언론 탄압, 모질고 악한 총칼의 위협을 휘두르는 탈법 정권의 하수인들은 마치 백귀야행의 모습을 띠고 있다. 온갖 잡귀가 밤에 나다니듯 해괴한 짓을 하는 무리가 당대를 어둠의 나라로 만들고 있다. 나라가 어지러움에 "새 아침 옷깃을 가다듬고 죽음을 생각한다"라고 한다. 살과 피를 이어받은 육친의 죽음보다 더 슬픈 민주주의의 죽음을 애도하는 조종을 울린다.

포악한 독재 권력은 마치 "진주를 모독하는 돼지"의 형상이다. "거룩한 것을 개들에게 주지 말고, 너희의 진주를 돼지들 앞에 던지지 마라"를(「마태복음」 7장 6절) 인유하여 신성한 민주주의를 모독하고 짓밟는 "그 돼지보다도 더 더럽게" 먹고살기 위하여 채워야 하는 입과 배에만 매어서 살아야 할, 일 년 삼백예순날, 더 나아가 독재 십 년 내내 "울기만 할 것인가/원통한 백성들이여"라고 통분해하고 있다.

마침내 마산 3.15 의거와 4.19 혁명의 역사가 도래하였다. 신동문의 「아! 신화같이 나타난 다비데群들」이 4.19의 한낮, "빈 몸에 맨주먹/돌알로서 대결하는 (중략) 쓰러지고/쌓이면서/한 발씩 다가가는 (중략) 혀를 깨문/안간힘의/요동치는 근육/뒤틀리는 사지/약동하는 육체"로 4.19 혁명을 감지했다면, 마산 3.15 의거시의 시적 리얼리티

는 김춘수의 「베꼬니아의 꽃잎처럼이나」가 단연코 압권이다.

> 남성동 파출소에서 시청으로 가는 대로상(大路上)에
> 또는
> 남성동 파출소에서 북마산 파출소로 가는 대로상에
> 너는 보았는가…… 뿌린 핏방울을
> 베꼬니아의 꽃잎처럼이나 선연했던 것을……
> 一九六〇년 三월 十五일
> 너는 보았는가…… 야음(夜陰)을 뚫고
> 나의 고막(鼓膜)도 뚫고 간
> 그 많은 총탄의 행방을……
>
> 남성동 파출소에서 시청으로 가는 대로상에서
> 또는
> 남성동 파출소에서 북마산 파출소로 가는 대로상에서
> 이었다 끊어졌다 밀물 치던
> 그 아우성의 노도(怒濤)를……
> 너는 보았는가…… 그들의 애띤 얼굴 모습을……
> 뿌린 핏방울은
> 베꼬니아 꽃잎처럼이나 선연했던 것을……
> ─김춘수, 「베꼬니아의 꽃잎처럼이나─3.15 마산 사건에
> 희생된 소년들의 영전에」 전문

위 시는 1960년 3월 28일, 『국제신문』에 게재되었다. "남성동 파출소에서 시청", "남성동 파출소에서 북마산 파출소로 가는 대로"로

나아갔던 시위대를 향한 경찰의 발포라는 사실적 국면을 제시하였다. 그날 흘린 핏방울과 밤의 어둠, "고막도 뚫고 간/그 많은 총탄"의 정황을 직접 보고 듣고 말한다. 2연에 반복되는 같은 공간과 정황은 마산 바다와 같이 "끊어졌다 밀물 치던/그 아우성의 노도"로 치달려 나아가던 시위대의 저항을 말하였다.

시적 대상의 현장성을 바탕으로, 시적 청자 '너'에게, "보았는가"라는 지극히 당연한 물음을 제기하여 강조하는바, 1연에 "뿌린 핏방울을", 2연에 "애띤 얼굴 모습을" 나란히 놓았다. 구체적이며 사실적인 국면으로 인하여 자연스럽게 떠올려진 심리적 국면으로서 연상 체계, 그 중심을 이루는 것이 "베꼬니아의 꽃잎처럼이나"이다. 베고니아의 불그레한 꽃은 꽃꼭지가 아래쪽의 꽃일수록 길며, 위쪽일수록 짧아 각 꽃꼭지의 꽃이 거의 편평하게 늘어서 피는 우산 꼴의 꽃차례를 지녔다. 그러한 까닭에 마치 핏방울이 점점이 흩뿌려진 모습으로 선연(鮮然)하다. 실제로 보는 생생함으로 다가서는 희생자와 부상자의 핏방울과(개작 이전에는 양미간에 어리던 죽음의 혼기(魂氣)) 살아서 앳된 얼굴의 볼마다 저항의 붉은 기운을 띠고 달려 나가던 모습이 마산 3.15 의거의 현장이다.

1960년 4월 11일 오전 11시경, 마산시 신포동 중앙부두 앞 200여 미터 떨어진 바다에서 김주열(金朱烈) 군의 시신이 떠올랐다. 가장 먼저 현장에 달려온 부산일보 마산 주재 허종(許鍾) 기자는 참혹한 모습으로 조류에 흔들거리는 김주열 군의 시신을 단독으로 촬영 보도하는 한편, 4월 12일자 '사진으로 본 제2의 마산 사건'이라는 전면 사진 특집과 더불어 석간 1면에 김태홍의 아래 시가 게재되었다.

　　마산은

고요한 합포만 나의 고향 마산은

썩은 답사리 비치는 달그림자에
서정을 달래는 전설의 호반은 아니다

봄비에 눈물이 말없이 어둠 속에 괴면 눈등에 탄환이 박힌 소년의 시체가
대낮에 표류하는 부두—

학생과 학생과
시민이

〈전우의 시체를 넘고 넘어〉
민주주의와 애국가와
목이 말라 온통 설레는 부두인 것이다

파도는
양심들은 역사에 돌아가 명상하고

붓은 마산을 후세에 고발하라
밤을 새며 외치고

정치는 응시하라 세계는
이곳 이 소년의 표정을 읽어라
이방인이 아닌 소년의 못다 한 염원을 생각해 보라고
무수히 부딪쳐 밤을 새는

피 절은 조류의 아우성이 있다.

—김태홍, 「마산은!」 부분

　위의 시에서 "파도"는 1950년대 김태홍이 예견하듯 말한 '도도한 항쟁의 노래'이며, 그가 혁명에 견주었던 "조류"는 "피 절은 조류의 아우성"이 되어, 우리 모두의 "양심"을 깨우치게 하고 있음을 밝힌다. 김태홍이 김주열의 주검을 두고, 파도와 조류 등의 상징적 표상으로 혁명의 당위성을 노래하는 것과 달리, 유치환의 아래 시는 직정적 시적 발화를 앞세우는 한편, 기억의 실존성을 반어를 통해 극대화한다.

—뉘가 이 주검을 거둘 게냐
그 회답과 증거를 위해
그대로 사라질 순 없는 불사신

아아 공기보다 인간에겐
자유림
희박해도 목숨할 수 없는 것

마침내 돌이킨 것을 노래하기 전
안공에 포탄을 꽂은 이 꽃을
거리거리 드높이 세우라

목숨보다 존엄한 것을 받들기 위하여
죽음보다 가중한 것을 잊지 않기 위하여

—유치환, 「안공에 포탄을 꽂은 꽃—金朱烈 군의 주검에」 부분

위의 시에서 유치환은 김주열을 "낙화한 꽃잎"으로 표상하여, 우리 앞에 주검으로 표연(飄然)히 돌아왔다고 말한다. 마치 꽃잎처럼 홀쩍 떨어져 나타났으나, 떠나는 모습이 거침없어 "그대로 사라질 순 없는 불사신"의 존재로 남은 이들에게 각인되었다는 것. 특히 남은 이들을 시적 청자로 하여 "안공에 포탄을 꽂은 이 꽃을/거리거리 드높이 세우라"라는 지극히 낯설고 차가운 비정(非情)함을 미학으로 승화하는 시적 발화야말로 마산 3.15 의거시의 압권이다. 앳된 소년의 눈에 포탄을 꽂은 폭력이란 다름 아닌 독재 권력이 국민을 능욕한 것을 적나라하게 보여 주는 것. 우리 역사의 수치와 욕됨을 "거리거리 드높이" 세워, "목숨보다 존엄한 것", "죽음보다 가중한 것을 잊지 않"을 것을 역설한다. 앞으로 이와 같은 죄를 거듭하여 저지를 때, 형벌을 더욱 무겁게 해야 할 것을 깊이 기억하도록 각인하였다. 섬뜩함을 불러일으키는 것을 극대화한 위 시는 적대적인 저항을 내포한다. 으르고 협박한 자들의 비인간적 살육, 독재와 폭압에 대한 저주까지 포괄하였다. 한편으로 이들의 만행을 밟고 우뚝 선 "이 기괴한 신"에 관한 추모와 경배(敬拜)의 마음을 담아내었다.

당대의 빼어난 시인은 아니더라도, 1960년 항쟁의 광장에서 비록 마산과 서울이라는 지리적 국면은 다르지만, 김주열의 큰 형뻘 나이대에 맞서 싸웠던 주문돈은 아래 시를 발표하였다.

최루탄이 박혔던
어린 소년의 바른편
눈은
무엇을 보았을까.
무엇을 보았기에

형제여, 너는

서슴없이 식어 갈 수 있었는가.

귀와

눈과

입이란 입은 모두

안으로 빗장을 걸고

너와

나는 다만 돌멩이의 시늉을 내고 있었는데,

형제여,

깊은 곳에서 밀려 나오는

어린 소년이 흘린

선혈의 움직임을 따라 달려간

형제여,

무엇을 보았기에 공포의

외곽에서

싱싱한 깃발을 흔들다 식어 갈 수 있었는가.

전차가 멎는 지점에서

구호를 입에 문 채 식어 갈 수 있었는가.

—주문돈, 「나와 키를 다투던 너는」 부분

    1960년 5월 19일 발행된 항쟁시집 『뿌린 피는 영원히』에 수록된 작품이다. 위 시는 혁명의 의의를 섣부르게 앞세우지 않는다는 점에서 눈여겨보아야 한다. 자유와 정의를 앞세운 역사로서의 혁명을 진술하는 게 아니라, 혁명에 뛰어들었던 살아 있는 자가 죽은 자의 눈을 응시하면서 그의 최후를 떠올린다는 점이 유별나다. 살아 있는 자로서 시의 화자는 시적 청자로서 김주열에게 "최루탄이 박혔던/어린 소년의 바른편/눈은/무엇을 보았을까./무엇을 보았기에/형제여, 너는/서슴없이 식어 갈 수 있었는가."라는 실존적인 질문을 던지고 있다. 무엇을 보았기에 죽음 앞에서 망설이거나 거침이 없이 자신을 내던지는(企投, geworfen) 선택, 현재를 초월하여 미래에로 자기를 내던지는 실존의 존재 방식을 구현할 수 있었는지를 묻는다.

항쟁에 뛰어든 "너와/나는 다만 돌멩이의 시늉을 내고 있었는데", "어린 소년이 흘린/선혈"을 따라 "형제여,/무엇을 보았기에 공포의/외곽에서/싱싱한 깃발을 흔들다 식어 갈 수 있었는가"라고 거듭하여 다시 묻고 있다. 죽음의 극한적 상황을 초월하여 어린 소년이 보았던 것은 무엇인가. 그것을 새삼 자유와 정의라고 해석하는 것이야말로 이들 죽음에 대한 모독이다. "이루지 못한 갈망"이 눈을 감는 순간, 최극단의 상황이 그야말로 지극히 열띤 상태로 나아가던 백열화(白熱化)에서, 캄캄한 어둠으로 암전(暗轉)되는 목숨을 지켜봐야 하는 순간의 정점에서 "죽어 간 형제"이다. "나와 키를 다투던 너는" "혼자서 손 닿지 않는 곳에 가 자라고 있다." 부재하지만 뚜렷이 존재하고 있음을 감지한 '나'는 '너'의 동무로서, '내'가 자라듯 '너' 역시 자라고 있다고 믿는다. 과거에 절멸된 존재로서 '네'가 아닌, 미래를 향해 자라고 있는 '너'의 존재, 그리고 '나'와 함께 자라는 실존적 인간으로서 '우리'에 관한 자각인 동시에 미래를 향한 지향으로 엄존할 것을 다짐한다.

마산 3.15 의거의 역사적 현장에서 시인들은 불의와 부정을 향한 뒤늦은 울분, 혹은 올 것이 오고야 말았다는 통한(痛恨)을 자유와 정의의 횃불과 함께 높이 치올리어 들었다. 역사는 살아남은 자의 변명이고, 그 변명은 정의롭게 죽은 자에 대한 상찬과 추켜세움 속에 가까스로 지키는 양심이었다. 김용호는 다음 글에서 당대의 지식인이며 시인으로서의 자괴감을 토로하였다.

> 三월 十五일! 내 고향 마산에서 기어이 분노의 물결이 일기 시작하였습니다. 그러나 솔직히 말씀드려서 하도 억눌린 슬픈 만성(慢性)은 그것이 민주혁명의 시발점이 되리라곤 예상하지 못했습니다. 얼마나 부끄러운 일이겠습니까. 四월에 접어들어서 심상치 않은 예감이 몇 번이나 내 머리를 스쳐 갔습니다. 행동(行動)이 거세된 마음만이 자꾸 초조해졌습니다. 그래서 오랜만에 붓을 들어 「내 고향 마산이여!」란 단문을 8일 밤에 써서 D일보에 보냈는데 어쩐 일인지 열흘 후인 18일 석간에야 그 글이 문화란에 게재되었습니다.[1]

그는 자신의 행동이 얼마나 비겁하며, 방관자로서 자성과 자괴를 금할 길이 없다고 말하고 있다. 젊은이의 피로, 죽음으로 맞이한 찬란한 아침에 실로 부끄러워 고개를 들 수가 없으며, 때늦으나마 속죄하고 기념하는 뜻에서 혁명시집 『항쟁의 광장』을 엮는다고 하였다.

> 화산이 터졌다. 불길이 용솟음쳤다.
> 억눌렸던 분노의 지열(地熱)이 일시에 치솟았다.
> 경보(警報)는 三월 十五일! 내 고향에서 울렸다.
> 남쪽 바다의 성난 파도가 그 신호였다.

---

1 김용호 편, 『항쟁의 광장』, 신흥출판사, 1960, 197쪽.

(중략)

여태까지 우리들을 슬프게 한 것
여태까지 우리들을 괴롭게 한 것
여태까지 우리들을 분하게 한 것

그 모오든 것은
이제부터 없어져야 한다.
송두리채 뿌리를 뽑아 버려야 한다.

「사사오입」도, 「사바사바」도 「빽」도 「나이롱국」도
「백주의 테러는 테러가 아니란」 궤변도
「가죽잠바」도 그렇다, 겨레를 좀먹는
모오든 어휘(語彙)들랑 없어져야 한다.

(중략)

四월은 따뜻하리라. 꽃은 활짝 피리라.
그리하여 우리들은 이렇게 노래하리라.
「四월은 가장 즐거운 달
산 흙에서 민주의 꽃을 키우고
기억과 원망(願望)을 뒤섞어서
찬란한 영광의 그날을 모두 회상하리라」고.
  ―김용호, 「해마다 사월이 오면―모든 영광은 「젊은 獅子들」에게」 부분

1960년 4월 28일 『조선일보』에 게재한 위의 시는 마산 3.15 의거로부터 4.19 혁명을 거쳐 이승만 대통령의 하야에 이르기까지를 "피의 승리"라고 선언하며, 혁명의 의의를 밝혀 말하고 있다. "우리들을 슬프게", "괴롭게", "분하게 한 것"이란, 정치권력의 부당함과 불공정성에서 야기된 온갖 모순과 부조리, 그로 인한 사회적 갈등과 적대감을 뜻하는바, 이를 일소(一掃)하고 "산 흙에서 민주의 꽃을 키우"는 희망적 다짐으로 충일하다. 살아 있는 자들이 할 일이란 불합리한 사회체제에 관한 냉소주의적 경멸, 혹은 스스로 허무주의적 치욕의 굴레를 벗어던지고 새로운 신념을 회복하여 정의로운 사회를 이루려는 것이다. 이상주의적 낙관론이 혁명의 지향점과 혼효되어 이른바 죽은이들의 뜻을 오늘에 되살려 미래 속에 민주주의를 꽃피우는 것으로 수렴되고 있다.

마산 3.15 의거, 4.19 혁명에 즈음하여 시인이자, 지식인으로서 뒤늦은 부끄러움의 인식, 이른바 자성과 자괴감은 조지훈의 다음 글이 대표적이다.

현실에 눈감은 학문으로 보따리장수나 한다고 너희들이 우리를 민망히여겼을 것을 생각하면 정말 우린 얼굴이 뜨거워진다. 등골에 식은땀이 흐른다. 사실은 너희 선배가 약했던 것이다. 기개가 없었던 것이다. 매사에쉬쉬하며 말 한마디 못한 것 그 늙은 탓 순수(純粹)의 탓, 초연(超然)의 탓에어찌 가책이 없겠느냐.

　　　　　─조지훈, 「뉘들 마음을 우리가 안다─어느 스승의 뉘우침에서」 부분

한국전쟁기 이후, 제1공화국의 폭압적 정치권력에 맞서는 지식인을 용공 분자, 부역자, 연좌제 등으로 몰아세워 제거하는 터에, 게다

가 자칫 권력자의 눈 밖에 났다가 무고하게 핍박당할 처지에 놓이는 일이 부지기수(不知其數)이던 시대였다. 법은 있으나, 위정자의 통치를 위한 수단과 방편일 뿐이며, 전체주의 이념 아래 억압과 굴종이 지배하던 시대였다. 지식인들과 시인들은 시대와 역사의 죽음을 이야기하기보다 자신만은 죽지 말아야 한다는 일념으로 살았다. 죽지 않지만 죽은 것과 다를 바 없다는 허무로의 침윤(浸潤), 휴머니즘의 종말에 비례하여 실존주의는 팽배했으나 실존 의식은 없었던 까닭에 공소한 휴머니즘, 절망, 불안, 메아리 없는 학문과 시, 가책과 회한의 인간 군상이었다.

"사람이란 늙으면 썩느니라 나도 썩어 가는 사람"이라며 불합리와 불공정에 맞서는 씩씩한 기상과 절개도 없이, 스스로 삿된 욕심이나 못된 생각이 없다는 순수함과 단절된 현실에 아랑곳없이 제 홀로 의젓함만을 견지했던 자책이 가득하다. 사실 조지훈 시인의 위대함이 자신에게 결코 부끄럽지 않으나, 조국과 민족을 향해서는 지극한 부끄러움을 죄다 드러내서 말하는 진정성에 있다는 것은 잘 알려진 일이다. 자책과 더불어 죽음을 조상하는 추도시의 전형에 다음 시가 있다.

손에 잡힐 듯한 봄 하늘에
무심히 흘러가는 구름이듯이
피 묻은 사연일랑 아랑곳 말고
형제들 넋이여, 평안이 가오.

광풍(狂風)이 휘몰아치는 쑥대밭 위에
가슴마다 일렁이는 역정(逆情)의 파도
형제들이 틔워 놓은 외가닥 길에

오늘도 자유의 상열(喪列)이 꼬리를 물었오.

형제들이 뿌리고 간 목숨의 꽃씨야

우리가 기어이 가꾸어 피우고야 말리니

운명보다도 짙은 그 바램마저 버리고

어서, 영원한 안식의 나래를 펴오.

— 구상, 「鎭魂曲—馬山 희생자를 위하여」 전문

　위의 시는 죽은 이를 두고 벌이는 혁명적 이념을 크게 앞세우지 않았다. 의거의 정황을 "광풍이 휘몰아치는 쑥대밭"으로, 살아남은 자들이 지닌 성난 마음 그 역정(逆情)을 "파도"로 표상하였다. 위의 시에서 화자는 "피 묻은 사연일랑 아랑곳 말고" 평안히 갈 것을, 그리고 "영원한 안식"에 들 것을 조문의 방식으로 말하고 있다. 미친 바람으로 몰아치는 폭압의 쑥대밭을 헤치고 외가닥 길을 만든 그대들이 있었기에 오늘도 많은 이들이 그 길을 따라가고 있을 터이다. 따라서 그대들은 "목숨의 꽃씨"이며, 남은 자들은 그것을 "기어이 가꾸고 피우고야 말리니"라는 결의로 충만하다.

　전체적으로 1960년대 마산 3.15 의거시는 추도(追悼)의 시적 자장 아래 있었다. 죽은 이를 생각하며 슬퍼하지만, 혁명에 주체적으로 뛰어들지 못한 자신에 대한 부끄러운 자괴감이 공존하는 시적 자장에 있었다. 한편으로 정의롭게 저항조차 못 했던 역사적 책무에 면책이라도 받을 듯, 너나 할 것 없이 죽은 이들을 상찬하는 것으로, 문득 갑자기 정의로워진 정치인, 지식인 혹은 시인들이 앞다투어 나서는 것을 두고 정진업은 "땅 보고 하늘 우러러 몸 둘 곳 없이 부끄럽구나. 젊은 영웅들의 핏자국이 마르기도 전에, 그 자리에 다시 새로운 춤을 벌

여 보겠다는 꼭두각시들이 있거든 숙연히 가슴 여미고 자괴하라."라
고 꾸짖었다.(「동방의 등촉에 불이 붙었다」, 『마산일보』, 1960.5.23.)

죽은 이들에 대한 상찬으로 보상적으로 위무받는 위선적 행위에
대해 유치환은 다음의 앤솔러지로 경계하였다.

> 못다 죽은
> 애달픈 주검을
> 버꾸기는 저리 울어예는데
>
> 여기
> 상주와 弔客들은
> 輓章의 글귀를 두고 말썽들이요.
>
> ─유치환, 「四月 哀歌」 전문

3. 비극적 희생을 기억하다

1960년대 마산 3.15 의거, 그 항쟁의 역사는 과거 존재로 전락하
였는가. "존재 망각이란 존재와 존재사의 차이의 망각이다. 존재사
는 존재 망각과 같이 시작된다."(M. 하이데거, 「숲속의 길」) 이 말을 마산
3.15 의거에 원용하여 가설을 세우면 다음과 같다.

자유와 정의를 향한 민주화라는 근원적인 진리를 향한 끊임없는
투쟁의 역사, 말하자면 과거 마산 3.15 의거가 있고, 당대 대항 담론
으로서 민주화의 논의는 여전히 유보되어 있으며, 아득한 미래에도
불합리와 불공정이 있는 자리에 저항 정신은 엄존할 것이라는 영원성
에 바탕을 두고 있는가. 마산 3.15 의거 이후, 5.16 군사쿠데타, 박정
희 대통령의 유신 독재, 10.18 부마민주항쟁, 신군부의 12.12 군사

반란, 5.18 광주민주항쟁, 전두환의 군사독재, 노태우의 위대한(?) 보통 사람들의 시대 등을 거쳐 오늘에 이르기까지의 정치철학과 사상, 사회현상과 문화라는 근원적인 존재의 진리 탐색에 있어, 불합리와 불공정, 모순과 부조리에 버티어 대항하는 존재사, 3.15 의거의 정신사를 굳게 지니거나 지켜 왔는가. 이를테면 1950년대 엄혹한 시기에, 앞선 조지훈의 시처럼, 독재와 폭압의 심장을 찌르는 시가 우리 지역 시인들에게서 끊임없이 발현되었는가.

탄흔 가득한
무학국교 교정을
들킨 아이처럼
힐눈을 뜨고 지나갔다

노오란 하늘을 배경으로
까마귀 몇 마리
무심히
날고

먼지 속을
덜컹거리며
마차가 한 대
흘러갔다

김주열은 도립병원 영안실에서
절대 자유

절대 정적에 싸여 있다

왼쪽 눈으로
녹슨 최루탄을
박고 있다

불종거리를 행진하는 자들은
배가 고프다

―잡을 수 없는
  자유라는 이름의
  뜨거운 빵

변함없이
한 접시의 비도
오지 않았다
아득히 총소리가 들렸다
깨고 싶은 꿈처럼

흘러가고

흘러갔다.

―고영조, 「1960.3.15」 전문

위의 시는 괴테의 「방랑자의 밤 노래(Wandrers Nachtlied―Ein gleiches)」의 구절을 시의 변주로 인유하면서 쓴 베르톨트 브레히트의 「숨결에 관한 리투르기(Liturgie vom Hauch)」를 떠올릴 만큼 흡사하다.[2] 브레히트의 시는 시신 모티브로부터 수만의 사람들이 죽어 나가던 독일의 혹독한 기근 체험[3]을 시의 제재로 삼았다. 군대가 빵을 다 먹어 버린 모순과 부조리에 의한 희생자인 늙은 노파와 그에 관해 문제를 제기하는 이들에게 가해지는 폭력적 진압, 희생 그리고 썩어 가는 시체. 이 모든 것에 암묵적 침묵, 혹은 죽음을 묵시(默示)하는 괴테의 방랑자의 노래의 무한 반복이 주류를 이루고 있다.

위 시의 화자는 희생자의 현장인 무학국교 교정을 곁눈질하며 지나간다. 정신이 흐려지듯 까무룩 노란 하늘에 죽음의 표상인 까마귀가 아무런 생각과 감정도 없이 날고, 시신을 운구할 마차가 꿈결처럼 "흘러갔다." 김주열의 주검을 "절대 자유", "절대 정적"으로 뜻 매김 한다. 고통의 세계가 절멸된 불멸의 이념으로서 자유의 화신을 일컫는 듯하다. "녹슨 최루탄을/박고" 죽은 자와, 은유로 갈무리한 "자유라는 이름의/뜨거운 빵"과, 암유(暗喩)의 "배가 고"픈 살아 있는 자들이 병치된다. "아득히 총소리가 들렸다/깨고 싶은 꿈처럼" "흘러가

---

2 브레히트의 시를 요약하면 다음과 같다. 더 이상 먹을 빵이 없는 늙은 여자, 차가운 하수도에 몸을 던져 시체로 남은 여자, 사망 진단한 의사가 "이 노파는 증명서를 고집하는구만", 파묻힌 노파, 더 이상 아무 말도 하지 못했던 늙은 여자,(괴테 시구절) 그 일에 문제가 있음을 발견한 한 남자, 갑자기 한 경관이 그 남자의 뒤통수를 갈려 묵사발로 만들고, 더 이상 아무 말도 하지 못했던 그 남자,(괴테 시구절) 수염을 기른 남자 세 사람이 "이 일은 그 남자 하나만의 문제가 아니라고, 그들은 총소리가 울릴 때까지 그렇게 말했다." 구더기들이 그들의 살을 뚫고 뼛속으로 기어들어 갔다.(괴테 시구절) 그때 갑자기 많은 붉은 남자들이 왔고, 군대와 말을 해 보려고 했으나, 군대는 기관총을 가지고 말했다.(괴테 시구절) 도이치시문학연구모임 편, 『도이치 시문학의 어제와 오늘』, 사계절, 1993, 207-233쪽 참조.

3 제1차 세계대전 이래, 인플레가 끝나는 1924년까지 수만의 사람들이 기근으로 인해 죽었다. "빵은 군대가 다 처먹어 버렸던 것이다." 도이치시문학연구모임 편, 『도이치 시문학의 어제와 오늘』, 219쪽.

고//흘러갔다." 흘러가는 공간은 어떠한가. "먼지 속을" 혹은 "한 접시의 비도/오지 않"는 메마름으로 재현된 황폐화된 시대 현실이다. "들킨 아이처럼" 겁약하게 지나가는 아이는 꽤 오랫동안 불안과 공포로 가위눌려 깨고 싶은 꿈의 세계를 몽롱하게 흘러간다. "사람은 빵 없이는 살 수 없다. 하지만 빵만으로 사는 자는 사람일 수 없다."라는 마틴 부버의 말을 "자유라는 이름의/뜨거운 빵"으로 바꾸었다.

위 시를 쓴 고영조 시인은 「증언 1」이라는 시에서 당시 중학생으로서 1960년 4월 11일, 안치된 김주열의 시신 "한쪽 눈에 커다란 쇠뭉치가 박힌 한 소년의 진흙빛 알몸을 보고 만 것이다"라고 하였다. 따라서 위의 시는 살아서 죽음의 상태를 경험한 불면의 가위눌림이라는 개인의 체험이 꽤 오랫동안 아득하게 남아 있는 몽롱한 불안으로서 감지하였다. 그에 반해 아래 시는 혁명의 현장에서 "피가 묻어"나는 기억을 바로 눈앞에 보는 것처럼 명백하고 또렷하게 감지하려 든다.

구겨진 일기장 속에서 피가 묻어난다.
노도같이 몰려드는 시민을 향하여
물을 뿜는 소방차가 돌진해 온다.
군중 속에서 돌팔매가 날기 시작하자
소방차 운전수는 놀라 달아나고
소방차 혼자 길섶 전봇대를 들이받는다.
전봇대가 쓰러지면서 분노하듯 폭음을
토하자 빛이란 빛은 순식간에 눈을 감고
암흑 속에서 공포가 피를 불렀다.
어둠 속에서 총구가 불을 뿜는다.
어둠을 즐기는 자들의 살육이 시작된다.

김영호(金永浩) 군 비명 소리 뒤를 이어
190여 명 젊음이 시체로 변하고
6천 4백 시민이 어둠 속 길거리에서
피를 흘리며 산짐승처럼 절규하고 있다.
민주주의는 멀고 총만 가까운 밤이여.
어둠 짓씹으며 날뛰는 총소리는
겁에 질린 시민들의 심장을 꿰뚫고
내일이 없는 지옥 피의 만찬을 즐긴다.

—정동주, 「어둠 속에서 빛이 울음 울 때」 부분

위의 시는 자유당 정권의 "미친개로 변절한 경찰 이빨"이 저항하는 시민을 향해 살육하는 절규의 현장을 직정적으로 말하였다. 마산 3.15 의거의 최초 희생자인 김영호 군을 필두로 하여 190여 명의 젊음을 앗아 간 4.19 혁명의 시발점이라고 할 수 있는, 3월 15일의 의거 현장이다. "내일이 없는 지옥"과 같던 그날의 순연한 저항과 공포와 절규는 피와 죽음의 아비규환인 동시에 독재정치의 지옥도이다. 자유와 정의에 관한 뜻과 의의를 담아 애써 꾸미기보다, 혁명에 뛰어든 개인이 처한 공포와 죽음, 그러나 두려움을 넘어선 극한의 저항을 드러내었다. 아울러 이 시를 쓰는 당대에도 끝없는 불화와 분열로 치닫는 소모적 이념 논쟁, "서로를 증오하면서 죽이고 산다"라고 아쉬움을 토로하였다.

마산 3.15 의거의 희생자를 영원토록 변하거나 없어지지 않는 불후의 존재로 마음에 새기어 기억하고자 하는 아래 시가 있다.

오 鮮血 鮮血 鮮血

누구이던가
내 형 아우의 심장에
흉탄을 匕首처럼 꽂은 자는.

金永吉(21세, 복부 관통)

金涌實(17세, 두부 관통)

金泳濟(18세, 복부 관통)

金永浩(19세, 폭행치사)

金孝德(19세, 폭행치사)

金鍾述(16세, 차량 충돌)

金三雄(18세, 복부 관통)

金朱烈(16세, 두부 관통)

金平道(42세, 차량 충돌)

全義奎(18세, 흉부 관통)

吳成元(20세, 복부 관통)

姜隆紀(17세, 복부 관통)

그날 自由의 이름을
어머니의 이름을 목 놓아 부르며
장렬히 散華해 간
마산의 얼이여 대한의 아들이여.

—변승기, 「마산 5」 전문

위의 시는 3.15 의거 희생자의 이름과 그들이 죽은 까닭을 낱낱이
밝히고 있다. 그들의 죽음을 30년이 지난 지금 낱낱이 떠올리는 까

닭은 무엇인가. 30년이 지난 지금 그들은 잊힌 존재로서 역사의 그늘 속에 쇠락해 가고 있다. 위 시의 화자는 쇠락한 만큼 3.15 의거의 정신도 빛바래어 간다는 것이 안타깝다. 희생자의 이름과 죽음을 호명하면서 불러들이는 까닭은 그들을 되살리는 일이다. 이는 살아남은 자의 책임이다. "그들 자유의 푸른 깃발을/당신은/서슴없이 증언해야" 하기 때문이다. 그들은 영웅이 아니다. 그들은 우리와 같이 살았던 '내' 자신이다. 그들은 "초롱초롱 눈 맑은 형님들"이며, "꿈 담은 눈감지 않고, 부활 예비하며 누워 있다."(최명학, 「애기봉 산자락엔」) 아울러 고은 시인의 『만인보』로 부활하기도 한다.

진정한 마산 3.15 의거시란 죽음을 기리며 건너다보는 것이 아니라, 자기화된 비극으로 수렴하는 자세에 있다. 죽음을 건너다보며 조문하여 슬퍼하는 게 아니라, 앞서 죽은 이들의 저항에 값하지 못하는 자신을 들여다보며, 그들의 극한적인 절망에 다다르지 못하는 스스로에 대해 슬퍼하는 것이다. 다음은 1975년 이제하 시집 『저 어둠 속 등불들을 느끼듯이』에 수록된 시다.

갈 수 없구나 청산가리 극약
품에 품지 않고서는
프로펠러 달린 최루탄
눈에 꽂지 않고서는

오늘도 어제도 내일도
金朱烈이 헤엄치는
저기 저
바다

부르짖던 사람들
산비탈로 쫓겨 올라가고
텅 빈 햇볕 드는
텅 빈 바라크

솥뚜껑만 한 火鏡
한 손에 쥐고
멍하니 바라보는
저기 저
바다

—이제하, 「다시 바다」 전문

김주열의 시신이 떠오른 마산 바다, 그 바다에 막연한 슬픔만으로는 갈 수 없다. 어렴풋한 마음이 아니라, 시적 화자도 "청산가리 극약"을 "품에 품"는다는 마음가짐이 아니면, 갈 수 없는 바다이다. "프로펠러 달린 최루탄/눈에 꽂지 않고서는" 갈 수 없는 항쟁의 바다이다. 눈조차 제대로 감지 못하고 최극단의 상황에서 죽음을 맞이한 김주열의 절규와 저항이 과거와 현재와 미래를 넘어서는 영원성으로 "헤엄치는" "저/바다"에는 민주화의 열망이 끊임없이 큰 물결을 이루며 흔들린다.

항쟁에 뛰어들었거나, 어린 학생을 끔찍하게 죽였다고 마구 울면서 큰소리를 내던 사람들은 이제 "산비탈로 쫓겨 올라가고" 그날의 함성과 분노와 울분은 "텅 빈 햇볕 드는/텅 빈 바라크"인 양 내던져져 있다. 무학산 산비탈에 깃들어 유독 산복도로가 많은 마산에서, 위 시를 쓰는 당대의 마산 3.15 의거의 모습은 그야말로 텅 빈, 공동화된 바라크(baraque), 임시로 지은 건물에 머무는 것처럼 딱하다. 마산에서조차 붙박지 못하고 떠도는 3.15 의거 정신, 혹은 원혼이 머무는 바다를 시적 화자는 "솥뚜껑만 한 화경/한 손에 쥐고/멍하니 바라보"고 있다. 화경이란 볼록렌즈와 같이 햇빛을 비추면 불을 일으키는 거울인바, 이 시의 화자는 민주화의 열망과 뜨거운 항쟁의 정신을 품고 있으나, 여기, 지금은 "멍하니 바라"볼 수밖에 없는 바다와 마주하고 섰다. 시적 화자가 무연(憮然)함을 토로하는 까닭은 무엇일까. 마산 3.15 의거는 임시 거소에 있는 듯하며, 항쟁의 정신이 깃든 바다를 크게 낙심하여 허탈해하며 바라보아야 하는 정황은 무엇인가.

4. 잊힌 기억을 부끄럽게 기억하다

잊히는 마산 3.15 의거, 위선적 위정자가 자신이 정의롭다는 것을 여러 사람에게 보이기 위한 수단과 방법으로 이용당해 어리석은 3.15 의거, 독재 권력의 눈치를 보았던 터에 푸대접받으며 천대받은 3.15 의거, 이 모든 게 우리가 꽤 오랫동안 보았던 부끄러운 기억이다.

집에서 3.15 회관 아닌 극장으로
가는 길목 중소기업 은행 앞쪽에
시민들이 볼까 봐(?)
이 고장에서 이름난 기업체 하나가
기증한 초라한 현수막이 걸려 있고
회관 아닌 극장으로 향하는 발걸음은
무거워지기만 하고
극장 아닌 입구 양옆에는 무슨 놈의

화환들이 그렇게도 들어왔는지

저만치 전경대 차량이 대여섯 대

늘어져 있고

예전과 같이 여전히 대공과 형사들은

사복을 입은 채 워키토키를 들고

극장 밖과 안을 배회하고 있고

좌석에는 시민들이 스무 명이나

될까 몰라

시청에서 차출한 직원들이 자리를

메우고 있고

10시 정각이 되니

이 고장에 있는 교도소 악대가 연주하는

팡파레가 울려 퍼지고

예 지금부터……라는 사회자의

개회사가 들리고

이 고장 시장의 축사가 있고

이 고장 출신의 정치인 둘

격려사가 있고

보통 사람의 명령을 하달받았는지

단상에는 높은 양반들은 한 명도

앉아 있지 않고

(중략)

이 기념식은 오늘도 역시 예전과 같이

무엇이 급했는지 25분 만에 끝나더이다—

자랑스러운 마산 시민이여?

　마산 3.15 의거 29주년 기념식의 현장이다. 이 시는 당대 마산 3.15 의거의 현실에 대한 미메시스인 동시에, 이 시를 읽는 이들에게 부끄러움이라는 현상적 감지로 다가선다. 29주년 당시, 마산 3.15 회관은 3.15 의거의 정신을 기리고 발전적으로 이어받고자 하는 중심이 아니라, '4.19 의거 상이자회 경남 지부'와 회관의 유지 관리를 위한 극장으로 주로 쓰이고, 3월 15일 하루만 기념행사를 치르기 위한 회관으로 탈바꿈한다. 중심이라는 말, 모든 사물의 한가운데이며 가장 중요하고 기본이 되는 것, 확고한 주관과 줏대를 이루는 것인바, 마산 3.15 회관은 마치 더부살이로 얹혀사는 것과 같다.

　초라하게 내보이는 현수막이 "시민들이 볼까 봐" 감추듯 걸려 있고, 사람은 없고 화환이라는 생색만 가득하여 정의로움을 축하하고 기리는 반어적 상황을 제시하고 있다. 군부독재의 질곡을 넘어 그나마 국민의 직접선거로 대통령을 뽑았다는 당대에도 전경대 차량과 대공과 형사가 경계의 눈초리를 늦추지 않는다. "좌석에는 시민들이 스무 명이나/될까 몰라" 하고, 마산에 음악가가 없어 교도소 악대가 연주하는 팡파레에 맞추어 기념식이 치러진다. 보통 사람을 입에 달고 사는 이의 "명령을 하달받았는지/단상에는 높은 양반들은 한 명도/앉아 있지 않고" 모두 다 납작 엎드려 보통 사람이라고 단상 아래 자리 잡고 있다. 그 누구도 당당하고 의연(毅然)하게 자유와 정의를 앞장서서 기리는 사람은 찾을 길 없고, "오늘도 역시 예전과 같이/무엇이 급했는지 25분 만에 끝"나는 기념식을 풍자하고 있다. "자랑스러운 마산 시민이여?"에 물음표를 붙인 시니컬한 야유에 이를라치면 그야말로 아뜩하다.

더욱 가관인 것은 "미소로 돈으로 화환으로 배우로/돌아와서 서성거리는" 산 자들의 생색이다. "이름 있는 날만/찾아다니며/곧 쓰레기로 모습 드러내는 화환" 같은 자들이 자유와 정의에 앞장서는 의인처럼 위선을 부린다(정규화, 「3월 15일 마산에서」). 더 나아가 다음 시를 볼라치면 더욱 아뜩하다.

> 1990년 이른 봄 이제 화합을 위해 뭉친 여러분들이
> 우리들의 평안한 일상을 보장하면
> 그동안 가지고 놀다 싫증 난 3.15 탑은
> 어쩌면 헐릴지도 모르지 그리고 그 자리에
> 조국의 줄기찬 번영을 가져온 12.12를 위한
> 용감한 군인들의 탑이 서거나 1000억 불 수출의 탑이 설지도 모르지
> 4.19 탑 자리엔 10월 유신 기념탑이 서고
> 5.16 영웅을 위한 기념 시집 원고 청탁도 있을는지 모른다
> 이다음에 우리 손녀가 3.15 탑에 대해서 저게 뭐야 물으면
> 시행착오 속에 살다가 개죽음을 당한 불쌍한 젊은이들을 위한 위령비란다라고
> 말하게나 안 될지는 정말 아무도 아무도 모른다.
>
> ─가나인, 「3.15 탑과 1990년 이른 봄」 부분

이 시의 화자가 지극히 냉소적인 시적 발화를 까발리는 까닭은 1990년 1월 22일의 '3당 합당' 사태에서 비롯되었기 때문이다. 당시 민주정의당(여당)의 노태우 대통령과 통일민주당(제2야당)의 김영삼 총재, 신민주공화당(제3야당)의 김종필 총재가 3당 합당을 선언했으며, 세 정당은 민주자유당(민자당)으로 재탄생하였다. 말하자면 위 시는

30년 넘게 군사독재와 맞서 싸우던 김영삼이 5.16 군사쿠데타의 주역과 12.12 군사 반란의 주역과 보수대연합이라는 허울로 정치적 행보를 함께한 사실을 두고 풍자적 시각으로 야유하였다. 자칫 5.16이 영웅이 되고, 12.12가 용감한 군인이 되는 전도된 역사관 아래, 3.15 의거의 숭고한 저항 정신이 왜곡 폄훼될 것을 끔찍할 정도로 경계한 위 시를 두고 지나친 우려라고 하는 이도 있을 것이다. 그러나 역사는 늘 승리한 자가 지배하고 장악하는 것이어서, 기우(杞憂)가 우려로 바뀌는 것을 너무도 많이 보아 왔다.

　　당신들은 아는가
　　십 년이 지나면
　　강산도 변한다는데
　　이십구 년이 된 지금까지도
　　점점점 더 진하게 들려오는
　　저 함성 함성
　　구암동 애기봉 중턱에
　　눈감지 못하고 누워 있는
　　죽어도 살아 있는 열사들이여
　　살아 있음이 죽어 있는
　　우리들은 오늘
　　들려오는 함성 소리에

　　부끄럽게
　　묵념을 올립니다.

　　　　　　　　　　　　　　　　　—이선관, 「아, 함성」 전문

이 시의 화자에게 "이십구 년이 된 지금까지도/점점점 더 진하게 들려오는/저 함성 함성"이란 무엇인가. 29년이 지난 1989년 당대에 이르기까지 3.15 열사들이 그토록 바랐던 민주화의 봄은 아득히 멀기 때문이다. 5.16 군사쿠데타, 유신 체제, 12.12 군사 반란 국가 전복 등 자유와 정의에서 아득히 멀어질수록 "눈감지 못하고 누워 있는/죽어도 살아 있는" 열사들의 분노와 슬픔이 떠올려지고, 한편으로 뻔뻔스럽게 "살아 있음이 죽어 있는" 우리를 자각하게 하는 함성에 "부끄럽게/묵념"을 올린다. 열사들이 평안히 잠들 날, 그 민주화의 봄날을 기원하며, 한편으로 부끄러움의 자각으로부터 새로이 결의를 다짐한다.

이제 우리는
3.15를 말하지 맙시다.

5.16의 민족중흥을 뇌까리며
10월, 그 찬란한 아침을 찬양하고
5.18, 다리 뻗고 길게 자다
그 6월 올림픽을 외쳐 대던

그 요사스런 혓바닥으로
다시는 3.15를 말하지 맙시다.

대일본제국의 충성스런 장교의 손으로
독립투사의 가슴 위에
훈장을 매달 듯이

국립묘지 그 높은 곳에
견고한 화강암으로
독재자의 봉분을 쌓아 가듯이

역사는
두고두고
3.15의 그 선연한 핏자국 위에
어떤 덧칠로 남을까요.

이제 우리는
함부로
3.15를 말하지 맙시다.

　　　　　　　　　　—이재금, 「3.15를 말하지 맙시다」 전문

　이 시의 화자는 3.15 의거의 선연한 핏자국 위에 "덧칠"만이 무성
하여 오히려 지고지순의 저항 정신이 훼손될까 두렵다. 실제로 3.15
의거 행사장에서 난무하던 억지 논리이기도 했다. 3.15 의거 정신이
5.16 군사쿠데타의 민족중흥으로, 10월 유신으로, 군사 반란 세력이
이룩한 88올림픽으로 호도(糊塗)하는 작태가 비일비재하던 시대였다.
이는 마치 "국립묘지 그 높은 곳에/견고한 화강암으로/독재자의 봉
분을 쌓아 가듯이", "두고두고/3.15의 그 선연한 핏자국 위에/어떤
덧칠"로 왜곡되고 있다. 이에 관해 속 시원하게 대들거나 따지는 이
없이, 3.15 의거에 관한 끝없는 상찬만 하는 이들에 관해, 이재금 시
인은 이제 "3.15를 말하지 맙시다"라고 하고 있다.

3.15 의거 앞에서 시인은 한없이 부끄럽다. 부끄러움이란 자기의 입장과 처지, 능력에 미치지 못하는 것을 스스로 헤아리는 자각이다.

1988년 즈음에 임신행 시인은 "우리는/오늘 이 순간도 이렇게 허우적이는 것이 어쩐지, 어쩐지/부끄럽다./부끄럽다."라고 하였다(「가울동에서」). 1988년 2월 25일, 제13대 노태우 대통령이 취임하고 국정 운영을 하던 즈음에, 시인은 "오늘 이 순간도" 말하자면 과거에도 그랬고, 바로 이때에도 군벌 독재에서 벗어나려고 몹시 애쓰는 우리의 모습이 어찌 된 까닭인지 부끄럽기만 하다. 이를테면 우리는 민주화를 향해 어떻게 하겠다고 앞서 나가 정한 바도 없이, 군부를 중심으로 한 정치 세력에 끝없이 휘둘려 살아야 하는가에 대한 뼈아픈 성찰을 담고 있다. "부끄럽다." 뒤, 마침표 두 개가 박힌, 딱 잘라 결정적인 부끄러움이다. 시인은 "자존도/의리도/꼭 지녀야 할 지조마저 내팽개치고 오늘에까지/부끄럽게 목숨을 부지했나이다", "눈감고/귀 닫고 산다는 것에만/산다는 것에만……"이라는 참회의 고백, 그 진정성의 세계에 깃든다(「삶이 부끄러움에게」).

5. 침묵이거나, 미완의 혁명시

독재에 항거한 3.15 의거의 정신이 폐칩된 것이 아니라는 역사적 증명은 1979년 10월 부마민주항쟁으로 발현되어, 궁극적으로 유신체제의 몰락을 가져오게 하였다. 그러나 신군부의 반란, 국가 전복이라는 역사적 질곡 아래, 1980년대는 자유주의적 전망이 차단된 채, 침묵과 순응만이 강요되는 체제로 회귀되었다.

말하자면 3.15 의거 이후에 자유민주주의 나라가 도래한 게 아니라, 꽤 오랫동안 독재와 폭압의 그늘에 있었음에도 마산, 혹은 경남 지역 시인들은 침묵으로만 저항했다는 것. 정작 살아 있는 시인이 침묵으로 죽어 가고 있었다는 것. '3.15 의거에 대해 말해야 하는데, 말하지 말자'라는 역설이 시인의 아픔이 되어야 하는데 그렇지 못하다는 것. 행동하는 양심은 찾을 길 없고, 창문도 없는 혁명의 방에 유폐되어 꿈꾸는 백일몽과 같은 시만 양산하는 것. 다만 희생자의 영령을 애도하고 기리어 칭찬하며, 자유와 정의의 메아리만 그들의 넋을 추념하는 의거탑을 향해 끊임없이 보내고 있다는 데에 있다.

마산 3.15 의거는 대한민국에 독재와 폭압, 불합리와 불공정이 있는 한, 영원히 살아 있는 저항이다. 법은 있으나 정의를 찾을 길 없고, 정의가 엄존하나 법으로부터 일탈한 온갖 행위를 표적으로 삼은 정신적 철퇴령과 같다.

지상의 마지막 절망이
흐느끼는 나라에
오월의 뜨거운 분신(焚身)들이
황사 바람을 일구고 있다

기억하고 있으리라
이 시대의 사랑 노래가
창동에서 불종거리에서
새벽안개처럼 퍼져 나올 때
오랜 기다림의
썩은 정권은 갔다

표적을 위하여
아직 가슴이 더운 사람들은

최루탄과 군홧발과 철봉을
두려워하지 않는다
오직, 하나의 믿음
사랑한다고 말할 수 있는 믿음 속으로
불꽃이 되어 우리는 간다

지상의 마지막 절망이
흐느끼는 나라
산을 넘고 강을 건너
'민주' 그 표적을 위하여
불새가 되어 황사 바람을 타고
우리는
간다.

―강신형, 「표적을 위하여」 전문

위 시의 단초는 "지상의 마지막 절망이/흐느끼는 나라"라는 비극적 세계관으로부터 비롯된다. 오월 광주민주항쟁의 넋이, 자기 몸을 불살랐던 희생이 누런 모래바람을 일으키고 있다. 현재의 시점에서 과거 마산 3.15 의거 현장을 떠올려 본다. 그리하여 이 모두는 "표적을 위하여/아직 가슴이 더운 사람들"이 두려움을 떨치고, "사랑한다고 말할 수 있는 믿음 속으로/불꽃이 되어 우리는 간다"고 한다.

지상의 마지막 절망이란 인간이 인간답게 살지 못하는 타락과 단절의 세계를 말한다. 불평등과 부조리가 인간을 짐승처럼 여기고 업신여기던 반민주의 시대가 있었다. 예컨대 경남 진주 지역 형평사 운동과 같다. '공평은 사회의 근본이요, 애정은 인류의 본량'이어야 한다는 사상. 남을 사랑하고 어질게 행동하는 측은지심, 남의 딱한 처지를 나의 형편으로 여겨 가엾게 여기는 애련의 마음, 남을 낮추어 보거나 하찮게 여기는 일 없는 애경의 마음이야말로 "지상의 마지막 절망이/흐느끼는 나라", 연민의 공동체가 되는 길이다. 그것이 "산을 넘고 강을 건너" 우리나라 전체를 아우르는 "'민주' 그 표적"이 되어야 한다는 바람을 안고, 누런 모래바람 같았던 희생 너머 "우리는/간다."

마산 3.15 의거시가 역사의 한 페이지로서 완결된 혁명을 노래하는 것이 아니라, 부조리와 불공평이 있는 한 미완의 혁명으로서, 초월적 역사성의 자리에 두어야 한다는 생각이다.

10년 전. 1960년 3월 15일.

피를 토하며 죽어 간 너희들의 외침은 결코 물질문명의 풍성이 아니었다. 고속도로가 없다고 목숨을 버린 것도 아니오, 「빌딩」이 낮다고 피를 뿌린 것이 아니다. 하루빨리 조국을 근대화하여 「마이카」를 외치며 잘살아 보자고 가슴에 총알을 받으며 쓰러진 것도 결코 아니다. 그보다 더욱 시급한……

부정, 불의, 부패, 독재……

그것들을 없애라고 목이 터져라 외치고 쓰러진 너들의 혼백을 외면하고 오늘도 신문은 부정 사건, 의혹 사건, 뇌물 수수, 밀수, 파벌 싸움, 직권남용 등의 대문짝 같은 활자를 박은 채 네가 쓰러진 그 거리에 뒹굴고 있었다.

오군.

—조정래, 「우표가 없는 편지—故 吳成元 君에게」 부분

위 시, 오성원 군은 남성동 파출소 아래, 보리수다방의 구두닦이였다. 3.15 마산 의거 당일 경찰의 실탄 사격으로 사망하였다. 경찰 관

할(管轄), 마산직업학교 출신으로 그들의 사주(使嗾)를 받아 관제 데모 혹은 폭력에 동원되었던 이가 의거에 앞장섰던 까닭은 무엇인가. 광복기 해외 귀환 동포, 한국전쟁기 피난민 등의 이주민이 마산 인구의 40%를 차지하고, 1950년대 마산 지역의 피폐한 경제 상황과 실업이 이들을 빈민으로 황폐화할 때, 이들의 바람은 무엇이었는가.

굶주리고 아파하고 괴로워하는 가운데 "잘살 수 있을 것"이라는 희망마저 사정없이 꺾어 버린 울분은 어디에서 비롯된 것인가. 부당한 권력으로부터의 불합리, 불공정으로 인해 이들의 삶은 갈수록 바싹 죄어져 괴롭다. 게다가 부당한 권력자의 하수인으로 이용만 당할 뿐, 사람답게 살 권리는 모든 비합법 혹은 탈법 행위로 빼앗겨, 마치 내다 버린 삶을 살고 있다. 오성원의 저항은 부당 권력을 향한 마지막 발악, 비극적 연대기를 끊어 내고자 하는 간절한 희망이었다.

그러나 10년이 지난 지금도 여전히 우리 사회는 "부정, 불의, 부패, 독재"가 지배적 이념이 되어 있으며, "부정 사건, 의혹 사건, 뇌물 수수, 밀수, 파벌 싸움, 직권남용" 등이 사회에 만연하여, 10년 전 오성원이 꿈꾸었던 세상은 애당초 없고, 어디에도 없다. 더욱이 사이비 애국자들이 판을 치는 세상에서 부정이 권력과 편승하면 정의가 되는 사회에 살고 있다.

빛이
어둠을 사르는
새벽이었다.

문틈에선가
창틈에선가

벽 틈에선가
나의 침실 깊숙이 파고드는

동포여!
하는 소리에 매력을 느끼다가
다시 한번 귀 기울여 들어보니

똥퍼여?
하는 소리라
나는 두 번째 깊은 잠에 취해 버렸다.

—이선관, 「애국자」 전문

　위 시의 미학은 냉소적 야유(sarcasm)에 있다. 고래 고함이듯 애국을 한껏 높여 외치는 인간들, 이를테면 정치와 권력이 있는 자리마다 나라를 사랑하는 사람이라고 떠들며 처신하는 인간들의 위선적 행태를 두고, 신랄하게 빈정거려 놀리고 싶다. 당신들이 외치는 "동포여!"라는 말이 "똥퍼여?"라는 말로 들린다.

　마산 3.15 의거, 혹은 '마산 정신'에 관한 아낌없는 찬사인 자유와 정의를 고래 고함이듯 한껏 높여 외치는 사람들이 부당한 권력을 향해서는 침묵으로 일관한다는 것. 살아생전 늘 밝은 양지만을 쫓아다니며 힘 있는 자의 편에 서서 세상을 낙락하게 누려 왔던 이들이 일정한 인격을 스스로 갖추고 그 속에 자신을 들어앉히는 사회적 순응주의가 마산 지역사회를 침묵의 도시로 만들었다.

　마산 바다는 너무 잠잠하다

무학산을 오르다

혹은,

어시장을 지나다

문득문득 다가서는 바다

죽은 듯 누워 있는 저 섬

늘 고여서 썩는다

어디 싱싱히 살아 오르는

눈빛 하나 없이

자유수출을 빙자한 폐수며

더 기다려야 한다는 보수주의며

사과탄이며

눈물이며

김주열이며

함성이며

고여서 안온하게 썩어 가는 바다

삼월과 사월 사이

마산 바다는 너무 잠잠하다

　　　　　　　　—성선경, 「마산 바다는 너무 잠잠하다」 전문

　　위 시의 화자는 마산 정신을 "마산 바다"로 표상하였다. "너무 잠잠"한 침묵의 바다란 멈추어져 있는 정신의 실체이다. "고여서 안온하게 썩어 가는 바다"라는 반어를 통해, 지극히 조용하고 편안하고 바람이 없고 따뜻한 나날이어서 썩어 가고 있는 오늘날의 마산 정신이다. 그 누구도 "자유수출을 빙자한 폐수"와 "더 기다려야 한다는 보수주의"에 대해, "사과탄이며/눈물이며/김주열이며/함성"을 내지르지 않는다. 3.15 의거나 4.19 혁명의 날이 오거거나, 지극히 차분하고 평온한 나날의 무관심이 오늘날 마산 정신이다. 마산 사람 시인으로서, 우무석은 다음과 같은 시를 발표하였다.

아무도 몰랐다, 열일곱 나이의
민방공 훈련 때 대피해 숨던
馬山工高 동관 그늘진 담벼락 곁
오두커니 선 빗돌 하나에
그해 3월 봄의 전통이 살아 있을 줄
우리들은 몰랐다. 적색경보의 파찰음 속에서도
세상은 그저 나른한 하오의 햇살에 떠 있는
졸음 같은 평화,
혁명이나 전쟁은 여드름 같은 거라고
쉽게 믿던 즐거운 나이
선생은 유신헌법의 제도와 질서의 아름다움을 가르쳤고
우리들은 등 기대기 좋은 빗돌께에서
병아리 떼처럼 옹숭거렸다.
3월의 함성 혹은 피 울음들이 곰삭아 무거운
맨드란 화강암의 의미도 묻지 않은 채
우리는 달거리처럼 거른 적 없는
민방공 훈련 때 그저 빗돌에만 기대기를 좋아했다.
총탄에 피 흘리며 쓰러진 선배 강융기
그 산청 촌놈의 이름도 기억 못 한 채
다만 녹색 경보만 울리기를 기다리면서.
　　　　　　　—우무석, 「의거 학생 고 강융기 군 추도비」 전문

마산공고 2학년에 재학 중, 1960년 3월 15일 복부 관통상으로 숨진 강용기와, 세월이 훌쩍 지나, 엇비슷한 나이로 같은 학교에 다니던 이 시의 화자를 나란히 놓았다. 강용기는 자유와 정의가 엄존함을 밝혀 일으켜 세우는 데 목숨을 던졌다. 시적 화자인 나는 "적색경보의 파찰음 속에서도/세상은 그저 나른한 하오의 햇살에 떠 있는/졸음 같은 평화,/혁명이나 전쟁은 여드름"같이 잠깐 스치는 것이라고 "쉽게 믿던 즐거운 나이"를 보냈다. "총탄에 피 흘리며 쓰러진 선배 강용기/그 산청 촌놈의 이름도 기억 못 한 채" 유신헌법의 제도와 질서의 아름다움에 순응하고, 세상의 평화로움을 울리는 타전 소리인 녹색 경보의 해제 사이렌만을 기다린다. 그럼에도 "그저 빗돌에만 기대기를 좋아했다"라고 마음에 품은 생각과 감정을 은연중에 드러내었다. 치졸하고 구차하거나, 무지하고 겁약했던 우리의 과거 삶에 관한 고백, 시이다. 자각과 성찰은 고백에서부터 시작되고 자존감은 사회체제에 관한 인식으로부터 비롯된다. 마산 3.15 의거시는 시인의 성찰과 인식의 자리에서 영원한 현재형으로 실존한다.

6. 맺음말

이제, 마산 3.15 의거시는 1960년 3월 15일과 4월 11일의 역사로부터 떠나야 진정한 의거시가 쓰여질 듯싶다. 하이데거의 말처럼 근원적인 존재의 진리와 아랑곳없이 존재자에게 몰입한 것이 아닌가 한다. 희생 영령을 향한 아픔과 슬픔을 인식하는 자는 그것만으로도 역사의 주체라고 할 수 있다. 그리하여 김주열을 비롯한 열사를 향한 끝없는 추도와 의인으로서 죽음의 의미를 상찬하여 왔다. 심지어 스스로 김주열의 정신적 승계자로 자처하는 시인도 있다.

'자행자처(自行自處)'라 하였다. 스스로 자각하고 행동하여 일을 치르는 것. 자기를 자유와 정의에 앞장선 사람으로 여겨 그렇게 처신하기에 앞서, 스스로 행동하는 양심인가에 대해 성찰해야 한다. 공소한 민주주의란 무엇인가. '말 따로, 행동 따로'이어서, 아무 생각 없이 입에 발린 말을 하고, 아무런 고뇌 없이 행동이 앞서, 결국 민주 공동체의 신뢰감을 잃어버리는 것이 아닌가.

마산 3.15 의거가 지향했던 민주화는 우리가 사는 당대에도 이루지 못한 꿈이라는 자각에서부터 출발하자. 우리 사회가 여전히 불화, 소외, 분열, 불평등, 불공정, 부자유라는 담론에 허청거리고, 세상살이가 노숙하는 것처럼 쓸쓸하다면 시인들이여, 침묵하지 말고 '행동하는 양심'으로 시를 써라. 유토피아적 이상과 개혁의 청사진은 화려한데, 더 큰 환멸만 낙엽처럼 떨어지면 시로 풍자하라.

현 단계 우리 사회는 권력을 향한 다툼과 정쟁으로 끝이 없고, 이것과 저것, 나와 남, 일자와 다자를 이어 주는 구심점은 어디에서도 찾을 길 없다. '자유냐, 평등이냐'라는 케케묵은 당위성만 우리 사회의 모든 가치 체계를 결정짓는 화두처럼 떠올려지고, 이것 아니면 다른 것은 없어져야 하는 것으로 치닫고 있다. 도대체 누가, 어떤 무리가 이러한 척도를 들이대고 사회 전반을 농단하고 있는지 참으로 개탄스럽다. "자유는 평등 없이도, 또 평등은 자유 없이도 존재한다. 그러나 평등 없는 자유는 불평등을 심화시키고 폭정을 유발하는 한편, 자유 없는 평등은 자유를 억압하고 끝내 그것을 말살하고 만다."(파스, 『현재를 찾아서』)

자유주의란 본질적으로 나의 자율적 인식과 타율의 자율적 인식에 대한 인정이라는 데에서 비롯된다. 평등주의 역시 우리 사회의 원칙을 세워, 기회의 균등함과 공정함을 갖고자 하는 데에서 비롯된다. 이것을 두고, 마치 각기 다른 몸에서 나온 것처럼 논쟁을 벌이는데, 이는 안될 뿐 아니라, 논쟁이 되어서도 안 된다.

이념의 적만 가득하고, 허구적인 논쟁에 나라가 좀이 슬고 있다. 역사는 이념의 적에 의해서 무너지는 것이 아니라, 국민의 환멸 속에 무너지는 것이라는 엄정한 진리를 도무지 두려워하지 않고 있다. 숱한 사람들이 정치라는 게 있어도 그만이고, 없어도 그만일 뿐 아니라, 차라리 없는 것이 더 나은 것처럼 여기고 있다면, 이는 국가의 총체적 위기이다.

유토피아적 이상은 아니더라도 어렵사리 살아가고 있는 사람들에게 희망을 주는 정치, 앞으로 살아갈 나날들이 끝없는 불확정에 있다고 하더라도, 적어도 스스로 참되고 열심히 살면 잘 살 수 있다는 신념이, 혹은 그러한 진리가 통하는 세계이어야 하지 않는가.

왜냐하면 "세계의 파멸은 정치제도에서가 아니라, 영혼의 비열함 속에서 나타날 것"이기 때문이다(보들레르). 정치제도의 환멸을 느끼는 것은 아직도 새로운 비전을 열어야 한다는 역사적 소명 의식이라도 있게 마련이지만, 사람이 삶에 대해 환멸을 느끼는 암울한 순간, 그것은 사는 것이 아니라 차라리 죽음에 가까운 것이 되는 것이어서 참으로 두렵다. 마산 3.15 의거시가 암울한 순간에 촉발되었듯이, 이러한 관점에서부터 정의로움을 떨칠 수 있는 시가 실존할 수 있기 바란다.

제3부 말없이, 묵지(默識)

흐르는 고임 속의 삶, 숙명적인 시
—정남식의 시

1.

『서정시학』 신작 소시집 평설에 앞서, 정남식 시에 관한 통시적 고찰을 일별(一瞥)한다. 이는 오늘날 시에 이르기까지 그의 시적 광기와 오기, 탄식과 비명, 고통과 신음 끝에 다다른 서정의 세계를 이해하고자 함이다.

정남식은 1988년 봄 「길목 거대한 숲길」 외 4편(『문학과 사회』 제1권 제1호)으로 등단하였다. 심사평에서 "정남식 씨의 시들은 현 한국 사회의 심리적 병증에 섬세한 감수성으로 스며들어, 그것을 물의 상상력에 의해 부드럽게 녹이고 있다"라고 하였다. "한국 사회의 심리적 병증"이라고 확대해석하기에 앞서, 1980년대 말 일상시에 자의식을 앓혔다고 보는 것이 타당하겠다. 시의 양상은 시적 대상 낱낱을 사유하는 패턴이다. 한편으로 추천시 「아침 산길」 부분과 특히 「망상」의 경우에는 1990년대 오규원 시인이 앞장서 이끌었던 표층시의 터치가 엿보인다. "시인의 판단이 유보된 표층의 미시적 묘사, 이른바 '힐

곳 보기의 냉담한 시침 떼기'를 통해서 '생각되어지도록 남아 있는' 일상의 세부 묘사"[1]가 눈에 띈다.

1990년 정남식은 첫 시집 『시집』(문학과지성사, 1990)을 내었다. 이 시집을 읽는 것은 부재 주인인 시인의 집에 깃드는 것—따라서 시의 집으로 빗대면서—"당신은 들어왔던 곳으로 다시 나가지는 못하리라. 왜냐하면 당신은 이 시집을 눈으로, 몸으로 뚫고 이 집의 뒷문을 통해 당신 자신만이 가게 될 '다른 곳'으로 떠날 것이기 때문이다. 그러므로 이 집도 단지, 흐르는 길 위에 고인 길에 다름 아닌 것이다. 흐르는 고임…… 속의 삶으로써."라고 하였다(「뜰 자서」).

정과리는 이 시집의 여러 민낯을 "(앞선 시인의 시) 노골적인 고쳐 베끼기, 의도적 희화화 혹은 말놀이, 일상의 즉물적 묘사, 신문 짜깁기, 활자의 시각적 배열 혹은 비틀기, 주석 붙이기 등 언어의 희극을 기록한 비망록"이라고 하였다. 총체적으로 정남식의 "글쓰기의 유일한 힘은 '기술들을 뒤섞어 버리고, 서로서로 대면시키는 것, 그중 어느 하나에도 결코 기대는 법이 없도록'(롤랑 바르트, 『언어의 살랑거리는 소리』) 그렇게, 오직 시니피앙들의 놀이가 되는 데에 있는 것"으로 논점을 응축하였다.(해설 「'언어'라는 것의 질병」)

결코 이해하지 못할 익명의 기호이거나 추상성으로 가득한 문자의 숲은 정남식이 말하듯 "존재에 대한/맨숭맨숭한 말의 알몸으로부터/또한 존재에 대한/거추장스러운 말의 옷"이다(「상책은 상책이다」). 그의 시 「『영레이디』그 지면, 죄 검음 속」과 같이 시니피앙의 음성적 기호가 시니피에의 의미를 왜곡 변형하거나, 시니피앙이 차연에 의해 지연되어, 텍스트의 절대적 의미는 허구이거나 불확정성으로서 끊임없

---

1 김준오, 『현대시의 환유성과 메타성』, 살림, 1997, 274-276쪽.

는 말놀이로 희화화된다.

아울러 사회·정치적 거대 담론을 해체하거나 희화화하려고 의도적으로 기획된 착란, 예컨대 "그러나 도로공사 南原 관계자는 『지난해 말부터 관광객들이 오물과 심지어는 대소변을 비에 묻혀 놓고 있을 뿐만 아니라 全斗煥 전 대통령의 이름자마저 돌로 쪼아 대청소와 복구에 시달린 나머지 덮개를 마련한 것』이라고"라는 시는 그가 『한국일보』 1989년 10월, 11월 치에서 찾아낸 짜깁기 기사의 부분이다 (「넝마신문」). 정남식은 문자 텍스트와 텍스트 간의 이종배합(異種配合), 앞선 시인의 시를 노골적으로 고쳐 베낀 시를 일컬어 '짜깁기 시', 혹은 '인용 교향시(交響詩)'라 하였다(「『겨울 깊은 물소리』, 제4부, 열일곱 편의 시」). 한편으로 시 형식의 파괴로서 문장부호의 나열(「당신의 즐거운 이야기」), 통사 구조의 해체(「拜火交援」), 거대한 활자 "쾅" 혹은 "지면 폭발, 그 후"가 하나의 지면이거나 백지로 남겨 두거나 하는(「넝마신문」) 시집 형태의 왜곡 외에 도형의 차용이거나 어긋난 배열의 문자 등을 보이는데, 이는 1980년대 황지우, 이성복, 박남철 시의 해체적 양상과 다를 바 없다.

"투닥투닥 동양화 경치/(정치가 경치라면!)/피래미 같은 피"로 빗대어진 "民화투"(「고스톱」), "우리 시대의 공화국 또한 몇 번이나 재수생 티를 벗어나지 못한 채 후줄근했다"로 비견된 정치풍자시(「아수라, 1979」), 혹은 1989년 5월 이철규 조선대생 의문사 사건을 "변사체,/이철발/유류품" 몰개성의 즉물시로 담아낸 시도 유별나다(「유류품」).

필자는 정남식이 난마처럼 벌여 놓은 해체적 양상과 풍자적 정치시, 혹은 말놀이시의 숲에서 벗어나, 그럼에도 불구하고 시적 화자로서 정남식의 주체적 발화를 통해 그의 존재를 가늠하는 데에 초점을 둔다. 범박하나마 시 텍스트를 좇은 결과, 다음과 같다.

"아침을 살해하고 싶도록/쑥스러운 이⋯⋯"가(「아침 산길」) 조우하는 세상은 "캄캄한 하늘에 綠슬은 빗물"(「물-비」), "녹슨 햇빛"(「길목 거대한 숲길」), "철조망 녹슨 가시"와 같다(「소풍객들 틈 속에서」). 이를테면 "무위 하늘 끝 모를 푸른 무위 속으로" 치닫는데(「소풍객들 틈 속에서」), 예비군 훈련장에서 아무것도 하는 일이 없거나, 이룬 것이 없는 무위(無爲)를 알아차리는 것과 같다. "생각하면 생각할수록 길이 없는 길은 길길이 길이길이 길들지 아니한 채 불길"하여(「내가 아무것도」), 대책과 방향도 없는 무망함만 펄펄 뛰듯 끝내 낯설기만 한 삶이어서, 불길한 기운으로 가득하다. 검둥이가 투신자살했다는 말을 들어본 사람이 없었던 시대처럼 설령 곰 같은 '내'가 죽었다 해도 아무렇지도 않을 날 "내가 나 밖에 떠 있는 듯!" "無-氣-力-으-히-힘/힘, 끼쳐 왔다 무겁구나 집에 또 들어가야 하나" 그리하여 낮밤 가릴 것 없이 정다운 잠의 집에 살고 있다(「나는, 문득」). 그 집에서 "텅 빈 우편함을 바라보는 일은/즐겁다 언제나 그것은/내 마음이 주소 없음을 보여 준다." 그러한 까닭에 "집 안에 처박혀 살아도/가벼워질 수 있는 마음이여"(「우편함 바라보기」), "나는 너무도 가물었구나"(「가물」), "나는/바, 바, 바, 바, 바, 바, 바, 바, 바, 바, 바, 바, 바,/바닥이다//푸른/바닥"을 알아차리는 일이 주된 일이다(「풀처럼 누워」). 그렇다고 게으르도록 평온한 집이 결코 아니다. "저녁상. 갈치. 놀라 튀고/아가리. 갈가리. 찢어지는/(중략) 아버지가 어머니의 목을 잠그고 계셨다 (중략) 나의 사랑하는 자부심 이 개망나니야! (중략)//⋯⋯ 왜 ⋯⋯ 나는 ⋯⋯ 이 쥐 구석 ⋯⋯ 에서도 ⋯⋯ 모든 것을 다 ⋯⋯ 이해한다고 ⋯⋯ 고개를, 눈빛 槍날을, 세웠는지"(「1987 끝날」) 떠듬떠듬 어눌한 말투로 짚어 가는 가정폭력사에 "誤脫난 아버지,/교정 불가!"(「왜 끊임없이 아버지는 들들들 볶아 대실까」), "나는 어둠에 어깨 깨어지며/마지막으로 아버지를 끄고"(「찌지지지지」) 방전되거나 절연한다.

2.

　2005년 제2시집 『철갑고래 뱃속에서』(문학과지성사)를 내었다. 시 「나의 그리움은 어디에 있는가」와 같이, 상품 광고를 패러디한 반어의 위악적 태도를 보이거나, PC방 벽돌 깨기 게임과 같은 블록 퍼즐을 삽입한 불가해한 시 「경동시장」 등에서 해체시의 잔재가 보이지만 지극히 드물어졌다. 반면에 시집의 제4부는 시 「태우지 못하는 紙碑」를 비롯한 여러 시편을 모았는데, 이상(李箱) 시류(詩流)의 자의식 과잉, 자기 관념에의 함몰 혹은 유희, 무의식의 표백 등이 두드러진다.

　시집의 표제시는 수도권 지하철 전동차를 "철갑고래 뱃속"에 빗대어 '고래의 시간'에 먹혀 잠식되어 "분수처럼 내뱉어져 토해진 우리는/플랑크톤으로 부유하며" 누군가의 먹이가 되었다가 거듭 토해지는 삶을 살아 내고 있다고 하였다. '우리'로 지칭되는 지하철 전동차 인간 군상은 "비명과 비명이 볶아지는 소리의 숨을 내쉬고/한숨들이 지쳐지는 피의 숨을 들이쉬고 내쉰다". 삶의 아수라, 고통과 절망의 끝자락에 "사는 것보다 죽는 것이 내게 나음이니이다"라고(「요나」 4장 3절) '요나'의 남을 탓하는 원망스러운 넋두리를 끌어와서, 살아도 살아 있지 않으니 차라리 죽는 것이 낫다고 한다.

　이렇듯 머리로 헤아리는 시와 더불어 제2시집에는 가슴으로 쓰는 시가 혼재되어 있다. 엘리엇의 적시(摘示)를 빌어 말한다면 시적 정서를 표출하는 듯하다가 자기 정서로부터 도피하고, 자기 개성을 드러내는 듯하다가 몰개성으로 도피하는 형국이다. 뚜렷한 점은 제2시집에서 자기 세계를 들여다보는 서정으로의 귀환을 짐작할 수 있다는 것이다. 이를테면 "한 번, 단 한 칼의 그리움을 치기 위하여/나는 나를 베러 가야 한다/붉은 햇빛이 핏물처럼 흘러내리고/나의 속울음은 숯으로 타오른다/타는 강물로 나는, 너의 숲속을 지나간다/나무둥치들에 눈물처럼 떨어지는 잎들……"과 같이 황혼이 '나'의 핏물과 속울음과 타는 강물과 떨어지는 잎으로 정경교융(情景交融)하여 일체화된다(「황혼」).

2021년 제3시집 『입가로 새가 날았다』(천년의시작)를 내었다. 자서(自序)에 "나고 죽는 생멸의 반복이 처연"하고 "사사로이 세사가 탕진" 되더라도 "여기, 당신이 꽃 피어나고 있다"라고 하였다(「시인의 말」). 시인이 바라보는 물물의 생멸이란 본상(本相)에 눈길을 둔 데서 비롯한다. 삶과 죽음이 나서 머물고 변화하고 소멸하는 것이 자신의 심정에 와닿아 물물이 시인에게 하고 싶은 말을 시적 화자가 대신 전해 주는 세계에 깃듦을 말한다. 그런데 물물이 마음속에 품은 생각과 감정이 기운이 차고 쓸쓸한 처연(凄然), 애달프고 구슬픈 처연(悽然)에 기울어져 있다. 시인의 삶이 세상에서 일어나는 온갖 일에 자신의 힘과 열정 모두를 헛되게 써 버리는 하릴없음, 어떻게 할 도리가 없는 내적 상황에서 시의 꽃이 피어나고 있다고 하겠다. 시의 몸을 "뒤돌아볼 때에/지는 것이 도처에 흥건하였다.//여기, 당신이 꽃 피어나고 있다."(「시인의 말」)

제2시집을 낸 이후 어언 16년, 알지 못하는 동안에 어느덧 소멸하여 허공에 피워 낸 꽃이 제3시집 『입가로 새가 날았다』이다. 마치 "외도 선착장에 배가 포물선을 그리며 돌아온다/떠나기 위해서는 저렇게 둥그렇게 돌아야 한다는 것을/그땐 몰랐다, 그저 몸만 버리면 다 되었던" 시적 아포리아를 통해 지난 16년 세월을 흘려보내며 깨달은 자기 정체성 혹은 혹독한 삶의 성찰로 자신의 운명과 마주하였다(「입가로 새가 날았다」).

이 시집의 첫 시에서 "가을의 샛노란 사막은/때로 내가 걸어야 하는,/기쁜 길이기도 했습니다"라고 주어진 운명이 피할 수 없는 사막의 숙명이라면 차라리 기쁜 마음으로 시의 길을 걷겠다는 결기를 내보인다(「기쁜 길」). "나, 갈 데 없이 갈대야"라고 여기지만(「순천만 갈대」), "얼굴 없는 하루로 너는 일어나리라/결코 서두르는 법 없이 너는"이라고 채근하면서(「새벽 편지」) "너는 밑에서나마 살아남으리라/끝까지"라는 시적 발화가 물물의 상상력에서 시적 응집력으로 관통하고 있다(「젖는 뿌리」).

특히 이 시집 전편에 걸쳐 부감되는 물의 이미지는 "물의 맨 마지막 계단"까지 하강하였다가(「물의 계단」), "가슴에 뜨거운 불을 안고 올라가는" 상승의 기운이 되어 "시원하게 당신의 근저가 질척인다면/그리, 살아날 거예요"라는 열락의 세계로 충만하다(「물결이 일어나다」). 그리하여 "기뻐,/기뻐,/나는 병이야"라고 슬픔이 기쁨으로 그득한 병이 되는 역설의 세계에 깃들어 있다(「입안 가득 슬픔」). 한국 시단에 까마득하게 잊힌 듯하던 정남식이 이 시집으로 2022년 제18회 김달진창원문학상 수상자로 선정된 것이 마땅하다는 것을 여실히 드러내었다.

3.

신작 소시집에 수록된 시 다섯 편은 언뜻 장소성에 기반을 둔 기행시편인 듯하다. 시 「목서 통신」은 2022년 9월 말부터 10월 중순에 이르기까지 마산만을 뒤덮은 정어리 떼 폐사체를 시적 제재로 삼았다. 산소 부족으로 죽을 확률이 적은 개체인데 유독 정어리만 골라서 죽인 바다라는 게, 국립수산과학원의 발표여서 많은 이를 더욱 어리둥절하게 만들었던 사건이다. 어민들은 기후변화로 인해 정어리 떼 개체수가 급작스럽게 늘었고, 멸치어장에 정어리가 대량으로 들어와 그물에 걸리게 되자, 총허용어획량 정책에 의해 정어리 떼를 다시 바다에 버리게 된 것이라고 추정하였다. 이 시의 화자는 마산만에 진동하던 악취를 두고 "마산 바닷가에서 그가 금목서와 은목서를 보냈다"라고 하였다. 정어리 사체가 썩어 가는 특수한 정황을 "금목서와 은목서"의 향기로운 객관적 상관물로 대체하여 제시하는 역설의 근저에 "노난 낚시꾼 마스크가 먼저 낚아 버린,/죽은 비린내"가 있다. 썩은 악취가 진동하는 정어리 사체의 비극적 정황을 두고, 횡재를 얻거나 운수가 대통하여 모든 일이 잘 풀린다는 "노난" 낚시꾼을 등장시켰다. 이른바 어처구니없는 발화를 제시함으로써 분노를 왜소화하는 풍유담으로 바꾸었다. 그러나 사실은 무더기로 잡혀 노났다고 여겼던 이들이 죽은 사체의 정어리로 내다 버린 속악하고 추잡한 세계의 공범자인 우리 인간을 비판하고 있다.

시 「이해 늦가을엔」은 마산 창동에 자리 잡은 파스타 전문점 복코집의 크고 넓은 접이식 유리창을 사이에 두고, 창의 안과 밖으로 전시물인 듯 정물화되는 사람과 창동의 풍경을 그려 내고 있다. 시 「진해 사화랑산 봉수대를 오르며」에서는 삼포왜란의 중심지였던 진해 웅천과 제포에서 전란으로 인해 갖은 고난을 치러 내 딱하고 어려웠을 삶의 역사를 떠올리다가, 비약적으로 "불어 터진 말의 역병으로/혀가 불을 머금고 흰 연기로 입을 가리는/말 마스크 환자들이 들끓는다"라고 하여, 시비하거나 헐뜯는 말의 쟁패로 퇴락하는 작금의 정황을 시화하였다. 아래 두 편의 시는 정남식이 지향하는 시적 세계를 가늠할 수 있는 까닭에 살펴보고자 한다.

구드레 나루에서 발을 떼어 낸
유람선

황포돛배에 실린 것은 나인가, 바람인가
물결이 실어 나르는 황포돛배 따라
저 강기슭 미루나무가 천천히 피어 흐른다

강물 빛은 잿빛보다 검게 출렁이고
금강의 비단 물결 강물 속에 잠겨 있는지
날빛조차 흐릿한데 즐거워서 즐거워

소풍인 우리를 실어 나르는
유람선이 백마강을 담아 갈 때
강 건너 서너 그루 미루나무 서성임만으로
우리는 흐르면서 의자에 가라앉고

고란정 우물 한 바가지를 떠먹는 그대를
삼천 날 꽃 필 세계로 그리워하다
고란사 종소리 한 번 울림에 손이 떨린다

강 너머 미루의 잎에 닿을 종소리에서
작열, 한마디 말이 스러지다가
낙화암 붉은 글자에 빨갛게 달라붙는다

마침내 한 잎 낙화한 먼 그대에게서
약수 마시듯 다시 강물 소리로 만난다면
미루나무 한 잎 따라 곧게 자라리라

강물을 젓는 노인 미루

위 시는 구드레 나루에서 백마강에 띄워진 황포돛배, 백마강 둑에 줄지어 선 미루나무, 그리고 배에 탑승한 시적 화자의 시선을 중심으로 시상을 전개한다. 시의 화자는 고란정 우물에서 목을 축이며 "삼천 날 꽃 필 세계로 그리워하다/고란사 종소리 한 번 울림에 손이 떨린다". "종소리 한 번"이라는 찰나에 옛 삼천 궁녀가 몸을 던져 꽃을 피웠던 극점을 손가락의 떨림으로 느끼는 순간이다. "작열, 한마디 말이 스러지다가/낙화암 붉은 글자에 빨갛게 달라붙는다". 온몸에 열이 심해지고, 쐐기풀로 찌르는 듯한 감각을 느끼게 하는 공간인 셈이다. 아울러 "마침내 한 잎 낙화한 먼 그대에게서/약수 마시듯 다시 강물 소리로 만난다면"이라는 가정 하에 과거의 한 잎이었을 "먼 그대"를 강물 소리로 만나는데, 이제 보니 "먼 그대"는 "미루나무 한 잎 따라 곧게 자라리라"는 염원 그 자체로 강둑에 자리 잡았다. 문득 "먼 그대"를 마음에 담아 간절히 생각하는 찰나, 시적 화자는 "먼 그대"를 향해 힘차게 "강물을 젓는 노인 미루"가 된다. 그것을 느낀 것은 황포돛배가 세차게 물살을 헤치고 저어 갔기 때문이 아니라, 꿈쩍 않고 서 있는 부동의 미루나무가 물살에 일렁이는 무수한 이파리, 그 유동의 그리움으로 시적 화자의 가슴 가득 흘러넘쳤기 때문이다. 그제야 비로소 백마강의 풍경은 강과 배, 먼 훗날 노인이 되어서도 "한 잎 낙화한 먼 그대"를 향한 그리움으로 늘 일렁이고 있을 미루나무로 완성된다.

　"서로 좇아 정다운 정이 백 년이 하루 같"은
　"전생의 인연으로 모였다가 인연이 다하여 돌아가는 것은"

"앵무새가 사람의 말을 하는 것과 같"은 것인가

앵강만은 앵무새의 말이 강물처럼 흘러나와
바다가 된 것인지
"사해로 집을 삼"은 노도

바람은 잔잔하였다 늙은 어부가 저어 왔다
초옥 앞에 우물을 파던 날 물이 나오자
서포는 눈물을 섞었다

이제 이 물은 어머니의 눈물이니
나는 이 물을 마시며
우물을 모시겠다

(중략)

숨 하나로 가까스로 살았으니
우물 하나에 일월이여
눈과 귀를 씻었다

저 궁에 속한 시앗의 씨라면
해배된 나의 하늬바람이 날아가
남해 앵강에 빠트려 묻어 두리라

허묘(墟墓)에서조차 풀이 자라지 않을 것이다

나의 묘는 이게 진정 내 묘이니

허묘도 허물어라

앵강만을 벗어나는데 기운 햇살이 너무 밝아

영진고속 커튼을 반쯤 걸친 아래

윤슬이 자글자글 끓는 바다가 슬슬 애끓는다

구운(九雲) 바다

—「구운 바다」부분

　　위 시는 서포 김만중의 유배지라고 전해지는 남해 노도를 둘러보
며 시상을 전개하였다. 경남 남해군 상주면 양아리에 자리 잡은 연화
마을의 도선장인 벽련(碧蓮)항에서 뱃길로 5분 남짓이면 노도에 도착
한다. 노도항 선착장에 내리자마자 노도 문학의 섬 상징비를 마주하
는데, 부분으로 인용된 위 시, 1과 2연은(원시는 4와 5연임) 김만중의 「구
운몽」과 「서포만필」에서 따왔다. 3연과 4연은 "늙은 어부"로 지칭되
는 서포(남해 사람들은 묵고 노자 할배라 하였다고 전해진다)의 생가터 옆 귀퉁
이에 자리 잡은 우물을 말하며, 서포의 독백 형식으로 "어머니의 눈
물"로서 우물을 가리켰다. 아울러 "우물 하나에 일월이여/눈과 귀를
씻었"을 서포를 떠올린다. 시의 중간 부분은 시적 화자의 발자취를
따라 정경교융하는 가운데, "바다를 유배로 삼은, 나의 이 유배"이
라는 서포의 독백을 현재화하였다. 위 시의 끝부분에는 서포의 독백
으로 거듭 이어지는데, 이는 시인의 세계관을 시적 발화의 형식으로
토로하는 듯하다. 말하자면 시인의 마음에 있는 것을 서포의 독백을
빌어 죄다 드러내어 말하는 것이다. 유배로부터 풀려나온 하늬바람,

그리움으로 표상된 하늬바람을 남해 앵강만에 묻어 두고, 풀조차 자라지 않는 김만중의 허묘마저 허무는 첩첩 아홉 구름으로 뒤덮인 구운(九雲)의 바다를 발견하는 지점에 위 시가 있다.

　이제껏 그의 시적 편력을 살펴보면서 그에게 있어 시는 첫 시집 「뜰 자서」에서 밝힌 바와 같이, "흐르는 고임" "속의 삶" 그 자체였다는 생각이다. 그의 시는 강박적 현실로부터의 낯설게 하기이며, 그의 삶은 일상적이고 평범한 삶으로부터 유배되어 자아의 유폐였다가, 깊숙한 물의 어둠에서 땅의 뿌리에서, 상승의 물관부를 어렵사리 찾아낸 것이 아닐까 한다. 그런 까닭에 고인 듯하지만, 끝없이 흐르고 있는 시, 흐르고 있는 듯하지만 고인 듯한, 삶의 질곡을 넘어서 정남식이 펼칠 시의 세계가 더욱 궁금해진다. 지극히 고전적인 말씀을 끌어온다고 하겠지만 정한모 시인은 시인이란 "절망을 확인하고 희망을 마련하기 위해서, 심령의 기갈(飢渴)을 채우기 위해서, 기계와 동물 사이에서 인간을 구출하기 위해서, 자기의 존재와 내부 세계를 확인하고 이를 전개시키기" 위한 존재라 하였다.[2] 자기 구원은 먼 데 있는 것이 아니라, 절망을 확인케 하는 시와 위대한 희망을 버리는 삶, 한갓된 이름마저 버리는 영(霙)의 사막에서 찬란한 별빛에 잠들 때일 것이라 믿는다.

---

2 정한모, 『현대시론』, 보성문화사, 1984, 140-141쪽.

순정(純正)한 시의 길이 아름다운 까닭
— 정이경의 시

1. 들머리

자기애 혹은 자기 지시적 세계관에 집착하여 두두물물(頭頭物物)의 시혼은 아예 돌아보지도 않고, 시적 발화를 앞세워 세상을 향한 진리를 설파하기에 급급한 시인들이 너무도 많다. 시적 발화가 시인의 세계관을 드러내는 개인적 담론이기는 하나, 시적 표상으로 참신하게 체현되는 서정의 감동을 결락한 까닭에 공소한 말의 성찬으로 끝나기 마련이다. 시를 통해 감지되는 정신의 선득함, 가슴을 치는 통절함이 없다.

이 글은 헤겔이 말하는 시의 원리, 이른바 정신성의 원리에 입각하여 정이경의 시를 살펴보았다. 독일 문예학에서 말하는 '정신'이란 "살아 있는 실체이면서 이념적인 자기 지향성을 지니는 것"이다. 자신이 바람직하게 여기는 자아 혹은 세계를 이루기 위해 끝없이 저 스스로 시적 정체성을 가늠하면서 나아가는 것을 일컫는다. 시적 정신이 살아 있다는 것은 거듭나기의 몸짓이 있다는 것이며, 올곧다는 것은 오롯이 자기답기를 간구하는 시인 나름의 신념 체계를 지니고 산다는 것이다. "남을 아는 것은 智, 자기를 아는 것은 明"이라 하였다(노자, 『도덕경』 33장). 정이경의 시적 체험에 체관(諦觀)된 명(明)의 세계를 좇아 가늠하였다.

2. 순일(純一)하여 거짓이 없다

정이경의 시를 읽으면서 내내 떠나지 않은 질문이었다. 스스로 시답잖은 시를 쓴다고 한껏 몸을 낮춘 시인의 마음이란 어떠한 것인가? 따라서 시인으로서 자신의 존재감 혹은 시적 정체성을 밝힌, 다음 시를 읽는다. 이는 정이경이 생애 전반에 걸쳐 줄곧 애끓은 부분인 동시에 정이경의 시 세계를 열어젖힐 단초(端初)인 까닭이다.

> 딱히 어떤 모습이라고 규정지을 수 없는 모양새가
> 애매한 답을 요구하기도 한다
> 영원히 정의를 내릴 수 없는 몸무게에 대해서도
> 칠흑이란 바다에서는 자연스럽게 익사체가 되기에
> 얼굴색마저 희다거나 검다는 결론을 짓기에는 더욱 어렵다
> 청명한 날에는 곧잘 매장되고 말지만 결코 멸종되는 일은 없다
> 이 얼마나 즐겁고 명랑한 현상인가
> 무한한 영혼이 있다고 믿는 허공에서 느닷없이 큰 머리통과 짧은 다리로
> 외계인처럼 우주를 떠돌아다녀도
> 상상력으로 잘 뭉쳐진 부푼 마음은
> 소리를 감춘 그 슬픈 태연함을 이해하려 한다
> ―「구름의 형식은」 전문

위 시는 언뜻 구름의 생성과 변화와 소멸 등 갖가지 형상을 시의 제재로 삼은 듯하다. 그러나 위 시는 단선적인 외적 형상에 관한 발화가 아니라, 구름이라는 사유의 표상, 이른바 구름에 관한 질료적 관념론으로 나아간 것이다. 구름은 시인의 시적 정황과 세계관, 혹은 시인 자신의 존재감에 관한 내적 성찰의 가늠자이다.

정이경에게 구름으로 표상된 시, 혹은 자신의 존재란 무엇인가. "영원히 정의를 내릴 수 없는 몸무게"이며, "희다거나 검다는 결론을 짓기에는 더욱 어렵다". 이를테면 희로애락의 마음자리마다 가볍거나 무겁거나 가라앉거나 뛰어오른다. 게다가 검은 구름의 반대쪽에 흰 구름이 엄존하듯이 흑백논리를 초월한 영감의 세계에서 자유로운 존재이다. "청명한 날에는 곧잘 매장되고 말지만 결코 멸종되는 일은 없다". 사실 청명한 하늘에 매장되었다고 엄살을 부리지만, 구름이 나고 죽는 것이 허공중에 여여일체(如如一體)인 까닭에 생멸에 구속된 바가 없다. "이 얼마나 즐겁고 명랑한 현상인가". 그럼에도 불구하고 정이경 시인에게 시 혹은 자신의 존재, 이러한 "부푼 마음은/소리를 감춘 그 슬픈 태연함을 이해하려 한다". "소리를 감춘 그 슬픈 태연함"이란 무엇인가.

어느 날 한적한 곳으로부터의 고요가 도착한다

발치께에 묻혀 온 어둠이 짙다

이윽고 밤은 가장 고요하게 들끓기 시작하는데

정작 자신의 얼굴을 들여다볼 수 없어

네모난 창틀을 살그머니 밀친다

자꾸 엿듣고자 귀를 빌리려는 그믐밤의 비애와 함께

—「창밖」 전문

　위 시는 어둠 속의 고요에 처한 시적 화자의 정황을 간명하게 드러
내었다. 현상적 화자가 직면한 밤은 "가장 고요하게 들끓기 시작하
는" 모순어법에 자리 잡고 있다. 적막하고 캄캄한 밤이 고요하게 들
끓는 역설의 공간이란 무엇인가. 소리도 빛도 없는데 오히려 그럴수
록 들끓는 것이란 공허함이 더욱더 팽창하는 극점에 놓여 있기 때문
이다. 사실 공허함을 의식하는 순간이 시를 쓰는 동력을 발휘하는 극
점인데, "정작 자신의 얼굴을 들여다볼 수 없어" 시적 화자는 그나마
마음의 창을 열어 본다. 그러자 "자꾸 엿듣고자 귀를 빌리려는 그믐
밤의 비애"와 조우한다. 말하자면 그믐밤으로 꼴바꿈한 또 다른 자아
가 '나도 너의 마음을 듣고 싶어. 그러나 들을 수가 없어서 슬퍼.'라는
현상적 화자의 에돌이(回折) 체험으로 환원된다. '나'는 '나'를 들을 수
없고, '나'를 볼 수 없고, '나'에게 말할 수 없는 지독한 공허. 이른바
'나'를 향한 소리와 빛이 차단되었다고 하더라도, 자기 내면의 그림자
까지 파동을 전하는 몽환, 그 에돌이의 힘으로 시를 쓰는 정이경의 시
적 세계가 발현되는 지점이다.
　이를테면 "너도 없고 나도 없이 찾아온 오월은 아마도 오래 저장된
기억의/슬픈 회로를 따라왔을 것이다/나를 빠져나간 너는 어디로 갔
을까"처럼 "나를 빠져나간 너"의 부재라는 공허이거나(「장미의 키워드」),
"달도 없는 밤/음표 없는 악보도 길을 잃었나 보다/행간을 찾지 못

한/나의 마침표처럼" '길'의 부재 속에 멈추어 버린 '마침표'로 귀결되는 지점에 정이경의 시가 있었다(「바람이 부는 리코더는」).

자신의 시적 정황을 「구름의 형식은」에서 관념적 표상으로 이야기했다고 하면 다음의 시는 직정적 토로에 가깝다.

> 첫사랑이 새삼 그리워지기도 하고
> 여전히 서점에서 시집을 사 오지만
> 한평생
> 사랑에 순정을 바치지도
> 시(詩)에게 목숨 걸지 못했으므로
> 그간의 모든 것은 변명에 지나지 않는다
>
> —「나라는 형식은 1」 전문

"한평생" "시에게 목숨 걸지 못했으므로/그간의 모든 것", 예컨대 시 그 자체 혹은 시인으로서 시작 활동 등 모든 것은 변명에 지나지 않는다. 일반적으로 속죄양이 남의 죄를 대신 짊어지는 데에 있다고 한다면, 위 시의 화자는 저 스스로 '나는 죄인이며, 이제껏 내가 한 모든 이야기는 변명에 불과하다'고 뉘우친다. 사랑에 순정(純情)을 바치지도 않았는데 사랑의 시를 쓰고, 시에 목숨을 걸지 못했는데 생명의 시를 쓰고 있음을 부끄러워한다. 순정이란 순간에서 영원으로, 이른바 지속의 응결체이다. 사랑을 이야기하기에는 영원과 지속이라는 엄정한 자기 약속을 견지하기에 턱없다는 성찰의 자리. 한편으로 섶을 인간의 육체에 비한다면 그것을 태우는 불은 생명이라고 전제하고, "섶이 타 없어지는 것을 볼 수 있지만 불은 이 섶에서 저 섶으로 이어져서 영원히 타오르는 것(指窮於爲薪 火傳也 不知其盡也)"처럼(『莊子』養生主),

276

시인으로서(싶) 목숨 걸고, 혹은 목숨을 다하여 이 세상의 한 자락 시(불)이고자 했으나, 그럴 깜냥조차 되지 못한다고 몸을 낮춘 자리에 정이경 시인이 있다.

> 제국을 그리워하는 날들이 많았다
> 크고 작은 그 제국의 황제가 되고 싶었기 때문은 아니다
> 견고함으로 무장된 성벽 사이로
> 시대를 막론하고 흘러나오는 노래가 있는 제국을 꿈꾸었다
> 부끄러운 고백들과 뒤통수가 간지러운 말들은 죄다
> 단칼에 처단하라는 명령이 내려졌다
> 오백 년도 더 된 느티나무 아래가 흥건하다
> 아무런 감흥 없이 지나가는 삶을
> 시답잖은 시선으로 경멸해야 할 것이다.
>
> ─「그리운 제국」 전문

위 시는 처음 발표할 때(『시애』 7호, 2013) 시제(詩題)가 "시를 쓰는 밤"이었다가, 원시 3행의 "시대를 막론하고"를 4행으로 바꾸는 한편, 시집 『노래가 있는 제국』을 펴낼 때 개제(改題)하여 「그리운 제국」으로 하였다. 위 시의 화자는 시대를 초월하여 영원한 시, 노래가 있는 제국을 희구한다. 시대를 초월한다는 것은 당대의 주의(主義)와 이념이 사람을 휘둘리는 거짓과 망령을 떨치는 일인 까닭에 무엇보다 먼저 자신의 "부끄러운 고백들과 뒤통수가 간지러운 말들"부터 "단칼에 처단"한다. 남을 속여 넘기는 기망(欺罔)과 애써 잘 보이려 알랑거리는 아유(阿諛)의 말을 걷어 낸 자리에서, 자신을 추슬러 "아무런 감흥 없이 지나가는" 무망(無望)한 자신의 삶을 통렬히 경멸할 것이라 다짐한다.

위 시에 나오는 "시답잖은"은 '볼품이 없어 만족스럽지 못하다'라는 뜻이다. 이와 어울리는 말이 '마음에 들 만하지 못하여 마뜩잖다'이다. 그럼에도 유독 "시답잖은"을 쓴 까닭은 무엇인가. 이는 '시(詩)답지 않은 것을 시답잖게'라는 동음이의어의 유추에서 비롯된 것으로 보인다. 예컨대 "나의 시는 휘돌아 가는 길에 이어져 있다지만 늘 몇 줌의 눈물이나 간혹 시답잖은 분노 따위가 끼어들기도 한다"처럼(「시력」), 저 스스로 만족스럽지 못한 눈물과 분노에 관한 시적 반성으로 이어지기도 한다. 크고 넓은 시적 발화를 통해 허장성세하거나, 자기 신념과 감흥에서 우러나기보다 남의 이야기와 심정을 빌어 시답게 꾸미는 거짓을 거척하는 자리. 이렇듯 순일(純一)하여 거짓이 없는 정이경이 나아가야 할 시적 세계가 진정성을 근간으로, 인간으로서 자기 내면의 본심을 찾아내는 길로 접어든 것은 마땅하다고 하겠다. 장소 사랑으로서 고향과 머물렀던 곳, 인간 사랑으로서 가엾고 안타까운 마음으로의 회귀는 진정한 '나'를 회복하기 위한 도정(道程)이었다.

3. 선한 의지, 아름다운 세상

정이경은 '시인과 독자와의 만남'이라는 대담에서(김달진문학관 '시야, 놀자' 프로그램, 2015년 12월 5일) 자신의 시작 태도를 '1. 어렵게 말하지 말고 2. 사실적으로 쓰되 3. 시를 쓰는 나도 편하고 남들도 부담스럽지 말아야 한다'라고 하였다. 지극히 원론적인 이야기지만 이는 T. S. 엘리엇의 이른바 계획적 비평(programmatic criticism) 단계에서 언급한바 "시란 '무엇은 사실이다.'라고 단언하는 것이 아니라, 그러한 사실을 우리로 하여금 보다 더 리얼하게 느끼도록 해 주는 것" 혹은 "시의 의미의 주된 효용은 독자의 습성을 만족시키고, 시가 그의 마음에 작용하는 동안 정신에 대해서 위안과 안정감을 주는 데 있다"와 같은 맥락에 있다(「시의 효용과 비평의 효용」).

특히 정이경의 고향·장소 사랑 시, 가족 사랑 시는 각별하다. "자랐네 우리는/성이 있었던 마을에서/아득히 내려다보이던 미나리꽝/더러는 잊힌 잘생긴 이마의 돌부리 하나/끝내 그리운 이름들이 되고 말았어"에서 말하는바(「사라진 성을 기억하며」) 아버지 고향, 진해 웅천읍성의 북문 밖 붕박걸을 시적 원형으로 삼아 쓴 시들은 여느 작품보다 편안하게 읽히는데, 필자는 이를 위안과 평화의 시라고 명명코자 한다.

> 소소한 삶이 박아 놓은 문양들이 납작납작한 풍경으로 펼쳐져 있다
> 울음과 웃음의 거실을 지나 요람에서 무덤까지 가기도 한다
> 지금은 사라진 우물과 장독대 사이
> 한참을 들여다봐도 어색한 할아버지와 할머니가
> 그래도 나란하시다
> 묵언 수행의 방에 든 아버지도
> 하안거와 동안거를 여러 해 반복 중이시다
> 젊은 날의 어머니마저 이제는 눌러져 납작하시다
> 침묵으로 만들어진 깊은 골짜기와 새로운 사진첩 사이의 간지 같은 나
> 한없이 낯설지만
> 행여 놓쳐 버린 사랑이 있을까 싶어 다시 샅샅이 살피는 중이다
> 둥글게 등을 구부리고
>
> 필생의 작업은 여기서부터 시작되었으면 한다
>
> ―「들여다보다」 전문

시적 화자가 들여다보는 고향 집은 "요람에서 무덤까지", "소소한

삶", "울음과 웃음"이 "납작납작한" 풍정이다. 이곳에 머물던 가족이 다 판판하고 얇으면서 좀 넓게 살아왔다. 크게 떠들썩할 것, 굵직하게 내세울 것, 잘난 척 앞세울 것 없지만 마음만은 넉넉하게 살아왔다. "젊은 날의 어머니마저 이제는 눌려져 납작하시다". 그리고 "침묵으로 만들어진 깊은 골짜기와 새로운 사진첩 사이의 간지 같은 나/한없이 낯설지만/행여 놓쳐 버린 사랑이 있을까 싶어 다시 샅샅이 살피는"데, "필생의 작업은 여기서부터 시작되었으면 한다". 필생의 작업이란 자식으로서 부모를 향한 가엾고 안타까운 마음에 진심인 것, 시인으로서 "어디로 가야만이 가장 순정한 시의 길에 닿을 수 있을까"를 궁구하며 "당일치기 단풍놀이에도 유행 지난 구두며 양복을 챙겨 입고 중절모까지 얹은 연로한 아버지들이 있고 그 흔한 택배도 모르는 깊고 깊은 주름살 계곡에 사시는 어머니들 손에 들린 보따리가 눈물을 실어 나르는 까닭"에 눈길을 두고자 한다(「시력」).

  "우의도 입지 못한 우리 엄마/혼자서 또 물꼬를 트시겠다"(「비 내리면」), "삼십여 년을/매일 아침 홀로인 밥상에 앉아/홀로 수저를 드신다"(「붉은 저녁」), 그 어머니의 사랑으로 "누구에게도 내보이지 않은 성 밖에서 기록한/슬픔의 구근을 꼭 쥐고/객사 뒤편에서 말이 좀체 없던 그 여자아이가"(「붕박걸에서 자라다」) "그지없이 애틋할 큰딸"로(「나의 기원은 어디에 있나」) 자랐을 것을 회상하는 '나'는 "오래된 나무의 딸임을 비로소 알게 되었다"(「오래된 대추나무 한 그루」).

  어머니
  일어나신다
  저렇듯 우주의 한쪽에서
  가만히 일어나시는데도

삼라만상이 어머니 따라서 다 깨어난다

그 힘으로 나는 살아가고 있지 싶다

—「새벽에」 전문

위 시의 화자가 말하는 "그 힘"은 무엇일까. 삼라만상이 어둠 속 깊은 잠에 빠져 있는 새벽 즈음에, 말하자면 먼동이 트려 할 무렵, "저렇듯 우주의 한쪽에서" 동녘을 밝히는 해처럼 "가만히 일어나시는" 어머니라는 존재를 향한, 다할 길 없는 경외감 그 자체가 아닐까? 노동을 하루해를 여는 축복처럼 여기며 전 생애를 살아오신 어머니의 힘, "그 힘으로 나는 살아가고 있지 싶다".

위 시가 정이경의 제1시집 『노래가 있는 제국』에서 본 어머니라면, 제2시집 『비는 왜 음악이 되지 못하는 걸까』에서 본 어머니는 영원성의 존재로 승화된다. "생뚱맞게/텃밭의 부추와 상추 이랑 사이"에 꽃밭을 만드시는 팔순의 어머니. 그 까닭은 "일하다 쳐다보면 좋아서"이다. 아흔을 눈앞에 둔 어머니의 꽃밭은 더욱더 화려해지고 "허물어진 담장이 있는 오래된 집에는/탄생과 소멸을 반복하는 꽃밭이 있다"(「꽃밭의 수사학」).

채송화주근깨 봉선화손톱 맨드라미머리핀 분꽃안경도 위로가 필요한 시절
구름의 안색을 살피거나
까치발로 목을 빼다가
까마득한 어둠에 담겨

—엄마, 엄마, 엄마

불안이 잔뜩 내려앉은 웅크린 어깨에
그림자 없는 잎사귀만 자라고
나는 귓가를 닦아 내느라 골목의 모퉁이가 다 닳아 버렸어

—「골목」 전문

위 시의 화자가 "채송화주근깨 봉선화손톱" 외 여럿의 꽃으로 꼴바꿈하였다. 고향 집을 꽃밭으로 가꾸어 놓은 어머니의 집에 자리 잡은 화자, 말하자면 과거, 현재, 미래가 통합된 정적인 체험이라는 내면화(erinnerung)에 깃든 화자는 이미 "위로"의 집에서 자라는 여럿의 꽃 그 자체이다. 간혹 "구름의 안색을 살피거나/까치발로 목을 빼다가/까마득한 어둠에 담겨" 있어도 "—엄마, 엄마, 엄마"를 부르는 것만으로도 위안이었다. 그러나 이제 여럿의 꽃에는 "불안이 잔뜩 내려앉은 웅크린 어깨에/그림자 없는 잎사귀만 자라고" 엄마를 애타게 부르는 '여럿의 꽃 = 현상적 화자 = 나'는 그 내면의 끝없는 울림으로 "골목의 모퉁이가 다 닳아" 버릴 지경이다. 이는 정이경에게 가족 사랑 시, 고향·장소 사랑 시가 삶의 위안으로 환원됨을 뚜렷하게 보여 주는 것이라 하겠다.

4. 오지(奧地)에서 오지(吾地)를 찾다

정이경의 삶과 시의 양태, 말하자면 일정한 상태에서 변하지 않는 고유한 속성과도 같은 것을 꽤 오랫동안 지켜보았던 필자가 주목하는 작품이 있다. 예사롭게 여길 수도 있지만, 이는 마치 삶의 변곡점과도 같다고 본 작품이다.

①

버스를 타면 늘 맨 뒷자리에 앉았다

담벼락에 잇대어 핀 칸나꽃

바라보기 좋고

강을 배경으로 둔 풍경도

지루하지 않고

자꾸 뒤처지는 낮은 산과 들 구름에게

잘 가라 잘 가라……

희미한 미소와 건네는 짧은 작별도

쉬운데

뭘 잘못했을까

내 안의 나에게

나도 가까이 못 가는 걸 어쩌랴

—「이상하게도」 전문

②

지상에서의 모난 마음 들킬까 봐 깎아지른 벼랑을 애써 외면해도

왁자하던 길은 어디서부턴가 나무 그늘 속으로 달아나 버렸고

햇빛은 일제히 난반사로 튀어나왔다

나는 오래 격렬함을 원했다

산이 나를 지나가는지

내가 산을 통과하고 있는지 알 수 없었으므로

—「밋밋한 생은 슬프다」 부분

위 ①의 시는 『시애』 3호(2009년)에 게재한 시이다. 제1시집(2015년)에 같은 제목으로 수록하였으나, 상당 부분 개작하였다. "버스를 타면 늘 맨 뒷자리에 앉았다", "내 안의 나에게/나도 가까이 못 가는 걸 어쩌랴"라는 시적 발화가 시제 그대로 '이상하게도' 오랫동안 지워지지 않았다. 그런데 산문시로 개작한 두 번째 이야기 토막에서 "어릴 적 달리기를 할 때마다 옆 친구들과 부딪히는 게 두려워 지레 피해 주기만 하여 1등은 늘 내 몫이 아니었다. (중략) 지금도 앞쪽으로 쏠리지 않으려 안간힘을 쓰는 내가 나를 보고 있는 것일까."라는 구절에서 비로소 「이상하게도」 시의 실마리를 풀어 나갈 수 있었다.

직선의 삶을 치닫는 사람에게만 내주는 1등의 삶과는 달리, 우리의 삶이 곡선의 삶이라고 인식을 하는 사람의 삶이란 어떠한가. 맨 뒷자리가 다름 아닌 맨 앞자리의 앞이라는 순응의 자세, 이른바 곡선의 삶이 자연의 순리가 아니겠는가. 이를테면 겨울이 계절의 맨 뒤가 아니라, 봄의 앞자리라는 순환의 사고 속에 자신을 놓아둘 수는 없는가. 뒤처져 있다고 해서 "내 안의 나에게/나도 가까이 못 가는 걸" 어쩌겠느냐, 놓아두면 오히려 '내 안의 나에게 더욱더 가까이 갈 수 있다'는 역설의 내면적 거리를 말하고 있다.

②의 시, "지상에서의 모난 마음"이란 뒤처지는 자신이 마치 "깎아지른 벼랑"을 걷는 것처럼 마음을 졸이는 것은 아닌지 성찰하는 순간, "산이 나를 지나가는지/내가 산을 통과하고 있는지 알 수 없었으므로"라는 화두를 스스로에게 던진다. 사실 이 화두는 '내가 산을 지나는 것'이 아니라, '산이 나를 받아 주어 내가 지나는 것'으로 귀결된다. 따라서 「밋밋한 생은 슬프다」라는 시제는 '위대한 내'가 산을 통과하는 결기와 각오로 충만한 것이라기보다, 지극히 평범하여 '밋밋한 나'를 산이 받아 주어 '나'를 지나게 하는 것에 대한 감사인 까닭에

역설적인 제목이 된다. 말하자면 수많은 이들이 '나'의 밋밋한 삶을 슬프다고 여길 수 있으나, 오히려 그것은 '나'에게 끓어오르던 "오랜 격렬함"이어서 그만큼 더 감사할 수 있는 삶이라는 역설이 가능한 마음자리이다.

> 오늘은 그런 날
> 몇 개의 산등성이를 넘었어도 이대로 영원히 걸을 수 있겠다
> 두근대는 분홍빛 내 발바닥을 보았나
> 다른 세상에서 복화술사가 되신 아버지
>
> ―애야, 오늘은 천천히, 아주 천천히 걸으렴
>
> 위스키를 비운 유리잔처럼 말갛게 안경알을 닦으시네
> 화산재 먼지를 헤치며
>
> 나는 걷고, 또 걷고
>
> ―「친절한 배후 세력」 부분

이 시의 첫머리에는 킬리만자로의 최고봉을 오르면서 제1시집에 수록된 「이상하게도」를 떠올리면서 "나는 늦네, 언제나 늦네"를 다시금 읊조리는 것으로 시작한다. 늦는 까닭에 오히려 "몇 개의 산등성이를 넘었어도 이대로 영원히 걸을 수 있겠다". 저 스스로 가슴 벅찬 희망으로 "두근대는 분홍빛 내 발바닥"을 본, 다른 세상의 아버지가 "애야, 오늘은 천천히, 아주 천천히 걸으렴"이라 하며 아낌없는 격려와 용기를 불어넣는다. 킬리만자로 최고봉 정복이라는 목표만을 앞세

워 빠르게 걷는 자는 남보다 앞서 도달점에 이르러 자기 한계와의 싸움에서 이겼으므로 선도적 성취감에 들뜨겠다. 그러나 자기 싸움과 속도에 몰두하느라 놓쳐 버리거나 예사롭게 지나쳐 왔던 아름다운 풍정과 자신을 되돌아볼 수 있었던 귀한 시간을 초조와 조바심으로 날려 버린 것은 어떻게 할 것인가. 개개인 주어진 운명이야 어쩔 수 없다지만, 전 인생을 무서운 속도에 두어 억압과 성취의 혼돈 속에 내달리거나, 고뇌를 깃털처럼 가볍게 두어 운명보다 느리게 걷는 것은 어떠할 것인가를 떠올리게 한다.

정이경의 이러한 시적 사유는 하루아침에 절로 생긴 것이 아니다. 그녀의 나이 스무 살, "야간 산행을 간다고 하였다/제대로 된 등산화는커녕 파란색 보세점퍼에 겨우 운동화만 신고 (중략) 그해/그렇게 시작되었다//무언가가 무성하게 무럭무럭 뭉클뭉클 자라고"에서 비롯되어 줄기차게 이어진 산행 체험이 이를 웅변해 준다고 하겠다(「오래된 사운드트랙」). 북한산, 관악산 등 여러 산은 물론, 지리산 종주를 거듭하면서 "물소리,//바람 소리,//새소리"에 "눈이란 눈,/귀란 귀가,/적어도 몇 개는 더 있어야 했다."(「지리산에서는」) 아울러 산행은 눈과 귀의 풍정만을 즐기는 데에 그치는 것이 아니라, '내' 마음에 독버섯처럼 돋아나는 혓바닥을 베어 내고 잘라 내는 것으로 새겨 웅숭깊다.

가끔씩 나도 모른 척하며 혓바닥을 마구 놀리고 싶을 때가 있다 욕지기가 담긴 얼토당토않은 말을 내뱉고 싶어질 때가 있다 입만 열었다 하면 사실인 양 나불대고 군림하려는 듯 거들먹거리는 그런 족속들에게 보란 듯이 그러나 한통속이 되기 싫은 혓바닥을 수없이 잘라 내고 필요치 않은 싹을 가진 마음을 하루에도 몇 번씩 싹둑싹둑 베어 내고 잘라 내기 위해

나무와 나무 사이로 나비 한 마리 날아가고 있다

—「'걷다'의 안쪽」부분

혓바닥을 잘라 내고 귀와 눈을 남겨 둔 세상의 숲에서 "나무와 나무 사이로 나비 한 마리"로 표상된 시적 화자란 그야말로 자유 그 자체이다. 제2시집 『비는 왜 음악이 되지 못하는 걸까』는 자유로운 시적 화자가 숨어든 오지(奧地)에서의 시적 체험으로 충만하다.

이는 "아직도/첩첩이거나/겹겹으로/몰아 보여 주는/저 공공연한 환"과 직면하는 일이다(「안나푸르나를 그리는 눈썹 두 줄」). 일상의 안락함에 주저앉아 넉넉하게 주어진 삶에 자락자족(自樂自足)하는 미혹의 '환(幻)'과는 달리, 아직도 알 길 없어 첩첩·겹겹의 '나'를 만나게 하는 거멀못으로서 '환'에 몰입하는 것이다. 그곳에서 "지도에도 없는 길이 되어 네팔리가 되어 온전하게 신들의 말을 전할 뿐"인 사람을 만나고 (「아직도 자라는 꼬리」), "신이 만들어 놓은 꼬리를 잡고 사는 사람들의 기도가 궁금해졌거든요/달빛에 스윽, 당겨져 오는 저 설산이 그러라고 하네요/지금 내가 없는 당신은 어떤가요"라는 내면의 질문과 조우한다(「내가 없는 당신」). 그 질문에 관한 내면의 답은 다음 시와 같다.

두 발은 내게서 멀어지기로 작정한 모양이다

나는 잠시 생각했다
그동안 착한 나의 발이었던 시절과 더는,
안전한 곳만 골라 다닐 수 없는 순간들에 대해

꽃은 꽃밭에 있는데

사람들은 항상 활짝 핀 뒤에야 발견하곤 하지

이름 불린 꽃은 틀림없이
위험에 빠질 것이다
어쩔 수 없이
나의 두 발이었던 너의 이름을 지우는 일
천 길 낭떠러지를 건너 아지랑이 속 어떤 꽃가루처럼
느닷없이 여름이 가고 가을이 오지 않아도
발아래 핀 꽃은 허공에서도 활짝, 활짝
길을 가득 메울 것이다

—「시시각각, 히말라야」전문

꽃은 지상의 꽃밭에 두 발로 자리 잡아 이미 꽃인데, 사람들은 피지 않았다고 꽃이라 하지 않는다. 그러나 꽃이 피었다고 기뻐하지 말라. 꽃이 활짝 핀 것은 머지않아 "나의 두 발이었던" 지상에서의 "너의 이름을 지우는 일"일 터, 그리하여 시적 화자는 "천 길 낭떠러지를 건너 아지랑이 속 어떤 꽃가루처럼" 되어 "허공에서도 활짝, 활짝/길을 가득 메울 것"을 꿈꾼다.

지상의 꽃으로 이름 불리기보다, 허공의 꽃이 되고자 하는 환(幻)이란 무엇인가. 그것은 "지금 막 돋아난 꽃잎들의 손금이 허공에까지 새겨지는" 일이며, "내 생애의 진동은 어디까지 닿을 수 있을까"라는 내면적 생의 파동만으로도 가슴 벅찬 일이 된다(「싱잉볼」). 굳이 지상의 꽃이 되어 허명을 앞세우다가 "나의 두 발이었던 너의 이름을 지우는" 것보다, 허공의 꽃이라도 '내' 생애의 진동으로 가슴 벅찬 나날을 보낸다는 것만으로도 되었다. "성긴 문장으로는 어림없는,/모든 욕망을 내려놓게 하는 수수방관의 저 자세/(중략) 나열해 둔 문장들이 언제 완성될지도/한 발짝 내디딘 발자국 아래가 다 허방이어도/모퉁이도 없고 내일의 날씨를 염려하지 않아도 되는 이곳에서/들어가면 나올 수 없다고 해도" 그만하면 되었다(「애써, 타클라마칸」).

오지(奥地)에서 찾은 오지(吾地)이다. 말하자면 일상의 '나'에 침잠하여 '나'로부터 너무 멀리 떨어져 있는 듯한 마음의 오지에서, 진정한 '나'를 찾은 환의 공간이 허공과 허방이다. 게다가 꽃가루, 혹은 꽃잎들의 손금으로 표상된 '나'의 존재가 허공에 새겨지더라도, 그 내면적 생의 파동만으로도 가슴 벅찰 것이라는 정이경 시인의 삶의 태도와 세계관. 허명을 버리고 느리게 걸으며 눈과 귀를 열어 내면의 파동만으로 가슴 벅찬 그 순일(純一)·순정(純正)한 시의 길. 이는 목숨을 잃더라도 반드시 해야 할 정언명법(定言命法)의 도덕률을 견지한 칸트의 『실천이성비판』의 맺음말이자 자신의 묘비명을 떠올리게 한다. "그것에 대해 더 자주 더 오래 생각할수록 늘 새롭고 끊임없이 놀라움과 경외감으로 채워 주는 두 가지가 있다. 그것은 내 머리 위로 별이 빛나는 밤하늘과 내 안의 도덕률이다."

아프니까, 시인이다

—최재섭의 시조

1. 들머리

참 오래되었다. 1974년 가을, 마산 산복도로 자취방에 최재섭과 나 둘만 저녁답에 함께하였다. 천장 한쪽이 내려앉고 조그만 알전구 하나만 골방을 비추었다. 막걸리가 양동이에 가득하고, 찌그러진 냄비가 술잔이었다. 우리는 그렇게 만났다. 경남대학교 국어교육과 1학년, 최재섭은 2대 대의원이었다. 작고 마른 체구에 눈동자가 유독 빛났다. 당시 그는 치기 어린 문학회 '곰팡이' 회장이었다. 1977년 1월 5일, 내가 먼저 입대하였고, 뒤이어 3월 26일 그가 입대하였다. 1979년 9월 말 제대하고 난 후, 나는 그의 사고 소식을 접했다. 행정병으로 고된 업무에 시달리다가 급기야 뇌출혈을 일으켜 전신 불구가 되었다는 것이었다. 통합병원에 그를 찾았을 때, 그나마 반신마비 상태로 한쪽 눈은 뜨지도 못하고 찌부러진 얼굴에 무덤덤하게 나를 맞이하였다. 기억이 다 사라졌다며, 지극히 예사롭게 말했다. 나만 철없이 울고 또 울었다.

최재섭이 기적적으로 다시 일어선 것은 널리 알려진 일이다. 교원 임용고시에 합격하여 교직에 몸담으며 시조시인으로 문단에 나와 활동하였다. 치료약의 효능과 부작용을 넘나들며 살아왔던 그의 일대기는 그야말로 평생이 '투병 중'이었다. 막역한 친구를 만나면 마음이 놓여서인지, 때론 혼미하거나 둔중한 마비로, 눈이 감긴 적이 많았다. 만보계를 자랑스럽게 내보이며 이겨 내고자 갖은 애를 쓰던 것이 엊그제 같은데, 이 글을 쓰는 지금은 한 걸음 내딛기가 참으로 겹다. 문득, 마지막 시조집이라며 원고를 건네며, 이번만큼은 반드시 동학 벗님이 해설을 써야 한다고 강청하였다. 소졸한 깜냥에 그의 시조에서 가늠할 수 있는 정신사적 궤적에 함께하였다.

2. 세상에서 나를 알아차리다

종래 최재섭 시조의 패턴은 한결같았었다. 시적 감성으로부터 비롯되었으나 설명적 진술에 기댄 탓에 진부한 표현이 눈에 띄었다. 감각으로 느끼지만, 내면화의 시적 표상에 미치지 못하여 상투성을 면치 못하였다. 지극히 익숙한 시조 기법에 추상화된 낱말을 그럴듯하게 입힌 감성의 공소함으로 인해 생경하였다. 게다가 심미 기법으로서 정경교융(情景交融)에 있어서도, 시적 자아가 건너다보는 경에 머무른 까닭에 상응의 시경(詩境)에 미치지 못하였다. 자연 혹은 물물의 형상을 넘어서 물화된 상상력을 펼치는 서정과 물상의 일체화, 경의 내면화, 서경화된 심상에 이르지 못한 까닭은 어디에 있는가.

감성적으로 느끼는 것에 머무를 것이 아니라, '그 무엇'으로 받아들이는 직관의 감성으로까지 나아가지 못한 탓이다. 감각적 감성으로 이미지를 표출하는 데에 머물렀기 때문이다. 감성적 직관의 대상을 사유함으로써 깨우치는 창조적 상상력의 부재 때문이다. 감지하는 실체와 '나'의 감성, 그 마음과 뜻이 서로 통하는 상응으로 이미지가 불러일으켜지고, 새로운 깨우침과 인식으로 이끄는 시적 장력으로 나아가지 못했다.

그러나 최재섭의 시조가 달라졌다. 미사여구의 수려함에 연연하던 기존 시풍을 걷고, 거친 듯 다듬지 않은 직정(直情)의 시적 발화가 돌올하다.

가죽을 벗겼습니다

몸무게를 털어 냈습니다

살아온 삶의 궤적

표류하던 허청거림도

말끔히 벗겨 내고

대팻밥만 가득 채웠습니다.
—「박제」 전문

위 시조의 화자는 '박제화되어 가는 자아'를 에둘러 이야기하지 않고 꾸밈없이 그대로 드러내었다. 시적 대상으로서 박제란 이미 인간이기를 포기한 동물인 까닭에 "가죽을 벗"기고 "몸무게를 털어" 내었다. 이는 단순히 박제를 제작하기 위해 가죽을 벗기고 내장을 적출하여 썩지 않도록 대팻밥을 넣는 과정을 서술한 것이 아니다. 스스로 인간이 아닌 짐승인 까닭에, 굳이 실속 이상으로 꾸미어 드러낼 일 없는 가죽을 벗기고 자존감이라는 중량감조차 털어 내겠다는 시적 발화이다. 게다가 "표류하던 허청거림도/말끔히 벗겨 내고" 이제껏 살아왔던 발자취와 흔적, 그 삶의 궤적에서 깎여 나온 얇은 나무 오리, 가늘고 긴 나무조각만 가득 채우겠다고 한다. 실로 인간으로서 '나'의 선입견과 주관적 판단을 버린 자리, 즉 몰아(沒我)를 통해서 비로소 자아를 감성적으로 창조하였다.

'나'를 버려야, 진정한 '나'를 찾는다. 사물 그 자체에 깊이 파고들어 물물의 세계가 '나'의 정신적 세계와 상응하는 창조적 상상력에 다음 시조가 있다.

내 마음
돌아 돌아
헤매는 골목이어라

나이가
나이테에 감아 들며
회오리어라

물이랑
차고 차다 주름진 얼굴
쌍그렇다

늙어서
심줄이다 고집 아집

버려야 산다

—「나이테」 부분

해마다 나이 들어 둥글게 테를 이룬 나이테가 이룬 삶의 궤적은 "돌고 돌아/헤매는 골목"이었다. 이는 사리에 어두워 갈피를 잡지 못해 헤매던 공간이다. 아울러 시간의 흐름 따라 먹은 "나이가/나이테에 감아 들며/회오리"가 되었다. 나이 먹을수록 바람이 한곳에서 돌아 휘휘 감겨 난마와 같은 삶이다. 나이 먹을수록 갈피를 잡기 어려운 까닭은 지극히 무지함의 소치라고 여긴다. 어느덧 '나'의 얼굴은 "물이랑/차고 차다 주름진 얼굴"이다. 물이랑으로 표상되는 주름이 불러 일으키는 '나'의 얼굴은 냉담하리만치 차가워서 생김새가 험하고 무섭다. 이렇게 된 데에는 "늙어서 심줄이다 고집 아집" 때문이다. 끝끝내 포기하지 않는 절대 고집, '나' 중심의 편협한 생각에 집착하여 자기만을 앞세우는 것을 "버려야 산다".

감각할 수 있는 실체의 '나이테'에 시적 화자의 감성을 실어 '자아'를 새롭게 인식하는 창조적 상상력을 발휘하였다. 이는 최재섭 시조에서 으레 시적 대상을 설명하려 드는 데에서 벗어나, 아날로지 시학으로서 면모를 일신하는 순간이다. 사실 시의 본질이 아날로지의 미학에 있다는 것은 익히 아는 일이다. 옥타비오 파스의 이른바 '상응의 과학'으로서 "-같다라는 말은 증발해 버리고 존재는 자기 자신과 일체가 되는" 동질성의 영역에 시가 있다. 파스는 만일 아날로지가 우주를 시로 바꾼다면, "우리가 우주를 읽을 수 있다는 것이요, 시 속에 살 수 있으며, 첫 번째의 경우에 시는 앎이 되고, 두 번째의 경우에 시는 행위가 된다"고 하였다.[1]

---

1 옥타비오 파스, 『흙의 자식들』, 김은중 역, 솔, 1999, 95-96쪽.

최재섭에게 있어 시조는 자신을 알아차리는 감지의 세계이며, 자기반성과 성찰을 통해 자기 변화를 꾀하는 동력으로 끌어당겨진다는 점에서 예사롭지 않다.

　　오늘이 내일이고
　　모레가 어제인지라
　　섣달의 마지막 밤 일찌감치 잠자리 드네
　　눈썹은 일찌감치
　　세어져서 하릴없다

　　무명의 그림자가
　　희번덕대어 잠을 깨다
　　정적의 피돌림이 어지러워 맥을 놓는데
　　재섭아 부르는 소리
　　재섭아 달아나지 마라

　　그믐밤에 사라지면
　　그믐밤에 침몰하는 것
　　자욱한 어둠 속에 소멸되는 내 그림자
　　오오오 부르는 소리
　　으으으으 신음 소리

　　　　　　　　　　　　　　　　　　　—「섣달 그믐밤」 전문

　　음력으로 한 해의 마지막 날, "오늘이 내일이고/모레가 어제인지라"를 인지하는 밤이란 이른바 무시간성에 자신의 존재를 무화하는 무기력한 시간이다. 무명의 세계, 번뇌만이 가득한 그림자의 자아 (shadow)가 눈을 크게 뜨고 흰자위를 번득인다. '나'를 채근하여 "잠을 깨다" 쓸쓸한 느낌이 그득하여 온몸의 기운과 힘이 빠져 없어질 찰나, '나'를 부르는 환청의 세계와 조우한다. "그믐밤에 침몰하는" 자아, 그림자마저 "어둠 속에 소멸되는" 것을 제 눈으로 본다. 한편으로는 "오오오"라고 부르며 이대로 사라져 없어질 수는 없다는 절규의 소리, 또 한편으로는 "으으으으"라는 신음에 함몰되는 소리가 넘나든다. 예나 지금이나 신음과 고통 속에 절절하고 애타게 부르짖는 정황을 다음 시조에 담았다.

오늘도 만첩은산(萬疊銀山)
내 마음 만첩심산(萬疊深山)
노도는 치오르다 차르르 수정이건만
기어이 쓸려 가 버린
내 청춘 고적해라

물이랑 눈 비비고
바람에 일어나서
늘 푸른 생명으로 금 간 가슴 치유하더니
거대한 짐승 같은
시간이 난파선이라

흰 꽃잎 침묵처럼
다짐의 닻 내리고
행간에 출렁이는 잔물결 큰 물결 모아

한 편의 시를 쓰니

눈물이 앞을 가려라

―「파랑(波浪)의 계절」 전문

위 시조는 세상과 마주한 '나'의 처지를 한탄하였다. 세상은 은산으로 표상되는 '빛남'으로 겹겹이 둘러싸이고, '내' 마음은 깊은 산이 겹겹이어서 어둑하다. 무서운 기세로 달려 나가 치솟는 파도 같은 세상은 수정처럼 빛나건만, '나'의 청춘은 까마득하게 쓸려 나간 물방울이어서 외롭고 쓸쓸하기 짝이 없다. 때론 줄줄이 일어나는 물결에 서늘한 눈을 비비고 바람에 힘입어 "늘 푸른 생명"으로 상처와 아픔을 치유하기도 하지만, "거대한 짐승" 같은 시간은 시적 화자를 부서지거나 뒤집힌 배로 표상한다. 그것은 떨어지는 "흰 꽃잎"과 같아서 묵묵히 순명(順命)하지만, 초월적 의지와 다짐으로 '내' 생애의 파랑(波浪)을 모아 "한 편의 시를 쓰니/눈물이 앞을 가려라" 한다. 언뜻 푸념과 넋두리로 전락할 직서적인 감정적 토로이다. 그러나 '나'를 둘러싼 세계의 상황이 "잔물결 큰 물결"로 산산이 무너지고 흩어진다고 하더라도, 더 나아가 목숨을 다하는 순명을 따를지라도 시를 쓰겠다는 결기와 다짐이라는 점에서 가치롭다. 세상의 길을 잃은 것은 미오(迷悟)에 든 '나' 자신이지, 세상 탓으로 돌리는 것이 아니라는 점에서 더욱 그렇다.

최재섭에게 있어 세상은 "흐린 날 불협화음 정처 없는 소리길"과 같은 폭풍의 계절이지만, 그 소리 "멎어 고요가 찾았는가 바람마저 무겁디무거워라"로 내면화된다(「폭풍의 계절」). 말하자면 폭풍 같은 번뇌가 지나간 자리에 깃드는 고요가 이루어 내는 진중한 평정심이 그의 마음자리이다.

2. 계절에서 나의 존재를 가늠하다

최재섭 시조시인만큼 계절에 연연하여 창작하는 이도 드물 것이다. 그에게 있어 계절이란 순환적 시간 흐름에 따른 자연현상을 일컫는 것이 아니다. 그는 앞선 시조집 『마지막 계절에 부른 노래』「머리말」에서 "군 복무 중 부상으로 국가유공자 3급의 절룩이는 삶으로 힘겹게 사회생활을 하면서 다른 건강한 사람들보다 앞서가지는 못할지라도 이 경쟁 사회에서 사람 노릇을 하며 어깨를 나란히 하여 삶을 영위하기 위해서는 남들보다 한 계절을 더 사는 심정으로 노력해야 한다는 신념을 '다섯 계절'을 비롯, 계절별 주제로 형상화시켰다"고 하였다.

그에게 있어 "다섯 계절"에 담긴 자신의 삶이란 "순식물성 덩치 안고 노을 울음 풀려 가는/절로 닮은 어버이 뜻 부푼 솜에 살을 빚는/향기도 소리도 모르는 미소뿐인 그림자"와 같다(「나는」). 힘차고 활발하게 움직이지 못하는 자신의 몸을 두고 "순식물성 덩치"라고 하며, 저녁 그림자라고 표상하였다. 비록 어둑살의 존재이지만 오고 가는 계절을 넘어서 자기의 계절인 "다섯 계절"을 창조하겠다는 다짐이기도 하였다. 아쉬운 점은 "노을 울음 풀려 가는", "어버이 뜻 부푼 솜에 살을 빚는" 등의 상투성과 진부함에 머물러 있다는 것이었다. 노을이 울음으로 풀려 가는 것은 숱한 시인들이 으레 부려 쓰는 장식적 수사에 가깝고, 독자들이 알 길 없는 어버이의 뜻이 부푼 솜에 살을 빚는다는 것은 추상화는 물론, 지나치게 꾸며 쓰는 외화성(外華性) 언어의 남발이다.

이번 시조집은 앞선 우려가 상당히 제어되었다. 특히 이번에 수록된 계절 시편은 기존의 연시조에서 평시조 형태로 변환되었고, 그 행간마저 벌여 놓아 음수율을 뒤로 숨기고 의미와 이미지와 운율이 각 장의 행, 연으로 기능하도록 하였다.

봄바람
봄까치꽃
삼삼오오 피구요

종다리
튀는 날개
하늘 높이 날구요

젊은 날
일지춘심
늙어서도 싹터요

—「봄 2」 전문

　각 장의 각운을 '-요'로 하여 상냥한 말씨가 환기하는 부드러움과 경쾌한 소리의 울림을 이루었다. 초장은 "봄바람/봄까치꽃"의 운율, 중장은 의미, 종장은 이미지로서 각 연을 이루었다. 초장에서는 봄바람에 피는 봄까치꽃, 중장에서는 봄기운에 날아오르는 종달새의 정기, 종장에서는 젊은 날 한 가지에 어리는 봄의 마음이 늙어서도 싹이 튼다는 억누르기 어려운 정념을 노래하였다. 이러한 봄은 "봄비가 따스하니 꽃 필 날 머지 않네"라는 기다림이기도 하며, "외롭다 세상 등진 내 가슴에 넘쳐나니"라는 원망과 한탄으로 표출되기도 한다(「봄 1」).

　그에게 있어 계절은 N. 프라이의 '사계의 원형'에 따른 주기적 패턴과는 거리가 멀어 보인다. 예컨대 여름의 경우, 정오, 결혼과 승리, 성장과 발전, 숭배와 낙원, 친구와 신부, 로맨스, 목가, 전원시 등인데, 최재섭의 여름은 어떠한가.

햇살아
네가 먹은 잎들이
저리 살지다

수풀은
청록 나무 그늘 밑
계곡에 닿고

내 마음
구름 너머 낮달 떠서
눈부신 나날

—「여름 1」 전문

　여름을 푸른 나뭇잎이 튼실해지고, 수풀 이룬 청록 나무 그늘 밑 계곡의 그윽함으로 바라보고 있다. 빛나는 햇살과 짙은 녹음이 이루어 내는 계곡의 서늘한 기운을 대비하여 그려 내었다. 작열하고 쾌청하여 생명력이 충만한 여름에 "내 마음/구름 너머 낮달 떠서/눈부신 나날"이라고 하였다. 사실 한여름 날, 구름 너머 낮달이 뜬 까닭에 눈부신 것은 반어이다. 작열하는 태양에 더욱더 희미해져 존재감조차 없을 낮달이다. 생동력이 충만한 여름에 낮달로 표상된 시적 자아는 제 홀로 눈부시게 오도카니 있는 것이다. 고독하여 눈부신 여름날이다. 그리하여 그의 여름은 "축축한 그대 얼굴 물 난 끝 더욱 검어라"로 형상화된다(「여름 2」). 여름비에 축축하여 물이 빠진 얼굴이 더욱 검어진다. 퀭하고 음습하여 거뭇거뭇해지는 자기 얼굴을 들여다본다. 어느덧 "남몰래 자박자박 오던 눈물 말라서 지다"(「여름 3」). 말하자면 눈물마저 말라서 바싹 메마른 감정을 감내하는 시련의 여름이다.

꽃들은
눈 짓물러
한 점 두 점 떠나가고

대웅전
막새기와
푸른 이끼 하늘 난다

댕그랑
풍경 소리에
둥지 박차고 새가 난다

—「가을 1」 전문

흐드러지게 피었던 여름날의 꽃들은 빛나던 눈자위가 상하여 핏발
이 서고 눈물에 젖어 마침내 문드러져 떨어졌다. 찬란하여 더욱 슬픈
낙화의 계절, 시적 화자가 바라보는 대웅전 막새기와 푸른 이끼가 하
늘로 날아오른다. 게다가 풍경 소리에 둥우리를 박차고 새가 날아오
른다. 슬픔이 떠난 자리에 상승의 열락(悅樂)이 깃드는 공간에 가을이
있다. "눈물의 입김 뜨거워", "불타는 슬픈 원망"이 떠난 자리에 "구름
도 붉게 젖어 허위허위 애가 탄다"(「가을 2」). 한편으로 가을의 찬연한
단풍을 두고 이승의 단청과 저승의 불덩이를 떠올리며, 시적 화자는
"수레바퀴로 길 밟는 나그네"라는 윤회의 표상으로 재현된다.
계절 시조 겨울에서 가장 눈에 두드러진 것은 시적 화자의 관조적

시점이다.

비수에
깊이 찔린
겨울비가 아파라

친구들
떠나가니
겨울 밭에 엄동 무라

고독은
욕되지 않으나
발이 얼어 자르고 싶다

—「겨울 3」 전문

위 시조의 시적 대상은 친구들 떠나간 자리에 남겨진 이다. 그이는 초장에서 겨울비로 표상되어 겨울비를 날이 예리한 비수(匕首)로, 차고 서늘한 슬픔과 근심의 비수(悲愁)로 여겨 아파하고 있다. 중장에서는 "겨울 밭에 엄동 무" 처지였다가, 종장 마지막에 이르러 "발이 얼어 자르고 싶다"고 한다. 유치환 시 「뜨거운 노래는 땅에 묻는다」의 구절을 인유하여, 고독에 절망하는 인식을 보여 준다. 절망으로 환기되는 겨울은 "구름도 갈 길 잃어 명목의 밤 싸늘하다"로 극대화되어 죽음에 이르는 길이 된다. "파랗게 맺힌 서리 이마에 스치는 새벽"으로 지극히 차갑게 감지한다.(「겨울 2」) 고독과 죽음의 정황을 자신의 의식 속에 투영하여 현존재로 끌어내었다. 따라서 겨울이라는 계절은 오롯이 내면의 시간과 공간이며 자신의 존재와 의미의 탐구를 사물 그 자체에서 직접적으로 인식하는 지극히 관조적 세계에 몰입하였다.

3. 병고에서 생명의 깃을 치다

최재섭 시조가 눈길을 두는 중심에 고향이 있다는 것은 잘 알려진 일이다. 고향은 "하늘처럼 욕심 없는 사람" 깃든 "자란만 달그림자 빙그레 웃는" 평화로움 그 자체이다(「송내골 1」). 아울러 회귀적 공간으로서, 제자리로 돌아오거나 돌아가는 자신의 존재이기도 하다.

> 어릴 적 팽나무 아래
>
> 까무룩 잠들다가
>
> 자는 듯 천년이라
>
> 전생이 까마득한데
>
> 이 내 몸 병을 얻어
>
> 현생이 까마득하다
>
> —「포구나무」 부분

"슬픈 사람 고단한 사람 병든 사람 늙은 사람…… 등 내주고 졸고 있"는 포구나무 아래에서 어릴 적 상념에 젖다가, 문득 팽나무 천년이 알고 있을 '나'의 전생이 까마득할 찰나, 그 무슨 업보일지 모르는 '나'는 "병을 얻어/현생이 까마득하다". 겁(劫)으로서 무한대의 시간 너머 전혀 알 길 없는 까마득한 전생이지만, 앞으로 어떻게 해야 할지 막막한 것이 뚜렷한 현생이다. 그러한 하소를 포구나무에 대놓고 할 수 있는 것만으로도 마음을 녹여 주는 따스한 고향이다.

고향의 경물(景物)이 자신의 육체와 우주의 영성으로 일체화되는 유기적 세계관의 극점에 다음 시조가 있다.

자란만
자란자란
흘립(屹立)하여 솟아오르네

내 숨결
한 줌 바쳐
북을 치는 저녁노을

남들은
바다라지만
황금빛 산맥의 핏줄

—「자란만 2」 전문

자란만은 시인의 고향 앞바다의 해역이다. 섬과 섬이 곳곳에 있어, 때론 안락함을 불러일으키는 풍광이다. 그러한 자란만이 마치 산처럼 솟아오른다고 한다. 깊은 물의 바다, 소리가 없는 듯하여 허(虛)한 바다가 위로 용솟음치는 기운을 내뿜는 날, "내 숨결/한 줌 바쳐/북을 치는 저녁노을"이고 싶다. 생애의 마지막 기맥이 맞닿은 곳인 자란만을 두고 "남들은/바다라지만/황금빛 산맥의 핏줄"로 육체와 영성이 함께 깃든 기의 근원으로 회귀하는 공간이 된다. 그곳은 성소(聖所)로서 다음 시조와 같이 형상화된다.

머금어 신(神)의 눈길 알알이 빛나는 말씀

싱싱한 푸른 혈맥 미소로 피는 물굽이
별들이 저절로 녹아 시그리로 일어선다
—「자란만 1」 부분

별들이 녹아 밤바다에 빛나는 시그리의 생명체로 가득한 곳이다.
유기적 세계관에 토대를 둔 데다가 "머금어 신의 눈길 알알이 빛나는
말씀"까지 녹아 있는 영성의 공간이 하나로 연결되어 있다. 물물의
기, 무한대의 생기(生起)와 멸(滅)이 넘나드는 무상(無常)의 세계에서, 늘
변화하면서 많은 것을 품고 있는 곳에 시의 깃을 치는 것은 마땅한 일
이라 하겠다.

보슬비 여는 길로 흰 살결 등을 켜고
전생의 옷 벗는가 엄동의 씨 봉오리
마흔도 채 못 한 누님 다가와 말을 거네

세월에 씻길수록 찰랑한 물이 되듯
만지면 폴폴 날릴 서러운 빛살 따라
하얗게 울다 웃다 나비 떼로 날아가네

북향한 꽃망울 바다 같은 침묵이어라
칼날을 밟고 선 듯 처절한 노을 따라
아직도 남은 숨결 이리 떨며 피는 걸까
—「목련」 전문

위 시조는 마치 불가의 연기론(緣起論)을 떠올리게 한다. "마흔도 채

못 한 누님"으로 표상된 목련은 "엄동의 씨 봉오리"였던 인(因)이었다가 보슬비 여는 길로 "흰 살결 등"의 연(緣)을 만나 피었다. 그러나 만물 유전변화(流轉變化), 찰랑한 물이었다가, "서러운 빛살 따라/하얗게 울다 웃다 나비 떼로 날아가네". 이른바 생기소멸(生起消滅)의 가장 아름다울 때, 아름답게 지는 연기의 법칙을 따를 터이다. 그것을 바라보는 시적 화자는 목련에게 닥칠 북향, 그 "바다 같은 침묵"의 죽음을 떠올리며 이는 마치 "칼날을 밟고 선 듯 처절한 노을"의 날이 될 것이라 한다. 그래서인지 "아직도 남은 숨결 이리 떨며 피는 걸까"라고 절절한 안타까움을 토로하고 있다. 다음 시조는 스스로에 관한 오도송과 같다.

길이라 여러 갈래라
길이 있어도 길이 없다

마음아 너무 많아라
마음이 있어도 마음이 없다

물줄기 제멋대로라
줄기는 있어도 물이 없다

바람아 바람 있느냐
바람은 있어도 소리가 없다

댓잎아 소리 있느냐
댓잎은 있어도 바람이 없다

스님의 독경 소리에

조으는가 나의 인생아

—「오도산」 전문

위 시조는 세상의 이법(理法)이 상응적 순환론에 있음을 갈파하고
있다. 천지간의 만물은 상호 조응의 넘나들기에서 비롯되는 것을 아
날로지로 말하고 있다. 길이 있어도 길이 없는 것은 길의 기운을 알아
차리지 못한 것, 마음이 있어도 마음이 없는 것은 마음을 내보이지 않
은 것, 물줄기의 줄기는 있어도 물이 없는 것은 물이 말라 버린 것, 바
람이 있어도 소리가 없는 것은 그 무엇도 맞닿은 것이 없는 것, 댓잎
은 있어도 바람이 없는 것은 소리가 없는 것이다. 기(氣)의 이합취산(離
合聚散)이어서 형상이 없는 듯하나, 기(氣) 불멸인 까닭에 허(虛)한 끝에
생성 변화의 골을 따라 서로 만나고 헤어질 뿐이다. 그리고 보니 '나'
의 인생은 허허롭기 짝이 없어, 깨어 있기보다 저절로 잠에 들은 무명
인 듯하다.

어쩌겠는가, 그러한 가운데 남겨진 것은 회한일 터, "벼랑에 태어
났으니 가파른 언덕에서 쉬렴"이라는 운명에 따라야 하는 것을(「물총
새」), "씨 하나 흙 한 톨의 희망인가 불행인가"이어서 알 길 없는 인의
뿌리로부터 모든 것이 비롯된다는 것에 순응해야 한다(「씨앗」). "죽음
이 하늘나라에선 저리도 가볍고나"를 체득하는 자리에 최재섭의 시
조가 있다(「눈」).

'체통자구불능불호(體痛者口不能不乎)'(「鄧析子」)라 하였다. 몸이 아프면,
혹은 고통스러우면 으레 앓는 소리가 나오는 법이다. 남이 알아주지
도 않고 알 길 없는 고통은 오롯이 제 몫이다. 더 나아가 시인의 시 창

작에 있어 앓는 것에도 법이 있다. 아프거나 괴롭지 않은데, 짐짓 거짓으로 꾸미거나 보태어 엄살을 피우는 짓은 애당초 글렀다. 아프고 괴로웠던 이가 자신과 같은 처지에 있는 사람을 가장 잘 이해하듯이, 사람과 세상을 향한 이해의 지평을 열어 나가는 자리에 아픔의 시가 있다. 그것은 시인이라는 존재가 "저 광막한 양지쪽에 반짝거리는 파리의 소리 없는 소리처럼 나는 죽어 가는 법을 알고 있는 사람이기 때문이리라."(김수영, 「파리와 더불어」)

동심(同心) 동행(同行)의 시학
—손연식의 시

1. 들머리

"병이 같으면 서로 가엾게 여기며, 근심이 같으면 서로 구원한다(同病相憐同憂相救)"라고 하였다. 이는 "여울에 떨어진 물이 서로 어울려 다시 함께 흐르네(瀨河之水因復俱流)"와 같다.(趙曄, 『吳越春秋』「闔閭內傳」) 시는 본디 심정(心情)의 동화(同化)에서 비롯되었다. 제 마음속에 품고 있는 생각과 감정이 너의 뜻과 정에 맞닿아 있으므로 남을 향해 마음을 쓰는 태도를 언어로 부려 내었다. 백거이(白居易)가 "시란 정을 뿌리로 하고 말을 싹으로 하며, 소리를 꽃으로 하고 의미를 열매로 한다(詩者 根情 苗言 華聲 實義)"(「與元九書」)라고 설파한 까닭은 『시경(詩經)』의 현실주의 정신의 계승으로서, 시가 나아가야 할 길이 민생의 고통에 동심(同心) 동행(同行)하는 순일한 마음에 있기 때문이었다.

현 단계 욕망과 소비의 객체로 전락하여 비인간화로 치닫고, 인간의 천적은 인간이어서 본성이 뒤틀리고 단절의 소외감이 극대화될 때 인간의 진정성에 관해 소박한 물음을 제기한 시인이 있다. 무엇보다

먼저 '내'가 낯설지 않은지, '나를 포함한 너'도 외롭고 쓸쓸하게 사는
지, '나만의 기쁨'이라는 기쁨의 죽음을 거부하고 '나-너의 슬픔'이라
는 동심 동행의 순일한 마음가짐으로 삶의 태도를 겸허하게 성찰하는
시인이 있다. 손연식의 시를 살펴보는 까닭이다.

2. 마음을 추슬러 다잡다

  손연식 시인의 시적 출발점은 "어떻게 살았는지, 어떻게 살 것인
지/잠들지 못하는 밤…… 나는 누구세요?"라는 물음에서 비롯한다
(「누구세요」). 꼭 집어서 딱히 몸소 겪거나 실제로 경험하지 못해도 왠
지 익숙한 감정은 "난 참 바보처럼 살았군요"이다. 이른바 자기 비하
로 말미암은 낯선 '나'와의 조우. 낯선 '나'와 만나는 까닭은 익숙하여
지극히 단조로운 일상생활의 다른 반쪽이 불균형해졌기 때문이다. 무
릇 인간이란 자신의 생활이 균형과 조화 속에 안정적이라는 것, 그것
만이 자신을 온전히 지키거나 바로 세울 수 있는 최선의 방편이라고
여긴다. 따라서 자기 능력에 충실하고 자기 생활에 충일한다. 문제는
생활의 목적이 단순히 살아 있는 그 자체로 머물러 있을 때이다. 무엇
을 위해, 무엇 때문에 사는지가 사라진 자리, 그저 살아 있다는 것에
함몰될 때, 낯선 '내'가 불면의 밤을 휘젓고 다닌다.

  밤이 깊어질수록
  책장 위 부엉이 눈망울이
  반짝반짝 빛을 쏟아 내고 있다.

  내 그림자가 없다. 숨이 멈췄나,
  붕붕 떠다니던 술잔이

쓰디쓴 꿈에 매달려 비명을 지른다.

나뒹구는 빈 소주병 바닥에
뽑혀 나온 몇 가닥의 신경이
고여 있다.

위로가 지독히 필요한 밤
째각째각 걷는 나의 발자국 소리에
눈이 걸려 넘어졌다.

소주병이 누웠다 앉는다.
CCTV의 곤두선 신경이
담장과 대문에서 눈을 떼지 못한다.

밤이면 나대는 두꺼비 먹어 치웠지.
몸의 두꺼비집을 딸깍,
내려 버릴 수 있다면

　　　　　　　　—「몸의 두꺼비집을 딸깍, 내려 버릴 수 있다면」 전문

　불면의 밤, "내 그림자가 없다"라는 언표는 언뜻 '내 존재가 없다'
라는 언술인 듯하지만, "붕붕 떠다니던 술잔"의 세계와 맞닥뜨리는
것으로 보아, 무의식에 침전된 자아의 분신을 만나는 순간이다. "붕
붕 떠다니던 술잔"으로 의물화된 존재가 "쓰디쓴 꿈에 매달려 비명을
지른다.//나뒹구는 빈 소주병 바닥에/뽑혀 나온 몇 가닥의 신경이/고
여 있다."

이는 C. G. 융이 말하는 그림자(shadow)이다. 환각 속에서 현실 세계 속의 '나'의 존재, 그 정체성이 가늠된다. 흘러나온 소주는 '나'의 "몇 가닥의 신경"이며 "붕붕 떠다니던 술잔"은 "비명을 지른다." 누웠다 앉기를 거듭하는 "소주병"으로 치환된 무의식적 자아는 존재의 고립과 손상을 깊고 크게 할 뿐이다. 야행성 두꺼비로 표상된 '나'를 "먹어 치"운다. 아울러 동음이의어로서 "몸의 두꺼비집을 딸깍,/내려 버릴 수 있다면"이라는 바람은 살아 움직이는 신경세포들이 서로 연결되어 전기신호를 받으며 활성화되는 회로를 차단하는 것과 같다.

만약, 회로를 전면적으로 차단한다면 '죽어지는 것'이다. 그러나 손연식에게 있어 기억의 에돌이(回折)가 남아 있다. 이는 파동의 전파가 장애물 때문에 일부가 차단되었다고 하더라도, 장애물의 그림자 부분까지도 파동을 전파하는 몽환적인 시의 힘이다.

당신을 떠나보내고
어지럽지 않은 날이 없었습니다.

우기가 오고 휘파람이 멎고
뒤죽박죽된 축축한 삶의 연대기

잠시 흔들리다 말 휘파람인 줄 알았는데
자정에 불어온 당신은 은밀하고 깊었습니다.

손을 모으고 손을 건네다가 따뜻해진
내가 사랑한 당신의 손이었습니다.

건너편 창가에 그림자를 길게 걸쳐 놓은

당신의 표정이 낯섭니다.

어쩌죠, 당신이 자꾸 사라져요.

—「바람의 품격」 전문

위 시의 '당신'은 시적 화자의 의식에 '바람'의 시적 표상으로 감각적으로 재현되었다. '당신=바람'을 "떠나보내고/어지럽지 않은 날이 없었습니다"라는 시적 발화는 모순어법이다. 바람을 떠나보내는 것은 바람이 잦아드는 것이어서 평온할 터인데, 오히려 몸을 제대로 가눌 수 없어 정신이 흐리고 얼떨떨하다. "검은 머리 파뿌리 되고/파뿌리 되도록 사랑하고 존경한다던 맹세"한 남편이 세상을 떠났다. "아득해졌지요./나는,/아득한 세월의 파뿌리에 화장을 합니다."(「날마다 화장하는 여자」) 이는 늘 마음이 쏠려 잊지 못하고 매달리는 집착이다. 끝없이 "40년 묵은, 남편의 물이랑만 딸려 나왔다." "시들어도, 뽑고 뽑아도/뿌리가 보이지 않는//강물, 돌마저 물이 되는" 존재로 연면하여 결코 끊어 낼 수 없다(「집착」).

"뒤죽박죽된 축축한 삶의 연대기"가 삶의 일상이 되는데, "자정에 불어온 당신은 은밀하고 깊었습니다"라고 '당신=바람'을 감각적 밀도가 드높은 육화(肉化)된 사랑의 표상으로 떠올린다. 그것은 "손을 모으고 손을 건네다가 따뜻해진/내가 사랑한 당신의 손" 때문이다. 서로를 위한 손, 사랑의 촉감으로 더욱 따뜻해지는 존재인 "당신의 표정이 낯섭니다.//어쩌죠, 당신이 자꾸 사라져요." 사라지는 까닭은 '당신'의 존재가 '바람'이기 때문이다. 그러나 지극히 허허로운 바람을 사람인 듯 갖추어야 할 위엄과 품격의 존재로 만드는 것은 시적 화자가 '당신'을 향한 알뜰한 기억의 끈을 놓지 않기 때문이다. '당신'과 '나'는 "한 방울로 설계한/집/한/채/가난한 저녁 만찬//까마득한 내 신혼의 집"에 깃들어 있다(「거미줄」).

하나 둘 떠나간 대문도
가까운 사람부터 잃어 가며 녹슬어 갑니다.

골방은 숨어 울기 좋은데
슬픔이 더 이상 슬퍼하지 않습니다.

당신이 미처 챙겨 가지 못한 착한 말만
쪽창에 기웃거리는 하현달 따라갑니다.

—「당신의 마당」 부분

"가까운 사람부터 잃어 가며 녹슬어" 가는 대문, "슬픔이 더 이상 슬퍼하지 않"는 "골방"에서 숨어 우는 시적 화자이다. '당신'은 부재하지만 "당신이 미처 챙겨 가지 못한 착한 말"로 '내' 앞에 나타난다. 그 말들이 자정에 동쪽 하늘에 떠서 새벽녘에 남쪽 하늘로 지는 하현달처럼 물화(物化)되어 '당신'을 그리워하며 사는 시적 화자, 외짝 창으로 표상되는 외사랑에 기웃거리는 시적 화자에 줄곧 잇따르며 "착한 말만" 속살거리고 있다. 나쁜 말과 못마땅한 기억이 사라진 자리에 '당신'이 있다. 시적 화자의 기억이 아름다운 까닭에 슬프나 불행한 것은 아니며, 안타까우나 뉘우치고 한탄할 것은 없다.

땅, 물, 불, 바람에서 분리되면

온갖 근심과 걱정과 번뇌
윤회마저 벗어난다는데,

가족과 친구를 부르다 움켜쥔 물
검게 타 버린 물에서 벗어나지 못하네요.

햇빛이 어둠을 없애는 아미타부처님
달빛이 어둠을 없애는 불보살님
땅, 물, 불, 바람에서 이들을 놓아주세요.

제발.

—「기원」 전문

　지수화풍(地水火風) 사대(四大)로 뭉쳐진 몸뚱이 속에 자성본불(自性本佛)은 본디부터 있다. 지수화풍에서 분리될 것이 아니라, 지수화풍으로 인해 일으켜진 번뇌와 망상, 좋은 생각 나쁜 생각, 슬픈 마음 기쁜 마음, 일파만파 희로애락을 끝도 없이 헤아리는 당처(當處)는 어디에 있는가. "가족과 친구를 부르다 움켜쥔 물/검게 타 버린 물에서 벗어나지 못하네요." 이른바 움켜쥐는 집착과 괴로움으로 타 버린 번뇌의 늪에서 자성본불은 찾을 길이 없다. 물로 물을 씻는 것과 같다. 위 시에서 화자는 아미타부처와 불보살에게 집착과 번뇌를 놓아 달라고 어리광을 부리지만, 사실은 지수화풍에 가려진 공(空)에 자성본불이 있는 것을 잘 알고 있다. 마지막 연의 "제발"은 간절히 바라건대, 집착과 번뇌를 몹시 꺼리니, 모쪼록 '내'가 스스로 저를 찾아가는 길에 온전히 들기를 기원한다.

3. 동심 동행의 길을 걷다

"풀벌레 소리가 가장 먼저 와닿는/젖은 그림자/제 열렬한 푸른 다짐"이라는 직관적 표상(「이끼」), 이른바 제반 선입관과 주관적 판단을 배제하고 자신이 자리한 그때 그곳에서 있는 그대로 포착하여 내면화된 존재가 "이끼"이다. "젖은 그림자" 같은 존재이지만, 작고 부드러워서 오히려 "풀벌레 소리가 가장 먼저 와닿"을 수 있으며, 극험의 환경에도 불구하고 생명력이 대단하여 "제 열렬한 푸른 다짐"을 이루는 이끼의 삶이고픈 손연식의 바람이 맞닿은 곳은 이타적 보살핌의 세계이다. 전 생애에 걸쳐 몸소 이행한 봉사 활동은 시혜적인 선행이라기보다 자기 자신도 보살핌의 대상이 되어야 한다는 것을 깨닫는 '나-너의 동심(同心) 동행(同行)'의 길이다. 아울러 마음을 같이하는 심정으로 함께 느끼며 같은 길을 가는 길에서 만난 사람들은 그의 시적 대상이기도 하다.

저녁 7시, 눈발이 날린다

예고 없이 온 눈이어서
눈 내리는 풍경이 달갑지 않다

기차는 오지 않고 내려 쌓이는 눈

—우유 잡수슈
—지금, 안 묵을끼다

마음과 마음이 포개지는 소리

쌓이는 눈

—손이 참제요
—괴안타

기차는 오지 않고
몇 안 되는 승객은 점점 등이 굽고

노인과 노인의 체온은
서로에게 옮겨 가
세상에서 가장 따듯한 저녁이다

—「숫눈」 전문

이 시는 눈이 내리는 차가운 날씨에 기차를 기다리는 노부부를 전
경화(前景化)하였다. 실화를 앞세운 듯하나, 시란 실제로 보고 듣는 것에
관한 묘사나 서술이 아니어도 좋다. 중요한 것은 서술과 대화가 교차하
는 혼합화법으로 노부부의 감성을 초점화하였다는 것이다. 서술자에
의한 시간과 공간과 인물의 재현, 작중인물인 노부부에 의한 대상의 재
현이 교차한다. "서술은 말해지고 대화는 보여진다. 시인이 자신의 인
격으로 말하는 것(diegesis)과 타인의 인격으로 말해지는 것(mimesis). 전
자의 텍스트는 서술이고, 후자의 텍스트는 극적이 된다."[1]

"우유 잡수슈"라는 배려의 말에 무덤덤하게 내뱉는 말, "지금, 안
묵을끼다"를 두고 서술자는 "마음과 마음이 포개지는 소리/쌓이는

---

1 김준오, 「서술시의 서사학」, 『문학사와 장르』, 문학과지성사, 2000, 63쪽.

눈"으로 읽어 낸다. "손이 참제요"라는 배려의 말에 무심하게 내뱉는 말, "괴안타"를 두고 서술자는 "몇 안 되는 승객은 점점 등이 굽고//노인과 노인의 체온은/서로에게 옮겨 가/세상에서 가장 따듯한 저녁이다"라고 읽어 낸다. 이러한 세계를 통관(洞觀)하여 응축한 것이 「숫눈」이다. 눈이 와서 쌓인 상태 그대로 깨끗한 눈의 세계에 깃든 아름다운 동행이란 더불어 함께 살고 하나가 되는 무구(無垢) 그 자체이다.

오렌지와 참외를 쌓아 올립니다.
황금을 쌓듯이 간절하게
공든 탑을 매만지듯이 선한 손길로
지나가는 발길이
쿵, 쿵,
위태롭습니다.

저녁이 오고 있습니다
금세 어둠이 덮겠지요
아직은 기다리는 손님이 오지 않았는데
자리를 털고 일어서야 하는데
등 뒤 든든한 뒷배로 쌓아 둔 박스들은
아직, 완전한 나의 편이 되지 못했는데

뒤가 따뜻하다면,
그 온기로 앞을 견딜 수 있는데
감기는 눈이 천근입니다
일어나는 무릎이 만근입니다

하나,

둘,

등불이 켜지고 있습니다

내일은 이곳에서 너무 멉니다

—「멀리」 전문

　과일 행상을 시적 대상으로 삼았다. 관찰자 시점에서 비롯되었지만, 이야기를 이끄는 주체는 과일 행상이며, 그의 보고적 서술에 기초한 내적 독백이다. "뒤가 따뜻하다면,/그 온기로 앞을 견딜 수 있는데" 무력한 자신에게 주어진 "내일은 이곳에서 너무 멉니다". 시간의 공간화에서 감지되는 "멀리"는 마치 전 생애에 걸쳐 고생하며 살 수밖에 없는 운명에 예속되었다. 이처럼 손연식의 시에는 결핍 그 자체라기보다 결핍감을 느끼며 살아가는 사람에 관한 동심(同心)의 세계가 가득하다.

슬하에 십 남매는
찾아갈 수 없는 먼 나라의 이방인

해풍이라도 부는 날이면 소식이 올까
온몸을 때리며
부서져 내리는 울음이
물속에서 떠오르고 싶지 않은 맨발이
걸어갈 길을 하나씩 지우면
머지않아 잠잠해지겠지만

부러진 발목 의지해서라도
죽자사자 그리워하는 까닭은
하루하루만큼의 걸음만큼 떠내려가기 때문
온몸에 미역 줄기 칭칭 감고
떠내려가지 않으려는 늙은 해달처럼

버려진 섬 하나가
적막하다

—「섬」 전문

"슬하에 십 남매는/찾아갈 수 없는 먼 나라의 이방인"이다. 물질하
는 늙은 어머니는 평생을 바다의 크고 사나운 물결인 너울에 감정이
입 되어, 그 "부서져 내리는 울음이/물속에서 떠오르고 싶지 않은 맨
발"의 삶을 살아 내었다. 이제 "부러진 발목 의지해서라도/죽자사자
그리워하는 까닭은" 나날이 느려지는 걸음걸이만큼 "떠내려가기 때
문"이다. "온몸에 미역 줄기 칭칭 감고"로 표상되는 그리움, 그리움마
저 없다면 떠내려갈 "늙은 해달" 혹은 "버려진 섬 하나"의 물화된 상
상력으로 꼴바꿈하여 존재한다. 축축한 그리움마저 없다면 늙은 어머
니는 고립, 고독으로 고사(枯死)할 것이다.
　손연식의 여러 시편에서 "오래 사는 이는 그만큼 걱정을 오래하고
지내니, 죽지 않으나 괴로움이 많은(壽者惛惛 久憂不死 何之苦也)"(『莊子』「至
樂」) 존재로 떠올려진다. 이를테면 '죽지조차 않으니 이 무슨 고생인
가'라는 삶의 끝자락인 셈이다. 여든다섯 합천댁은 "다 흘려보낸 세
월이/강물에 흘러간 꽃잎만 같아서/자는 잠에 세상 뜨는 소원 하나
남았는데/(중략) 바싹 마른 뼈마디마디/푸른빛 돌아 시리도록 흰 꽃

잎/깃털보다 더 가볍게/떠나는 꿈 꾼다."(「합천매」) 마산역에서 뒤뚱거리며 걷는 오리 할매에게 "남은 건 헐거워진 골반/갈아 끼운 무릎 연골 두 개/돈이 골병이고, 골병이 돈이지"라는 병고와 가난의 넋두리를 들어야 한다. "인생은 속도가 아니고 방향이라며/오백만 원이 없어 죽지도 못한다고/오늘도 툴툴거리며/주판알 여든다섯 알/힘차게 굴리고 또 굴리는/긴 밤"이 있다(「영주할머니」). "집 나가면 만수강산/들어가면 적막강산"이다(「건호 할머니 일기」). 집을 나서면 온갖 시름의 세상이며, 집에 들어서면 의지할 데 없이 외로운 세상이다. 그것은 다가올 미래에 손연식이 맞이해야 할 세상이기도 하다. 마치 당신의 어머니가 "헤아릴 수 없이 수많은 날/포플린 주름치마 차려입고/꼬실꼬실 늙어 가는" 것처럼 자신도 늙어 갈 것이다(「어머니」). 이들의 삶은 미래의 나의 삶이며, 그리하여 고독과 고적함에 외로울 터이다. 따라서 현재의 늙은이와 미래에 늙을 이가 쓸쓸함을 나누어 함께 안고 가는 길에 연민의 감정이 고양되는 것은 마땅한 일이다. 아울러 늙어 부귀영화를 선망할 이유도 없거니와, 그렇다고 넋두리와 한탄에 빠져 자신의 운명을 탓하며 사는 삶의 태도 역시 마땅치 않다는 것을 천명(闡明)한다.

4. 소박한 본성을 찾다

설령 주어진 형편과 처지가 딱하고 어렵더라도 그것에 얽매이기보다 삶의 길을 꿋꿋하게 걸어가는 사람이 있다. 역경(逆境)은 긍정적인 마음가짐에 따라 순경(順境)이 되어 슬픔과 기쁨에 허청거림이 없이 담담하게 삶을 살아 내는 자리에 다음 시가 있다.

　　뒤뚱뒤뚱
　　유모차를 모시고 나가신다.

자고 나면 언제나
새 마음 될 줄 아셨단다.

힘에 부쳤던 일들이
무릎뼈를 닳아 내려

헌 무릎 주고 새 무릎 바꿔
스무 해 지나도록 잘 견뎠던 두 무릎

봄바람 불러내 마실 간다.
농민신문에 꽁꽁 말아 둔 진한 쑥 냄새

봄바람이 잠잠해질 때까지
밭두둑에 가득한 쑥은 제멋대로 자랄 것이다.

쑥국은 쑥국쑥국 두견새 울음이 먹을 것이다.
유모차는 농로로만 걸을 것이다

—「쑥국」 전문

"자고 나면 언제나/새 마음 될 줄 아셨단다." 마치 어린 시절, 자고 나면 새로운 세상이 펼쳐지리라 들뜨던 마음으로 살아간다. 오늘보다 내일이 더 잘되고, 오늘이 헛되더라도 알찬 내일이 있기에 산다. 비록 무릎뼈가 닳아 내려 새 무릎으로 바꾸어도 "봄바람 불러내 마실 간다." 유모차에는 "농민신문에 꽁꽁 말아 둔 진한 쑥"이 있고, 밭두둑에는 쑥이 가득하다. 한동안 쑥국 향에 흠뻑 취해 살아갈 터, 고적한 마음을 더욱 부추길 "두견새 울음"마저 먹어 치울 것이다. 이제껏 그래 왔듯 유모차와 일심동체인 내 무릎, 내 다리는 내가 일하고 집으로 돌아갈 "농로로만 걸을 것이다."

　　팔약근이 약해졌나 봐
　　질금질금 하늘이 내린 지린내
　　환갑 지나고 칠순 지나고 목울대
　　꺾이어 바닥에 엎드려
　　등 시린 흙을 물고 있는데
　　오줌소태는 바람에 쓸려 가고
　　흰 눈썹은 햇살에 감겨 가고
　　매운맛으로 뭉개진 백발
　　관절 마디마디마다
　　둥글고, 울퉁불퉁하고, 세모지고, 네모진
　　연골 따라
　　하이얀 속살 순한 맛으로 한 겹 한 겹
　　내딛는 걸음 가볍다
　　　　　　　　　　　　　　　　　　　　—「양파」전문

　위 시는 늙어 가는 몸을 양파에 빗대어 형상화하였다. 양파로 의물화하여 진정한 늙음을 시적 상상력으로 부려 내었다. 통상적으로 센 머리와 주름으로 표상되던 늙음을 양파의 생태를 빌어 와 참신성은 물론, 구체화의 시적 진폭을 넓혔다. 팔약근이 약해짐에 따라 자신도 모르게 소변이 "질금질금 하늘이 내린 지린내"가 난다. 맑고 높아 카

랑했던 목청도 "꺾이어 바닥에 엎드려/등 시린 흙을 물고 있는데" 이
는 마치 양파 대궁이 겨울을 지나며 바닥에 처진 모양새이다. 양파가
맵찬 겨울을 보내며 "흰 눈썹은 햇살에 감겨 가고/매운맛으로 뭉개진
백발/관절 마디마디마다/둥글고, 울퉁불퉁하고, 세모지고, 네모진/
연골 따라" 영글어 간다. 그러한 시련과 고난 끝에, 더욱더 늙어 쇠락
이 아니라, 오히려 "하이얀 속살 순한 맛으로 한 겹 한 겹" 거듭나 "내
딛는 걸음 가볍다". 이른바 나이 들수록 고집스러워져 강팔라지지 않
고 너그러워지며 넉넉하게 품어 내어 살아가는 품이 가볍다.

두 눈썹 세우고 한 손엔 토막 난 지게 작대기, 다른 손엔 노래방 마이크
잡았다. 굽은 허리로 숨소리 헉헉, 봄날은 간다고 봄날이 갔다고 목울대
뼈마디 마디 양철 울음이다. 벌겋게 벗겨진 주름주름마다 구겨지지 않는
깡철 박힌 뼈대를 꼿꼿하게 세웠는데 그래도 양철 울음이다
―「양철 할매」 부분

우리네 삶이 다 그러하듯 위 시의 양철 할매도 산전수전 다 겪어
내며 살아왔다. 자궁암, 뇌졸중, 허리 수술만 일곱 차례여서 뼈대에는
강철심을 박고 살아왔다. 강철처럼 쇳덩이같이 온갖 고생과 어려움을
이겨 내며 살아 낸 몸이다. "굽은 허리로 숨소리 헉헉"거려도 몸이 망
가졌다고 마음마저 말라서 떨어져 나가는 것이 아니어서 "봄날은 간
다고 봄날이 갔다고" 양철 울음을 쏟는다. 강철처럼 살아온 몸이 여
리디여린 양철 같은 마음으로 슬픔을 죄다 드러낸다. 늙었다고 말라
간다고 해서 눈물마저 말랐겠는가. 말라 시들어 되돌릴 수 없어 죽음
에 가까워졌지만, 마음만은 봄날을 그리워하며 산다. 삶의 그리움마
저 죽일 수는 없지 않은가.

손연식의 여러 시편에 시적 대상으로 삼은 이들은 실로 지난한 세월을 살았다. 귀싸대기 날리던 남편의 가정폭력으로 귀먹고 이명에 시달려 "크게 숨 한번 쉬지 못하고/냉골방 이불 한 자락에 뼈를 깔고/일 년 열두 달 매미 떼 불러 모아/맴맴거리며 산다."(「맴맴」) "뽀얀 속살에/진물이 나고 썩어 가는 걸/당신 혼자만 모르고 산 것 같다."(「마늘, 어머니」) 그야말로 그의 시 「발끝」처럼 살았다. 이러한 삶을 동심 동행의 심정으로 함께해 온 손연식의 인생관은 무엇인가.

　　　앵지밭골 대성사 처마 끝자락

　　　수백 개의 낚싯대 드리워져 있다

　　　입질은 몇 번이나

　　　받았을까 산 자와 죽은 자가 물려 놓은

　　　무명(無明)의 미끼

　　　천길만길 업의 깊이 따라

　　　바람과 구름과 빗줄기 마디 따라

　　　땡그랑 왈그락달그락 쩽쩽

　　　재물을 바치던 사람을 바치던

　　　입질을 몇 번이나

　　　받았을까 인연의 파동을 타고

　　　각기 다른 서원(誓願)을 내며

　　　얇아져라 얇아져라 업, 업, 업,

　　　부처님, 불보살님의

　　　가피(加被)를 낚기 위해

　　　처마 끝에 낚싯대를 드리운다

　　　　　　　　　　　　　　　　　　—「연등길」 전문

무릇 연등은 부처님께 공양하는 것 중 하나로, 번뇌와 무지로 가득 찬 무명의 세계를 부처님의 지혜로 밝게 비추어 진리의 광명을 밝히는 뜻 있는 일이다. 이러한 연등을 저마다의 소원을 내건 욕망의 낚싯대로 보는 것은 지극히 어긋난 일이다. 그러나 만약 인간이 위 시처럼 "무명의 미끼"로 연등을 내걸었다면 어떻게 될까. 이른바 집착에서 비롯된 무명(無明)은 "이(利)를 좇고, 명예를 좇아 큰 미혹(迷惑)이 되어 인간의 본성을 바꿔 버린다."(『莊子』「山木」) 욕망의 "입질"에 연연하여 '받기만을 간구하는 것'은 온갖 번뇌의 근원일 뿐이다. 위 시에서 "받았을까 산 자와 죽은 자가 물려 놓은", "받았을까 인연의 파동을 타고"라고 "받았을까"를 엇붙여서(enjambement) "받았을까"가 환기하는, 이른바 외물에 사로잡혀 자신의 몸과 마음부터 스스로 살펴 밝히지 못하는 안타까움을 극대화한다. '내'가 세상에서 받으려고 하는 것보다, '내'가 세상에 줄 것이 무엇일까를 궁구하는 것이야말로 참된 연등길임을 반어적으로 형상화했다.

5. 맺음말

손연식의 시가 깊어졌다. 남편을 여의고 고독과 쓸쓸함에 허청거리며 "나는 누구세요?"라고 질문을 던진 그가, 사랑하는 사람을 기억의 에돌이로 불러내어 자신의 삶이 결코 헛헛하지 않았음을 시로 형상화하였다. 스스로 저를 찾아가는 길에 자신이 가장 잘해 왔고 잘할 수 있는 노인 돌봄 활동을 통해 동심 동행의 길을 시로 부려 내었다. 오늘의 늙은이는 내일의 늙은 나를 만나는 뜻깊은 일이어서 삶에 관한 통찰과 자기 성찰로 웅숭깊은 시의 세계를 열었다.

무엇보다 단순한 작시의 태도에서 벗어나, 딱하고 어렵게 살지만 나름대로 인생관으로 꿋꿋하게 살아가는 어르신을 통해 크게 배운 것을 시로 받아 적었다. 늙고 병들고 쇠락함을 한탄하지 않고 "어쩔 수 없음을 알고, 그러한 경지에 편안하게 머물러 운명을 따르는 것이야말로 유덕자"(『莊子』「德充符」)라는 것을 몸소 체득하여 사는 어르신은 손연식의 큰 스승이다. 재능을 뽐내어 시를 쓰기보다 자신이 본받을 삶을 찾아 동심 동행으로 실천궁행하면서 그들의 이야기를 받아 적는 그야말로, 사람 사는 세계에 뛰어든 사람다운 시인이다. 이는 시가 이 세상에 존재해야만 하는 까닭이기도 하다.

따뜻한 상처, 후끈거리는 사람, 사랑의 시
—신혜지의 시

1. 들머리

2007년에 등단하여 무려 15년여에 신혜지 시인의 첫 시집 『누부야, 꽃구경 가자』가 상재되었다. 요즈음 시집 내기를 시답잖게 여겨, 두서너 해 걸러 시집을 양산하듯 내는 시인들과 견주어 굼뜨기 짝이 없다. 그 까닭은 시에 관한 염결성(廉潔性)에 있다. 시를 바라보는 눈이 높고 맑아서, 자신의 작시 역시 깨끗하고 조촐하여 허물이 없을 만큼 갈고 닦았다. 이는 시인으로서 좋은 명성과 명예를 서둘러 얻으려는 마음을 일찌감치 버리고 오롯이 정진한 결과이다. 퇴고에 퇴고를 거듭하여, 어리석고 둔하다고 여길 정도로 작시 과정은 지난(至難)하였다.

이 글은 깊고 넓은 사유와 감성, 지난한 퇴고의 바다를 거쳐 살아 있는 섬처럼 다가온 신혜지 시를 살펴보았다. 사랑하는 남편과 남동생의 죽음, 늙거나 병들거나 고독하게 사는 사람을 향해 다함 없는 사랑, 삶의 시련과 고난이 사람을 시들게 하여도 흐린 데 없이 밝음을 잃지 않는 인생을 향한 찬미, 그리고 자신이 사는 지역과 달성 사람 사랑에 흠뻑 빠진 천진성이야말로 신혜지 시의 특장점이다. 소식(蘇軾)은 인간을 일컬어 "아득히 넓은 바닷속 한 톨의 좁쌀(渺滄海之一粟)"(「前赤壁賦」)이라고 하였다. 그럼에도 불구하고 인간을 향한 가없는 이해와 공감, 지역을 향한 천진한 애정과 측은지심은 신혜지 시의 덕목이자 지향점이다. 신혜지의 시적 체험으로 넉넉해진 인간을 향한 이해의 깊이와 넓이를 좇아 시 세계를 가늠하였다.

2. 시적 대상의 감지 혹은 존재에 관한 자각

춘란추국(春蘭秋菊)이라는 말이 있다. 봄의 난초와 가을의 국화는 나름의 특색을 지니고 있어 어느 것이 더 낫다고 할 수 없음을 이르는 말이다. 신혜지의 등단 대표시가 그렇다. 시적 화자가 섣부르게 개입되어 성글지만 여백의 미가 돋보이는 것이 등단작이라면, 퇴고에 퇴고를 거듭하여 물물의 본상을 체관(諦觀)하여 꿰뚫어 보는 것이 이 시집에 수록된 같은 제목의 다른 작품이다.

먼동 트려 목탁 울어
하늘이 또 날솟는다

챙글챙글 염불송경(念佛誦經)
세상 소음 상앗대로 눌러놓고
바람 비질하는 대웅전 마당에 길게 누웠다

긴 세월 빼 올린 은행나무
대웅전 섶귀에 새색시 매무새로 앉아
날마다 청청한 푸른 시절이고 싶었다

수행 백 년을 해도 부재중인 해탈

유가사 문고리 무거운데

염화실 댓돌 신발 한 켤레

힘주어 가야 할 길목에서

노곤히 쉬고 있다

가을볕에 익어 가는 이파리 같다

팔만사천 경 읽는 방석이나 될까

애벌레 침묵으로 참선이다

　　　　　　　　　　　　　　　—「유가사 은행나무」 전문

　여명 무렵 게으른 수행자를 경책(警策)하는 목탁이 울자, 무명의 어둠을 열어젖히는 하늘이 날아오를 듯 매우 빨리 위로 솟는다. 부처를 마음에 새겨 불경을 외는 일이 속세의 온갖 번잡한 소리를 "상앗대로 눌러놓"은 듯하다. 번뇌로 인해 끝없는 여울물이 가득한 얕은 물에서 언젠가는 새로이 배를 밀고 나아갈 때 쓸 상앗대이다. 이 시의 숨은 화자로서 서정적 자아는 불현듯 '은행나무'로 의물화되어 "날마다 청청한 푸른 시절"이기를 바란다.

　그러나 은행나무가 바라본 "유가사 문고리"는 미천한 중생의 무지로 인해 더욱 무겁고, 유가사 조실 스님이나 방장 스님이 거처하는 염화실에 "댓돌 신발 한 켤레"는 화두를 깨쳐 득도의 경지에 이르러 "힘주어 가야 할 길목에서/노곤히 쉬고 있다". 진정한 도는 어디에 있는가. "가을볕에 익어 가는 이파리"에 있는 듯하다. 은행나무로 의물화된 서정적 자아는 조실 스님의 발끝에도 미치지 못하여 "팔만사천 경 읽는 방석"이거나 "애벌레 침묵"으로 꼬물거리는 미미한 존재임을 스스로 알아차린다.

이른바 속인(俗人)이다. 신혜지에게 있어 속인이란 "정화수에 귀를 씻고/목청 다듬는 청동 물고기"이며 "목탁 귀 따라" "맑은 소리 나이테 두른 구름"으로 물화된다(「유가사」). 속세의 티끌에 찌든 귀를 맑은 물에 씻고, 목청을 다듬는 청동 물고기, 혹은 맑은 소리 나이테 두른 구름으로 감지(prehension)하는 내면의 세계이다. 시적 대상을 막연하게 건너다보는 게 아니라, 보고 느끼어 내면적 심리의 세계로까지 확장하는 미적 태도를 견지하고 있다. 감지는 시적 대상을 인식하는 거멀못으로써 시적 대상을 하나의 세계로 본다는 점에서 유별나다.

> 생명을 지탱하는 뿌리의 신음 바람을 뿌리처럼 끌어안고
> 기어오른 생이 눈물겹다
> 세찬 소낙비
> 온몸 두들겨 맞고도 웃는다 참을수록 단단해져 더 붉다
> 돌산 뼈 밭에
> 뒹구는 붉은
> 돌 같은 얼굴
>
> ―「들장미」 부분

위 시에 나타난 들장미에 관한 지각은 관념적 관점에 바탕을 두고 있다. 들장미를 바라보며 느껴 지각할 수 있는 여러 요소, 예컨대 생명을 지탱하는 뿌리는 "신음"으로 표상되고, 헛헛한 바람을 끌어안고 있다. 세찬 소낙비로 표상되는 시련과 고난 앞에 "웃는다 참을수록

단단해져 더 붉다". 신음을 내야 하지만 참을수록 단단해져 붉은 삶을 살아 내야 하는 존재에 관한 자각, 그 관념을 "돌산 뼈 밭에/뒹구는 붉은/돌 같은 얼굴"이라는 의물화된 들장미를 통해 감지한다. '들장미'라는 실재와 "붉은/돌 같은 얼굴"이라는 존재에 관한 자각 혹은 관념이 상징화되는 자리에 신혜지의 시가 있다.

> 대명유수지
> 강마른 땅에 뻗은 근경(根莖) 목마르다
>
> 잎몸에 삶과 죽음의 경계 그어 놓고
> 다가오지 말라는 까끄라기
>
> 쪽배 띄우던 물억새, 그 톱니에
> 강마른 해가 베인다
>
> 개수일촉(鎧袖一觸)의 꽃
> 건드리면 물까지 베는 꽃
>
> 일 년에 한 번 물을 품어
> 은빛 꽃자루 물억새의 생존 법칙
>
> 얕은 곳으로 몸 낮출수록
> 강마른 땅 꽉 움켜쥐고 섰다
>
> ―「물억새」 전문

물억새의 근경, 말하자면 뿌리처럼 보이는 줄기가 물기가 없이 바싹 메마른 땅에 뻗었다. 물억새의 삶터는 이미 운명적으로 척박한 지경에 내던져져 있다. 따라서 물억새는 살아남기 위해 "잎몸에 삶과 죽음의 경계 그어 놓고/다가오지 말라는 까끄라기"를 삶의 본질로 삼았다. 선형의 잎몸은 삶과 죽음을 가르는 경계인으로서 아슬하게 살아가는 존재의 표상이며, 잎 가장자리의 톱니는 자신을 해칠라치면 까끄라기로 베어 버리겠다는 공격적 방어의 표상이다. 물억새의 톱니는 바싹 메마른 땅을 만드는 해를 베기도 하며, 자신을 건드리면 "물까지" 벤다. 여리디여린 물억새이지만 상대편을 물리침은 물론, 해와 물에 이르기까지 베는 그야말로 개수일촉 그 자체로 살아간다. 생애에 얕은 곳, 구석지거나 낮은 곳에 임해야 할 때는 더욱 몸을 낮추고 "강마른 땅 꽉 움켜쥐고 섰다". 예컨대 물억새의 생존 법칙이다.

> 바닥이 틈을 세우고 물방울의 깊이를 가름한다
> 우레와 같은 물소리가 귀를 밟고 올라서도
> 내 몸 부스러기 하나 씻어 내지 못한다
>
> 부르튼 입술, 어떤 말부터 버릴까
> 물에 베인 얼굴이 사색이 되어 으깨진다
> 커지다가 구겨진 오만을 온몸에 박은 채
>
> —「물에 베이다」 부분

위 시의 화자는 첫 연에서 "바닥이다 문득"이라고 하며 자신의 삶이 세상의 가장 낮은 곳에 처해 있음을 토로한다. 욕실에서의 물은 "방망이보다 독한 낙차를 정수리에 꽂는다". 삶의 자존감이라 할 수 있는 정수리에 방망이보다 독하게 내리치는 물이다. 가혹하리만치 자신을 책망하더라도 "내 몸 부스러기 하나 씻어 내지 못한다". 그리하여 입술이 들떠 터지는 순간 "어떤 말부터 버릴까"라는 자책지변(自責之辯)을 내뱉는다. 스스로 깊이 뉘우치더라도 "물에 베인 얼굴이 사색이 되어 으깨진다". 이른바 존재의 절멸에까지 이르는데, 이 모든 까닭은 "커지다가 구겨진 오만"에서 비롯된 것이라고 한다.

이처럼 처절하게 자신의 존재를 들여다보는 시를 쓰는 것은 예삿일이 아니다. 삶의 바닥에서 자기 존재가 완전히 없어지는 불안을 목도(目睹)하는 실존 의식이다. "바닥이 틈을 세우고 물방울의 깊이를 가름"하더라도 결코 해소될 수 없는 가위눌림, 게다가 으깨어진 얼굴로 이 세상에 선다는 인식에서 신혜지의 시는 출발하고 있다.

3. 따뜻한 상처, 후끈거리는 사람, 사랑

실존적 자각에 이르게 하는 거멀못에서 조우(遭遇)한 것은 남편의 죽음, 그리고 남동생의 죽음이다. "가난한 그늘이라도 남편 그늘이 좋아/내리쬐는 가을볕 맞으며 시동을 걸자/꺼이꺼이 울음 삼키며 굴러간다". 간병을 위해 "서울까지 마실 다니듯/질주하던 흔적은 고스란히 남았는데…… 이제 그 체취마저 사라진 간이침대가/가끔 명치끝을 훑는다"(「남편 그늘」). 그가 남기고 간 자리는 어떠한가.

남편 떠난 빈자리
찬바람만 들어와

냉기 밀어낼 방 안의 난방 텐트
봉곳하게 펼쳐진 국화꽃 한 송이

내 남자의 집
초당(草堂)에도 포근함이 깃들었을까

등줄기에 달라붙은 아득한 마지막 말
—자주 놀러 오라

간고등어처럼 짭짤한 눈물 데려와
나란히 눕는다

—「내 남자의 집」 전문

"남편 떠난 빈자리" 냉기가 싫어, 방 안에 난방 텐트를 쳤는데 그 모양이 "국화꽃 한 송이"로 감지된다. 서풍이 서늘한 가을에 피는 국화를 떠올리자 문득 죽은 "내 남자의 집" 초당이라 할 수 있는 무덤이 서늘할까 저어된다. 그러고 보니 "등줄기에 달라붙은 아득한 마지막 말/—자주 놀러 오라"가 마음의 귀청을 때리고 "짭짤한 눈물 데려와/나란히 눕는다".

용연사 재 넘어
그대 배웅하던 날

여물어 가던 사랑이
눈길에 촉촉이 사라지고

하늘과 땅

살을 섞는 눈발에

타오르는 향내의 마음
닥치는 대로 삼켜 버린 촘촘한 눈의 날개

숫눈에 꽂히는 호젓한 미소
천지 합일의 시간

눈 바라기 할 일이다
숫처녀 흘린 눈물 밟으며

—「눈 바라기」 전문

위 시는 '떠난 이를 배웅하는 이별의 방법은 무엇일까'를 떠올리게 한다. "연민이란 살아 있는 목숨 지켜 주는 것"이라지만(「거미 가족」) 이미 죽은 이를 향기롭게 떠나보내는 길은 어떠해야 하는가. 위 시의 화자는 사랑하는 이를 떠나보내며 살아서 가장 사랑했을 때를 떠올린다. 이를 두고 사람이면 누구나 가지는 예사로운 마음이라고 할 수 있겠다. 그러나 이는 서로의 사랑이 살아서나 죽어서나 알뜰살뜰하지 않으면 불가능하다.

살아서 "여물어 가던 사랑"이 "눈길에 촉촉이 사라지고", 그대는 "하늘과 땅/살을 섞는 눈발에" 몸을 뉘었다. 가신 이의 향기를 "닥치는 대로 삼켜 버린 촘촘한 눈의 날개"를 보며, 눈이 와서 쌓인 상태 그대로의 깨끗한 "숫눈에 꽂히는 호젓한 미소"를 떠올리는데 이는 가신 이와 남은 이가 만나는 "천지 합일의 시간"이다. 그리하여 시적 화자는 가신 이를 처음 만났던 "숫처녀" 시절처럼, 예나 지금이나 순결한 사랑의 "눈 바라기 할 일이다"라고 다짐한다. 떠난 이를 향한 지극한 마음은 남동생을 보내는 화장장에서도 극명하게 드러난다.

묵묵히 차례를 기다리며 누워 있다

줄 서서 가는 저승
예를 갖춘 검은 도시락은 일찌감치 와 기다리고

식당 모니터 화면은 수시로 바뀌다가
낯익은 이름 곁에 '화장 중' 한 줄 올라탄다

먹고사는 일 가장 중요하니
제 몸 사르며 배려하는 유훈

고개 숙여 밀어 넣는 한입 밥알
냉정하리만치 세련된 고별실 식당

상주 혼자 걷지도 못하는데
묵묵히 차례를 기다리며 삶의 잔반을 버리고 있다
                                             —「묵묵무언」 전문

위 시는 제목 그대로 주검 앞에 입을 다문 채 아무 말이 없음 그 자체이다. 화장장에서 주검은 "줄 서서 가는"데, "예를 갖춘 검은 도시락은 일찌감치 와 기다리고" 있는 이른바 지극히 낯설지만 결코 낯설지 않게 여겨지는 상황이 삶과 죽음의 경계이다. 죽은 자가 "제 몸

사르며 배려하는 유훈" "먹고사는 일 가장 중요하니" 살아 있는 자는 "고개 숙여" 밥을 먹고, 언젠가는 죽을 것이지만 "묵묵히 차례를 기다리며 삶의 잔반을 버리고 있다". 살아 있는 자가 죽은 이에게 미안한 마음을 갖는 까닭은 당신은 죽음 저편을 가고 있는데, '나'는 살아서 당신이 주신 밥을 먹고 있다는 것. 그리고 머지않아 당신을 잊을 것이라는 점이 아닐까. 언젠가는 우리 모두 다 그렇게 잔반처럼 잊힌 존재가 될 것이라는 지점, 이러한 허망함의 끝자락에 다음 시가 있다.

쑥 캐는 누부야 바구니 들고
가난한 가슴 벚꽃처럼 벙글었지

자다 놀라 소리쳐 어둠 속 뛰어들던 꿈이
어머니 기도 속에 묻히고

하늘 버리고 땅 버리고
천당 거기 있다고 생각했을까

누부야 꽃구경 가자
품바 장단에 하얗게 웃던

이제야 돌아보는 누부야 가슴에
꽃잎으로 좌정하던

—「벚꽃 2」 전문

위 시의 화자는 저승에 있는 남동생이 이승에 있는 누이를 시적 청자로 삼아 이야기하였다. 벚꽃이 흐드러지게 피던 날, "하늘 버리고 땅 버리고/천당"은 "어머니 기도 속에" 있다는 것을 깨우친다. 화자로서 남동생은 "품바 장단에 하얗게 웃"는 벚꽃으로 현신하여 "꽃구경" 가잔다. 이를 듣던 시적 청자인 누이는 이제야 남동생이 자신의 "가슴에/꽃잎으로 좌정"하는 것을 알아차린다. 남동생의 죽음이 찬란한 벚꽃잎으로 가슴 가득 자리 잡는 날, 비로소 죽음은 따뜻한 상처이고 후끈거리는 사랑이라는 것에 느꺼워한다.

사람이 사람인 것은 살아 있는 것을 사랑하기 때문이다. 신혜지의 시에는 그가 만나는 곳곳의 사람을 향한 연민과 애정이 넘쳐흐른다. 치매에 걸린 비운의 삶이지만 오히려 순백의 순연한 상태로 회귀하여 살아가는 "일요일 성당 위령회…… 호호백발 소녀"는(「유아방」) "혈관성 치매에 깜박깜박 적신호가" 왔음을 체득하는 '나'의 모습과 같다(「치매」). "대구가톨릭병원 암 병동"에 투병 중인 옥술 언니는 "떠나지 않아도 주인 찾아올 명줄/묵주 알 기억이 뚝뚝 떨어지고 있다"(「둥근 구속」). 죽음이라는 구속, 그 둥근 굴레에 살아가는 인간을 향한 가없는 연민이다.

그녀의 피는 싱그럽다
문지기처럼 문짝에 붙어 버린
페트병 하나, 갈아 놓은 고춧물
뚜껑을 열자
혈관 터지듯 붉은 포물선
그녀의 마지막 소리 같다
펑, 천장에 흐드러지게 핀 장미
맵고 짰을 그녀의 고통이 피워 낸 꽃밭

의자에 올라 양손 뻗어 지워 내는데
그녀의 흔적이 가뭇다
오월 햇살은 아직 창창한데

—「장미」 부분

이 시의 화자가 말하는 시적 대상인 "그녀의 낡은 냉장고"엔 "누렇게 빛바랜 문짝에 붙은 장미 한 송이"가 있다. 이를 두고 화자는 오랜 투병에 지칠 대로 지쳐 찌들어 가는 그녀를 떠올린다. 누런 종이의 장미는 빛바래고 사위어 가는 삶을 간신히 받쳐 놓은 "삶의 지렛대 같다"고 여긴다. 낡은 냉장고에는 잊혀져 가는 그녀처럼 잊힌 "갈아 놓은 고춧물"이 있는데, 급기야 "혈관 터지듯 붉은 포물선/그녀의 마지막 소리"처럼 주체할 겨를도 없이 솟아 넘쳐흐른다. 그녀의 마지막 삶의 장면은 "맵고 짰을 그녀의 고통이 피워 낸 꽃밭"으로 갈무리된다. 화자는 그 흔적을 지워 보지만 그녀의 맵고 짰을 삶을 잊지 않는 한, 그녀는 늘 밝고 엷게 검은 흔적으로 영원히 남아 있다. 게다가 살아 있는 게 죽는 것보다 못하다는 비극적 인식의 정점에 다음 시가 있다.

소금이 타는 염전에서
열받아요
가장 닮고 싶은 아버지는
빛나는 빚을 주셨고요
덤으로 엄마 넷 있었어요
호적이 참 단단해요
생모는 어느 목사님 아내가 되었어요
소주가 짭짤한 물맛으로 바뀔 때면

전화가 와요

기도하는 게 싫어서 받지 않아요

아버지 유언장을 봐요

술 때문에 우리 집 망했다는 말이 없잖아요

세상사 꿰뚫어 보는 건 내림인가 봐요

발자국 따라다니는 쾨쾨한 고린내

숨이 막힐 때까지

숨을 죽일 때까지

파고드는 신의 장난

바람과 별 이슬이 뼛속까지 단단해요

　　　　　　　　　　　　　　　　　　—「늙은 총각의 말」 전문

　위 시의 주체이자 시적 화자인 늙은 총각은 이른바 염전 노예인 듯
하다. 가족의 해체와 무력함으로 찌든 결정론적 운명의 삶을 "발자국
따라다니는 쾨쾨한 고린내"로 감각화하여 표상하고 있다. 운명이란
"숨이 막힐 때까지/숨을 죽일 때까지/파고드는 신의 장난"이어서, 늙
은 총각을 둘러싼 바람과 별과 이슬의 상쾌함마저 노동으로 지친 뼛
속에 스며들어 고단하고 단단하게 화석화될 뿐이다.

　신혜지 시의 시적 대상으로 떠올려진 사람들은 평탄한 삶을 살아
가는 이들이라기보다 시련과 고난의 굴곡진 삶을 참고 견디어 이겨
내는 양태로 그려진다. "남편 앞세운 지 육 년째/혼자서 중국집 끌고
간다". 비록 응어리로 남았지만 "심장에 묵힌 남편 그리움까지/탈탈
탈 털어 내면 깃털처럼 가벼워진 몸…… 흐린 날엔 두루두루 임을 봐
야 한다는" 명랑한 그녀의 삶은 근심과 걱정의 차꼬를 벗어던지고 스
스로 자신의 삶을 찾아가는 호쾌한 멋으로 가득하다.(「명랑 오토바이」)

"십 년 첩살이"의 삶이란 "첩이 첩에게 밀리며 뻗친 자존심으로" 살아 내는 질경이 같은 것. "난봉꾼 서방과 아이 넷을 버리고 떠나온 고향/끓는 가슴에 담배만 뻐끔뻐끔/술 팔아 일수놀이 하는 게 직업이고/푼돈 같은 이자로 생활비 하는 게 나날의 삶이다".(「화류동풍」) 남들이 화류계 여자라고 손가락질하지만 꿋꿋하게 살아간다. 마찬가지로 "장구채를 휘두르고/가야금 줄을 튕기던 아내"가 미분양 상가 사기에 휘말려 탕진하고 "24시간 요양병원 정신줄 놓은 어른 헛소리를 받아 내고 있"지만 살아가는 게 인생이다(「수상한 남편」). 아울러 "푸르고 멍든 심장의 붉은 티켓/단골손님 어깨에 묻혀/커피잔에 피어나는 너는/고통으로 피는 꽃이야 향기야"라고 다독거린다(「참꽃 다방」). "기계 소리 멈춘 공장 귀퉁이에서/대리 운전비 꼬깃꼬깃 쥐고/벚나무 애벌레처럼 웅크린 채" 자는 결혼 이민자인 그녀에게도 "꽃길이란 이름 때문에/숭숭한 잎/퍼석거리고 있다/길을 태우고 있"는 삶이 있다(「가을, 벚나무」).

남들의 약한 점을 거듭 따뜻이 어루만져 감싸고 달래는 다독거림이야말로 신혜지 시가 지닌 사람 살이의 사랑이다. 상처를 지닌 사람만이 남의 사정을 잘 헤아려 너그럽게 받아들이는, 이해와 동감을 일컬어 따뜻한 상처, 후끈거리는 사람, 사랑이라고 말하는 까닭이 여기에 있다.

4. 지역 사랑, 지역시의 나아갈 길

시집 『누부야, 꽃구경 가자』 제4부에 편재된 시는 지역 사랑, 지역시의 면모를 아낌없이 보여 주고 있다. 지역시란 본질적으로 구체적인 지역적 상황과 맞닿은 지역 사람들의 이야기이다. 말하자면 구체적인 지리적 정황과 잇닿은 지역 정서의 문제이다. 지역의 사회적·역

사적 조건이 시인에게 반영된 것이기도 하지만 반대로 시인이 지역의
역사적·사회적 조건을 형성하는 주체가 되기도 하는 여울목에 지역
시가 자리 잡는 것이다. 이러한 전제 아래, 다음 시는 신혜지 시인의
지역시에 관한 주체적 인식이 오롯이 담겨 있어 주목된다.

흰 속살 살포시 드러내
대를 이어 피었네

꽃샘바람 불 때마다
청렴청렴 흔들리며 홀로 핀 눈물이여

붉은 무리 속 피멍 든 순결
꽃의 허물 덮어쓴 아득한 탄핵

구근(久勤)의 노여움 하얗게
태양을 향해 핀다

―「비슬산 흰 진달래 1」 전문

위 시는 박근혜 전 대통령의 탄핵과 구금이라는 정치적 상황을 우
의화하였다. "비슬산 흰 진달래"로 표상되는 박근혜 전 대통령의 은
유 체계를 넘어서, 이야기 전체가 하나의 총체적인 은유라는 점에서
전형적인 우의(allegory)라고 하겠다. 따라서 "대를 이어 피었네"라는
시적 진술은 박정희 전 대통령의 대를 이어 그 직을 수행한 것이며,
박근혜 전 대통령을 "청렴청렴 흔들리며 홀로 핀 눈물"의 꽃으로 표
상하였다.

"붉은 무리 속 피멍 든 순결/꽃의 허물 덮어쓴 아득한 탄핵" 역시 촛불시위를 맞닥뜨린 박근혜 전 대통령의 정황과 세월호 참사와 국정 농단의 모든 허물을 국정의 최고 책임자로서 감내할 수밖에 없음을 밝혔다. 이에 관한 시적 화자의 태도는 박근혜 전 대통령이 '억울하게 부당한 책임을 뒤집어썼다'라고 "덮어쓴"을 표명함과 동시에, 이러한 제반 정황이 탄핵으로 귀결되어, 막막한 심정을 토로하였다.

기승전결의 시적 짜임을 지닌 이 시의 4연인 결구에서 시적 화자는 "구근의 노여움"이라는 중의적 표현을 통해 제반 정황에 대한 나름의 총체적 신념을 응축하고 있다. 표층적으로 구근(久勤)은 한 가지 일에 오랫동안 힘쓰는 것을 일컫는다. 말하자면 오랫동안 변하지 않을 구(久)에 부지런할 근(勤)을 뜻하는 것이다. 그러나 부지런할 근(勤)을 표층에 놓아두고 청렴과 정직을 뜻하는 근(謹)을 심층구조로 남겨 두었다면, 이 시는 2연 "청렴청렴"으로 표상되는 비슬산 흰 진달래를 마지막 결구에서 한 번 더 강조한 것이 된다. 박근혜 전 대통령의 "노여움"이라는 관념적 사유에 "하얗게"라는 감각적 표상 체계가 어우러져 궁극적으로 "태양을 향해 핀다"라는 명명백백을 더욱더 강조함으로써 의심할 여지가 없이 뚜렷한 결백을 토로하고 있다.

이러한 시적 화자의 신념은 "눈꽃 바람 매서워도/결백 결백/감옥에서 밤을 샌 세월이여//적폐 청산 촛불의 나라/촛불 허물/덮어쓴 멧부리 참꽃"으로 이어지며 "소쩍새 구슬피 우지 마라/화란(禍亂) 너머/화란(花爛)으로 이기리라"로 승화되기까지에 이른다(「비슬산 흰 진달래 2」). 작금의 상황은 재앙과 난리이지만, 먼 훗날 흰 진달래가 활짝 피어 더욱 화려할 것이라는 신념의 총체화이다. 따라서 지금은 "남벌(濫罰)의 숲"이어서 일정한 기준도 없이 함부로 벌을 준 형국이지만 "별처럼 선명한 결백 있으니/역사가 들고일어난다"고 초지일관의 자세를 견지하고 있다(「비슬산 흰 진달래 4」).

이 시를 두고 역사적 해석과 관점에서 시시비비를 가리는 것은 온당치 못하다는 생각이다. 정치적 담론의 시가 없는 바는 아니지만, 굳이 정치적 관점으로 해석할 일이 아니라, 각기 다른 이상이 공존하는 것으로 읽혀야 마땅하다는 생각이다. 게다가 시인이 몸담은 달성 지역 사람들이 그리는 감정적 열망의 총체, 그 그물코에서 시인이 그 지역의 사회적·역사적 조건을 형성하는 주체가 될 수 있다는 것이 예사롭지 않다는 점을 밝혀 두고자 한다.

달성 지역의 달창지 벚꽃길은 시인이 몸담은 '곳'의 정점인 듯하다. 단순히 한 시인이 자라고 붙박고 사는 삶터로서가 아니라, 시적 생성의 회로를 타고 끊임없는 생명력을 발휘하는 원형이다. 따라서 「벚꽃」, 「달창지 벚꽃길」 연작시를 통해 "야들야들 건너가는" 사람들의 삶을 그려 내고, "모든 근심 다 달라 하네", "까만 빈 봉지 버석거리는 애환"을 떠올린다(「현풍 백년도깨비시장」). 지역의 등고선 너머 자신이 사는 지역과 사람을 사랑하는 마음이 지극한 신혜지 시의 한 국면이다.

5. 맺음말

당나라 시인 백거이(白居易)는 시를 일컬어 "시란 정을 뿌리로 하고 말을 싹으로 하며, 소리를 꽃으로 하고 의미를 열매로 한다(詩者 根情 苗言 華聲 實義)"(「與元九書」)라고 하였다. 신혜지 시인은 자신의 존재에 관한 자각을 단초로 삼아 정진하였다.

물물의 본상을 좇아 은행나무였다가, 들장미이거나, 물억새에 이르기까지 궁구하였다. 물억새의 생존 법칙에 이르러 바닥에 처한 삶의 자존감을 "물에 베인 얼굴"로 형상화하였다. 자신이 넘어져 상처를 입은 곳이 자신이 일어날 곳이라는 지극히 마땅한 삶의 진리를 알아차리고, 꽤 오랜 시간 상처를 상처로 추슬렀다.

떠난 사람과 남겨진 사람, 그 허망의 끝자락에서 비로소 죽음은 따뜻한 상처이고 후끈거리는 사랑이라는 것을 깨닫는 지점이 신혜지 시의 정점이다. 따라서 빛바래고 사위어 가는 사람들의 삶을 향한 정념이 그의 시의 거멀못이 된 것은 마땅한 일이다. 그들을 향해 억누르기 어려운 생각을 시로 옮겨 적었는데, 결코 어둡지 않아 명랑한 희망의 시, 스스로 자신의 삶을 찾아가는 호쾌한 멋으로 그득하다는 점이 빼어나다. 희망은 신혜지 시의 사상이며 삶의 원천이다. 희망의 면류관으로 세상 사람의 절망을 끌어안는 시인으로 거듭나기를 응원한다.

고독, 자유, 구원으로서 지리산 문학
—백남오의 수필

1. 고독

고독을 사랑한다는 것은 역설이다. 외로움은 외로움일 뿐, 어울림은 어울림일 뿐이다. 그러나 외로운 것이 어울림이며, 어울림이 외로움이라는 사유로 통합될 때, 의미는 남다르다. 예컨대 '나'는 '남'들과 희희낙락 어울려 그야말로 외롭지 않다고 여길 수 있으나, 오히려 진정한 '나'의 정체성을 잃어버려 허청거린다. 이른바 '군중 속의 고독'이다. 반대로 '남'들과의 어울림이라는 관계성으로부터 벗어나 진정한 '나'와 조우하는 외로움이라면 오히려 그것이야말로 진정한 어울림이겠다.

진정한 산꾼이라면 그들은 고독을 사랑하는 이들이다. 그러나 고독의 역설은 이에 그치지 않는다. 고독을 사랑하는 이들은 이미 고독한 것이 아니다. 고독을 사랑하는 이들은 이미 자유인 그 자체이다.

아프리카와 파타고니아를 나르는 항공로를 개척한 생텍쥐페리(Antoine de Saint Exupery, 1900-1944)의 삶은 고독한 자유인의 전형이다.

"끝없이 펼쳐진 사막과 조종실의 고독과 비행기 밑으로 보이는 대지가 있을 뿐이다. 생텍쥐페리는 모래밭 속에 떨어진다. 그러면 신기루와 환영에 사로잡히는 갈증의 행군이 계속되고"[1] 이러한 체험에는 여하간의 소설적 요소도 없다. 고독한 자유인으로서 지적 모험의 결정체는 그의 책 『인간의 대지』에 다음과 같은 응축된 사유로 빛난다.

> 대지는 무릇 책들보다도 우리에게 더욱 많은 것을 가르쳐 준다. 그것은 대지가 우리에게 저항하기 때문이다. 인간은 장애물에 맞설 때에 비로소 스스로를 발견하는 것이다.
>
> —『인간의 대지』 중에서

고독과 위험과 죽음이 빛날수록 정신은 명징하다. 깨끗하고 맑음. 백남오의 수필집 『지리산 빗점골의 가을』에는 산 나그네의 고독과 등정의 위험과 지리산에 깃든 빨치산의 영령이 겨울 하늘처럼 빛나고 있다. 그는 "처음으로 가을 하늘보다 겨울 하늘이 더 높다는 사실을 알게 된다."(「천왕봉의 겨울밤」, 22쪽) 빙결의 가혹함이 더할수록 아름다운 세계란 무엇인가?

섣부른 방황과 회한, 욕망과 그로 인한 고뇌마저 절멸할 수 있는 통로란 스스로를 가혹하게 하면 할수록 빛나는 자신과 만날 때이다. 이는 허무로 함몰되는 자학 혹은 자조적인 태도와는 다르다. 그에게 고통이란 오히려 단조롭기 그지없는 일상이다. 그의 지리산행은 고독과 고통을 기쁘고 즐겁게 여기는 데에서부터 시작되었다.

---

1 알베레스, 『21세기의 지적 모험』, 정명환 역, 을지문화사, 1971, 241쪽.

비탈길은 힘겹지만 무념무상으로 걸을 수 있음이다. 한 발 한 발의 전진만이 실존일 따름이다. 관념이란 것이 얼마나 막막한 것인가를 체득하게 된다. 외로움이니 그리움 같은 추상적인 언어들은 흐르는 땀방울 속에 소리 없이 녹아내리고 만다. 그런 부분을 어디서 맛볼 것인가. 게다가 칠선계곡 같은 극단의 오르막에서는 기상천외의 창의력까지 번득일 때도 있다. 그것은 사실이다. 강력한 고통과 자학을 통하여 깊은 잠재의식이 꿈틀거릴 수 있다는 말이다. 이 얼마나 고고한 산의 매력인가.

—「외로워서 걷는 길」, 29쪽

『지리산 빗점골의 가을』 곳곳의 글, 혹은 지리산 곳곳을 오르거나 내릴 때마다 이마에 흘린 땀만큼 훔쳐 내는 것이 자신의 삶에 대한 회한이다. 일상적 삶의 공간은 그에게 있어 끝없는 회한이다. "여고 국어 교사 30년 차"에 그는 "나에게 주어진 법적, 사회적인 시간을 다 채울 자신이 없다. 더 나아갈 삶의 동력이 바닥나 버렸음"이라고 선언한다(「30년, 그 삶의 동력」, 41쪽). 미루어 짐작건대 성스러운 사명감으로 일관했던 교직 생활과 어긋나는 교단 현실과의 거리, 지난 세월 충일한 보람만큼이나 지독했던 그리움마저 허허롭고, 중년을 훌쩍 넘긴 나이에 남은 인생이란 무처지간이라는 의식이 크게 자리 잡은 듯하다. 이제껏 살아왔던 세월이 마치 "방금 머물렀던 달뜨기능선 위에 걸려 있는 하얀 낮달이 참 쓸쓸해 보인다"와 같다(「외로워서 걷는 길」, 33쪽).

쓸쓸한 것은 위대한 것이다. 남을 탓하여 원통해하거나 스스로의 어리석음에 뉘우치거나 간에 가슴속 깊이 맺힌 상처와 같은 울혈을 거친 숨으로 토해 내며 그는 지리산에 오른다. 많은 이들이 과거를 회억하며 부재와 상실의 음화적 세계에 머물러 있거나 부정과 탄식의 정조로 추락한다면, 그는 현실의 질곡 속에 잃어버린 삶의 원형을 찾아 산을 오른다. 원형이란 다름이 아니라, 과거의 원망은 오늘의 그리움이 되고, 옛날의 고통스런 추억은 돌이켜 보면 사랑이었음을 확인하는 것이다. 오름길 곳곳에서 그는 아버지와 어머니의 혼을 떠올리는가 하면, 마치 고향 진등재를 등에 진 듯이 아름답게 추억하며 걷는다.

한편으로 그는 지리산을 오르내리며, 자신의 상처를 앞세우기보다 지리산 고사목의 아픔과 의연함에 견주어 부끄러움을 느끼며, 좌절된 욕망이란 허욕을 버리지 못한 데에서 비롯된다는 것을 체득한다. 때로는 모든 것의 집착을 버린 유아론적 세계가 지닌 고고함이 경건한 열정이라는 것을 깨닫는 길목에 다음 글이 있다.

나무는 나에게 이렇게 말하는 것만 같다. 힘들다고 포기해서는 안 된다. 팔을 자르면서도 살아남는 자가 승리자다. 너의 교직 30년 차, 아직 이르다. 40년을 넘게 버티고도 건강하게 퇴직하는 자도 비일비재하지 않느냐, 좀 더 힘을 내라. 나 소나무의 아픔을 생각해 보았느냐. 너는 아직도 젊다. 이 태산준령을 올라 나를 만나고 있지 않느냐. (중략) 피어라, 피어라, 꽃들아, 마음껏 피어라. 모든 생명은 어차피 혼자 피는 것이다. 혼자 즐기는 것이고, 혼자 좋아하는 것이고 혼자 흔들리는 것이다. 그렇게 혼자 생을 불사르며 사는 것이다.

— 「30년, 그 삶의 동력」, 43쪽

나무는 고고하다. "새는 나무를 가려 앉을 수 있으나, 나무가 어찌 새를 가려서 앉게 한단 말인가(鳥則擇木 木豈能擇鳥乎)"(『孔子家語』). 나무는 외로움마저 초연하여 의젓하다. 수필가 이양하는 나무를 두고 "훌륭한 견인주의자요, 고독의 철인이요, 안분지족의 현인"이라 하였다(「나무」). 지리산에서 만나는 고독, 고독마저 참고 견딜 뿐 아니라, 고고함으로 수렴하는 자리에 지리산 수필가 백남오가 있다.

2. 자유

지리산을 오르면서 그는 자신의 운명과 고독을 반추하였다. 운명
이란 위대한 것임에도 불구하고 통속적인 까닭은 무력감, 체념, 패배
주의적 의식에 머무를 때이다. 그러나 운명을 말한다고 해서 모두 천
박한 넋두리로 전락하는 것은 아니다. 비애와 체념을 띤 회한은 자신
의 처절함과 만나는 길이며, 궁극적으로 자신의 상처까지 사랑할 수
있는 통로이기도 하다.

왜 유독 지리산인가?

> 지리산은 참으로 신비스럽고 무궁무진한 공간이다. 가면 갈수록, 보면
> 볼수록 놀라움은 신기루처럼 높아질 뿐이다. 늘 대성계곡만 있는 줄 알았
> 다. 그런데 그 대성동의 물줄기 너머에는 이렇게 큰 계곡이 있고, 폭포가
> 있고, 암자가 있고, 마을이 있고, 새로운 세계가 있는 것이 아닌가. 그러
> 한 사실을 이제야 알게 되니, 내가 모르는 그 무엇이 얼마나 더 많은 모습
> 으로 감추어져 있을 것인가. 내가 알고 있는 세계와 지식이란 것도 얼마나
> 작고 편협된 것일까. 나는 자꾸만 작아지고 지리산은 더욱더 크고, 세상은
> 다시 새로운 모습으로 다가오고 있다.
>
> ―「수곡골의 여름」, 127쪽

위의 글에 따르면, 지리산은 놀라울 정도로 "신비스럽고 무궁무진
한 공간"으로서 상대적으로 "내가 알고 있는 세계와 지식"이란 작고
편협하여 조족지혈에 불과하다. 특히, 늘 가더라도 새로운 모습을 열
어 주는 광대무변한 지리산에 대한 외경과 비례하여 자신을 되돌아보

는 겸허함으로 자기 성찰의 의미를 더해 주고 있다. 그는 지리산에서 "모든 욕망을 비워 내고 가난한 마음의 잣대로 이 가을을 맞이하고 싶다."(「가을이 오는 길목」, 51쪽)

지리산은 물물이 자재하는 광대무변의 자유 그 자체이다. 풀과 나무와 인간 모두가 천지의 화평한 기운을 누리는 곳이며 하늘과 바람과 구름이 천진 그대로 오고 가는 곳이다. 천진이란 "아무것도 없는 곳(無何有之鄕)"(『莊子』「逍遙遊」)에서 비롯한다. 통속적인 이익과 손해, 선과 악, 옳고 그름의 기준을 뛰어넘는 '세상의 바깥'으로서 선입견과 편견이 사라져 아무 거리낌 없는 마음의 상태에서 "놀고 있음"을 말한다.

이러한 정령이 깃든 지리산에 드는 자가 어찌 옳고 그름의 시시비비에 연연하고, 일의 형편에 따라 유쾌하거나 불쾌한 감정, 절망과 우수에 함몰된 고독으로 허청거릴 수 있겠는가. 지리산을 200여 회 오르내리며, 수필가 백남오가 깨달은 물아일체로서 지리산은 자유자재, 경건함 그 자체이다.

그 황량한 폐사지에서 내가 느낀 것은 자유이고 희망이다. 모든 존재는 무너지는 순간에 진실해지며 그 폐허 속에서 자유로울 수 있음이다. 무너져야만 새로운 집을 지을 수 있고, 희망이 싹틀 수 있다는 것이다. 내가 잡고 있는 현실의 모든 끈을 놓아 버릴 때 영원한 자유를 만날 수 있다. 천 길 낭떠러지에 떨어져 죽을 것 같은 공포감 때문에 그 끈을 놓기란 쉽지 않지만, 놓지 않으면 구속일 뿐이다. 현실의 끈에 매달려 꼼짝도 못 한 채 바동거리고 있는 자신이 안타깝기만 하다. 철저히 버리고 부서져야만 새로움이 창조되고, 모든 속박에서 해방될 수 있는 것이다. 가슴을 찢는 허무와 고독을 통해서만이 절망을 극복하고 마음의 평정을 얻을 수 있다는 역설을 생각한다.

　　　　　　　　　　　　—「엄천골, 그 황홀한 폐사지의 자유」, 79쪽

　지리산 엄천골 황량한 폐사지에서 가득 안아 낸 자유와 희망이란 무엇인가? 폐허란 본질적으로 역설적인 것이다. 사람들은 폐허지에서 추억을 떠올리고, 추억이라는 감성의 골을 따라 옛 시절의 사람과 역사를 떠올린다. 역사란 폐허에서 찾아내는 보석과 같다. 폐허는 모든 것의 절멸인 까닭에 잔인한 희망이라는 반어가 깃들어 있다. 폐허를 인지하는 것은 역사를 인식하는 것이며, 인식의 힘이 곧 희망이기 때문이다.

　"폐허 속에서 자유"라는 것도 역설의 논리이다. 자유란 폐허 같은 절망에서 얻어지는 것이다. 키에르케고르는 "진정으로 절망하기 위해서는 사람들은 진정으로 절망을 바라지 않으면 안 된다. 그러나 사람들이 진정으로 절망하기를 바란다면, 사람들은 참으로 절망을 초월하여 있다. (중략) 절망 속에서 비로소 인격이 안식을 얻는다. 필연적으로 그렇게 되는 것이 아니고 자유로 그렇게 된다. 그리고 자유 속에서만 절대자가 얻어진다."[2]라고 하였다.

　자유로워지고 싶은가? 그러면 절망하라. 이 명제는 우리의 삶을 억누르는 근심과 걱정을 비관적인 견지에서 볼 것이 아니라, 오히려 이러한 절망적 인식을 바탕으로 스스로의 결단을 통해 스스로가 자신의 존재를 만들어 나가는 개방적이고도 긴장된 실존 의식에서 비롯된 것이다. 절망은 새로운 삶의 출발점이다. 왜냐하면 과거의 열패감을 자기반성과 성찰로 끌어오고, 희망과 성공의 찬란한 미래를 현재에 그

---

2 O. F. 볼노브, 『실존철학이란 무엇인가』, 최동희 역, 서문당, 1972, 130쪽에서 재인용.

리는 순간, 절망의 감옥으로부터 자유로워질 수 있기 때문이다.

한여름 '칠선계곡'을 오르며 모든 욕심과 욕망을 진심으로 버려야만 했다. 오직 물아일체, 무욕의 텅 빈 마음으로 한 발 한 발 앞으로 가야만 하는 행동만이 실존이며, 머릿속에 있는 그 어떤 관념도 빈 껍질임을 배웠다. (중략) '영원령' 가는 길에서 태곳적부터 불던 영원한 바람 소리를 들으며 한겨울이라도 옷을 훌렁훌렁 벗어던지고, 맨몸으로 바람을 맞고 싶은 욕망을 억제하지 못했다. 머물 수가 없는 곳, 부처님도 머물지 못하고 떠나야만 하는 '상무주암'에서는 세상에 머물 수 있는 것은 아무것도 없다는 영감을 얻었다. 부모도, 자식도, 우정도, 영원을 다짐했던 사랑도 모두가 떠나가는 것이다. 바람처럼 구름처럼 흘러가는 것이다. 변하는 것이 아니라 머물지 못하는 것이다. 그들의 떠남 앞에 눈물 흘리고, 가슴앓이하고, 통곡하고, 원망하는 것은 부질없는 인간의 논리일 뿐이다.

—「지리산길 위에서」, 166-167쪽

"그 어떤 관념도 빈 껍질"이라는 인식은 당연히 "물아일체"의 사유에서 비롯된 것이다. 섣부른 선입견이나 관념을 앞세워 애써 뜻을 매기고 분별과 작위를 일삼는 것은 오로지 주관에 치우친 까닭이다. 그런데 주관이란 것이 얼마나 허망한 것인가? "인간의 입장에서 물(物)을 보면 인간이 귀하고 물이 천하지만, 물의 입장에서 인간을 보면 물이 귀하고 인간이 천하다."(홍대용, 『湛軒書』內集 권4 18장.) '물(物)' 쪽에서 '나'를 보면 '나' 또한 '물(物)'의 하나다(박지원, 『연암집』 권2).

더 나아가 허심에 의해 물로부터의 자유로움을 얻는 것을 물물(物物)이라고 한다. 물물이란 『장자(莊子)』「산목(山木)」의 "物物 而不物于物(物을 부리지, 物의 부림을 받지 않는다)"에서 유래하는 말이다. 소강절(邵康節)

은 이 '물물(物物)'에서 '以物觀物(物의 입장에서 物을 본다)'의 개념을 이끌어 낸다(박희병, 『한국의 생태사상』, 47쪽). 이른바 장자의 제물사상(齊物思想)이다.

제물론에 이르면 인간과 물(物)의 경계가 사라진다. 심지어 이러한 사유를 확장시키면 "주관과 객관이 없고, 방향과 장소가 없으며, 모양도 없고, 얻고 잃음도 없어, 나아갈 곳과 머물 곳도 없이 물물 자체가 如如한 當體"이다(황벽선사, 「傳心法要」).

백남오는 영원령 가는 길에서 "바람 소리를 들으며" "맨몸으로 바람을 맞고 싶"다고 한다. 바람 소리를 들으며 제 자신 역시 바람이 되고 싶은 것이다. 상무주암에서는 "세상에 머물 수 있는 것은 아무것도 없다"고 한다. 들고 나는 것, 나아갈 곳과 머물 곳도 없다는 '여여당체'를 체득한 것이다.

여여당체 사유의 근간은 '자유자재(自由自在)'이다. 만물 산천초목 인륜이 본성을 지니면서 유전무상(流轉無常)하여, 불역(不易)과 변화(變化)가 자연의 이법임을 알아차리는 것이다. "만물의 본성이 움직이는 곳에 모든 생명 활동이 나타나는 바"(『莊子』「庚桑楚編」), 이에 만물의 기가 들락날락할 뿐이다. 자재(自在)함을 관(觀)한 자를 일컬어 자유인이라 한다.

광대무변의 지리산, 천지로부터 부여받은 생명의 본질, 만물의 본성을 가슴 벅차게 안아도 안아도 모자라는 산. 늘 시원(始原)이어서 끊임이 없고, 화기(和氣)와 음기(陰氣)가 천도(天道)를 따라 만물을 낳고 낳는 산. "풀 한 포기, 나무 한 그루도 모두 천지의 화평한 기"(程子, 『性理大全』)인 지리산에서 그는 "어느 날 문득, 나의 존재가 사라지고, 그 존재를 아무도 기억해 주지 않는다 해도, 슬퍼하지 않는 꽃의 초탈함과 자유를 배우고 싶습니다"라고 한다(「7월의 세석고원」, 194쪽). 그는 지리산에 핀, 꽃 하나이고 싶다. 더 나아가 "갑자기 가을철 이곳에 오지 않앉음이 다행으로 생각된다. 만약 이곳에서 단풍의 절정을 맞이한다면 죽음과도 맞바꿀지도 모르는 무의식이 발동할지도 모른다는 생각을 감출 수 없다."라고 하며, 지리산의 주검이고 싶다(「종석대에서 꿈꾸는 도통성불」, 106쪽). 삶과 죽음에 관한 초탈과 자유 그 자체 지리산이고 싶은 백남오 수필가이다.

3. 구원

"산과 삶을 이기려 해서는 안 된다. 동화되어 흘러야 한다."(「지리산에 새해 소망」, 18쪽) 이 말은 진리이다. 그러나 이러한 진리에 이르기까지 지리산은 그에게 혹독한 가르침을 주었다.

> 어둠 속에서 길을 잃을까 염려되지만 원래의 계획을 고수하기로 한다. 고통의 길을 선택하는 것이다. 이 순간 지리산행의 매력은 길을 따라가는 것이며, 길을 잃는 것이며, 길을 찾는 것이라던 〈꼭대〉님의 말은 큰 위안이 된다. 지리산 길은 바로 인생길이란 말이다.
>
> —「첫눈 내리는 날은 황금능선에서 만나요」, 64쪽

지리산행의 길을 고통의 길이라고 여기면 오를 까닭이 없다. 그러나 지리산행의 매력은 "고통의 길을 선택"하여, "길을 따라" 걷다 보면 어느덧 자기 자신이 길이 된다. 오히려 지리산행은 "길을 잃는 것"이 "길을 찾는 것"이라는 '꼭대님'의 말씀에 이르면 그야말로 지리산행의 초월적 경지에 다다른 것이다. 그것을 두고 그는 인생길 역시 같은 맥락이라는 것을 퍼뜩 깨닫는다. 길을 잃은 불안과 방황을 긍정적 사유로 갈무리하는 자에게 이미 길이 있는 것이다.

길이 있는지의 여부를 확인하다 보면, 한 발 한 발 오르게 되고, 그러다 보면 내려갈 길이 멀어지게 되고, 그리하여 결국은 살아남기 위해서라도 끝까지 올라가야 하기 때문이다. 칼날 같은 능선을 온몸으로 오른다. 좌우 측은 모두 절벽 수준이고, 뒤로 미끄러져도 추락이다. 매서운 바람은 마치 나를 조준하여 불어 대는 것처럼 집중적으로 몰아친다. 아, 이것이 선택인가, 운명인가. 그렇게 네 시간의 사투 끝에 '정상'에 선다. 올해 내 문학의 길도 이처럼 급박했다는 생각이 든다.

— 「웅석봉에서 송년을」, 72-73쪽

"칼날 같은 능선을 온몸으로" 오르며, 문득 "이것이 선택인가, 운명인가"라고 회의하지만 정상에 서자, 칼날 같은 능선을 선택한 것은 운명이었다고 절감한다. 일반적으로 우리의 삶을 일컬어 홍진의 골목이라고 하는 것은 좌절 체험 끝에 오는 허약한 실존의 몸부림과 하소연에서 기인하는 것이다. 우리에게 부딪히는 숱한 조건들과의 싸움에서 겪는 무력함, 혹은 숱한 조건들에 대한 적대감과 증오가 삶의 어두운 골에 가득하기 때문이다.

본질적으로 인생이란 자기 앞에 펼쳐진 숱한 조건들과의 화해이다. 조건들을 뛰어넘으면 이것이 없으므로 저것도 없어지는 것이다. 화엄의 세계란 본질적으로 끝없는 부정 앞에 직면한 인간 욕망의 구도에 대한 성찰이다. 인간 욕망은 삶의 조건에서 비롯되고, 삶의 조건 앞에서 욕망이 생기(生起)하는 속박, 그 굴레에 대한 부정과 그 부정에 대한 부정으로 자신마저 벗어 내야 할 것을 화엄의 세계는 말하고 있다.

"선택인가, 운명인가"라는 물음이 정상에 이르자, 선택도 아니고 운명도 아니라, 오롯이 자기 자신이었음을 깨닫는 그 자체가 이미 자기 구원이다. "내 문학의 길도 이처럼 급박"했었다고 하더라도, 그의 지리산 문학은 이미 자기 구원의 길이 되었다. 가장 힘들 때가 가장 행복할 때이다. 왜냐하면 유토피아는 고독과 고통의 피안에 있기 때문이다.

> 육체적으로 가장 힘든 구간일 뿐만 아니라 위험부담도 있는 곳입니다. 이 고독한 길을 통과해야만 유토피아를 만날 수가 있지요.
>
> —「7월의 세석고원」, 192쪽

> 현실 세계에서 결코 이룰 수 없는, 존재할 수 없는 유토피아, 지리산은 그 꿈을 꾸게 하는 것은 아닐까. 결국 지리산은 '존재하지도 않는 것'의 대안이 될 수도 있다는 말인가. 그래서 지리산에서 유토피아를 꿈꾸는 것은 아닐까.
>
> —「지리산길 위에서」, 168쪽

"현실 세계에서 결코 이룰 수 없는, 존재할 수 없는 유토피아" 그러나 지리산은 유토피아를 꿈꾸게 한다. 동양적 사유에서 유토피아란 중국의 황제(黃帝)가 꿈에 화서씨(華胥氏)의 나라에 든 것을 말한다. 기욕(嗜慾, 좋아하고 즐기려는 욕심)이 없어 생(生)도 모르고, 사(死)도 모른다. 모든 것을 자연으로 생활하고 자신을 위하는 일도 없다. 또 남을 불친절하게 대하는 일도 없어 요상(夭殤, 젊은 나이에 죽음)도 없고 애증도 없다. 공중에 떠도 밟는 것 같고, 무(無)에 있어도 유(有)에 있는 것 같은 세계.

이러한 사유와 같은 맥락으로 최동호는 "생태학적 사고를 바탕으로 한 에코토피아(Ecotopia) 세계"를 말한다. "자연과 인간이 황금 고리를 끊지 않고, 이 양자를 통합하는 일원적 사고 체계를 확립하는 것이 에코토피아의 기본적 가정이다."[3] 유기체적 세계관에 근거한 진정한 에코토피아의 세계는 모든 생명체에 대한 순정함에 있다.

지리산은 순정하다. '나', '너', 그리고 '모두'가 이미 지리산이므로 '나'와 '너'의 구분과 경계가 없으며, 따라서 다툼과 시기 또한 있을 수 없다. 만물의 생기(生機)가 천연 그 자체로 존재하여 스스로 형체를 이루어 가는 현묘함, 그야말로 자연스러움에 견주어 인간은 얼마나 부자연스러운가. 자연스러움의 회복은 우리 시대의 진정한 유토피아라고 하겠다.

> 나는 결코 불행한 사람이 아니다. 삶의 과정에서 이유 없는 억울함을 당할지라도, 현실을 향해 분노가 치솟아 오를지라도, 가슴이 너무 아파 통곡을 하고 싶을지라도, 지리산이 주는 이 위안과 은혜로움으로 스스로를 달래고, 배려하며 살아야 할 일이다.
>
> —「왕시루봉의 서정」, 211쪽

> 지리산은 큰 산이었다. 구차한 일상을 잊게 해 주는 큰 정신과 역사가 있었고, 황홀한 이상세계로의 초대도 해 주었다. 영원히 안착해야 할 피안의 세계와 가야 할 운명의 길까지도 그 속에서 찾을 수 있음을 깨달았다. 지리산은 모든 현실적 욕망과 허무주의를 누를 수 있는 힘이었다. 무엇보다도 그 지리산을 통해 내 문학의 문이 열리기 시작한 것이다.
>
> —「지리산길 위에서」, 163쪽

---

3 최동호, 「21세기를 향한 에코토피아 시학」, 『하나의 도에 이르는 시학』, 고려대학교 출판부, 1997, 223쪽.

억울함과 분노와 통곡이 크면 클수록 위안과 은혜로움으로 여기는 고마움 역시 크다. "지리산은 큰 산"이라는 것은 수필가 백남오를 고뇌로부터 위안으로 품어 안아 내었으며, 위무하며 살아갈 힘을 준 구원으로서의 문학이 있었기 때문이다.

이는 위대한 시인 W. 워즈워스가 와이 강변을 찾아가 「틴턴 수도원 몇 마일 위에서 지은 시」를 쓴 것과 맞닿아 있다. 워즈워스는 8세 때인 1778년에 어머니를 사별하고, 13세 때인 1783년에 아버지를 여읨으로써 고아가 되었다. 이 세상에 외톨이가 되었다는 정신적인 외상(trauma). 어머니를 잃은 정신적 충격을 해소하기 위해 무작정 자연을 찾았고, 자연은 그의 대리모(surrogate mother)와 같았다. 그의 시에서 물의 이미지는 자연에서 흐르는 물의 흐름인 와이 강의 이미지로 나타나고, 이에서 더 나아가 사람의 몸속을 흐르는 피의 이미지로 나타난 것은 결코 우연이 아니다. 이른바 T. S. 엘리엇이 말한 바, "모든 시는 하나의 묘비명(Every poem am epitaph)"인 셈이다.[4]

백남오의 첫 수필집 『지리산 황금능선의 봄』이 자아의 황홀한 방황이었다면, 두 번째 수필집 『지리산 빗점골의 가을』은 자신은 물론, 지리산 빗점골에서 "민족의 이름으로 스러져 간 젊은 영혼"을 향한 구원이다(149쪽).

1924년 에베레스트 3차 등반 중 실종된 조지 맬러리가 등반을 앞둔 미국 강연회장에서 "당신은 왜 에베레스트에 꼭 오르려 하느냐?"는 질문에 "산이 거기 있기 때문에(Because it is there)"라고 답했다. 수필가 백남오에게 "당신은 왜 지리산에 꼭 오르려 하느냐?"라고 물으면 이렇게 답할 것이다. "영혼과 같은 문학이 있기 때문에." 고독과

---

4 이정호, 『영시 새로 읽기』, 서울대학교 출판부, 1998, 140-159쪽 참조.

자유와 구원으로서 지리산 문학이 지닌 영원성은 실로 위대하다.

　만약 만물의 근원인 지리산, 그 정령(精靈)의 순수한 세계에서 하산하여 속세의 욕망과 자신의 이름과 명성을 앞세우는 헛된 정념의 너울을 좇아 살아가게 될 때, 그의 문학이 어떻게 전개될지는 유보(留保)된 결론이다. 마음의 본체와 같은 지리산의 영묘(靈妙)한 기(氣)가 "욕(欲)에 잠겨져서 천리(天理)가 어두워지고, 기운도 또한 막히어서 인륜(人倫)이 폐하여지고, 천지 만물의 생(生)을 이루지 못할"(조광조, 『靜庵集』)터이기 때문이다.

고백과 모티프의 수필 미학
—진부자의 수필

1. 들머리

참, 오래되었다. 본인이 진부자 여사를 만난 것은 2010년 초, '자서전 쓰기와 말하기-노인을 위한 문학 치료' 강좌를 마산대학교에서 개설했을 때이다. 당시 교육과학기술부 대학부설평생교육활성화 사업의 일환으로 추진되었던 교육 프로그램 개발에 선정된 전국 82개 프로그램 중, 위 프로그램이 2009년 최우수 프로그램으로 우수 사례 발표를 하게 되었고, 이듬해 교육 실연의 장을 마련하는 데에서 진 여사와 첫 인연을 맺었다. 당시 진 여사의 나이는 67세였다.

위 교육 프로그램을 수행하기 위해 교수자와 수강생 간의 절대적인 신뢰가 선행되어야 하는바, 이는 상호 소통과 감성적 공유를 위한 열린 교육에 따른 것이다. 개인의 삶의 역사에 있어 이루지 못한 꿈, 열등감과 좌절, 상처와 고통을 스스로 치유하는 공감의 장을 마련한다는 것. 궁극적으로 개인적인 삶과 인성의 발자취에 관한 성찰을 통해 삶의 의의를 회복하고자 하는 데에 뜻을 두었기 때문에, 상호 신뢰감이야말로 본 강좌의 촉발점이었다. 그 어느 누가 자신의 생애에 있어 부끄러움과 어리석음으로 여기는 것을 가감 없이 토로하는 감정적 충동을 불러일으킬 수 있을까. 촉발점이 고백이라면 도달점은 성찰이었다.

고백이 이루어지기 위해서는 사실과 허구의 거리를 살펴야 하며, 성찰이 이루어지기 위해서는 진실과 거짓의 거리를 살펴야 했다. 수강생들은 자연스럽게 이러한 전제 조건에 같은 생각을 가지게 되었고, 이에 각 개인의 독특한 삶의 유형과 상황을 만나게 되었다. 손수건으로 눈물을 훔치는 것은 예사로운 일이었고, 무엇보다 중요한 것은 수강생들의 적극적인 참여인바, 단연코 으뜸은 진 부자 여사였다.

2. 고백의 서사

진부자 여사는 1944년 당시, 마산시 내서읍 중리에서 태어났다. 위로는 언니와 오빠, 아래로는 여동생 둘이 있다. 최종 학력은 초등학교 졸업이다.

> 아들은 밥을 굶는 한이 있더라도 공부를 시켜야 한다는 것이 아버지의 욕심이었지만, 딸은 어차피 남의 식구가 될뿐더러 '여자는 제 앞가림만 하면 된다.'라는 그 시대의 고정관념으로 학교는 끝내 보내 주지 않았다. 그렇지만 나는 그 누구를 원망하지는 않았다. 세상이 그런데, 그 흐름을 누가 막을 수 있단 말인가. 다만 한번 부딪쳐 보지도 않고 마냥 주저앉아 버린 못난 내가 한없이 미웠을 뿐이다.
>
> —「무서운 호랑이였던 아버지」

"세상이 그런" 전형적인 남아 선호 가부장적 제도 탓에 초등학교만 졸업하였다. 가계 계승을 위한 직계 부계 가족의 원리에 따른 남아 선호, 남존여비는 오직 그녀에게만 국한된 것은 아니다. 운명적으로 순응할 수밖에 없는 상황에서 "한번 부딪쳐 보지도 않고 마냥 주저앉아 버린 못난 내가 한없이 미웠을 뿐"이다. 따라서 "한때 꿈을 안고 달려간 곳이 양재학원이었다. 내 나이 스물넷, 꽃다운 청춘이었지만 그곳에서는 늦은 나이였다. 용기를 내서 다닌 학원이었고, 우등상까지 받았지만 결국 꿈을 이루지는 못했다."(『언니의 행복』) 1960년대 중반 양재학원은 자립 자활에 뜻을 둔 여성들에게 있어 최적의 기술이었다. 그 당시 맞춤옷 유행을 선도하는 전문 인력이기도 하였다. 그러나 꿈을 한껏 펼치지 못하고, 1970년 스물일곱 나이로 결혼을 하였다.

훗날 '자서전 쓰기와 말하기' 강좌에서 진부자 여사는 "나의 고난은 결혼과 동시에 시작되었다고 해도 과언이 아니다"라고 술회하였다. 특히 그녀의 나이 35세이던 1978년부터 1980년간에 걸친 경지 정리 기간은 고된 노역(勞役)의 정점이었다고 하겠다. 1필지 800평(마산의 경우, 너마지기)의 돌밭, 자갈밭을 경작지 토양으로 개간하는 일은 멀고도 험난하였다. 딸이 홍역을 앓아도, 아들을 잃을 뻔한 일이 있어도, 해도 해도 끝이 없는 논일이었다. 십여 년에 걸쳐 농사일과 온갖 허드렛일에 매달려도 밥 먹고 살기가 정말 힘들었다 한다. "희망과 미래도 없는, 도대체 끝이 보이지 않는 깜깜한 밤중"이었다고 한다. 살림에 보탬이 될 요량으로 구멍가게도 내어 보았고, 남편 역시 건설현장의 막노동을 전전하였다. 엄두를 내어 연탄 장사까지 나섰다. 한 차에 1,800장, 하루 배달을 마치면 밤에는 팔이 아파서 잠이 들 수가 없을 뿐 아니라 허리의 통증으로 파스를 달고 살았다. 그 일도 십여 년 만에 접었으나 이제껏 싫은 기억으로 남았다.

뒤돌아보면 나는 참 꿈이 많았던 것 같다. 그래서 그랬는지 사는 일이 복잡하고 세상만사가 허망할지라도 크게 노하거나 슬퍼하지는 않았다. 다만 안타깝게도 남편은 일정한 직업이 없었기에 늘 궁핍했을 뿐이다. 그러니 푸르른 젊은 날에도 우리 집은 돈을 약에 쓰려고 해도 귀했다. 식구는 많고 돈을 벌지 않으니 언제나 생활이 팍팍했다. 그럼에도 불구하고 나는 책방을 자주 찾았다. 그리고 매번 책을 샀다. 물론 그 돈은 내가 시집올 때 조금 마련해 왔던 금쪽같은 나의 비상금이었다. 쌀과 보리는 농사를 지었기 때문에 일부러 사 먹지는 않았다. 그렇다 하더라도 아이를 키우고 생활비, 연탄값을 걱정하는 마당에 책을 사서 읽는다는 것은 아무래도 좀 엉뚱한 짓거리였다. 어떻게 설명해야 옳을까. 말하자면 울컥울컥 솟구치는 감성을 차마 내치지 못하고 밤마다 텅 빈 가슴을 끌어안고 속앓이를 했던 것이다. 그것이 나의 글쓰기의 시초였다.

—「신분 상승」부분

"돈을 약에 쓰려고 해도 귀했다." "언제나 생활이 팍팍했다." 사실 가난에 쪼들린다는 것은 어찌할 바를 몰라 무력한 자신을 들여다보는 일이다. 무력할 뿐 아니라, 가난에 매이어 속박당하는 존재로의 전락이다. 그러나 궁핍을 바라보는 관점과 태도에 따라, 자신이 꾀죄죄하고 초라하게 보일 수도 있고, 혹은 단지 돈이 떨어지거나 하여 가난하다는 느낌이 들었을 수도 있다. 위의 글에서 진부자 여사는 "늘 궁핍했을 뿐이다"라고 하였다. '뿐'이란 '오직 가난하거나 그러했을 뿐'으로서 '그것만이고 더는 없는' 것이다. 그러한 까닭에 가난한 젊은 날을 일컬어 "푸르른 젊은 날"이라고 하며 "크게 노하거나 슬퍼하지는 않았다"라고 한다. 간난(艱難)해서 꿈마저 궁핍한 것은 아니어서 "책방을 자주 찾았다. 그리고 매번 책을 샀다." "말하자면 울컥울컥 솟구치는 감성을 차마 내치지 못하고 밤마다 텅 빈 가슴을 끌어안고 속앓이를 했던 것이다. 그것이 나의 글쓰기의 시초였다."라고 한다.

이 글을 읽으면서 문득 장자(莊子)의 초라한 행색을 두고 위(魏) 혜왕(惠王)이 고달프게 사는 것을 탓하자, "가난한 것이지 고달픈 것이 아니며, 제때를 만나지 못했을 뿐"(『莊子』外篇 山木篇 제6장)이라던 장자의 말이 떠오른다. 가난의 형국과 겉으로 드러난 차림새가 변변치 못하다고 해서 고달픈 것이 아니라, 도와 덕을 수행(修行)하지 못함이 고달픈 것이라고 통렬하게 갈파하였다.

"울컥울컥 솟구치는 감성"이란 무엇인가. 실의와 체념으로 주체할 수 없는 감상(感傷) 너머, 가슴에 품은 소망이 담긴 감수성의 세계, "밤마다 텅 빈 가슴을 끌어안고 속앓이를 했던" 세계란 '내' 마음에 새로운 생명력을 불러일으킬 것에 관한 간구(懇求)이다. 자신의 "텅 빈 가슴"은 내면의 자유의지와 자발적 충동의 발로로써 비로소 치유되고 극복된다. 발로(發露)란 자기 내부에 숨겨진 것을 애써 회피함으로써 도피하는 것이 아니라, 숨겨진 것을 드러내는 것, 드러내어 고백하거나 말할 수 있는 용기를 통해 자신을 오롯이 밝혀 세워 나아감으로써 굳센 기운을 회복하는 것을 말한다. 그것이 진부자 여사의 "글쓰기의 시초였다."

3. 경험의 서사

제법 살 만큼 살아 본 이들은 "내 인생을 글로 옮기면 한 편의 소설이다"라는 말을 곧잘 한다. 이야기 속의 주인공이거나 타인의 삶을 건너다보거나 간에 세상살이는 서사로 이루어져 있으며, 인간은 이미 서사적 존재이다. 그러나 모든 사람의 삶의 이야기가 소설이 되며, 모든 인간이 서사적 존재가 되는 것은 아니다. "인간의 탐구로서 현대

소설은 개연성으로서 인과적 관계도 분명해야 하며, 어떤 성격이나 행위 또는 정황의 사실감을 주어야 한다."[1] 따라서 허구로서의 서사성이란 이른바 정교하게 "짜맞춘 이야기"이며, "일개인의 삶의 모습이 다수의 삶의 모습을 드러내는 전형성"을 띠고 있다는 점에서 삶의 역사성을 지닌다.

이에 반해, 수필에서의 경험적 서사는 짜맞춘 이야기가 될 수 없으며, 인물의 전형성과도 거리가 멀 수 있을 뿐 아니라, 반드시 필연성에 의해 운명이 결정되지도 않는다는 점에서 다르다. 이른바 자신이 실제로 해 보거나 겪어 본 이야기 그 자체이다.

> 피난살이 내내 주전자에다 밥을 해 먹었다. 처음에는 솥이 아닌 주전자에다 밥을 하는 것이 어쩐지 낯설고 이상했지만, 나중에는 솥보다 오히려 쌀이 턱없이 부족했다. 어른 두 사람 분량의 밥으로 여섯 식구가 끼니를 때웠다. 오빠는 한 숟갈이라도 더 먹기 위해 밥을 꾹꾹 눌러놓고 더 달라고 졸랐다. 엄마 젖을 뗀 세 살박이 동생은 제대로 먹을 것이 없어서 밤낮 없이 울었다.
>
> —「주전자 밥솥」 부분

1950년 한국전쟁 시, 미군 주둔의 마산시 중리가 소개(疏開) 지역으로 지정되어 부득이 김해 한림정으로 피난했을 때, 겪은 이야기이다. 일곱 살의 눈으로 바라본 피난살이를 "주전자밥"이라는 에피소드를 통하여 끼니를 때우는 것이 삶의 관건이었던 시절을 회고한다. 열 살 오빠는 밥을 더 달라고 조르고, 세 살 여동생은 제대로 먹을 것이 없

---

1 오탁번, 『서사문학의 이해』, 고려대학교 출판부, 1999, 18쪽.

어 밤낮없이 울었던 것이 피난살이의 경험적 서사이다.

이러한 경험적 서사는 본질적으로 회상을 근간으로 하고 있다. 회상이란 "오랫동안 잊힌 경험이나 사실의 기억을 상기하는 것, 혹은 과거의 경험에 관하여 생각하는 이야기의 과정이나 습관"이다 (*Webster's Third International Dictionary*). 이러한 회상은 특정한 목적 없이 과거의 경험을 돌이켜 보는 단순 회상, '이러저러한 이야기가 있었다'라는 구술적 태도의 이른바 스토리텔링과 유사한 정보적 회상이 있는데, 수필문학에 있어 회상은 대체적으로 생애 회고적 성격이 유별나다고 하겠다. 과거 인생의 경험을 자신의 가치관이나 관점에 따라 새로운 의미로 되새기는 과정을 통하여 과거 경험에 대한 반성과 성찰 혹은 의의와 가치에 무게중심을 두고 있다. 아울러 이러한 회상의 이야기를 전개할 때 한 사건을 이야기한 뒤, 그 사건보다 먼저 일어난 일을 나중에 이야기하는 특징을 지닌다.

이를테면 수필 「할머니」에서 서술자는 "어느 날부터 가끔 나를 보고 할머니라 불렀다"라고 말하며, 할머니라는 호칭으로 불린 앞선 일에 대한 회상이 이야기의 주류를 이루는 가운데 그에 관한 자기 성찰로 갈무리한다.

삶에도 세월이 흐르면 고운 손때가 묻어 공연히 미워하고 토라졌던 마음도 용서가 되고, 오히려 자기 자신의 존재 가치를 생각하게 된다. 늙어 간다는 것은 자연의 순리이며 저녁노을처럼 눈부시고 찬란한 삶의 여울이 아니겠는가.

—「할머니」 부분

「동창생」에서 희수의 나이에 몇 남지 않은 동창들을 떠올리며 초등학교 시절과 출세간의 세월을 회상하며 "이제 우리는 가족 이상으로 챙기고 다독인다. 우연도 아닌 운명적으로 만났기에 얼마 남지 않은 삶, 같은 배를 타고 가는 인생길이라 더욱 애틋한가 보다."라고 동창의 가치를 되새긴다. 「찔레꽃」에서 "오월이 오고 찔레꽃이 피기 시작하면 내가 가장 좋아하는 단어가 있다. 그리움이다."라고 하며, 친구 K를 떠올리며 그와의 애틋한 마음을 회상한다. 이루지 못한 사랑을 향한 안타까움과 애타는 마음을 "사랑한다, 기다려 달라는 약속도 없이 찔레꽃처럼 향기로운 사랑을 꿈꿨던 그 감미로운 아찔한 꿈같은 이야기가 늦은 봄날처럼 저만치 가고 있다"라고 마음에 있는 것을 죄다 드러내어 말하고 있다. 「정월 대보름」과 「논두렁길」에서 동리의 옛 풍정과 도타운 마음을 떠올리고, 「쑥국」에서 옛 친구와 함께 십 리 너머 마산으로 쑥 팔러 가던 시절을 떠올리고, 「시민극장, 그리고 하춘화」에서 60여 년 전 꼬마 신동 하춘화 쇼를 보기 위해 어렵사리 찾았던 "마산은 영원한 나의 청춘을 기억할 보고(寶庫)"로 자리 잡기도 한다.

진부자 수필에 있어 회상은 인간과 인간, 혹은 그를 둘러싼 사회·역사적 환경에 의해 부침(浮沈)하는 삶의 모습이 아니다. 따라서 거대 담론으로 나아가는 것도 없다. 이미 '일어난 것', '있었던 것'에 대해 불만족스럽거나, 운명적으로 주어진 것에 관한 저항 혹은 뒤늦은 회한이 결코 없다. 흘러간 세월만큼 수많은 일에 관해 뉘우치거나 한탄하기에는 남아 있는 세월이 너무도 짧고 귀하다. 오히려 세월이 흐를수록 더욱더 작아지는 그리움, 만날 길 없어 아련한 추억마저 한없이 막연함으로 멀어지는 것에 관한 조바심으로 가득하다. 잊혀질 듯하면서도 연면히 잇닿아 있고, 뚜렷하지 못하여 어렴풋하나 자신에게 있어 가장 가치로웠던 시간과 세월을 회복하고자 하는 몸부림에 아래 작품이 있다.

서잿골에 있던 밭으로 가는 길목 무덤가 주위에는 찔레나무와 삥기가
참 많았다. 엄마가 밭에서 일을 하는 동안 나는 삥기를 뽑았다. 그 알갱이
를 까서 손바닥으로 비비면서 "엄마 젖이 달까, 아빠 젖이 달까, 엄마 젖이
달지" 하면서 그 달짝지근하고 연한 맛을 즐기곤 했다. 찔레의 새순도 참
많이 꺾어 먹었다. 손톱으로 통통한 새순의 껍질을 벗기면 연둣빛 속살에
서 상큼하고 시원한 냄새가 났다.

—「서잿골」 부분

온갖 신산한 삶의 질곡을 보냈던 고향 서잿골이었다. "시시때때로
나는 만만한 어머니에게 공부도 안 시키고 일만 시킬 바엔 뭐하러 날
낳았느냐고 따지고 대들기도 하였던" 어린 시절이었다. "아버지는 아
들은 꼭 공부를 시켜야 하지만 딸은 출가외인이라 아무 소용없는 일
이라고 못을 박아 두었"던 시절의 아픔을 초월한 자리에 진부자의 수
필이 있다(「나의 어머니」). 진부자 수필의 세계는 작은 것들이 아름다운
세계에 깃들어 있다. 작은 것들의 세계를 다시 소환하는 마음가짐이
란 무엇인가. "엄마가 밭에서 일을 하는 동안 나는 삥기를 뽑았다."
띠의 어린 꽃이삭의 단맛을 떠올려 손바닥으로 비비면서 "엄마 젖이
달까, 아빠 젖이 달까, 엄마 젖이 달지"를 흥얼거리던 소녀를 할머니
가 되어 문학작품으로 소환한 작가 진부자의 모습이란 무엇인가.
작은 것들의 세계에 눈길을 두면 마음이 고요해진다. 우리의 마음
이 시끄럽고 어지러운 것은 큰 세계, 거대한 욕망에 눈길을 둔 까닭이
다. 아울러 인간에게 있어 원망스러운 마음이 큰 것은 자기 자신을 크
나큰 세계에 두었을 때이다. 나는 이러저러한 사람이 될 수도 있었을

터인데, 주어진 운명이 나를 작게 만들었다고 여길 때이다. 우리가 스스로에 크게 느껴 마음이 움직이거나, 가장 인간적인 순간은 거대한 세계와 맞닥뜨릴 때가 아니라, 작은 것이 이루는 꼼지락거림, 위 작품처럼 "새순의 껍질을 벗기면 연둣빛 속살에서 상큼하고 시원한 냄새"가 온몸에 가득할 때이다. 진부자의 수필은 마음이 고요해지고 스스로에 대한 감동으로 가슴이 뜨거워지는 세계에 있다. 이는 없는 일도 있는 것처럼, 있는 일은 더욱 부풀려 자신을 옹호함으로써 남들에게 진리를 설파하기에 급급한 발화가 수필문학의 큰 흐름인 것처럼 여기는 작가들이 되돌아봐야 할 자리이기도 하다.

4. 모티프의 수필 미학

작은 것들의 세계에 눈길을 둔 진부자 수필은 서사의 모티프(motif)에 근간을 두고 이를 작품화한다. 예술 작품에서 모티프란 창작 동기가 되는 중심 제재나 생각을 일컫는다. 서사의 모티프란 "전통 안에서 유지될 힘을 가진 이야기의 가장 작은 단위"(막스 뤼티)로서 "주제적 구조의 보다 작은 단위 혹은 하나의 내용 요소이며 전체 플롯. 한편의 이야기를 지칭하는 것이 아니라 하나의 상황적 요소의 표현"이다(엘리자베스 프렌첼, 『세계문학의 모티브』). 모티프는 "처음부터 중간 그리고 끝까지"라는 서사 형식과는 다르다. 이른바 '놀라운 사실'에 해당되는 모티프로서 개방형 과제라고 하겠다.

봄맞이꽃을 시작해서 꽃다지, 냉이, 민들레, 제비꽃까지. 그런데 이름이 좀 별난 꽃이 있다. 그것은 '개불알꽃'이다. 밤하늘의 별이 쏟아진 듯 보라와 흰색이 잘 어우러져 유난히 산뜻하고 귀여운 꽃이다. 그런데도 불구하고 왜 하필 개불알꽃일까. 그 열매가 꼭 개의 불알 같아서 붙여진 이름이

라고 한다. 그래도 그렇지, 꽃 이름이 그게 뭔가. 듣기도 말하기도 좀 민망
할 때가 있다.

—「개불알풀꽃」부분

진부자 수필가의 작은 정원에 여러 봄꽃이 흐드러지게 피었다. 작
가는 개불알풀꽃에 눈길을 두었다. 현삼과의 한해살이풀꽃이다. "밤
하늘의 별이 쏟아진 듯 보라와 흰색이 잘 어우러져 유난히 산뜻하고
귀여운 꽃이다." 그 열매가 마치 개불알을 닮았다고 해서 붙여진 이
름이다. 태생은 1센티 내외의 작고 앙증맞은 꽃인데, 사람들은 그 꽃
의 모양이 아니라, 꽃이 지고 난 후의 열매의 모양을 떠올려 "듣기도
말하기도 좀 민망"한 이름을 지었다. 개불알풀꽃의 입장에서는 아름
다운 꽃의 탄생을 축복하는 이름이 아니라, 꽃이 지고 난 후의 열매
모양새를 두고 붙여진 이름이라 여간 억울한 게 아닐 터이다.

이 수필은 개불알풀꽃의 입장에서 여길, 억울한 이름을 서사의 모
티프로 삼았다. 자신의 이름도 마찬가지다. "호적 신고를 집안 아저
씨에게 부탁했는데, 그 아저씨가 깜박한 것인지 일제강점기 시대에
부르던 일본식 이름을 개명해서 호적에 올린 것"이 오늘날 이름인
'부자'이다. 초등학교 다닐 때, "너거 집 부자가? 진짜 부잔갑다."라는
놀림감이 되기도 했고, 지극히 어렵고 가난하게 살아왔던 생애를 되
돌아보면 반어적 이름이 원망스럽기도 하다. 사실 개불알풀꽃도 봄소
식을 알리는 까치와 같다고 해서 '봄까치꽃'이라는 별칭이 있기도 하
나 어쩌겠는가, 운명처럼 여기고 개불알풀꽃으로 살아갈 수밖에 없지
않은가. "한때는 내 이름이 원망스럽고 부끄러워 부모님을 탓하기도
했지만, 이름보다는 내 자신에 대한 자부심이 생긴 것이다. 내가 그렇
듯이 '개불알풀꽃'도 더한층 예쁜가 보다. 들꽃 세상에는 뽐냄도 미움

도 없다. 그저 자연이 허락하는 만큼 그 속에서 비가 오면 비를 맞고 바람이 불면 바람이 부는 대로 자기 색깔의 꽃을 피울 뿐이다." 잘난 체하거나 남을 미워하는 마음도 없이, 주어진 이름이 억울하다고 하기보다, 묵묵히 참고 따르는 인종(忍從)의 미덕 속에 제 할 바를 다하는 길이야말로 자기 색깔의 꽃을 피울 수 있다는 심지(心志)를 이 작품에 새겨 놓았다.

「구구가 복이니라」는 아버지가 자식들에게 자주 들려주시던 말씀을 서사의 모티프로 삼았다.

언뜻 알아듣기 힘든 '구구'라는 말은 이른바 '속(九九)하다'에서 비롯된 것이다. 마음속으로 궁리하거나 계획을 세우라는 것인데, 이는 모름지기 험난한 세상을 헤쳐 나가려면 허둥거리지 말고, 경상도 말로 '단디', 마음을 단단히 고쳐먹고 슬기로움을 발휘하라는 주문이었다. 구구라는 생뚱맞은 복이 쉽게 와닿지 않았지만, 눈치껏 알아차려서 앞일을 잘 헤아려 살아가는 것이 스스로 자기 복을 짓는다는 나름대로 긴 여운을 남기는 교훈이었다.

—「구구가 복이니라」 부분

아버지의 말씀은 험하고 고생스러운 세상살이를 슬기롭게 헤쳐 나가기를 바라는 나름대로의 지혜로움을 '나'에게 남겨 준 것이다. 그런 아버지가 52세에 별세하시고 '내' 나이 열아홉 살, "깜깜이로 살아, 현실 앞에 '구구'는 아무런 쓸모없는 무용지물이었다. 그물에 가두어 놓은 바람처럼 만구 뻥이었다. 마음속으로 궁리하거나 계획을 세울 조건조차 없는 까닭에 여하간의 엄두조차 낼 수 없는 막막함 그 자체였다." 게다가 "살아 보니 '구구'는 내 삶이 버거울 때도, 하늘을 쳐다

봐도 알 수 없는 헛기침일 뿐, 하늘에서 내려오거나 땅에서 솟아나는 그런 복이 아니었다. 어려운 생활고에 하루도 눈물 안 흘리는 날이 없었다. 내 스스로 앞뒤 모르는 천방지축 못난이란 것을 뒤늦게나마 알게 해 줄 뿐이었다."

그러나 스스로의 "못남과 자책을 넘어서 늦으나마 글쓰기에 입문하고서부터 구구는 복이었다." "인간의 운명은 인간의 손아귀에 있다"는 사르트르의 말처럼, 자신의 운명은 '자기가 하기 나름'이라는 지극히 평범한 데에 있었다. '구구'라고 하지만 인간은 자신이 생각하기에 따라 이렇게도 저렇게도 되는 것이어서 역설적으로 운명을 만난다기보다 제 스스로 운명을 만들어 가는 존재가 우리 자신이라는 것을 말하고 있다.

이와 같은 맥락에 있는 작품이 「세월은 그냥 흐르지 않는다」이다. "나의 손바닥에는 무수한 잔금이 손바닥 전체를 덮고 있다"로 시작하는 이 작품은 이른바 '손금'과 '운명'이라는 등식에 관한 이야기를 서사의 모티프로 삼았다. "손금에 잔금이 많으면 근심 걱정, 잔 고생이 많다는 말을 들었다. 내 삶이 평탄하지 않고 늘 꼬여 고달픈 것도 손금 때문이라 생각했다."

많은 이들이 단순하고 지나치게 일반화된 생각이라고 여기는 '손금=운명'이라는 고착화된 관념이란 얼마나 허망한 것인가. 고착화된 관념이란 본인의 노력과 상관없이 개인의 지위와 역할마저 금제로 동결시키는 존재이다. 아울러 '할 수 없다'는 무력감에 함몰된다.

그런데 나는 우연찮게 김순지의 자서전 『별을 쥔 여자』를 읽게 되고, 그녀의 모질고 처절한 삶, 가당찮은 운명 앞에 내던져진 삶을 접한다. 울분이 글쓰기의 열정으로 승화되어 마침내 스스로의 성공 신화를 이룩한 삶이었다.

몹시도 지친 어느 날 내 손금을 다시 들여다보고 또 들여다봤다. 세모, 네모꼴, 막대기 같은 많은 잔금 사이로 홀연히 나타난 별 하나, 나도 모르게 깜짝 놀라고 말았다. 마침내 수수께끼가 풀린 듯 나는 '별을 쥔 여자'였다. 그렇다면 이제 날개를 펴고 하늘 높이 날 수 있을까. 그러나 나는 곧바로 실망하고 말았다. 이미 세월은 저만치 흘러가 버렸고, 공부를 잘한 것도, 또 직장을 다닌 경험이나 특별한 재능도 없었으니까. 더구나 중학교 문 앞에도 한번 가 본 적 없는 나로서는 말이다.

—「세월은 그냥 흐르지 않는다」 부분

"모든 희망을 잃고 꿈도 없이 그저 논으로 들로 다니면서 열심히 일만 하고 살았다." 그러나 "세월은 그냥 흐르지 않"았다. 그의 나이 67세인 2010년, 마산대학교 '자서전 쓰기와 말하기' 강좌에 입문하고, 뒤이어 '수필창작' 강좌에서 두각을 드러내면서 자신 역시 "별을 쥔 여자"로 거듭났다. 이른바 '손금=운명'의 등식이 아니라, '열정=운명'이라는 자기 자신의 가슴에 품고 있던 '별'을 발견한 것이다. '별'은 멀리 있었던 것이 아니라, 이미 자기 가슴에 품고 있었다는 것을 뒤늦게 알아차린 것이다. 인간의 지혜로운 성찰이 운명의 검은 눈을 영원히 잠들게 하였다.

5. 맺음말

진부자 수필가는 2014년 『수필과 비평』 7월호에 「개불알꽃」이 추천되어 등단하였다. 같은 해 7월 22일 『경남신문』 1면 톱기사에 '국졸 학력 창원 70대 진부자 씨 수필가 등단'이 대문짝만하게 탑재되었다. 『HEYDAY』 9월호에 「농사꾼 할매에서 수필가로」가 게재되었다. 2016년 수필문학 동호인 모임인 『진등재 수필』 창간호 발간 기념, 제

1회 진등재문학상을 수상하였다.

진부자 수필가는 "만약 글을 잘 쓰는 것이 꿈이고, 그 또한 신분 상승이라면 그 끝은 아직도 멀기만 하다"라고 한다(「신분 상승」). 그러나 본인은 작가가 나아갈 길이 '신분 상승'이 결코 아니라는 것만은 확신한다. 인간의 사회적인 위치와 서열적 계급의식이야말로 얼마나 헛되고 터무니없는 일인가. 오히려 본인은 진부자 수필가의 오늘을 인간 승리의 역사라고 말하고 싶다. 『세월은 그냥 흐르지 않는다』라는 제호(題號)처럼 그녀는 세월을 무망(無望)한 강물처럼 흘려보내지 않았다. 자기 자신이 세월을 헤아리는 강물 그 자체가 되었다. 낙조청강(落照淸江), 해 질 무렵 맑은 강이 진부자 수필가의 본바탕을 가장 잘 나타낸 진경(眞境)이다.